江苏高校品牌专业建设工程资助项目资助出版

谢波　程杰　主编

1978
我们的高考

南京师范学院中文系78级（2）班　编著

南京师范大学出版社
NANJING NORMAL UNIVERSITY PRESS

图书在版编目(CIP)数据

1978：我们的高考／南京师范学院中文系78级(2)班编著；谢波，程杰主编. -- 南京：南京师范大学出版社，2018.12（2019.9重印）
ISBN 978-7-5651-3977-2

Ⅰ. ①1… Ⅱ. ①南… ②谢… ③程… Ⅲ. ①回忆录—作品集—中国—当代 Ⅳ. ①I251

中国版本图书馆CIP数据核字(2018)第299409号

书　　名	1978：我们的高考
主　　编	谢　波　程　杰
责任编辑	张　春
出版发行	南京师范大学出版社
地　　址	江苏省南京市玄武区后宰门西村9号(邮编:210016)
电　　话	(025)83598919(总编办)　83598412(营销部)　83373872(邮购部)
网　　址	http://press.njnu.edu.cn
电子信箱	nspzbb@njnu.edu.cn
照　　排	南京凯建图文制作有限公司
印　　刷	南通印刷总厂有限公司
开　　本	710毫米×1000毫米　1/16
印　　张	17
字　　数	305千
版　　次	2018年12月第1版　2019年9月第2次印刷
书　　号	ISBN 978-7-5651-3977-2
定　　价	50.00元
出 版 人	彭志斌

前　言

1978 年，是中华民族现代史上第二次重大转折。第一个转折无疑是 1949 年中华人民共和国的成立。以毛泽东为代表的中国共产党人带领人民推翻了压在头上的三座大山，完成了中国人民从此站起来的伟大革命，昂首挺胸地进入现代国家行列。第二个转折就在 1978 年，中国共产党召开了十一届三中全会，拉开了改革开放的伟大序幕。从此，中华民族迈开了由站起来到富起来、强起来的步伐。

而 1977 年底恢复高等学校招生考试和 1978 年恢复全国高等学校统一招生考试是这一历史大转折中的破冰之举。数百万考大学、数十万上大学的个人经历与当时整个国家、民族的历史大转折紧密关联，成为社会变迁最强烈的信号和最有力的见证。也正是在这个伟大的年份，我们南京师范学院中文系 78 级（2）班的 49 位兄弟姐妹，和当年全国数十万高考中榜者一样，成为时代的幸运儿，沐浴着时代的春风，开始了崭新的人生。

全班原有同学 50 名，有一位周彤同学，年龄大，家庭负担重，入学不久便转学老家附近的盐城师专，就成 49 位。49，这本是个普通的数字，但对于我们 49 位同学来说，却预示着一个精彩纷呈的世界，并构成同时代无数青春生命历练的奇妙缩影和整个社会历史变迁的精彩诠释。

49 位同学，以性别论，有女同学 9 位、男同学 40 位；以政治面貌论，有中共党员 5 位、共青团员 21 位。

以年龄论，入学时最大 31 岁、最小 16 岁，30 岁以上的有 5 位。以出生年代论，有 40 年代 6 位，50 年代 40 位，60 年代 3 位。以婚姻状况论，已婚 5 位，未婚 44 位；已婚中有一个孩子的 3 位，两个孩子的 2 位。

以家庭户口论，城镇户口 21 位，农村户口 27 位，在籍军人 1 位。以身份论，工人 14 位，农民 12 位，插队知青 23 位。按当年规定，工龄满 4 年可以带薪，全班有带薪读书 3 位。

以同学来源地域论，北京市 1 位，南京市 10 位，苏州地区 3 位，无锡市 3 位，常州市 3 位，镇江地区 3 位，扬州地区 10 位，南通地区 5 位，盐城地区 3 位，淮阴地区 2 位，徐州地区 4 位，连云港市 2 位。

以入学时学历论，大专生 1 位，高中生 35 位，初中生 7 位。以学历届别论，有“老三届”高中 7 位、初中 4 位，应届高中毕业生 2 位。以高考成绩论，当年袁璋同学最高，总分 436 分，最低则几乎踩在南京师院起分线 350 分上，最高与最低相差 80 多分。以入学后的居住方式论，有住校生 40 位，走读生 9 位。

综观上述看似枯燥的数字，可以看出一个时代的脉络。其一，男女生比例为 5∶1，这在当时的南师，除了外语专业，属于最高的。看看今天的数字，2016 年，南京师范大学学生中女生比例为 63%。这的确反映了中国社会了不起的进步。40 年前，在中国，女孩子，尤其是农村的女孩子，念大学的是很少的。其二，31 岁到 16 岁，15 岁的年龄差距，可能除了中国封建社会的科举制，没有哪个学校的同学年龄如此悬殊。个中原因，就是“文革”十年，大学停止招生，把前后十多年的学生都挤到一起来了。并且，年龄差距如此之大的同学，能够和谐融洽相处，天天在一起生活学习，本身就不是一件容易的事。按今天话说，没有代沟才怪呢。其三，上大学之前的学历有高中、初中甚至还有初中没上完整的，这说明除了个人天资差别外，不同时期学校的教学质量是不一样的。从高考分数看，“老三届”初、高中的同学比“文革”中的毕业生普遍要高好多，也佐证了这一点。其四，南京的同学走读上学，这说明当时学校校舍非常紧张，容纳不下这么多学生。其实，南京同学家里的住房也是十分紧张的，他们也希望住校，只是条件不允许。其五，从婚姻、生育状况看，那些已经生儿育女的同学有着多么大的经济和精神上的压力。

凡此种种，足以看出 1978 年大学这一级以及这一级大学生（也包括 77 级）有着和古今中外其他年级与大学生不同之处。相信今后也不会有历史的重演。

今年，2018 年，适逢 78 级入学 40 周年。我们南京师范学院中文系 78 级（2）班同学议定两件事：一是在金秋十月，也就是入学的那个月份进行“相聚金陵”的活动；二是以“1978：我的高考”为主题各自撰文，回忆当年参加高考并被录取的情景。这里汇集的正是同学们撰写的高考回忆录。

1978 年的高考是“文化大革命”后恢复高考的第二届，虽然距 1977 年的高考只相差半年，但政治形势发生了许多可喜的变化，高考制度也有了很大不同。1977 年底的高考是分省命题考试，而 1978 年改为全国统一考试；1977 年对考生的政审要求较严，而 1978 年基本上完全放开，政治身份、年龄、学历、婚姻状况等方面的限制极少，可谓是 20 世纪新中国高等教育史上最为开放、考生数量最多的高考。而录取新生身份之多样、年龄之悬殊、学历之参差、经历之不同则空前绝后，真可谓群贤毕至，少长咸集。元气初舒的大学迎来这一特殊的年级，无论教育模式、管理方式、教学环境，还是同学集体关系、生活状态，都不免形成较之 1977 级更为特殊的样态，洋溢着更为丰富、复杂而奇异的气息。这种特殊历史条件下形成的高等教育及其学生群体的景象在新中国高等教育史上也是绝无仅有的。

我们每位同学正是这千军万马中的一员，身处不同的环境，克服不同的困难，同时走到高考的起跑线上，进行人生的冲刺，接受国家的挑选，最终成为时代的幸运儿。同学们入学后无不珍惜这一来之不易的机会，学习态度极其积极。个个以如饥似渴之需求、争分夺秒之干劲，全身心地投入全日制大学生活中。这段经历是我们奉献时代的青春之歌，也是我们人生崛起的胜利之歌。作为积压十年芸芸考生中的一员，如今追怀当年的经历，交织着刻肌入骨的艰苦记忆和春风自得的豪迈情怀。我们的抚思无不折射着时代的风云变幻，饱含着人生的无穷况味，当然也体现着历史的信息和现实的启示。

在中华民族绵延不断的壮丽史诗中，我们的记忆，哪怕只是起到一个标点符号的作用，也是值得我们每个同学欣慰的。

谢　波

2018 年 10 月 2 日

南京师范学院中文系 78 级（2）班全体合影

左起第 1 排（字体显黑者为中文系老师和领导）：王建萍、黄月美、程光熙、何　云、郭欣欣、**秦家琪**、禹淑雅、梁晓虹、李黎红、谢晓雯；

第 2 排：**赖先德、王长俊、陈文锦、张纯一、吴调公、金启华、强国瑞、盛思明、曹济平、胡正亚、龚保京、胡显银、李灵年、黄浩森、凌焕新、吴　锦**；

第 3 排：**郁炳隆、钟　陵、鲍善本**、杨国强、沈　进、史双元、王宝淮、鱼肇泓、王安刚、李　鹏、黄晓东、张国瑞、**陆协新、李泽平、陈国钧**；

第 4 排：汤才顺、程　杰、陶思炎、孙国成、钱立群、魏　学、季德华、黄绍祥、马树杉、尤危慈、王富荣、朱　亮、魏忠和、刘世齐、袁　璋；

第 5 排：郑戈林、季士林、蔡铁鹰、徐敏南、刘允志、施国鸣、吕立言、林一峰、谢　波、吴　宁、张年安、蔡虎明、傅亚斌、陶　洪、李健生、洪粹善。

1978 年高考“考生须知”

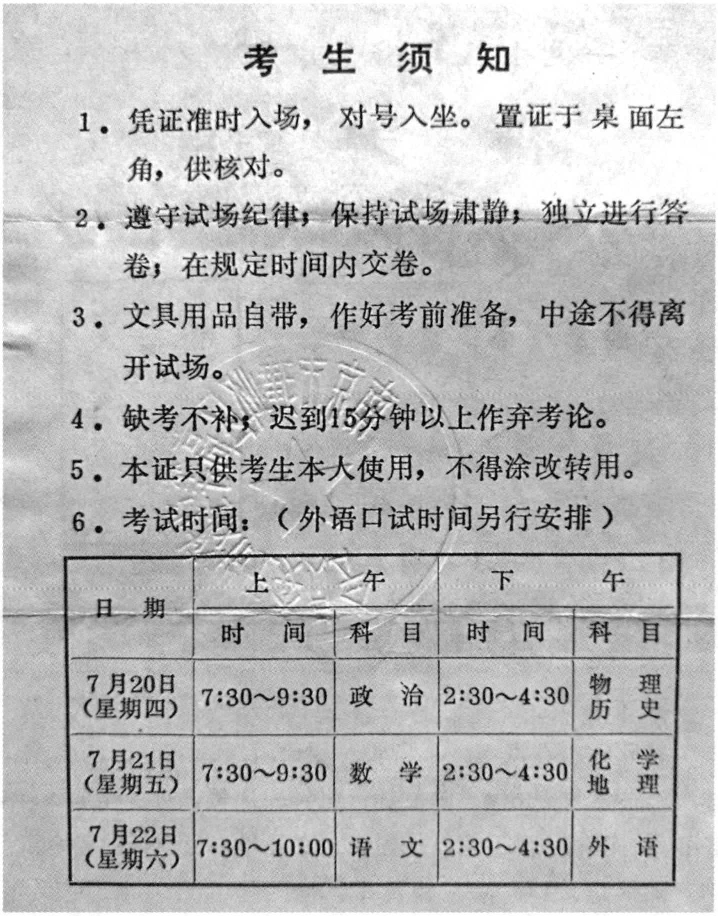

考 生 须 知

1. 凭证准时入场，对号入坐。置证于桌面左角，供核对。

2. 遵守试场纪律；保持试场肃静；独立进行答卷；在规定时间内交卷。

3. 文具用品自带，作好考前准备，中途不得离开试场。

4. 缺考不补；迟到15分钟以上作弃考论。

5. 本证只供考生本人使用，不得涂改转用。

6. 考试时间：（外语口试时间另行安排）

日 期	上 午		下 午	
	时 间	科 目	时 间	科 目
7月20日（星期四）	7:30～9:30	政 治	2:30～4:30	物 理 历 史
7月21日（星期五）	7:30～9:30	数 学	2:30～4:30	化 学 地 理
7月22日（星期六）	7:30～10:00	语 文	2:30～4:30	外 语

1978 年的高考是“文化大革命”正式结束后的第二次高考，通常称 1977 年是恢复高等院校招生考试，1978 年是恢复全国高等院校统一招生考试。这是杨国强同学保存的 1978 年高考准考证背面的“考生须知”，其中的考试时间是全国统一的。准考证的正面请见陶思炎、程光熙、杨国强等同学回忆文章中的插图。

目　录

我的高考

——愿望、失望与希望

陶思炎

1978年对我来说，是极不寻常的一年，其中有两件大事成为我人生道路的里程碑：其一，我的可爱的女儿来到了这个五彩缤纷的世界，我当上了父亲；其二，我参加了78级高考，成了一名真正的大学生。

在我对高等教育的向往与期待中，曾交织着愿望、失望与希望，让我切身体验到一个普通青年对时运与机遇的无奈，以及执着追求、永不懈怠的重要。

一、愿　望

读高中时，我的愿望是通过高考进入外国语学院，将来成为一名外交官或翻译家。小时候母亲曾对我说，离我家不远的另一条小巷中有一位老木匠，他儿子因学了法语，后来在驻法领事馆做了副领事。这鸡窝中飞出凤凰的故事，让同样出自贫寒家庭的我初次闻知学外语与做外交官间的联系。

从高一开始，我就把不少课余时间放在俄语学习上，成绩一直比较突出。在南京一中，我当年的俄语老师曾是民国时期政府驻苏联使馆工作人员，他夸我是他从教近20年来学得最好的一位学生。老师的鼓励自然使学生的学习更有兴趣。当时，每到高三的毕业季，学校会贴出几十份全国一些高校的招生简章，我每年都会挤在高三的学长中去看，并从心里羡慕那些即将参加高考的高三学长们。当时我对北京外国语学院最感兴趣，甚至在外语课上利用做值日生汇报的机会，用俄语直接向全班做了数分钟自己志向的陈述，由老师为同学们翻译成汉语。当时我还只是高一的学生。

在高中学习期间，我还拜访过几位暑假中回到南京的在北京学俄语或法语专业的大学生，向他们请教学习上的问题，听他们说丰富多彩的大学生活，同他们的交流更增加了我对上大学的期待。我一直在期待着，期待自己的愿望能成为现实。

二、失　望

1966 年初夏，我们终于迎来了高中的毕业季，同学们都在准备参加高考，但就在这时，“史无前例”的“文化大革命”开始了。起初，我们不觉得它会影响正常的教育秩序，同学们一边关心着国家大事，一边还在紧张地复习迎考。可是，在 6 月中的某一天晚上，我们突然在学校的操场上收听到了中央人民广播电台播出的有关废除高考，参加“文革”，将来从工农兵中选拔大学生的倡议，说这是由北京男四中和女一中的学生们提出的。我们中间有个别同学竟还当场欢呼：“哦，不考了！不考了！”他只看到自己从高考的压力下暂时解脱，而不知道自己有可能永远失去享受高等教育的权利与机会！

高考遥遥无期，这是我求学路上的第一次失望。而第二次失望，是 1973 年的工农兵上大学采取了自己报名与推荐选拔相结合的方式，在经过五年的插队务农和进厂当工人之后，我的心中又燃起了求学的热望，决定去报名。然而，当时对报名者的年龄有严格的限制：不得超过 25 岁，即 1948 年 7 月前出生的不可报名！66 届高中生大多是 1947 年出生的，这样，我们连自荐的机会也没有！

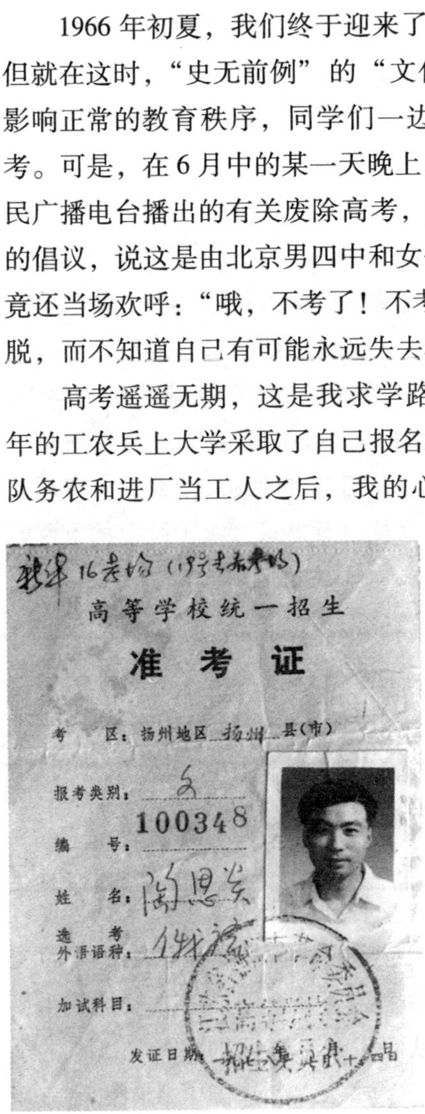
高等学校统一招生
准　考　证
考　区：扬州地区 扬州 县(市)
报考类别：文
编　号：100348
姓　名：陶思炎
选考外语语种：
加试科目：
发证日期

陶思炎 1978 年高考准考证

“四人帮”倒台后，迎来了改革开放的春天！1977 年恢复了高考，我心中又燃起了新的希望。但是很快又被打入了“另册”，当时的规定是：年满 30 岁的和结了婚的不能报考！66 届高中生正好满 30 岁，不少人已经成婚，这样我就再次被无情地挡在高考大门之外。后来得知，77 级新生中也有已婚的和满 30 岁的入学，但不明白我当时所在的扬州地区是严格执行了省里的规定呢，还是他们自以为是地制定了“土政策”来限制报名人数。总之，为这高考，我再次因命途多舛而感到深深的失望。

三、希　望

1978 年，我在邗江县建筑设计室工作，有天下午领导通知说，全体人员都到会议室去听有关今年高考的文件传达。我想，对我们 66 届的高中生来说，77 级不让报名，78 级还不一样，此事与我无关，只能听听而已。当时传达的是中央文件，在说到报考条件时有这么一句：凡“老三届”的中学生，年龄、婚否均不限！我惊喜不已，几乎不相信自己的耳朵！我终于等到了重燃希望之火的一天！

我带着这一喜讯回去，告诉刚生了女儿还没出月子的妻子，她躺在床上点头表示支持。我感激她的理解及把我的希望也作为她和我们小家的希望！当年夏季，天气特别炎热，孩子出世后琐事繁多，家里只有我小妹妹来帮帮忙，我整天忙前忙后的，没有多少时间复习备考。常常是把妻子、女儿忙定后，我才能赶紧复习，往往直到躺下睡觉时手中还拿着书本，不一会儿书本就滑落砸在身上，惊醒后我还撑着继续看书，书又再次滑落，又惊醒再看，如此反复……

我靠着自己较好的基础总算顺利通过了高考，其中外语（俄语）得了 90 分，可惜当年外语成绩只作参考，不计入总分，最后总分为 390 分，最高地理 87 分，最低数学 68 分。若加上外语，总分可达 480 分。虽然我还有读外语专业的愿望，然而 78 级的专业录取规定是：25 岁以上的不得填报外语专业！这样，我只能改弦更张，选择了中文专业，并被录取到南京师范学院中文系。

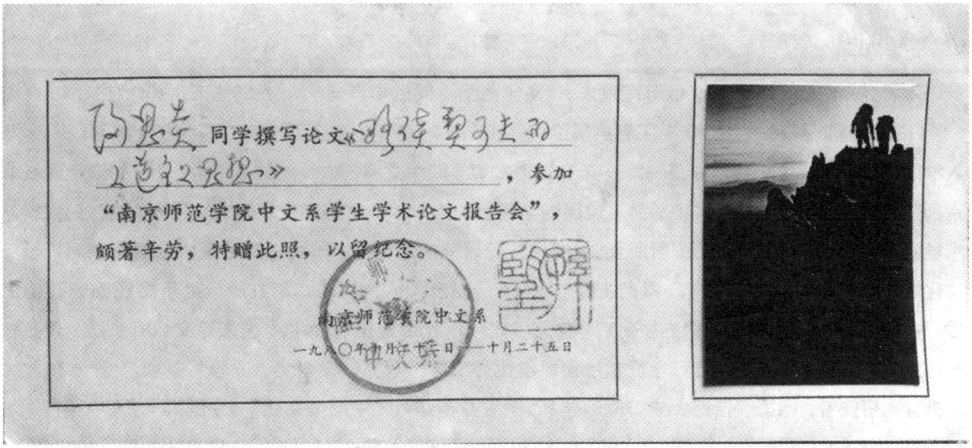

陶思炎 1980 年 10 月在南京师范学院参加学术活动的纪念证书

高考对我来说，是交织着失望与希望的过程，但最终获得了希望与成功！我在南京师院的四年中，逐步走上治学道路，大三和大四时在《南京师范学院学报》上先后发表了有关园林与文学、莎剧《哈姆雷特》的研究文章；1982年毕业时的学士论文《比较神话研究法刍议》又在当年的《江海学刊》上发表，后收入《全国大学生毕业论文选编》一书，该书后被日本西南学院大学选作教材。

在南师学习期间，我一直在摸索自己的发展方向，先后考虑过以文学史、外国文学、比较文学为专攻对象，直到写作学士论文时，我终于找到了适合自己的研究领域，那就是：神话学、民间文学和民俗学。后来我到北京师范大学攻读博士学位，让民俗文化的研究成为我的毕生事业。

1978 年的高考对我这样被耽误了 12 年光阴的“知青”来说，是多么亲切与可贵！它改变了我的人生轨迹，也让中华传统文化的园田中多了一位始终拥抱希望的耕耘汉和探索者！

2018 年 9 月 6 日于金陵春晓书屋

2018 年 11 月 29 日改定

作者小传

陶思炎，1947 年 3 月生，江苏南京人。文学博士（民俗学方向）。1966 届高中毕业生，1968 年 12 月邗江县插队务农，1970 年招工到县属工厂，1975—1977 年到南京工学院建筑系进修学习，1978 年入学南京师范学院中文系，1982—1987 年在江苏教育学院中文系任教，1987 年 9 月—1989 年 12 月在北京师范大学攻读博士学位，系中国第一位民俗学博士。1989 年 12 月起在东南大学任教，为东南大学艺术学院二级教授，东方文化研究所所长。中央文史研究馆馆员，中国民间文艺家协会原副主席，长江文化促进会原会长，江苏省文联原副主席。第十一届全国人大代表，第九届、第十届江苏省政协常委、省政协文史委副主任。第三届南京“文化名人”。出版著作 20 余部，发表论文 200 余篇，曾获教育部人文社会科学奖 1 项，江苏省哲学社会科学优秀成果一等奖、二等奖、三等奖多项。日本东北大学外国人研究者、德国汉诺威大学访问科学家。主要著作有《中国鱼文化》《中国纸马》《中国镇物》《中国祥物》《应用民俗学》《民俗艺术学》《苏南傩面具研究》《问俗东瀛》等。（文首肖像摄于 1982 年）

烟云散去是阳光

禹淑雅

1977年下半年的一天，听说恢复高考了，我1947年生，66届高中毕业生，兴奋地和一位68届的同学跑去报名。结果我被告知超过年龄，她则因为已婚被拒。我俩灰溜溜地走出来，情绪极度低落。同学刚刚结婚两个月，那个后悔呀，真恨不得离婚！我则满腔怒火——我是按国家规定的年龄去上学的，为什么被剥夺高考权？我们这一届都是1946年下半年到1947年上半年出生的，我的启蒙教育是在北京接受的，其他地方天高皇帝远，小学入学年龄控制不严。那年，大我1个月的小表姐已在南京报了名，就要上小学了，家里人希望我也可以上学，于是到小学报名，不准。几经交涉，甚至闹到北京教育局，最后还是以我在家干等一年的结果告终。上学迟了一年，高中毕业也就拖到了“文革”关头，自然失去了“十年浩劫”前参加高考的机会。感谢邓小平，在全国与我相同情况的66届高中生的抗议下，发布政策允许我们参加78级的高考！那时离考试只有区区十几二十天了。高中时是打算将来念理科或医科的，当时信奉的是“学好数理化，走遍天下都不怕”。然而，“浩劫”中父亲珍贵的典籍文物被抄、被烧，再就是“上山下乡”，所有书籍散失殆尽。工作单位直到最后才给了10天的假期准备考试。于是只好报个南师中文系碰碰运气。当时我31周岁，也只能报考师范类高校。我高中同学有考上医学院的，也许他们头脑灵活，在报考年龄上做了些动作。有例为证，某年高中同学聚会，

D 同学说："我们 7 岁上小学，××× 1 岁上小学……"赢得一片善意的笑声。

除了年龄放宽外，1978 年高考还有一个非常了不起的决策改变：对考生政审要求明显放宽，提出了"不唯成分，重在个人表现，择优录取"的主导思想。这实在是一个伟大的进步，从而让千千万万背着家庭出身包袱的青年学子有了希望，获得了学习的机会，并将以学习所得报效祖国，而我就是受益者之一。

我家庭出身不好，但我舅舅、阿姨和我两个姐姐都是地下党。从小学到初中，我年年被评为"三好生"，每天活得快快乐乐，也不知家里的这些事。1964 年后情况变了，"文革"中更是感到直接的压力。再次感谢邓小平，给了我们这些家庭出身不好的青年一个充满希望的春天，一个自由舒展的天地！

1978 年考入南京师范学院（今南京师范大学）中文系，我不是一个非常用功的学生，年龄最大却没充分发挥示范带头作用，很是遗憾。读书 4 年，有一件事让我至今想起依然非常感动！忘记是哪一年了，有一天，我们可敬的辅导员李泽平老师跟我谈话，语重心长地说，虽然国家对在读大学生有不能结婚的规定，但我的情况不同，意思是说对我可以网开一面。是啊，40 年前一个 31 周岁的女子还待字闺中，"婚"途渺茫，再等 4 年，虚 36 岁的"老姑娘"还嫁得出去吗？我想这是包括李老师在内很多同学和好友的担心。

右起为王建萍、梁晓虹、何云、禹淑雅、黄月美、谢晓雯、程光熙、郭欣欣在中大楼前蹬道下南北道路上，摄于 1982 年 6 月

那个时代人们还不习惯向外敞开自己的内心，我也如此。我没告诉辅导员，我曾经历过一段刻骨铭心的爱，由于家庭的反对，由于我的软弱，我向家庭妥协了。虽然时代在变，在他遇上了那次致命车祸之后，一切就再也无法挽回了。从此我深陷其中，不思其他，我相信仅凭那些美好的回忆，便可度过余生。我拒绝了很多人，有自己找上门的，有托人介绍的，家人也紧锣密鼓地安排不少"见面"。不是他们不够优秀，而是我一直放不下他，我心中只有他，曾经沧海难为水啊。8 年后，我终于结婚了，原因简单不过，只是想 8 年前是家人觉得对我有一份歉疚，如果再

这样下去，将是我亏欠家人，负恩终生了。

往事如烟，已随流年轻轻飘散。悄然细数，昨天的悲欢聚散，都成为心中的温情回忆。感恩 1978 年高考，让南师成为我美丽的遇见。岁月无声，风华正茂的同学少年都已迈入花甲之年，远在大洋彼岸的我，渐次展开的生命画卷已经放下了所有的负累，唯有牵念在心灵深处沉淀，那是一份宁静、闲淡和安然。

作者小传

禹淑雅，1947 年 3 月生，江苏南京人。1966 年毕业于南京市第九高级中学，1968 年 12 月 26 日赴江苏句容插队。1975 年，因父母身边无子女而获许回城，就职于南京市白下区糖烟酒公司。1978 年考入南京师范学院中文系，毕业后分配至南京市教育局职教处工作。1989 年 2 月随夫移居美国，做过护理、文秘和图书馆管理工作。2017 年退休，现居美国纽约州 Putnam Kent。（文首肖像摄于 1982 年）

我的“大学梦”

蔡虎明

我的“大学梦”始于进入高中的第一天。9 月 1 日，开学典礼上校长讲话，在那间有着很多粗大柱子的古代厅堂里：“就在这里，范仲淹吟诵过‘先天下之忧而忧，后天下之乐而乐’……现在人们都说，跨进了苏中，一只脚就跨进了大学……”一颗“大学梦”的种子悄然植入少年的心田。

时代列车越出了正常的轨道，“文革”爆发了，横扫一切，破坏一切，干扰了生活的各个层面。在 66 届学生备考复习得热火朝天时，传来了高考暂停的消息。明年跟我们一起考吧，我想。但“文革”如脱缰的野马无法停步，在高中待了 4 年，“革命”革好了，“造反”造够了，便一股脑儿被扫到了乡下。

教科书全烧了，扔了，是“裸身”下了乡，心底暗暗藏着那个梦。我不相信“农村是所大学”这样的话，但我希望认真劳动，好好改造，以后会有希望。翻地，播种，插秧，耘稻，收割，脱粒，我学做所有农活，态度诚恳，表现良好；后来，虽然挑着担子走在田埂上，还是扭着秧歌，上船干活还会不慎落水，被捞起如水老鼠一般，但贫下中农有慧眼，认为我接受再教育大致完成，可调到大队中学管教那些可爱顽皮的农家子弟。

夏季双抢时节，下午 3 点钟，农民抢收抢种干得正欢，学生已经放学回家，望着空荡荡的教室，我偶然会想起那飘远了的梦，收获些惆怅和苦涩。

下乡多年，安分守己，希望淡薄，前途渺茫。一个机缘的召唤，我卸了教务，丢下了所有的家当，“裸身”返城。当上工人不易，就不要有不切合实际的想法了，我决定重新规划生活。回城后老母亲一直苦着脸嘀咕，别人家的孩子都两三岁了……在乡下，结婚是“危险”的事，一结婚就会“被扎根”，现在户口上来了，工人当上了，可以完成母亲的心愿了。日子平庸了，思想现实了，梦想远去了。

世事就是这样撩拨人心，听说大学重新开始招生！我平静的心荡起了涟漪，潜伏心底的希望蠢蠢欲动。听说是从工农兵中招，推荐和考核相结合。我积极争取，努力表现，也耐心等待，但终于大失所望。看着书记身边的“红人”被推荐上了，小学三四年级学历的考核通过了，一些有权有位者的子女也出现在大学课堂里了，我感到大学这两个字蒙上了灰尘，我的大学梦被亵渎了。

我在厂里当分析员，开始自学大学化学课程，我决心重新培养塑造自己，当个没有大学学历而有大学水平的现代工人。

历史是个调皮的小姑娘，她很会作弄生活。以为日子就这么过了，突然传来了石破天惊的事：“四人帮”覆灭了。让“老三届”想不到的是，高考恢复了！这是国家政府的郑重决策，向全社会招生，如以前那样文理分科考核。这可是一石激起千层浪啊，“老三届”学生奔走相告，希望和担心同时涌现，十年了，盼望了十年，荒废了十年！我同样被这好消息打了个措手不及，情绪激动起来，心志振奋起来，手忙脚乱起来，我们这些“老家伙”就在兴奋、疑虑、慌乱中糊里糊涂踏进了77届大学招生的考场。

十年不读书，几场考下来，都摇头说：还给老师了，都还给老师了！我们十多个“老三届”只有四人有了体检的资格，我也在内。我很高兴，认为这是自然的、合理的，好像冥冥之中就是这样安排的。能去体检，是文化考试合格了；体检之后，是录取发榜。我一如既往地上班，过日子，等待那自以为是的好结果。

又一次失望！命运之神和我打了个照面，转身而去，上苍没有眷顾我。日子变得灰暗，情绪十分低落，我要宽慰自己，国家积弊深重，秩序和公正的恢复，还需时日。但没有用，担心和不安一阵阵袭来：过一年就大一岁，大一岁就离高考资格远一步，明年还会有机会吗？也许我就此永远失去机会了呀。我怨愤起来，恨命运的乖戾。

过了半年，78届高考又宣布开始了，群情又激奋起来。这次高考，年龄进一步放宽，“老三届”全部都可参考，又进一步放松了限制，抛弃了以往的阶级论和所谓的历史问题，让沦为“黑五类”的学生扬眉吐气，让被历史问题压抑了很久的学生顿感轻松，这是进步，体现了公正，符合人性，是合民意的做法。“老三届”又燃起了希望，又忙得不亦乐乎，但我却意兴阑珊，同学们来询问、相邀，我愤愤地回答：“不去了！”

同学们一个一个地报名了，日子一天一天地临近了，我的心不安起来，心里的另一个我说起话来：你这算啥？是77年没录取的后遗症吗？你这是幼稚可笑的小心眼作态！这次不去，才是可惜！被说服了的我去报了名，离高考的日子很近了。这次我告诫自己，期望值不要太高。

马上发动起来！全力以赴！有了77年的复习，有了经验，很快进入正途。语文面广量大，老虎吃天无从下口，靠老底临场发挥！数学有基础，但十年不碰早已“锈迹斑斑”，要紧的是“除锈”。我搞到一册《历届高考数学试题汇编》，是手刻油印的，就日里抽空做，晚上刻苦做；白天上班，中饭后别人休息，自己在角落里攻题。卷子前半部分略做，看看想想就行了；后半部分猛攻，找解题的方法和方向。有时把试题放在口袋里，有空就拿出来思考，在乘汽车外出办事时，一路做题，收获蛮大。这本书的题目如磨刀石，起了很好的“除锈”效果。

77年考的是理科，折戟沉沙后，这次不填理科了，改填文科。去县中图书馆找到几本与历史地理有关的书，拍拍灰尘，拿了回来。政治有大纲和有关读本，狠命地读背，费时很多。记得临考前我们三个老同学、老朋友凑在一起复习，天气很热，房间不大，三个人的资料倒蛮多，直读得头昏脑涨，汗浆直冒，我们单衣又赤膊，叫苦不迭。

真正放假给复习的，只有一个多星期，那是宝贵的，不可浪费。我在家复习，有时还要照看一岁的女儿，她很黏人，一直要抱，我便抱着她看书，走走坐坐，她还不满意，大声啼哭，无奈，我只得坐在凳子上，跷起二郎腿，把她放到脚脖子处，摇晃起来，让她享受到坐木马的乐趣，她不哭了。一旦我看书入了迷或累了，“马儿”停了，她又大声啼哭起来，抗议爸爸的失责……

又要进考场了，这是“二进宫”，多少有点“老运动员”的感觉和自信。语文很顺利，一路无阻拦，最后作文是把几句话连贯成文，不一会儿就做好了，心里还奚落一句：这也算作文。数学考试，如临大敌，步步小心，题题努力。一路过关斩将，杀将下去，后半部分的“大骨头”来了，更是全力以赴，龇牙咧嘴，东咬西啃，也一一攻下，心里不禁骄傲起来：不过是根“小骨头”。看别人还在苦思冥想，自己顿觉轻松，便奖励自己小憩一会，我停笔抬头，为之四顾，为之踌躇满志。考试快结束了，考场里小有骚动，猛然，我发现了一个低级错误：把数字“3”看成了“2”，导致运算全错了。我顿时头皮发麻，冷汗直冒。我命令自己，赶快改正！橡皮是不用了，涂个墨团算了，正页写不下了，画个钩引到别处写，手忙脚乱，狼狈异常，这时铃声催命似的狂叫起来，老师开始收卷了，赶快！赶快！写完最后一个字，老师走到了我跟前。出了考场，惊魂甫定，再也神气不了，只感到十分疲倦，骑车回家，又感到口渴难耐，见一冷饮店，急忙停车进去，奢侈地一连喝了两碗绿豆汤！

考试成绩我是较早知道的，我在文教局工作的朋友捷足先登，赶早告诉我：数学95分，还可以。语文89分，怎么连90分都不到？你这分数还是苏州地区语文单科第二？史地，马马虎虎。政治，勉强及格。啊，政治，我为你读得废寝忘食，你就给我这么点分数？我本不喜欢政治，政治也不待见我啊。总分396分，后来大家交流，才觉得好像蛮好，心定了下来。

录取通知书是由厂长大叫着送来的，在工友们恭贺羡慕的目光中，我接过了通知书，心里涌起丝丝甜意。回家后，我把它放到桌子上，对家人说了句：“录取通知书到了。”心里顿觉如释重负，我的“大学梦”实现了！

接下来是填写志愿，也是小有经验了。回城后我在农药厂当分析员，自学大学化学，所以77届高考，不假思索地填了南京化工学院。78届改换门庭不考理科，改考文科了。脑子里想到的首先是南大；第二嘛，就南师了。当时苏州地区的考生，大多填考江苏师院（苏大的前身），学校近，名气也蛮好，但我以为，文科最好的就是南大、南师，舍近求远，我也要填这二校。录取了南师，得偿夙愿，心里是喜悦和满足。后来有一事，又引动我这颗不安分的心。

我的一个同学，他考取了南大，我听说后十分惊喜，真为他高兴。我学俄语已百无一用，他学英语日见吃香，这次高考外语成绩只是参考，但肯定会有特别的作用。我俩都下乡，他没有放弃英语，一本《英汉大词典》随身携带，这次的英语试卷，在他眼里只不过是少儿版的，他那出色的成绩足以让老师眼珠都掉下来，考取南大不奇怪的。我没他的幸运和出色，是先天不足。回到南师，一切全过去，心情依然是“解放区的天是晴朗的天”。

我们高中“老三届”蹉跎十年，大多结婚生子，上有老下有小，这次录取有“哪里来哪里去”的政策。让我们这些在家乡“抛了锚”的老家伙定了心。我还获得了带薪读书的政策照顾，这是一个出乎意外的大礼包！我决心学成后为单位的文化事业出力尽心。在大学放假期间，我回原单位，去吃不要钱的中饭，看到工厂热气腾腾，经济效益很好，看到中小学的境况还是“涛声依旧”，不免暗自高兴了一阵……

南师，我永远忘不了她的风采，她给我的教诲。她给了我为师的知识本领，给了我为人的道德操守，她还教给我看世界的冷眼热肠……

南师，让我把“大学梦”变成了现实，这个梦，不再是肥皂泡般飘浮着的绚丽但虚空的希望，也不再是一波三折让人欢喜让人忧的尤物，她是实实在在的美丽可人。她有着宫殿式的教学楼，雕梁画栋，绿树掩映。她有着碧草成茵的大草坪，夏夜来临，仰望苍穹，繁星满天，凉风徐来。她有经历“文革”动荡，依然育人不倦的师长们，他们知识渊博，教学严谨，呕心沥血，师风长存。她有同窗四载亲如手足的78级（2）班的同学们，他们经受磨难，从各地脱颖而出，孜孜不倦，成就学业……

南师一别，梦寐相忆。鲜活形象，浮上脑海。我犹记得这么一幕，郁炳隆老师和秦家琪老师夹着讲义，在中文系楼梯口相遇，他们注目致意，含笑问候。郁老师君子式挽臂相邀，秦老师淑女般伸臂响应，二人在同学们惊喜欣赏的目光中，手挽着手，精神抖擞地拾级而上……谈及我们2班这温馨的集体，同学们的笑容顿现、謦欬又闻，王安刚那“帝国”小军官的身影，他那风趣诙谐的谈笑，史双元那钻研苦读、兀兀穷年的夫子模样，还有如郭欣欣，她那未脱的稚气、清澈的眼神、爽朗的笑声，如程杰那鲜嫩的脸庞、青葱的年岁，流淌着青春的汁液……

镌刻在生命年轮里的，还有改革开放的历史风云，还有“小平您好”的深情呼喊……

啊，我的大学梦！

作者小传

蔡虎明，1947年12月生，江苏太仓人。1961—1964年在太仓县中读书，1964—1968年在苏州高级中学读书。1968—1973年4月，在太仓花桥公社劳动、教书。1973—1978年在太仓农药厂、太仓布厂工作。1978年考入南京师范学院中文系读书。1982年毕业，分配至太仓第一中学、太仓高级中学教书。现已退休。（文首肖像摄于1982年）

迟到的录取通知书

黄绍祥

1964年9月1日，我踏进了高中校园。考大学的意识突然间明晰了许多。我告别了水彩颜料和画笔，不再无知无畏地涂抹山水花鸟，除非班级和学校出墙报，偶尔“逢场作戏”聊解技痒；也疏远了诗歌与小说，不再沉湎于子虚乌有的人情故事，除了作文课异想天开的“移花接木”。

我把数理化奉为座上宾。或许是听到过“学会数理化，走遍全天下”的传言吧（那时还没有“学会数理化，不如有个好爸爸”的说法），或许是祖上是石匠而有基因遗传吧，那时候我想的是考理工科大学，将来做个无线电或者土木工程师。

为此，我不敢浪费时日。高中住校，吃集体伙食，当年一天一斤的粮食计划供应，三毛钱一天的伙食费，难免常常饥肠辘辘，但总能孜孜以求，看书、做题。星期日和两三个同学，常常步行十八里路回家，口袋里不忘揣着英语课本。

为求稳扎稳打，我用大白纸裁制装订了几本“错误题集”，主要是数学和物理，每次考试后，我会把原题和自己的错误答案记下，再订正一遍。数学和物理老师也特别照顾我，给我好几本课外习题集和参考书。读书的两年中我一直是班级的学习委员，校学生会的副主席，每个学期都被评为“三好学生”。我也曾试着给《连云港日报》投稿，高一暑假前夕，学校组织师生到海里游泳

（学校离海边约一公里），我寄出的报道稿居然在《连云港日报》上刊登了，还记得，稿费五毛。

许多老师和同学都说我高考有望。但是，我不敢骄傲，更不敢懈怠，因为我知道，这是一个小城市一所没有历史可言的中学，而我的“错误题集”也会时不时地添加新成员。

没想到，谁也想不到，1966年初夏，史无前例的无产阶级“文化大革命”运动到了每一所校园，弥漫在神州大地的每一个角落。高考，被废止了。

先是校领导组织师生学习有关文件，接着工作组进校，课停了，组织师生写大字报，组织“红卫兵”（家庭出身好的）、“红卫队”（家庭出身有点问题的），分批先后进京参观高校“文革”、接受毛主席检阅，回来后大字报如同漫天雪花，贴满了校园内的墙壁，还有一些贴到了大街上。

接下来，各种名号的战斗队如同雨后春笋，教师、学生都分裂了，或“造反”，或“保皇”，或“逍遥”，校领导靠边站，时不时被拖出来斗一斗。无形中，学校解散了，大部分教师和学生也不知所踪。

留下来的师生分成了两派，与社会上的两大派合流，都自称是坚定地捍卫毛主席革命路线的无产阶级革命派，双方都要夺权。大字报不解渴，开展大辩论；文攻不遂心，进化为武斗。

终于，军队干部介入，“三结合”革命委员会成立，折腾了三年半，1969年年底，学校筹备“复课闹革命”。1970年年初，我们拿到了1967届高中毕业证书，随即就踏上了“上山下乡”的征程。至于高考，谁也不去想了。

运动初始，我就未能当上“红卫兵”，因为在另一所初级中学任校长的父亲，因所谓历史问题被打倒，我也就成了另类，成了“（坏的但）可以教育好的子女”。父亲站在课桌上挨批斗时，被人推倒在地，肩膀骨折，市区公立连云医院的医生竟拒绝救治。母亲四下打听，在郊区找到了一位民间郎中，土法接骨消肿，才挽回一命。数日之间，我像是长大了许多，尝到了鲁迅先生所说的“从米箩跌进糠箩”的滋味，懂得了什么叫世态炎凉；也暗自庆幸自己没有当上“红卫兵”，不然，在骄纵疯狂的烈火灼烧下，说不定会干出伤天害理的事。

孤独地熬过了三年半，拿了毕业证书，回到户口所在街道，听候“上山下乡”办公室的分配。和当不了“红卫兵”一样，我去不了生产建设兵团（国营农场），只能去东海县插队，或者回原籍灌云县插队。

听一位进了连云区“三结合”委员会的老师（我母亲曾帮他带孩子）说，我父亲可能要被清退回原籍农村。

老家小伊黄庄，几十户人家，绝大多数是地主成分，只有几家是中农（我家是中农），生产队当干部的几家是土改时“引进”的贫农。几十户中小地主，没有周扒皮，更没有黄世仁。1940年，走出去两个青年，是堂兄弟，投奔了新四军。我的爷爷，是个典型的以自耕为主的农民（土改时先被划为“劳动地主”，后改为中农），曾因我父亲参加了“八路”（新四军），而多次被日伪政府“二鬼子”以及后来的还乡团逮去，残酷拷打，敲诈勒索。

我知道，自投黑窟窿，难得见光明，但是，父母体弱多病，三个弟弟都很小，怎么办呢？

我考虑，按父亲被清退计，还是回原籍打个前站，全家活命的希望大些。至于我个人，既然沦为“黑小鸦”，飞到哪里也是黑，成不了红嘴绿鹦哥，何必流落他乡遭人白眼？

幸运的是，父亲没有被清退，工资照发。先被打发去挖防空洞，拉风箱帮着烧鏊子，不久回学校，在茶炉房烧开水，后来代点历史课，1979年恢复原职。

一个回乡做了木工的“逍遥派”同窗，给了我一张刨子，让我自学木工。我自己买了凿子、锤子、斧头、锯，钉了一个木箱，装上我的衣服、书籍、各样工具，1970年4月17日，独自回到故乡。

干粗杂农活，没问题，有的是力气。除了驾牛耕地、耙地、摇耩子播种之外，各种各样的劳作，全都干过。阴雨天不上工，帮乡亲做点农具、桌子板凳，练习木工手艺，也曾给庄上准备结婚的青年画过几幅山水花鸟。夜晚，偶尔会拉几下二胡。在自制的简易柴油灯（小药瓶上盖一萝卜片，中戳一孔，插草纸芯）下，有时候，会在存书不多的小书架前，抚摸一下曾经朝夕共处的高中课本，然后抽出一两本“课外书”看看，常看的是两本《中华合页文选》合订本，最熟悉的文章是《滕王阁序》，看看，念念，与古人对话，排解寂寞。

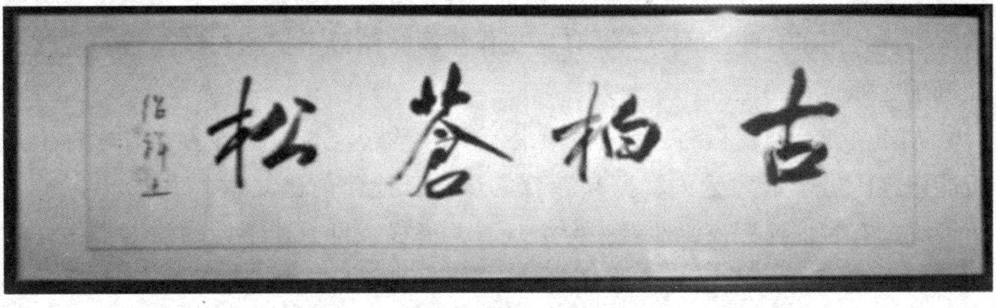

黄绍祥书法作品

成问题的是做饭、吃饭，天生一张嘴，说什么话由不得自己，吃什么食填肚皮却必须自己解决。生产队女劳力下工早，先回家做饭。男劳力下工迟，我常常做了饭却来不及吃，下午的上工钟声就响了，赶紧扒拉两口，有时揣一两个山芋、胡萝卜就跑。

也有出去混饭吃的时候。黄庄离小伊街（董集）、小伊公社、小伊中学、小伊小学、小伊大队部不远，二里地。不久，我就名声在外，“会写字、会画画、会木匠、会打球、会二胡，四只眼，一肚子墨水”，被人吹得神乎其神。

下乡不久，先是小伊小学找我去画油彩宣传画（“红小兵”手捧语录本，胸佩主席像，目视正前方），用红漆写墙字，大的一人高，小的拳头大；接着，公社叫我去写墙字；小伊大队紧靠山根，就地取材，在境内大路边竖起几十块一人高的石碑，叫我用红漆写上毛主席语录。公社、小学会给点饭票，到食堂吃饭（在大队干活，是回自家吃）。

有一次，县里开展全民体育运动，县青年篮球队到各公社巡回进行篮球表演赛。公社临时抽人，组织起小伊公社篮球队，大部分是知青，把我也叫了去，请了南京下放户詹道智来做教练（听说他原是南京体院或是体校的教师），在小伊中学训练了十来天，我居然成了打全场的主力队员。最后一天，迎战县青年队，当然我们输了十几分（县队给了面子）。高兴的是，公社管饭，我们享受了十几天的好伙食。

趁热打铁，公社干部又带着我们去陡沟公社大贺大队作访问赛，那是上过《人民日报》的全国知名的体育之乡。当然我们输了，好处是我又蹭了两天饭。

又一次，公社抽了几个知青誊写户籍档案，我又混了十几天饭。

大队奉命组织文艺宣传队，叫我去拉二胡，也常东一家西一家蹭饭吃。

下乡的第三年，1972 年春，公社文教助理，兼任小伊小学革委会主任的方寰，跟小伊大队书记关系较好，打了招呼之后，让我到小伊小学当民办教师。这是个“戴帽”小学，小学五年，初中二年。我是个勤杂工、预备队员，有人请假了，外出了，我去顶一下，日常工作是写写画画，搞些校园建设，我代过除音乐之外所有的课。

方寰主任，原籍板浦，那是吴承恩、许汝珍曾经待过的地方，方家祖上是板浦望族。出于惜才爱人、振兴教育的缘故，他此前已几次找我去“打工”，给饭吃。有时忙到深夜，他就在旁边观看，提提意见，让学校的炊事员做好了夜饭端到我面前，我吃着，他看着。（20 世纪 80 年代初，他当选了县政协主席。）

我在小伊小学忙得不亦乐乎，大队干部里有人不高兴了，大队长正告我：回生产队劳动，民办教师你不能干！原因不言而喻：这么好的事情，怎能让给地主的后代！细查三代之前，确实是地主；而推到六代之前，却是逃荒要饭来的石匠，他们就不提了。至于父亲饿着肚子，提着脑袋当“八路”，全大队仅有黄庄出了两个抗战干部，他们就更装着不知道了。人啊，各色各样，有的人，“望人穷”，容不得“你好我好大家好”，自己躺着，偏爱伸出一只脚，绊得你过不去。

勉强拖到放暑假，告别了小学。四叔出了个主意，到大队厂做木匠。当年割资本主义尾巴，所有手艺人集中到大队，统一管理，干活没有定额，挣钱拨回生产队打工分，抢收抢种时回生产队帮几天忙。木工活其实是各干各的，这样我就相对有了点自由，上班迟早无所谓，不怕没时间做饭吃饭了。木工厂有两个老师傅，祖传的手艺，我也因此而提高了技术，方作、圆作都能干了。

方寰主任始终惦记着我，1973 年的春天，他介绍我给公社党委秘书打家具，一张八仙桌，六把高背椅子，还箍了一个洗澡桶，自吃饭，打清工。汗水没白淌，这是下乡后的第四年，1973 年夏天，公社推荐我去参加淮阴中等师范学校选拔考试。高中生去考中师，觉得寒碜，但冲着“吃皇粮”的诱惑，我还是跟着公社干部去了。考场设在县中，没有笔试，只有面试。五个人围坐在拼起的四张课桌旁，三位女士我不认识，一个汪姓帅哥我认识，板浦人，插队到小伊公社，他爸是灌云县政协副主席。两个老师分别提了点初中物理和化学方面的简单问题，比如串联和并联，二相电三相电的区别，水和氮气的分子式，等等。三位女士支支吾吾，说不出话，汪帅哥抓耳挠腮，一脸茫然。两个老师望望我，我就逐题解释。然后，两个老师没说话，勉强笑笑与我握手告别。然后，就没有然后了。听公社的人说，汪帅哥上了淮阴中师。

这不就是拿人当猴耍么！光绪皇帝选皇后，非得找几个“竞选者”陪着，选谁不选谁，太后早有定夺，却偏要走走过场！

公社秘书和方寰主任似乎都觉得过意不去，一起发力，小伊大队的干部们，终于同意我到小伊小学做木工，享受民办教师待遇，每月 15 块钱，拿钱买口粮。我又成了木工兼预备队员，需要代课就去代课，不代课时修理桌椅门窗，做点教具，创作儿歌做公开课的教材。

小伊大队还有 4 个来自本县城镇、1 个来自上海的知青，陆陆续续，或升学，或招工，都走了。只有我，还要在广阔天地继续作为。某些国人的行事风格，往往妙不可言，一壁厢高呼劳动最光荣，一壁厢争着把这种光荣让给别人；吃苦的往往不是那些会喊“一不怕苦”的。

亲戚、朋友都过来劝我：没指望了，结婚吧，也许将来孩子有希望。大队厂旁边一户人家的主妇，把她妯娌的侄女介绍给我：“除了不识字，什么都好！”

也是，既然跳不了“龙门”，娶个能过艰苦日子的媳妇才好。况且，她家是贫农，我可以更好地接受再教育。1974 年初，农历春节前半个月，我结婚了，也结束了考大学的梦。婚后的生活倒也安逸，做饭炒菜，一人烧火，一人看锅，四只手比两只手轻快多了。刮风下雨时，也不再感叹“等终军之弱冠，慕宗悫之长风”了。1975 年，女儿降生之后，更添了许多乐趣。特别是她一岁多能背诵“鹅鹅鹅”，“床前明月光”，我很欣慰，也许她将来能圆我的大学梦吧。

没想到，这辈子有太多的想不到，1977 年夏天，传来了好消息：恢复高考，“老三届”也能报考！结婚生孩子的都能报考！

抚摩着几本落上灰尘的高一高二课本，回首望望妻子渐渐隆起的肚腹，我有点茫然。

“想考就去考吧！我能带好俩孩子。”

不蒸馒头争口气，宁可政策负我，我不负政策，考！不用多想，报理科。

先得找书，我是 67 届，只读了高二。还算顺利，我自己借到了老高三的物理书，父亲又给我送来了新高三的数学和化学书以及一本政治复习资料。大队也开了许可报考的证明材料。

把两岁的女儿送给城里的爷爷奶奶带。我白天上班，晚上回家自学。好在天气虽然渐冷，夜晚却也渐长了，晚上可以多看点书。老办法，细看例题解说，再做习题。柴油灯黑烟袅袅，清晨起来，满脸黑灰，鼻孔更是两腔黑烟囱。

妻子特别照顾我，除了到村外挑水，什么事都不要我做，生产队分粮分草一般都在晚上，她挺着大肚子，摸着黑，跨小沟，过小桥，扛回家，背回家。

报志愿，注重了“对口”，不敢巴高，第一志愿填了徐州师院物理系、数学系，第二志愿填的是淮阴师院物理系、数学系，甚至连走读大专也填了。只求跳出“农门”，恢复城市户口，哪还敢再想什么土木、电子工程师！

记不得初选考试的日子了，也记不清是 1977 年 12 月寒冬的哪一天，公社派了两个干部带着小伊公社通过初选的考生参加省统考，人数不太多，赶到县城，住进旅社。头一天傍晚去县中看了考场，第二天开考，考完五门，第四天下午各自回家。我是步行回家的，25 里路，到家大概晚上九点多。

没有公布考生的分数，我就有了几分担忧，作文考题是《苦战》，我写的是第一人称的小说。今年我能过关吗？过了不久，接到体检通知书，按时赶到县医院，顺利通过了体检。然后，等通知。哪晓得，杳无音信，又一次没有“然后”了。

乡亲们对我说，“你被人顶了”。我不置可否。“顶”，是“拼爹”。还有一种办法，叫“坑”，挖坑，坑人。有时“革命群众来信”，二寸半小字条，足以把人扫进深渊，而本人不知情。其实，这两种方法往往是相辅相成的。

1978 年春夏之交，有一天，公社的民政股长（兼管知青）到小学来，告诉我，你今年还可以考，去年是政审没过关，今年大概会放宽；并劝我改考文科，因为我去年高考语文成绩全县第一，若改考文科，把握更大些。

尽管我已经被高考攻关弄得很疲惫，但还是不死心，说不定有可能砸开“鬼门关”呢？看着我那寒冬高考之后出生的儿子，主意定了，就是单为儿女着想，我也得再拼它一回。

改文科就改文科吧，出来都是教书，没大区别。其实，从兴趣爱好上说，我更喜欢文史。这回胆大，第一志愿填报了我省师范院校“桂冠上的明珠”——南京师范学院中文系。反正终有一搏，要是还不能砸了“鬼门关”，哪一家大专也不会收留我，要是政策放开了，丑小鸭也要奋力展翅啊！

放下理化拣起史地，白天背背背，反而轻松点，晚上重点做做数学题，语文没法复习也就不复习了。

夏天除了热，更烦人的是蚊子。乡下的蚊子特别多，没有“滴滴涕”，没有蚊香，只得穿上长裤子、长袖褂子，伏在柴油灯下做题。妻子把小儿哄睡了，在我身后给我扇扇子。虽是夫妻，这份心意，承受不起啊，我说，扇风有动静，我反而不专心，她这才躲进帐子。

1978 年 7 月下旬，记不得是哪一天了，仍然是公社干部带队。这一次没有初试筛选，考生很多，我们公社的被安排住在一间比教室长得多的大通间里，也许是某个公司的仓库吧。晚上，把自带的草席铺在砖地上，用鞋子当枕头，和衣而睡。人多，声音嘈杂，居然还有几个人打扑克！电灯亮了一夜，我彻夜未眠。后两晚也基本如此。

第二天清晨，我再一次来到灌云县中，这是我第三次在这里走进考场！

五门试卷，答得都比较顺利。40 年过去了，许多东西烟消云散，记不清了，留下深刻印象的，竟是一位监考老师。

他大约四十来岁，稍瘦，每次走到我面前，都是面带微笑，然后转身，站到我的侧面，静静地看。从他身上，我感受到了知音般的赞许和鼓励。最后一门考试结束，收卷时，他笑着对我说："你，没问题！"

没有握手，只道了一声"再见！"，可是直到现在，我再也没有见过他，也不知道他是哪一个中学的老师。唉！同是天下读书人，相逢何必曾相识！

不久，分数公布了，大喜；听说允许复查，更喜。经复查，增加了十几分，总分 417 分，五门都在 80 分以上。

欣喜的不仅是考分较高，而是公布分数这件事，使我看到了希望。鬼怕光，有鬼必然不敢公开，公开才能驱鬼。

体检顺利通过了。然而，我心头的阴云并未散尽。学习了多年的"辩证法"，我深知"不能片面地、孤立地看问题"的奥妙，行与不行，这回真能是分数说了算吗？

郁炳隆老师与同学们雪天合影，摄于 1980 年底、300 号行政楼前。前排左起为孙国成、尤危慈、魏忠和、黄晓东、李鹏，后排左起为程杰、黄绍祥、禹淑雅、郁炳隆、梁晓虹、谢晓雯

记不清是 9 月下旬还是 10 月初，一个星期天的上午，我在自留地里挖地，准备种麦子。赶集回家的同事带给我一封信，信封不大，白色的，落款是印刷字"南京师范学院"，我明白了，默默地小心地撕开一头，拿出信瓤，逐字逐句地看了一遍，沉寂良久，还是抑制不住内心的激动：感谢共产党！感谢人民政府！感谢南京师范学院！我终于正大光明地拿到了——大学录取通知书！尽管，她迟到了十一年！

作者小传

黄绍祥，1948 年 5 月生，江苏连云港人。中学语文高级教师。1964 年夏考入连云港市墟沟中学高中部，在校学习 2 年，"文革"耽误三年半，1970 年春拿到毕业证书，随即到灌云县小伊公社小伊大队插队务农，做过木工、民办教师，1978 年考入南京师范学院中文系，1982 年毕业。1982—1991 年于连云中学任高中语文教师、教研组长、教务处副主任。因区政府西迁而致连云中学日趋落寞，兼顾妻子做小生意养家，1991 年主动要求调入东港中学，主教初三语文，并任教务处副主任。2008 年 5 月退休。曾在湖北《中学语文》、陕西《中学语文教学参考》、上海《语文学习》等期刊上发表 4 篇教学论文，在江苏《初中生世界》上发表 30 余篇指导阅读写作的短文。为缓解家庭经济压力，1992—2002 年，每年春节前夕，上街写售春联，计 10 余年。（文首肖像摄于 1982 年 6 月）

[附录]

忆南师

一

七八解禁招才俊，苏北知青到江南。虎踞龙盘名胜地，莺鸣凤舞文昌园。雕梁画栋拥碧树，笑语欢声绕西山。幸遇高师书勤念，别离愚昧远懒散。

二

乍进南师心甚慌，寡闻孤陋自彷徨。就餐每得七成饱，读书时解八分详。经史子集初观海，诗词曲赋浅探汤。耳濡目染承师道，受益终生日月长。

三

晚场观剧大行宫，归来已逾午夜钟。低声叫门无人应，竟效猴哥脚凌空。（系里发票看《雷雨》，也是学习任务，徒步夜归，叫门无应，终于攀越。）

四

西山坡缓花木深，踱步隐身诵诗经。迎考须熟五十首，怕羞不敢放高声。

五

平生初见收录机，丽君妙音听着迷。乡人不辨一排钮，笑拟窠猪奶头齐。（窠猪，母猪，苏北家乡方言。）

六

曾经沧海难为水，了犹未了恋红尘；望梅止渴堪足慰，清风絮语似洛神。（“了犹未了”“望梅止渴”“清风絮语”皆微信群内同学雅号，戏为打油，顺口溜耳。）

幸　运

——高考琐事

张年安

往事，不过就是些琐事。

进入考场的时候，只带了一支钢笔，一支跟了我十多年的破钢笔。完全没有想到这破钢笔坏了怎么办。

幸运的是，完全没有想到的事，完全没有发生。

上午考完了，当务之急是吃饭。踱进考场附近的一家小饭馆，一毛几分钱一碗阳春面下肚。记不得那时还要不要粮票。要的话，应该是三两。

面太咸，向服务员讨了一碗开水，喝了，又要一碗，喝了大半。完全没有想到考场上内急的尴尬。

幸运的是，完全没有想到的事，完全没有发生。

水足面饱，当务之急是休息。太阳很毒。不远处有棵大树，躲进树荫，背靠树打起盹来，直到被蚂蚁咬醒。

用手指弹去只大蚂蚁，看看手表，还早。摸摸口袋里揣着的钢笔，闭上眼睛接着眯。完全没有想到叮咬再次来临。

幸运的是，完全没有想到的事，完全没有发生。

当然，真正幸运的是，考上了大学，进入了南师中文系 78 级（2）班，结识了如今这些亲爱的同学们。

其实，一个人生出来，活下去，活到几十岁，是要得益于无数次幸运的。我们是那个时代的幸运者。

这一年，三十岁。

过了十年，写了一副自嘲的对联。

上联是：度日如年；

下联是：随遇而安；

横批是：饭来张口。

回头看看自己的七十年，都在这十二个字里了。

作者小传

张年安，祖籍扬州，1948年8月生于南京。1955年、1961年先后进入南京慧园街小学、南京一中读书。1968年插队到宝应县子婴河公社务农，1975年回城在南京化学工业公司当工人。1978年考入南京师范学院中文系读书。1982—2001年，任南京市教育局（教育委员会）教研室教研员、办公室秘书、副主任、主任、局党委副书记兼纪委书记，市教委副主任兼市委教委工委副书记。2001—2003年，任南京市政府副秘书长。2003—2007年，任南京市文化局党委书记、文物局局长。2007—2009年，任市文物局局长、市政协文史委员会主任。2009—2011年，任南京市政协文史委员会主任。2012年1月退休。（文首肖像摄于1982年）

我不平常的高考经历

孙国成

我1968年高中毕业，1978年参加高考，其间相隔整整十年。在那难忘的知青岁月中，我不仅在生产队干过农活，还当过民办教师，做过公社的通讯报道员；后来通过知青招工，我成了一名普通的煤矿工人。报名高考那年，我30岁，在远离家乡800多里的徐州，过着前途未卜的单身生活。

我们这一届高中生，实际只上了一年学，后两年是在"文化大革命"的动乱中度过的。1968年毕业离校的时候，全国掀起了轰轰烈烈的"上山下乡"运动。我的二弟是67届初中毕业生，在我前面下了乡。12月我们离校时，正逢发表毛主席最高指示："知识青年到农村去，接受贫下中农再教育，很有必要。要说服城里干部和其他人，把自己初中、高中、大学毕业的子女送到乡下去，来一个动员。各地农村的同志应当欢迎他们去。"县革委会在体育场召开万人动员大会，学校指派我作为应届毕业生代表上台发言。这说明我已被确定为"上山下乡"的对象，不可能照顾留城。那时我家境困难，父母收入不多，养育6个孩子，老大、老二都下乡，他们非常失望和难过。但"上山下乡"是大势所趋，我采取了积极的态度。那天我在动员大会上作了"毛主席挥手我前进，广阔天地炼红心"的表态发言，拿着发言稿，在一片震耳欲聋的口号声中走下主席台时，校革委会的军代表朝我微笑点头，低声鼓励我："好好干！"

过了1969年元旦，我们知青组6个同学，踏着积雪，来到县城西南三四十里的一个生产队。这个生产队很小，总共只有 11 户，大小 50 个人口。这里离长江北岸大约两公里，属于成陆比较迟的“洲上”。地面和江滩一样低平，是用江堤、港岸围垦出来的。过去江边容易倒圩，汹涌的江水一旦冲垮江堤、港岸，会把房屋家具冲得荡然无存，所以当地人重吃不重住，不像“老岸上”那样看重砌房造屋。解放 20 年了，多数人家的房子还是土坯、笆壁、“芦望”搭的草屋。队里没有地方安置我们，让我们暂时住在晒场边的草屋里。草屋狭小低矮，小五架梁，通长四间，没有隔墙，里边养着队里的两头猪、一条牛、四五只羊，最西边是块猪圈样的水泥地坪，长宽都不足 3 米，也许时常堆放农具和饲料，并不潮湿。我们在这里铺上稻草，摊开棉被，6 个人挤在一起睡觉。猪圈旁有口烧猪食的大锅，我们洗一洗用来烧粥、炒菜。有天夜里，我觉得额头上痒痒的，抬手一抓，只听到“咩——”的一声，原来是一只羊跑到我们这边，站在暖和的被窝上，我正好一把抓到了山羊胡子。队里人很好，我们干活缺少锄头、钉耙等农具，随便到哪家拿都行；我们吃饭没有蔬菜，到哪家自留地里都可以拔。姑娘们给我们装担子，往往手下留情，不给过重，怕我们用力过猛伤了身体；老人喜欢喊我们坐到他们家喝碗菜粥或大麦茶。后来他们发现因为我们的到来，队里工分记多了，家里粮草分少了，才背后嘀咕起来。大概是为了减轻队里的负担吧，我们知青组被一分为二，其中 3 个人被调到了另一个大队的生产队。

我在队里干过许多农活，当了政治干事，下雨天不上工的时候，给大家读读报。开展“一打三反”运动的时候，我被调到公社的工作队里，在紧靠长江的两个生产队驻了几个月，在那里组织学习、开会、走访、查账，结果并没有发现重大案情，倒是看惯了江上的白帆、拖船和大轮，品尝了在江堤上支大锅用豆油烧黄鳝的野炊美味。七圩港裁弯取直的时候，大公社组织几千人开展水利大会战，我被调到建闸指挥部，住在四面透风的工棚里，奔走在连绵数公里长的工地上，了解进度，个别采访，为工地上的大喇叭提供了一篇篇宣传稿件。

我插队的地方，知识青年很少。全大队 8 个自然村，原先只有一个高中生。当地小学七八个教师，没有一个是本大队的。当时贫下中农管理学校，大队安排我去当民办教师。那时学校没有食堂，没有工友，学生家里轮流给本班的老师派饭。派饭是到学生家里吃便饭，吃饭喝粥任凭家长安排，不兴大吃大喝，一般人家也拿不出大鱼大肉。到学生家吃饭，我是很不习惯的，但后来发现吃派饭时可以了解学生的家庭情况和学习情况，还可以催收欠缴的学费等，于是进行家访，便不觉得难为情了。

我做了三年毕业班的语文教师，被大公社调去当通讯报道员，主要工作是向县广播站和省报社、电台投稿，报道“农业学大寨”的经验，帮助秘书写写会议材料。我和当时在县宣传部工作后来当过市长、市人大常委会主任的朱有瑞一起到《新华日报》送过稿，当面听取编辑的改稿意见。报社介绍我们住在江苏饭店太平路招待所。我第一次到省城，办好事情，他领我游览了中山陵和灵谷寺。南京电影制片厂拍摄《萍肥库》科教片，我天天领着他们下去拍镜头。在抗洪排涝的紧急时刻，我像战场通讯员一样，冒着狂风暴雨，到泥泞的江堤上看险情、送通知。写材料时，我常常工作到深夜。闲暇的时候，我喜欢读报看书，这个习惯为后来参加高考打下了基础。开始推荐工农兵大学生时，我心有所想，却总没有机会，一晃就过了 25 岁。然而 1975 年年底第一批知青招工时，我得到了公社、大队、生产队的推荐。我趁到县里为“农业学大寨”会议修改介绍材料的机会，打听到县知青办已顺利通过招工申请，分配去向也比较满意。但万万没想到，分配方案在公布之前突然发生了变故：扬州地区王庄煤矿的招工干部直接把招工通知送到了我家中。我惊愕得不知所措，觉得命运和我开了一个天大的玩笑。公社书记出面为我查询，知青办的答复是王庄煤矿的招工干部住在招待所等着要人，没有人民来信举报的，就先分给他们了；通知开出去了，已经不好更改。人家的答复冠冕堂皇，我不得不接受既成事实。

1976 年春节以后，我从泰兴乘汽车到高港，换乘长江大轮到南京，从西站登上北去的火车，来到位于徐州北郊的王庄煤矿。煤矿靠近九里山，每次放高产，高音喇叭里总会响起“九里山下摆战场”的豪言壮语。我被分配在掘进一工区，当上了井下工。掘进工是比采煤工还要苦的工种。每天上班，我换上藏青色的工作服棉袄，腰束矿灯，头戴安全帽，乘罐笼来到井下 200 米的巷道里。巷道里空气混浊，夹杂着硝烟的呛味和排泄物的腐臭，可能有些缺氧，走不多远就浑身出汗。我们爬斜坡、钻风门，把粗大沉重的扶棚木料扛上工作面。老师傅打眼放炮，年轻人挥锹出渣，一个个汗流浃背。下班时脸上沾满黑灰，只有两眼和牙齿是白的。我汗水湿透的头发粘在头皮上，长时间捂在矿帽里，加上每天上井时在浴室浸泡，没多久一头黑发就发了黄。每次从井下上来，我总觉得太阳特别明亮，空气特别新鲜。每到这时，我心里特别羡慕每一个能够充分享受阳光和空气的人，希望有一天自己也能把头发梳得齐齐整整。

下井工作是很危险的，我刚进矿时就听说采煤工区一个老乡因冒顶而意外丧生。地震对生命的威胁更大。那年唐山大地震，徐州震感强烈。为了防备停电被困在井下，我们曾训练爬风井紧急脱险。走进风井，里面漆黑一片，只有矿灯的光柱晃来晃去。里边有 45°的陡坡，拉着地上的铁链才能爬上去；有狭窄得只能一人转身的竖井，必须通过许多铁栅栏制作的安全井盖。一个个栅栏井盖被顶开又放下，“哐啷”“哐啷”的声音响成一片。头上滴着冰冷的地下水，阴风习习，却止不住身上淌下的一串串热汗。我们一个紧跟一个，互相招呼，直到走出洞口。我们用艰苦的磨炼，准备随时应对死神的挑战。为了防震，我们夜里不敢睡觉，可是到了下半夜，疲劳和瞌睡一起袭来，实在坚持不住了，只得开着门和衣而睡。有一次睡梦中忽然感到床铺摇晃，心里知道要赶快逃出去避难，但身体就是不听大脑指挥，一点儿动弹不得，那种焦急万分的恐惧，我至今难忘。

王庄煤矿有上千名职工，大多是先后从扬州地区各县招来的单身知青，户口在扬州，工作在徐州，生活以矿为家，与当地没有什么联系。下井工人每月 57 斤口粮计划（当时居民每月 24 斤），一天吃四五顿饭，食堂每天 24 小时供应，还是满足不了大家的要求。于是矿上成立了工人伙食管理委员会，每个工区推选一名工人参加。我作为掘进一工区的代表进了食堂。伙管会负责人是一位财务科长，人品、长相都很好，面色红润，两鬓花白，40 多岁还未结婚。他工作特别认真负责，带领我们和炊事员一同劳动、一同吃饭、一同核算成本，要求食堂做到不赔不赚，热饭热菜热心肠。食堂工作有了很大的改观，获得了上上下下一片好评。因为管理有效，部分伙管会成员被从原来的工区调进了食堂，既作为事务室成员，又到班组任职。于是我当上了小吃部班长，在食堂里被戏称为部长。这是食堂的一个特殊窗口，专门供应现炒盆菜，并且负责矿上的对外接待。我们班分两个组，各有一位掌勺的扬州厨师。我在他们身边边看边学，学会了不少加工、烹调方法。后来我结婚的时候，酒席就是自己在家里办的。

我在煤矿的这段时间，正是我国政治生活天翻地覆的年代。粉碎“四人帮”以后，各条战线拨乱反正。1977 年 7 月，中央十届三中全会恢复了邓小平的职务，由其出任国务院副总理，主抓科学和教育工作。在邓小平的直接领导下，当年就恢复了我国已经停止 11 年的高考招生制度。

恢复高考像一声春雷，震撼了祖国大地，唤醒了我几乎沉睡的梦想，激发了我对新生活的向往。我是新中国的同龄人，孩提时代戴着红领巾宣誓“时刻准备着”的时候，就有一个努力学习，将来当教师、医生、工程师、科学家的理想。我喜欢读书，上的是重点高中里的重点班，学习成绩一直比较好。那时学校宣传“一颗红心，两种准备”，但最下功夫的是培养我们上大学。“上山下乡”改变了我们的生活道路，我一直觉得没能上大学是一个很大的遗憾。现在机会来了，我的心情无法平静。可是，1977 年高考我没有能够参加，因为有个报名条件和推荐工农兵大学生一样，即年龄不超过 25 周岁。这个规定很不公平地把当年要求“停课闹革命”的大龄知识青年排除在高考以外。为了纠偏，邓小平说：中国要实现社会主义的平等，就首先要实现知识面前的平等，教育权利的平等。1978 年 4 月，《人民日报》报道，教育部决定当年高考在上一年各省命题的基础上，由全国统一命题，夏季再次招生。这年高考，放宽了报考年龄限制和政审要求，而且要求各单位根据生产、工作情况，为考生创造必要的条件，积极热情地组织和支持考生进行复习。恢复高考没有像“上山下乡”那样搞运动，没有声势浩大的宣传发动，但是它深得民心，得到全社会的拥护和支持。

面临高考，我不无担忧。自己到底有多大把握呢？记得政工科的一个青年干事参加 1977 年高考回来，默写了部分高考题。他在食堂事务室拿给朋友看时，我也看了一下，觉得多数题目自己可以对付，或许每门可以拿 80 分，只是数学，因为“停课闹革命”，高二、高三的教材根本没有学过，有关题目一点也不会。根据自己的情况，我选择了报考文科，决心把数学好好补一补，争取总分过关。

我的高考复习，在现在的考生看来，简直是不可思议的。我在徐州举目无亲，无处求助，加之煤矿地处农村，食堂工作繁忙，也难以外出。所以我没有老师辅导，也没有听过一节辅导课，没有参加过模拟考试，没有看过一份综合试卷。我没有教材，没有现成的讲义，复习资料都是自己找的。对我最有用的就是教育部组织编写的《一九七八年全国高等学校招生考试复习大纲》，它是我复习的唯一依据。我到新华书店买了几本农村版的“知识青年自学丛书”，制订了复习计划，对照考试大纲的要求，一个知识点一个知识点地梳理过关。过去做教师的时候，我总是用毛主席语录“要自学，靠自己学”告诫学生，用叶剑英的诗“攻城不怕坚，攻书莫畏难。科学有险阻，苦战能过关”鼓励学生，如今我用这些话自我鞭策，不断坚定自己的信念，增强自学的决心。

煤矿的居住条件比较差，刚去的时候，住房已经分光，我临时住在工区的会议室里。虽然休息不得安宁，但比乡下住过的猪舍好得多。后来我被安插到工人村集体宿舍的一个小套间里，同屋的三个人是原来插队到宝应的南京知青，他们一人一小间。我被安插在小客厅里，除了让出的过道，大约只有 6 个平方，仅能放个衣箱搁一张床。没有桌凳，我只能坐在床上，把床头的简易衣箱垫高了当桌子用。整个复习期间我坚持正常上班，我没有请一天假。每天一下班，就往宿舍跑。我一边看书，一边做笔记，把数学中没有学过的椭圆、抛物线等都弄懂了，并且做了书上的习题。现在我手边还有一本农村版图书《知识青年地图册》，扉页上写着“1978. 1. 12 购于徐州市”，是当时复习地理的主要资料。这本书已被我翻破了，内容早已过时，因为它常常引起我对当年高考的回忆，所以一直舍不得丢掉。

农村版图书《知识青年地图册》，当年高考复习的自备资料

考试是 7 月 20 日开始的，连续三天。早晨，矿办公室安排的专车把考生送到徐州市内，让大家各自奔赴考场，晚上则自行回去。我的考场在彭城饭店南边的一座中学里。我带着钢笔、毛巾和灌满水的下井水壶进了考场。现在的高考考生进考场，都有家长和老师精心照料，路途远一点的，安排住宾馆是常事。而我参加高考时，只想到乘公交车来回比较方便，根本没有想到中午吃饭和休息的问题。上午 7 点半开始考试，考试结束 9 点多钟，我漫步走进附近的云龙公园，坐在树荫下的石凳上，抓紧时间浏览下午考试的内容。中午在附近的小饭店匆匆吃了一碗面条，又回到那里休息。我躺在石凳上，只见头上垂柳飘舞，眼前湖水闪光，远处山色诱人。吸上一口气，只觉得空气特别清新，花草的香味沁人心肺。闻过煤矿井下巷道中污浊空气的我，感到这时简直是一种近乎奢侈的享受。第二天考试中途休息时，我再次来了这个令人心旷神怡的地方。因为这次高考，云龙公园给我留下了难忘的印象。

考试的时候，我曾遇到一位很好的监考老师。记得语文填空试题中，有“盘（　）”一题，我想来想去也想不出“盘桓”这个词，心里一紧张，不由得出了一头汗。这时，这位监考老师走过来，递给我一块清凉的毛巾，我擦了一下，顿时清醒了许多。他是一位中年老师，似乎我的年龄和水壶使他产生了好奇心。他常常悄悄走到我身后，看我答题，我只要稍微一动，他就轻轻走开。那时天气暑热，他三番五次把我桌上的毛巾拿到走廊上的冷水盆里搓洗，使我十分感动。我不知道他的名字，也记不清他的长相。非常巧合的是，多少年以后，我带我市的几位骨干教师到徐州市参加省教研室组织的语文教研活动，他在彭城饭店的门厅里认出了我，问：“你是在我们学校高考的吧?”我忽然想起当年高考时的情景，激动地紧紧握住他的手，说了好几遍“谢谢”。因为他忙于会议接待，我们分手后没能再见面，但他善待考生的精神深深感染了我，以至于我每年做高考考务工作的时候，常常想起这位老师，于是便不断提醒监考老师关心考生，处处为考生着想，努力做好服务工作。我这样做，可谓传递了一份正能量。

高考结束以后，我接到了父母寄来的家信，告诉我奶奶已经去世的消息。我无比悲伤，无比感叹。奶奶辛劳一生，很疼爱我们这些孙子。我有次回家探亲，她知道我又要走，忍不住直淌眼泪。她 80 多岁了，生了一种舌苔发黑的怪病。她是在我高考的前几天去世的，家中对我瞒住噩耗，是怕我回家奔丧影响复习，耽误考试。我知道父母的良苦用心，但我没有能和曾经朝夕相处的奶奶告别，深感愧疚，为此，每年清明节，我都带着家人去存放她骨灰的庆云寺祭奠。

那年高考，我五门总分 396 分，语文、历史、地理成绩在 80 分以上，政治 78 分，数学分数最低，考了 69 分。成绩超过南大录取分数线，但他们没有招收大龄考生。我被南京师范学院中文系录取，成了我们家的第一个大学生。收到录取通知书以后，我脱下煤矿的工作服，告别了我的师傅、我的工友、我的老乡、我的舍友，告别了生活近三年的王庄煤矿。从徐州回来，我到扬州东关街派出所迁出了户口。1978 年 10 月 18 日，我来到了人文荟萃的六朝古都，走进绿树掩映着飞檐雕栋的南京师范学院，开始了新的学习生活。

经过大学四年学习，我了解了语言文学学科的知识体系，掌握了教育学、心理学的基本知识，为日后从事教育工作打下了基础。毕业以后，我回到家乡，在市教育局教研室从事教育教学研究和教学业务管理工作。我努力研究中学语文教材教法，带领各校教师开展教学研究活动，推动教学改革，促进教师的专业成长和教学质量的提高。我们教研室最早发现并培育、推广了在全国教育界具有很大影响的“洋思经验”，我为洋思初中确立研究课题、明确教育理念、改进教学方法做了一系列具体的指导工作。我在长期的工作实践中入了党，成长为学科带头人、泰州市名教师、江苏省中学语文特级教师。所有这一切，都与 1978 年高考有着密不可分的关系。1978 年，我不平常的高考，是我人生的重大转折点，是我最大的幸运和幸福!

作者小传

孙国成，1949年3月生。中共党员，泰州市名教师，江苏省中学语文特级教师。1968年江苏省泰兴中学高中毕业，1969年1月下乡插队务农，当过民办教师、通讯报道员，1975年底招工至扬州地区王庄煤矿。1978年考入南京师范学院中文系，1982年本科毕业后，一直在泰兴市教育局教研室工作，担任中学语文教研员、副主任（正科级），兼任泰兴市教育学会秘书长、副会长，泰兴市语言文字工作委员会办公室主任。2009年退休。参加过《语文教育辞典》《高中语文教案》《作文百课》《初中语文教学指导书》《一个朴素的教育奇迹》等书的编写，主要著作有《课堂教学评价》、《文言实词精编》、《新高考古诗文名句（特级教师丛书）》、《课外美文（高中三年级）》、《初中作文题型指导》、《读写引导》（1—6册）、《初中生课外阅读提速训练》以及乡土教材《泰兴地理》等30多种，发表文章有《提高语文教学研究的思维水平》《在改革中崛起的洋思中学》等数十篇。（文首肖像摄于1982年）

[附录]

忆南师二首

其一

飞檐画栋园林间，甬道曲折草坪外。青松披雪似塔立，玉兰沐雨如灯开。萋萋芳草沃土出，亭亭芙蕖浑水栽。当年高考进随园，转眼已有四十载。

其二

中文大楼如杏坛，求学步步登台阶。读了孔孟谈史记，吟罢诗词说聊斋。四海名著咀英华，千年国学拓胸怀。有幸圆了大学梦，书生意气今犹在。(2018年9月)

悼学友二首

昨夜读二位学友小传，因其英年早逝，不胜唏嘘。一早醒来，忽有数言，记之发入同学微信群，以表思念之情。

悼陶洪

当年虎臂又熊腰，洗澡尽用冷水浇。彭城盛会曾相遇，如今缺君话高考。

悼季士林

辛勤办学又办场，壮志未酬逝梦乡。同窗好友来相吊，我却混沌卧病床。(2018.9.21清晨)

欲说当年好困惑

张国瑞

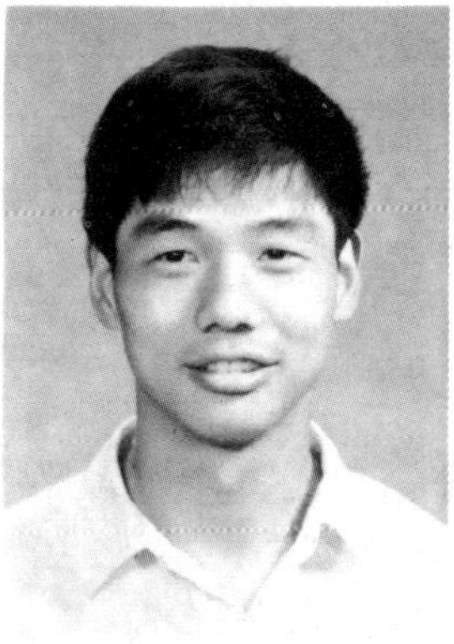

大学进校40周年聚会，组委会拟编《1978：我们的高考》。程杰兄约稿，盛情难却。回忆高考，五味杂陈，万千辛酸。劫后忆劫，究有何益？不禁想起辛弃疾“欲说还休，欲说还休”（《丑奴儿·书博山道中壁》）的词句来。

我家住在启东农村的一个小镇上，家境贫寒。父母含辛茹苦地抚养我们姐弟六人（上有两个姐姐，下有三个妹妹），加上遇上1959—1961年的三年困难时期，因此生活非常艰苦，常为衣食所忧。父母见我潜力大一点，就把改变命运的希望寄托在我身上。我家所在的江苏省启东市久隆镇，文化积淀深厚，孕育过许多名人，如孙中山军政府的陆军部处长周应时，曾任《雨花》杂志首任主编的现代作家施子阳，外交部副部长朱侃如，中央统战部部长田鹤年，成都军区司令张玉成，中国驻非洲特使柳泽清，江苏省副省长凌启鸿，中国航天科技集团有限公司董事、总经理袁洁等，镇上也出过一些名牌大学生，有清华大学的、复旦大学的、南京大学的、第二军医大学的……父母希望我以他们为榜样，考上大学，将来有所作为。

我从小读书就很用功，从不让父母为我学习操心，成绩一直在班级名列前茅。1962年，我考上了初中，从此就开始在外独立生活，那时我还只有13岁。经过三年努力，1965年，我考上了启东中学（班上只有2人考上）。当时启东中学是县级重点高中，高考升学率为70%。在“文化大革命”前，一个县级中学能有这样的升学率已经是很高很高的了。考上启东中学，就意味着一只脚已跨进了大学之门。

当我正做着高考美梦的时候，“文化大革命”爆发了。同学们响应号召，迅速成立组织，拉起山头，关心起国家大事来。学校师生分为三派：造反派、保皇派和逍遥派。造反派多次组织批斗老干部和老师，学校一片乌烟瘴气。我的父母吸取亲戚1958年被评为右派分子的教训，告诫我不要在学校参与胡闹，于是我成了逍遥派。学校形势紧张了，我就回家躲避几天，形势缓和了再回校来看看是否上课。经过两年多折腾，1968年“复课闹革命”，老师不再教原来的课本，我们只学了几堂开手扶拖拉机的课，所谓“学工学农”。在启东中学三年半，其实正规的就学了一年。1969年1月，我们高中毕业，离开母校，很多同学流下了伤心的眼泪，那既是同学之间的依依惜别之情，更是在为那理想破灭而伤心落泪。

高中毕业后，高校已停止招生，我就回农村老家启东县久隆公社九大队十九小队（现在称启东市王鲍乡久隆村）种地。天苍苍，野茫茫，日晒雨淋地里忙。三伏天在玉米地里整地瓜垅，空气闷热得令人喘不过气来，玉米叶上有很多小刺，手臂上被划出了很多小伤口，又痛又痒又热；三九寒天去开挖河道（小水利项目），寒风凛冽，滴水成冰，手脚都冻麻木了。春去秋来，干着繁重的体力活，置身于风吹草低的自然环境中，心里单纯得像蓝天一样清澄。理想无法实现，人生已无他求，只求能苟且地活下去。那时候，我们干一天活7个工分（男劳力10分，女劳力8分，我从学校毕业刚回来，只能算学徒），年底结算的时候，每个工分7分钱，许多人家一年干到头都是倒挂户（欠生产队钱）。后来，看见许多有识之士为1700万“上山下乡”知青鼓与呼，可是我从未看见过谁关注过无数的农村回乡知青，回乡知青的苦是根深蒂固的苦！那时在生产队，队长见我有文化，就让我当农技员，在浙江稻农的指导下，和社员们一起栽种水稻。我学会了育秧、插秧、灌水、施肥、治虫，当年水稻亩产达1000多斤，这在当时也算是高产的了。后来，我因为鼻子经常倒血，地里活无法干下去，于是托人介绍去代课。从代课教师到代缺额教师，从代缺额教师到民办教师，从教小学到教初中，从教初中到教高中。

1976年，粉碎“四人帮”，“文化大革命”结束了。邓小平复出后，特别重视人才培养和教育改革。为了培养国家建设急需的人才，1977年8—9月，教育部在北京召开全国高等学校招生工作会议，决定恢复已经停止了10年的全国高等院校招生考试，以统一考试、择优录取的方式选拔人才上大学。招生对象为：工人、农民、“上山下乡”和回乡知识青年、复员军人、干部以及应届高中毕业生。按当时的规定，“老三届”也可以参加高考。我们由衷地感到高兴：全国高等院校招生考试已经停止 10 年，我们像在黑夜里盼望黎明，寒冬里盼望春风那样盼望公正公平的高考。现在终于恢复高考，让我们有了考大学的机会！那时候全国参加高考人数 570 万，录取 27 万，升学率只有 4.8%，千军万马过独木桥。你必须考过 543 万人，才有可能上大学。

我对自己的情况进行了分析，我实际只有高一的水平，高二、高三还有 27 本书没有学，考文科也许有希望；这几年代课，我一直在教语文，历史、地理我在初中学得比较好，政治可以抓紧时间背一背。确定考文科后，在学校领导朱亚泉校长以及亲戚朋友的大力支持下，我抓紧时间复习迎考。此中甘苦，考生皆知。

1977 年高考，要先参加预考。我考了 160 多分（两门都是 80 几分），顺利通过了预考。之后，到离家 20 里路的大江中学考场参加 1977 年高校招生正式考试。考完试回家，妈妈问我：“考得怎么样?”我回答：“考得不好。”妈妈一边为我烧煮美味饭菜，一边噙着眼泪喃喃地说：“人家粒粒芝麻爆，我家怎么一颗也不爆的呢?”我恨自己无能，欲哭无泪。

12 月，高考分数出来，我的考试成绩达到了录取分数线。我被通知到当时的党校体检。我满怀希望去参加体检，谁料却很快被筛下来。当时按照高校招生办公室安排，在体检工作人员的导引下，体检项目一关一关地过。轮到量血压，我被卡住了，医生说我血压高。这时天已晚了，医生不忍心就此判我体检不通过，他说：“你明天再来复检吧。”

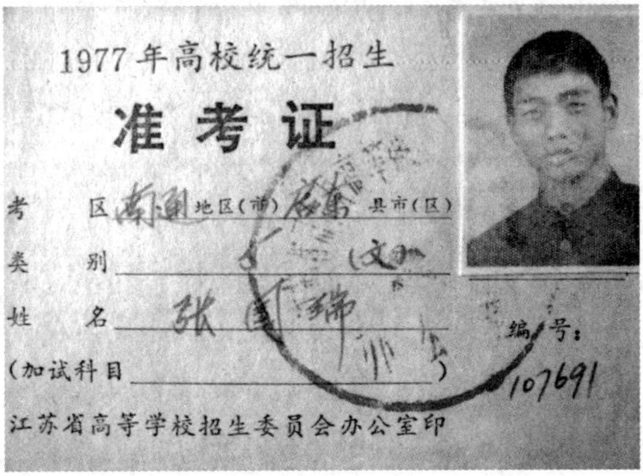
1977年高校统一招生
准考证
考区 地区(市) 县市(区)
类别
姓名
(加试科目)
编号：107691
江苏省高等学校招生委员会办公室印

张国瑞 1977 年高考准考证

晚上，我去找认识的朱医生咨询。朱医师问我原来有没有高血压，我说没有。其实，那时年轻，根本不注意这个问题，平时不会去量血压。朱医师说：“那么大概是你心情紧张所致。不要紧的，你心情放松，穿暖和一点，明天体检前喝一杯热水。”

第二天，我去体检站复检前，遵嘱喝了一杯开水。谁想，刚到体检站，第一个就叫我，我的胃里还正热乎乎的，心扑通扑通直跳。给我复检的医生身材高大，英俊帅气，笑容可掬，态度像外婆那样和蔼可亲。他帮我量了两次血压，和蔼地对我说："你放心回去吧。"依然是笑容可掬，但我总觉得不是好兆头。（以后我看到满脸堆笑的人，总会有戒心，这是后话。）我心里很着急，但也没有什么办法。

几天后的一个晚上，我们正在办公室办公。同事陈老师给招办的朋友打电话，询问他的小舅子的高考体检情况，我赶忙叫他也帮我问问我的体检情况。我报上准考证号码，电话那头传来一句话："叫他想开点。""血压多少?""90—154 mmHg。"我的心一下子落入冰窟，这辈子完了，上大学的希望彻底破灭了。人生有什么比绝望更令人伤心！

但我很理智。我上有老，下有小，肩负着家庭的重任。没有高考，这十年我不就是那样过来了吗。但我心犹不甘，相信天无绝人之路。

后来听说"老三届"78 年可以继续参加高考，于是我继续努力复习，准备参加 78 年高考。从 77 年高考到 78 年高考，只有 6 个月时间。缺复习资料，没有地方能买到，只能把过去的课本找来看，也不全。缺老师，几乎找不到可以请教的老师，只能自学。那时最缺的是时间，我白天上课、批作业，晚上和妹妹脚上穿着高筒雨鞋（防蚊子)，凑在煤油灯下背资料。时值盛夏，天气热，蚊子咬。镇上供销社一个姓朱的人，吃完饭在街上溜达，看见我们看书，拉着高腔嘲讽道："哪有那么多大学生?"（那一年我和妹妹都考上了大学，这是后话。）

我一边复习，一边去看医生，治疗所谓的高血压。吃了半年罗布麻降压片，每个星期都到医生那里量血压。到后来，看着血压计的水银柱的升降，结合自己手臂的感受，我就能知道我的血压是多少，而且很准。所以后来 1978 年高考体检的时候量血压，我一看就知道，我的血压第一次就通过了，从此再也不用吃罗布麻降压片了。到后来感觉头疼，经医生检查后确诊我真患有高血压，那是 30 年以后的事了。

1978 年 7 月，我又参加了高考。当年参加高考人数是 610 万，录取人数是 40. 2 万，录取率是 7%。也就是说你必须考过 570 万人，才有可能被录取。我取得了总分 392 分的好成绩，语文 82 分，地理 92 分，名列启东市当年文科第二。

我们是老三届大龄生，报考大学基本上是没挑选余地的，我原来是民办教师，只能报考师范院校。于是我在高考志愿栏填上了"南京师范学院"。

中文系 78 级、79 级、80 级、81 级启东同学合影，前排左二为张国瑞，1981 年 12 月摄于中大楼前。其时中大楼东大门左侧白底竖匾，上以朱漆书写“中文系”三字

1978 年 10 月 18 日，我终于如愿以偿地进入了南京师范学院中文系读书。我非常珍惜这来之不易的学习机会，所以上学后特别用功。当时只想多学一点，打好基础，没有刻意去寻找发光点，我相信厚积薄发，相信天生我材必有用。

大学毕业后，我成了江苏省启东中学高中语文教师，带了十几届高三，为高校输送了近千名大学生，也有幸成为启东历史上第一位高中语文特级教师。后来调至上海市七宝中学工作，2009 年退休。在教学之余，我积极投入教学科研，编纂了《高考作文成功妙招》《高考语文成功妙招》《高考作文成功技法》等教学参考书。同时，根据自己的爱好，编撰出版了《苏轼传》《诗词趣闻录》《联海拾趣》等专著。

我常想：如果没有当年的高考，我的命运会是什么样子？回顾当年，世事沧桑，令人感慨的事太多了，不说也罢！秋意渐浓，“天凉好个秋”啊！

2018 年 9 月 10 日

作者小传

张国瑞，1949 年 5 月生，江苏启东人，中学语文特级教师。1969 年 1 月江苏省启东县中学高中毕业。毕业后回农村老家启东县久隆公社九大队十九小队（现称启东市王鲍乡久隆村）种地一年半。之后先后在久隆公社久小、敏中、光明、红星、新生、中心校、久隆中学等校任教。1978 年考入南京师范学院中文系，1982 年 7 月大学毕业。毕业后先后在江苏省启东中学、上海市七宝中学任教，2009 年退休。著有《苏轼传》《诗词趣闻录》《联海拾趣》《高考作文成功妙招》《高考语文成功妙招》《高考作文成功技法》《走进高中现代文阅读》《走进高中文言文阅读》《走进高中古诗词阅读》等十多本书。（文首肖像摄于 1982 年 6 月）

[附录]

临江仙·南师入学四十周年

当年读书南师园，才俊摩肩接踵。勤奋刻苦暑及冬。沉浸书海里，不闻寝食钟。

毕业匆匆奔西东，百行各显神通。古稀随园再相逢。流年多少事，都付诗酒中。(2018 年 10 月)

入学四十周年金陵聚会

曾记那年金桂香，与君有缘成同窗。相逢回顾当年事，陶然一醉随家仓。

忆江南三首

忆南师，胜境最难忘。教室如殿浸绿意，青春似火染书香。琴声长绕梁。

忆南师，最忆是课堂。眉飞色舞郁炳隆，声情并茂谈凤梁。令人常怀想。

忆南师，蓓蕾含露放。马史梁程四学士，思炎士林撰华章。才华胜齐梁。

突　破

——与报名资格相关的高考往事

马树杉

我1950年出生，参加1978年高考时已经28足岁。这是我生平第一次也是最后一次有资格参加高考。高考资格的获得改变了我的人生轨迹。40年过去了，高考的许多细节已经漫漶不清，唯独争取高考资格的经历对我来说刻骨铭心，至今难以忘怀。

一、填表的疑惑

人的一生不知要填多少种、多少张表格。最初填表时不知今后什么时候还会填什么表格，不经意填错了，后果很难设想。问题是即使认识到所填表格的用途和重要性，表格上设计的栏目也会令我左右为难，无从下笔。我保存了一张1978年9月9日填写的“高等学校招生报考登记表”油印草表。这张表虽然是在当年高考分数公布后填的，与高考报名资格已无关系，但表中设计的栏目依然与我高考前的人生经历和高考资格与录取与否密切相关，填写时须谨慎细致以至字斟句酌。这张表中的“考生类别”“____县”“家庭出身”“本人成分”“是否党团员”“婚否”“文化程度”“现在工作或学习单位”“有何专长”“实践年限”等栏目对一般人不成问题，却着实让我费尽脑汁。

我是哪里人？当时自己很难说准，现在也很难用一句话说清楚。我祖籍江苏省涟水县，祖父是涟水县前进镇马圩村的农民。父亲1950年在私立常州中学（今常州市第二中学）教书。1950年4月我出生于常州城老体育场前大观路上的一户王氏民宅。1951年父亲到金坛县中学任教，我随父母移居金坛北水关，此后一直在金坛生活、学习、“上山下乡”。我父母一口苏北话，金坛人说我是苏北人，外地人（包括涟水人）说我是金坛人。金坛人看不起苏北人，大城市人看不起金坛小地方人，出于自卑，又因为要面子，回避歧视，我自认为自己出生在常州，也可以说是常州人（特别是在常州人面前）。我现在还保留了金坛县中学1965年给我签发的学生证，籍贯一栏填的是“江苏省涟水县”。1978年填“报名登记表”时，因在金坛报考，就填“金坛县”了。自那以后，填表基本就填“金坛”。日常生活中碰到苏北人，我就说我是涟水人。碰到金坛人，我就说我是金坛人。碰到常州人，我就说我出生在常州，在金坛长大。是哪里人现在看来无所谓，但在那个年代还是大有讲究的。往大处说，可能少遭许多歧视。

填“家庭出身”一栏是最要命的事。我祖父上代家境较好，他本人嗜好赌博，输了钱就卖地还债，又听人劝，卖掉部分土地供我父亲读淮阴师范。到土改时，定了个“中农”成分。我父亲曾告诉我，老家也有人曾想把我祖父定个“破落地主”，至少想定个“上中农”。如果那样我们就更惨了，因为按当时政策，贫农、下中农是依靠力量，地主、富农是阶级敌人，必须打倒，中农是团结的对象。所幸我从小学到中学，家庭出身都是填“中农”。在家庭出身问题上，没有自豪感，也没觉得低鄙。1978年填表时，我自认为父亲从来没有种过地，几十年来一直做中学教师，就把我的家庭出身一栏填成“教师”。“本人成分”一栏当时根本不会填，因为自出生以来没有人给我划过成分。本人除了上幼儿园、小学、初中，1968年下乡落户，已当了10年农民。不知填什么身份好，也无处问询，就按照在学生时代所填，将“本人成分”栏填为“学生”，现在看来是很不妥当的。

“是否党团员”一栏对我来说也非常尴尬。如果是共产党员，那会觉得非常光荣，会非常爽快地填“党员”。如果是团员，那至少说明自己是先进青年，比不上党员，比普通群众好多了。可我偏偏只能填个“否”。记得我小学是在金城镇县前街小学（俗称“三小”）读的，很早就加入少年先锋队，高年级时一直是学校里戴三条杠袖套的少先队大队长。进初中后班上开始发展共青团，当时我积极要求进步，学习成绩较好，政治和劳动表现优秀。我很早就向团组织打了入团报告，但直到1966年初中毕业、1968年离校下放时还未入团。后来听说是因为我父亲曾被划为右派。大概在1973年左右，我下放所在大队的大队书记找我谈话，充分肯定我在农村的表现，说了许多鼓励我继续进步的话，并明说他想培养我，最后非常认真地对我说："小马，现在大队团支部改选，是不是先弄个团支部书记锻炼锻炼?"我顿时感到受宠若惊，心情久久不能平静。当时大队书记指定一个人当团支部书记是一言九鼎、铁板钉钉的事。虽然那时我们也没档案，我们大队甚至公社没人知道我是不是团员，但我总觉得我一个非团员去当团支部书记总是个笑话。我告诉书记我还不是团员，他说那也没关系，以前是不是不重要，关键是现在愿不愿意做。最后，在我父亲正直人品的影响和自己长期以来对弄虚作假发自内心反感的作用下，我婉言谢绝了书记的坚持。

"婚否"一栏，我显然也处于劣势。当时无论征兵、招工、招生，未婚有时是前提，有时是优先。我 1978 年填表时，第二个孩子已经出生，不被嫌弃、歧视几成奢侈。幸好 1978 年的招生条件已经对我们这一类 25—30 岁的大龄青年放宽了婚否的限制。实事求是填了"已婚"，也不知录取学校和专业上有何影响，心里总不踏实。

"文化程度"一栏对我来说简直就是拦路虎。1966 年我上初中三年级，正值毕业迎考（高中）之际，"文革"开始了，到 1968 年 9 月，我才拿到 66 届初中毕业证书，随即便下放农村，以后再没机会上过高中，初中毕业是我当时最高学历，所以"文化程度"一栏，我只能填"同等学力"(当时不懂"学力"与"学历"的区别，填的是"学历")。

"现在工作或学习单位"一栏，我填了当时最值得我自豪的，刚刚工作了几天的"金坛县中塘中学"。我 1976 年 9 月起被"提拔"到金坛县河头公社爱国大队的爱国学校（由几所村小合并新建的大队小学，后因"戴帽"办 5 年小学后的 2 年初中，故称"学校"）当民办教师。1978 年高考成绩公布后，公社教革会看到我考了 410 多分，在全县排名靠前，9 月开学时赶紧把我调到当时河头公社最高学府中塘中学（完中）教高中语文。把初中生调去教高中在当时的确算不拘一格选拔人才，当时我知道我肚里有多少货，十分心虚，又不好拒绝领导好意，只得硬着头皮去滥竽充数。上了一个多月课，我就被南师录取走了。我不知道在中塘中学任职几天的经历是否对我录取师范院校产生了影响，但我后来深切体会到与高中学生做了一个多月朋友的经历，对我以后的大学学习和从事师范教育工作帮助良多。

"有何专长"一栏对我们年龄大、学历低、已经结婚的考生来说至关重要，但我绞尽脑汁，没有挖掘出大家公认的专长来，只能在这栏悻悻地填"无"。

二、 少年大学梦

上大学是我少年时的梦想。我父亲是金坛县中学小有名气的语文教师，他虽学历不高，只是淮阴师范毕业，但由于自学认真刻苦，实际教学水平并不逊于当年著名大学中文系毕业的教师，尤其在古文教学方面堪称权威。我母亲是个裹了小脚的家庭妇女，沭阳张圩人。母亲虽然裹了小脚，但年轻时在苏北农村能和大脚妇女一样下地干活，进城后也会在居委会以扎鞋底等手工劳动挣钱补贴家用。我的大姐和两个哥哥都出生在苏北。大哥二哥随父母颠簸在涟水、镇江、常州、金坛。大哥1959年考取南京工学院，我当时还不明白这意味着什么，只是感觉到父母觉得这是件很荣耀的事。他上南京报到那天，凌晨4点我们全家就把他送到金坛北门外的老汽车站，汽车开出时天还没亮，汽车上了公路便消失在黎明前的黑暗中，我们在汽车出口处朝着汽车开出的方向看了许久，其实当时远处什么也看不见。我们全家谁也没去过南京。由于父母外出谋生，我大姐被留在同兴集罗堆村姑母家生活，一直未上过学。16 岁时父亲把她带到金坛，从小学一年级起读年龄太大了，父亲请他在县前街小学当校长的学生陈可中帮忙，让我大姐直接插到三年级。后来由于她学习刻苦认真，终于在 1961 年考入徐州师范学院中文大专班，毕业后分到徐州专区新沂县阿湖镇当了小学教师，后来调到山西师范学院历史系工作。哥哥姐姐勤奋刻苦读书考大学，他们成了我幼时心目中的榜样。像他们一样努力学习上大学，自然成了我少年时的梦想。

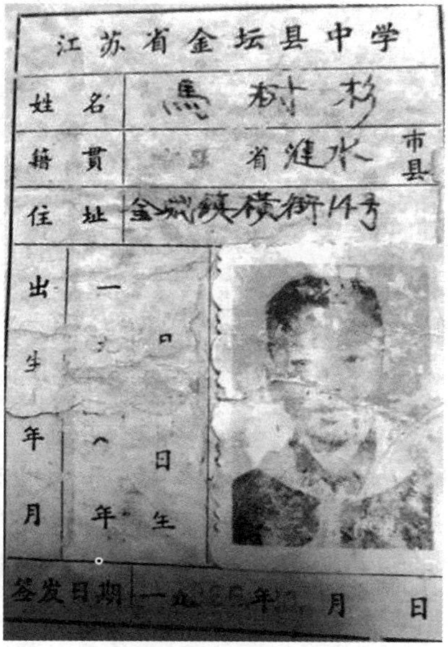

马树杉初中学生证

金坛县历来有崇文重教的传统和民风，数学家华罗庚初中毕业自学成才，攻克诸多世界难题的传奇和他“天才在于勤奋”的名言鼓励了一批批金坛学子发奋图强、刻苦攻读。金坛县中学在金坛乡贤韩大受 1912 年创办的“金坛初中”基础上发展而成，1922 年金坛县中完全独立，韩大受任校长。著名教育家、翻译家（第一个翻译但丁《神曲》）王维克任教员（后任校长）。华罗庚是首届毕业生。金坛县中学老书记、老校长胡庚是山东人，过江干部（13级），他在办校中坚持不拘一格地选拔人才，把几十个虽有这样那样历史问题或被打成“右派”但教学水平特高的“把关”权威教师留在学校高中部教学。这批教师避免了被开除、下放、调离县中的厄运，对党和学校心存感激，于是各显神通、拼命工作，教学质量高，而且几乎每年各科都能押到高考题。因而好几年学校高中毕业生考取大学的比例都在85%以上，这在当时非常了不起，胡庚校长还因此参加了全国教育群英会。我们家当时住在学校前面的横街（现在知道应该是县前横街）上，每天清晨都有几百个在校外宿舍住宿的高中生跑步从门口经过，那千军万马奔学堂的脚步声，每次都激起我跟随他们脚步、刻苦学习奔考场的强烈愿望。每到星期天，就有街邻学生到家里咨询学习、高考、填志愿的事。每年寒暑假，都有许多考出去的大学生回来看望我父母，汇报他们在大学里生活、学习的新鲜事。他们几乎都称赞母校的教学质量，感谢老师的培养。他们的片言只语在我脑海里构筑了神圣的高等学府、美丽的大学乐园。1966年6月之前，大学是令我神往的地方。在我心目中，考大学是我未来必经之路，我对考大学也充满憧憬和自信。

三、 梦断初中后

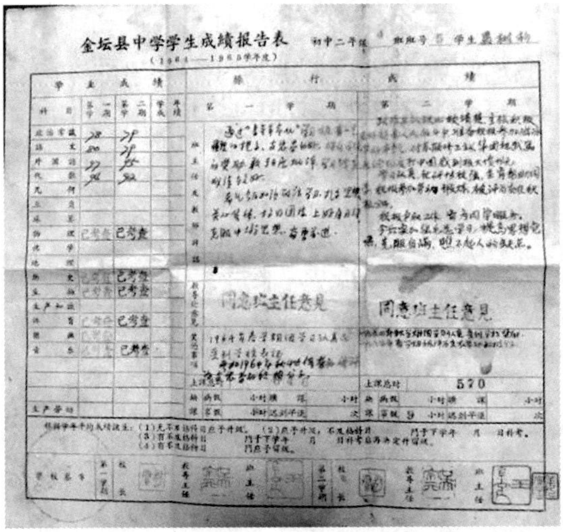

马树杉初中学习成绩报告单

1966年5月，正当我们初中毕业考试即将结束，满怀信心准备考高中，踏上奔向高考的最后一个平台时，史无前例的“文化大革命”开始了。6月16日，我早上按时赶到学校，突然发现学校报栏里贴出了大字报，不到中午，学校里便铺天盖地地贴满了大字报。第二天语文教研室某教师（人已去世，隐去姓名）贴出一张轰动全校的大字报，标题大概是“反动右派马汉川撕毁学生大字报”，引起师生群情激愤和声讨。某老师是位青年教师，当时正在争取进步。他与我父亲同一个办公室，还是我的班主任。我站在人群里看大字报，不敢相信我父亲会做出如此荒唐的举动，但头都不敢转，生怕别人认出我。事后真相大白：我父亲是在办公室里帮学生修改声讨“三家村”的作文稿，将一张废纸揉起来扔到了字纸篓里，他这一不经意的动作引起旁边办公桌某老师的高度警惕和关注，趁我父亲上厕所的功夫，他从字纸篓里把那张纸找出来，高声喧嚷“右派马汉川撕大字报”，并立马写大字报贴到教师办公室前走廊里的报栏里，引发了全校批判反动学术权威的高潮。

那几天我还看到一位高三学生写的揭发我父亲的大字报，主要讲一次课间他上厕所，在那里碰到我父亲。那是个较大的师生共用的老式旱厕，一个大坑上面架了一排木板，一个个蹲坑按比例整齐排列，彼此间没有遮拦，蹲坑前是一条小便池。整个厕所是一个开放的空间，哪些人在里面一目了然。上厕所的人无论是谁，无论是蹲坑还是小解，只要愿意，都可以自由打招呼或交谈。那位学生说我父亲问他最近学习怎么样，有什么困难，鼓励他好好学习，再加把油，争取考个好大学。他说这是我父亲教他走白专道路，居心不良。看了他的大字报，我的心在抽搐。我完全相信那位学生描述的事实，但我怎么也想不通一位教师鼓励自己的学生好好学习，争取考个好大学，居心有何不良？

9 月初，学校造反派把当时已是镇江地区教育局长的老校长揪回金坛游街批斗，将全校所谓反动学术权威、有历史问题的“牛鬼蛇神”、原中层干部四十余人拉到学校大礼堂（原金坛夫子庙大成殿）舞台上陪斗。台上的人一个个戴着高帽，像犯人一样被押着，台下革命师生黑压压一片，挥拳怒吼。我父亲虽已是被打倒了的“死老虎”，但照例还是被押到台上批斗。我站在人群中，眼含泪花跟着举手，可怎么也发不出声来。正是台上这些戴高帽的人创造了金坛县中学高考升学率的传奇，将那么多农家子弟送进大学，改变人生，如今为何这般恩将仇报？而更受刺激的是，我被同班同学用封条封住座位，勒令我“滚出学校”。当时把无产阶级专政对象分为“四类分子（地主、富农、反革命、坏分子）”“五类分子（四类分子加右派）”“黑七类（五类分子加资本家、黑帮）”。当时我已属“黑五类”“黑七类”子女，同学背后简称我们为“黑七类”。有一天早上，我按时进校进教室，走到我座位边时，发现我座位已被封条封住，封条上写着“黑七类子女滚回家去”，白纸黑字，特别醒目。我不敢撕封条，只好忍声吞气，含泪离校。初中未毕业就失学，我第一次感到了人生的孤独和对前途的绝望。

1968 年 6 月，军代表又一次进驻学校。我们在军代表带领下到唐王公社支农劳动一个多月。回校后就是个人小结，班主任写评语。我们那时毕业评语

（鉴定）是写在毕业证书上的。我记得班主任给我的评语（鉴定）是："不能与反动家庭划清界限，参加三次反革命事件，认识不深刻、不清楚。希望进一步与反动家庭划清界限，加强思想改造……"我当时很不服气，写了几千字的申诉说明，申诉评语歪曲事实，希望实事求是重新写。申诉书交上去后石沉大海，那段文字最终一字未改地写在我没有封面的一纸初中毕业证书上，使我一直羞于示人。

四、 十年知青梦

1968年9月15日，我们金坛县中学数百位学生分赴金坛农村各地插队，成了新一轮"上山下乡"的知识青年。我们彻底地断绝了升学、读书的念头，一心只想"晒黑皮肤炼红心""上山下乡干革命"。我们从学校走向社会，第一份职业是农民。我们从争当合格农民开始，追逐延续了10年的知青新梦。

（一）上山到薛埠

我和同班同学张国平、张九如为一个知青小组，"上山"到茅山东麓的薛埠公社兴无大队二队插队落户。第一天晚上住在生产队的社棚里（实际是养牛的牛棚加堆放杂物的茅草棚）。当时我父亲还被关在学校的牛棚里劳动改造，下放那天母亲没凑够钱替我买蚊帐，叮嘱我先下去克服一下，过几天凑足钱买了再给我带去。当天我们就睡在为水牛驱蚊的烟堆旁，彻夜无眠。当地是贫困山区，一个10级劳动力干一天得10分工（也叫一个工），年终结算时，我们那个队一个工只有两毛九，只能买一包普通平装飞马牌香烟。第二年是三毛九，正好够买一包大前门。当时我们铆足劲积聚点钞票，花五毛二分钱买一包精装牡丹到队里发发，感谢贫下中农对我们的照顾，已算是非常大气、有点奢侈了。其实我们是打肿脸充胖子。薛埠到金坛城40多里路，坐汽车要近5毛钱。我们每次回家，往返舍不得买票，都是下工后乘月色步行。在山区学做农活，印象最深的要算剐山草、推小车、砌墙盖屋三项。剐山草是山区特有的技术活。它与圩乡的割草积肥完全不同。所谓"山草"是指自然生长在山坡上的各种杂草和灌木。每年秋收以后，山上的杂草基本枯黄，生产队的男男女女就要到属于自己队里的山上把茅草、杂树割下、运回、堆放起来，作为来年烧饭的燃料。剐山草需用专门制作的大头镰刀，刀柄、刀头（实际就是刀片）是分开的，便于随时装卸。每把刀柄均需配备两个刀头，以备刀钝时换用。剐山草专用大头镰刀，刀头钢火要好，刀柄要坚硬而带韧性，通常用檀木制作。剐草的时候要手脚并用，左脚在前挡着，左手扶草，右手挥舞镰刀沿草根向左脚底方向铡，逐步在左脚前积成堆，称一贴，两贴并在一体称一步，五步草前后交叉相叠，然后用草绳在重叠处双道捆紧，便成一捆。剐草时镰刀刀背依地，刀口略向上抬，以免刀口铡到碎石。右手用力要轻重得法，稳准果断，避免伤到左脚。山草灰多，当年不知自我保护，没有戴口罩，一天剐下来，鼻子里、嘴里全是黑灰。山草割下来后，一般先把新剐的山草挑到附近山民家门口堆放寄存，每天再把以前存放已干的用小车或肩挑运回生产队。我们生产队离剐草的山有十几里山路。剐草季节，我们每天 4 点起床，带上镰刀两把，用麻绳扎住扁担两头，像背枪一样背着，有的推着小车，集体赶往剐草的山坡。那时山上荒凉，有狼和獾子出没，我们结伴而行，就是防野兽侵扰。我们带着的扁担和镰刀，也是极好的防身武器。每次上山，我们几十个人披星戴月，沿着山间羊肠小道，悄悄奔向大山深处，像一支长途奔袭的小分队，场面奇特而神秘。每次我们赶到剐草的山口时，天刚亮，前面豁然开朗，山间升起两三缕炊烟，犹如进入桃源仙境。每天的任务几乎相同，白天剐草，傍晚把草捆起，运到寄存处，再把干草肩挑车推运回生产队。到家天已黑，晚饭后都要磨刀、准备绳索。磨刀也是一门技术，刀必须磨到刀口不见亮、锋利能刮胡才算到位。我把第二天的全部装备都准备好后方能休息。那时每天都很累，倒也不觉得苦。

推小车是一项技术，也是一门艺术。木制小车圩乡、山区都有，但山区推小车要比圩乡平地推车复杂、困难得多。装车很重要，必须把重心装到车轴中心，不能靠前也不能靠后。靠前了车子前倾，双手按不住车把。靠后了肩上、手上太重，要抬着车走，人吃不消。小车没有刹车，山间羊肠小道或上坡，或下坡，有时要在山沟里一尺多宽的小桥上急转弯，成功与否全靠推车人的灵活把握，如果不小心把握不住就会车损人伤。推车运草、推车送公粮、推车几十里奔赴挖河工地……推车时全神贯注、满头大汗。每当我完成任务后推着小车在山间小路上轻松返回，就会有一种洋洋得意的、自豪的、胜利的驾驭快感油然而生，那种感觉绝不亚于今天驾着赛车在公路上徜徉。

我学习盖房是从参加生产队修建社房和为我们三人盖三间瓦房的知青点开始的。生产队的社房是土打墙、茅草盖顶。土打墙是先用夹板根据土墙的厚度在墙基上固定好一尺多高的墙框，然后往框里填入“黄钢”（黄板土）与生石灰的伴和物，填满后用木锤反复敲打，直至打实打熟为止，然后将木框向上移，再放土捶打第二层。据说这种土打墙加盖茅草屋顶，屋内冬软夏凉。我们知青的住房是三开间封土（土坯）墙青瓦房。屋梁（实际是粗毛竹）、椽子、青瓦是公社知青办统一分配的，我们只要与生产队的劳力一起到公社去领回来。砌墙的封土

（土坯）是当年在秋收后的稻田里预制的。封土（土坯）比圩乡的土坯大，一般都有万里长城上的城砖那么大。盖房的工艺流程基本是：画线、挖沟、打墙脚、用封土砌墙、上梁、架椽、趟网、上瓦、做脊、粉墙、安装门窗。我参与了盖房全过程并学会了所有盖房技术。当我们搬进自己参与建造的土墙、竹梁、青瓦房时，除了成功的喜悦，更有终于“安家落户”的放松和愉快。

（二）转迁到河头

1970年，我父亲带着我母亲、二弟、三弟和小妹下放到金坛县河头公社爱国大队白毛祁村。之前我二哥已下放到五叶公社湖头大队，我大弟已下放到河头公社爱国大队南店村，一家人分到四个地方，很是不便。1970年下半年，我打报告以知青身份转迁到河头公社爱国大队白毛祁后队，与父母住到一起，过起合家务农的农耕生活。

圩乡的自然环境和农活与山区有较大的差别。圩乡水多，村庄和农田间插在河湖港汊之间。除耕作稻麦的基本方式与山区差别不大外，其他如积肥方式、运输方式等与山区相去甚远。罱河泥是圩乡主要的积肥方式和最艰苦费力的农活之一。罱河泥有多种方式。一种是两人对角站在小木船船舱两边的隔板上，用夹网夹塘底的水草和污泥，双手拎起夹网将草、泥倒在中间船舱里，待船装满后将船靠到塘边预先挖好的泥塘边，两人用木掀把草泥混合物翻到泥塘里，以供干后施肥时取用。第二种是用把钩罱河泥。把钩是在一根五六米长的竹竿较细一端固定一个类似簸箕的竹制品，用作罱河泥工具。作业时是一人撑篙，另一人将把钩竹竿顺着船边预制的木棍沉到水底，簸箕口朝下，然后将竹竿用力向前推，利用竹竿的反作用力用簸箕将塘底淤泥罱起，拎上来后倒到船舱里。夹网和把钩均可在较大的3—5吨的水泥船上作业，一般用夹网夹水草，用把钩罱河泥。罱河泥是技术活（要会使船），更是最重的体力活。一般是计件制拿工分，多的一天可以拿到几个工。由于生产队只有一条水泥船，罱河泥只能由男劳力轮流进行。轮到罱泥那天，一般早上2点多钟就下船了，罱泥、打捎，5吨水泥船罱了四五船，到实在干不动的时候，一般已到晚上十点。一天干下来，早已无汗可出，腰也直不起来，要过几天才能缓过劲来。冬天上船罱泥，起篙时一捋一把冰。我和我二弟搭档，在生产队也算是罱泥高手，多次破纪录。

搞三水积肥比较轻松，但却是个技术活。所谓三水是指“水浮莲”“水葫芦”“水花生”。后来证明这三种水生植物短时间内根本不可能腐烂成肥料。当时我是生产队的“三水员”，摇着五吨水泥船到武进县湖塘桥某生产队取回三水种苗，回到生产队后在生产队地域的大河里用木桩、尼龙绳拉出长方形水面放养。这几种植物长得非常快，没多久就在河面上长出几十米长、六七米宽的漂浮带，颜色绿得发黑，郁郁葱葱。我每天都要划着小船或大脚盆（农村用来洗澡、杀猪泡汤、采菱、渡河的木盆，椭圆形，长约120厘米，宽约80—90厘米，深30—40厘米）到大河里巡查。有时需要加固木桩、绳索。夏秋之际发大水时，河水上涨，有时桩基松动，整块“三水”随湍急河水漂向下游。我们三水员要第一时间发现，发动村民往下游寻找。弄得好，有时也能在下游好几里处找到我们带有标记的“三水”绿块，然后想方设法把它拉回来。

圩乡虽也有小车，但我下放时已基本不用。运输东西，短途靠肩挑，长途船运。我们生产队卖公粮，就是用肩挑与船运结合的办法完成。无论是夏季卖麦还是秋季卖稻，都是全队男劳力全部出动，由队长指定分成挑运组、摇船组、装卸扒仓组执行任务。挑运组一般指定年轻力壮劳力担当，负责全部公粮的肩挑陆路搬运。摇船组一般指定最熟悉水性和摇船技术的两个劳力担当，负责船只的运行和安全。装卸组一般在男劳力中选体力稍弱的劳力担当，属照顾性质。其过程一般为：先从社场上给挑运组装担，挑运组负责把粮食挑到500—600米以外的大河边临时码头上船卸下，再回社场装担，往返多次，直到运完或船满为止。摇船组将船从大河摇向五里外中塘桥小镇沟湾里的码头（我们的公粮可以卖到十多里外的金坛城大库，也可卖到七八里外的上塘粮库，中塘桥粮库是离我们最近的粮库）。挑运组则挑着空箩步行抄近路赶到中塘桥码头等船。船到沟湾还要靠边排队等候。待我们的船按序移到码头时，挑运组立即上船，装担，挑担从跳板上岸，挑向100多米外的粮库，接受抽检员检验，在指定的称重处过磅，再将担子挑到粮库里指定位置。有时要从三级跳板挑上十几米高的室外大粮囤，跳板悬空，两边地上放了些草包以防万一。第三级跳板因为已经到了粮囤顶部，坡已较陡，挑着130—140斤的担子爬上近20米高的陡坡，必须咬着牙，一点不能大意，否则箩毁人伤。每次参加挑运组卖公粮，我就有十八勇士渡大江的感觉。当我挑着重担，走稳了最后一步，登顶粮囤的时候，感觉好像当年红军走过了雪山草地，翻过了腊子口一般。

（三）成家立业

山区的农民非常善良。我们刚下去的时候，住在社棚里，不会烧饭。村民们把我们当子女、当亲戚，轮流请我们吃饭，几十户人家吃下来，我们熟悉了当地村民，渐渐融入农民的世界。

山区的姑娘很漂亮，热心大方，乐于助人。记得我们学插秧，每人一趟，三尺五宽范围内一行要插7棵秧，还要前后左右对齐。我们不熟练，插得慢，往往要被包围在田中。有几个与我们年龄相仿的姑娘就主动一边一个把我们夹在当中，她们一人替我们多栽一棵，也就是说她们每人栽 8 棵，我们每人栽 5 棵。有时我们还是跟不上趟，她们索性与我们换趟，她们帮我们从原来落后的地方追上来，与我们并肩共同完成任务。她们既是我们的老师，更是我们的朋友。久而久之，相互之间不免产生爱慕之情。我的初恋就是那时在这种劳动场景中发生的。

那时谈恋爱需要点勇气，因为我们是从城里来的知识青年，虽然前途渺茫，但也没有坚定地扎根农村一辈子的决心。如果与农村姑娘结婚，那今后子子孙孙都是农村户口。对我来说感情已经自然产生，个人前途根本没什么指望，想想随着年龄增长，总得恋爱结婚，成家立业，当时父母也同意，我们便把相互爱慕发展成正常恋爱关系。后经朋友正式介绍，双方父母同意，我们发展到了没有订婚仪式的“约婚”，我们家还给她做了好些衣服。突然有一天，姑娘的父亲托人跟我讲：这门亲事要断了。理由是姑娘有个大姐夫在金坛县唐王公社做木匠（那时木匠很吃香，到处做工，接触人多），他从朋友处打听到我父亲是个右派，便立即报告老丈人，并强烈主张不能将姑娘嫁给右派的儿子。面对突如其来的变卦，我痛苦万分，但又无力挽回。人家讲的是事实，虽然当时我父亲早已摘帽，正常享受下放干部待遇，但我无法否认他曾被划为右派的事实，也无法预知我今后的人生，更不愿卑躬屈膝去乞求姑娘的爱怜。在平静地归还了对方赠予的信物后，我结束了人生的初恋。对方父母说很遗憾（我相信），我父母感到很内疚，我感到很委屈，但我们都很无奈。

1974 年，我与河头公社爱国大队白毛祁村前队的一位姑娘恋爱结婚。姑娘的父母都是老实巴交的农民。大哥是扬州农学院毕业的教师，二哥是老的支边（新疆）青年，姐姐是农民。我们家后面原是生产队社房，当时我们村两个队在那里合办了幼儿园（实际就是帮上工的年轻夫妇看孩子），两个队各出一人当老师。当时姑娘是前队派出的老师，经我们后队派出的老师介绍，我们相识、相知、相爱。她父母对我没有那些政治要求，我们家对姑娘的长相、学历也没有更高要求。我们情投意合，家人都满意、支持，我们就自然顺利结合了。这一年，我在农村娶妻生子，在生产队独立门户。我们一家三口成为白毛祁村后队独立核算的一个农户，我也成了名副其实的农民。

（四）民办教师

1976 年，爱国大队将分散在各村的村办小学集中，开办七年制（小学加初中）的爱国学校，并在南店村前一块农田上盖了 7 间平房教室和两间办公室。

规模扩大，缺少教师，队里便找我去当民办教师。民办教师与代课教师不同。代课教师没有正式身份，大都是临时代课，代完就结束走人。民办教师是有统一身份的正式教师，由公社统一聘任，身份在生产队，但每月可领到公社统一发放的十五六元的现金补贴。这比起纯粹在生产队劳动，条件改善不少。问题是我只有初中毕业，当时就要我教初中的英语、语文，还得带一、三和二、四复式班的小学课程。当时学校的校长沈阿庚是个中师毕业的科班小学教师，但对初中课程特别是数学、外语一筹莫展。我向沈校长诉说了我的老底和担心。沈校长说："你父亲是县中有名的高中语文老师，你不懂就请他教教你！"最后我舍不得丢掉领导赐予的新饭碗，硬着头皮走进课堂。我的妹妹和我大姐的小孩都在爱国学校读书，我都给他们上过课。那些课是怎么上的已经记不清楚，公社和学校都组织听过我的课，据说反映还不错。

那年 10 月，"四人帮"被粉碎，从广播里听到叶剑英元帅讲"四人帮""挟天子令诸侯"的句子，虽然当时不太明白其中含义，但心里产生了很大震动，仿佛社会、人生都将发生巨大变化。第二天上午，沈校长组织全校师生二百余人排成长队，沿着乡间小路，围着学校转了三个圈。边走边呼"坚决拥护……""打倒×××"之类的口号。师生喊得很卖力，声音很响，传得很远，引来在附近田间劳作的社员好奇的目光。我第一次见识了乡村小学校的游行，感到新奇，就问沈校长是怎么想出这么好的主意，他颇为得意地告诉我，这是因地制宜，上半年"反击右倾翻案风"时也是这么搞的。我似乎明白地点了下头。一滴水能够反映太阳的光辉，一所乡村小学也能感受时代风云。自此以后，农民加民办教师的生活逐渐融入我的知青新梦。

五、 争取高考报名资格

我们全家下放农村，与社会联系很少，外界的信息，一是靠公社广播站早晚的有线广播，二是靠我任职的爱国学校订阅的《新华日报》和《光明日报》，三是在外地工作的哥哥姐姐的来信。1977 年 10 月 21 日，《新华日报》头版刊登了《全国高校招生会议提出今年招生意见》的报道和《人民日报》社论《搞好大学招生是全国人民的希望》。多少年来自认为高校招生与我无关，起初就没注意。后来办公室同事议论此事，我再拿过来仔细看了一下，发现"根据会议提出的招生意见，今年高等学校招生工作有了重大改革"字样。再粗略分析对比，发现招生办法与往年推荐工农兵大学生的方法有了巨大变化：一是从应届高中毕业生中直接招收一部分大学生；二是提高了招生对象的文化水准，强调具有高中毕业或相当于高中毕业文化水平；三是实行统一文化考试；四是坚持德智体全面衡量，择优录取。这些重大变化成了小学办公室年轻民办教师们热议的话题。大家都热切希望从党报的文章和社论中找到对自己有利的政策。我把这两篇文章的关键内容反复读了几遍："今年招生对象是：工人、农民、上山下乡和回乡知识青年（包括按政策留城而尚未分配工作的）、复员军人、干部和应届高中毕业生。年龄二十岁左右，不超过二十五周岁，未婚。条件是：拥护中国共产党，热爱社会主义，热爱劳动，遵守革命纪律，决心为革命学习；具有高中毕业或相当于高中毕业文化水平（在校的高中生，成绩特别优秀，可自己申请，由学校介绍，参加报考）；身体健康。另外，对实践经验比较丰富并钻研有成绩或确有专长的，年龄可放宽到三十岁，婚否不限，要注意招收一九六六、一九六七两届高中毕业生。"

仔细揣摩这一段，对照招生对象的范围和条件，我年龄、婚否、学历均不合要求，唯有"另外"中还有一线希望。但是我怎么证明自己已经具有"相当于高中毕业文化水平"而且"实践经验比较丰富并钻研有成绩或确有专长"呢？在同事们兴奋地议论他们都符合报考条件时，我默默地离开了办公室，胸中充满"甘霖普降润万物，独我命苦未承恩"的感慨。第二天，《新华日报》头版刊登《就今年高校招生问题教育部负责人答记者问》的报道。教育部负责人进一步明确所谓"实践经验比较丰富并钻研有成绩或确有专长"是"指理论上钻研有成绩，实践上有科研或技术革命有成果的，而不是指工龄长"。11 月 6 日，《新华日报》头版发表《我省今年高校、中专如何招生？——本报编辑部答读者问》，在回答"报名有什么条件和具体规定"时说："实践经验比较丰富并钻研有成绩或确有专长（指理论上钻研有成绩，实践上有科研或技术革命有成果的，而不是指工龄长）的青年，需持有县以上主管单位出具的可资证明的材料报考；一九六六、一九六七届高中毕业生要报考的需持有公社以上单位证明。以上对象包括年龄在三十岁以内有显著成绩的民办、代课教师。"对照这些权威解释，自认为"在三十岁以内有显著成绩的民办、代课教师"这一条还有一线希望。不过自己心里有数，要说在农村表现积极，努力劳动有成绩还行，才当了一年多民办教师，哪来的显著成绩呢？尽管如此，我还是决定争取试试。按照当时规定，报名须在本单位先报，然后逐级上报。我向爱国学校的沈校长说了自己的想法，并请他到河头公社教育革命委员会咨询。沈校长办事认真负责，没过几天，他认真地向我转达了公社教革会的答复：你不符合报名条件，不予报名。这种答复我不愿听到却是预料中的。这一次，幸运又一次与我擦肩而过。下放10年后重新唤起的大学梦，又一次在通向爱国学校的乡村小路上，在清晨孩子们的琅琅读书声中悄然淡去。

1978年5月1日，《光明日报》刊载《国务院知青领导小组和教育部发出联合通知，要求各地积极组织报考知识青年复习文化课》一文。通知是5月6日发出的，针对“不少下乡知青反映，他们在农业第一线坚持劳动，没有复习时间，又没有人辅导，甚至有的遭到歧视和压制，使他们报考高等学校带来不少困难”的实际情况，通知“为此提出以下几点要求：知识青年所在生产队、农场，应热情鼓励符合条件的知识青年报考高等学校，并积极组织他们复习功课，任何人不得歧视、压制。如有歧视、压制者，要批评教育，情节严重的，应严肃处理。二、凡是准备报考的知识青年，其所在农场、大队，从接到这个通知之日起到高考为止，应本着劳动、复习两不误的原则，每天给他们安排一定时间，组织他们复习功课。任何单位不得借口农忙而不给考生复习时间。长期擅自脱离生产和工作岗位回城的下乡知识青年，要教育他们回到农村，边劳动、边复习，免得影响生产。三、各地知青、教育部门要在当地党委领导下，对报名参加高考的知识青年的复习问题，作出切实安排。要因地制宜，采取多种形式，做好辅导工作。还要协助他们解决复习当中遇到的疑难问题和实际困难”。这个通知右边有个“短评”，透露“一九七八年高等学校招生考试约在今年七月中旬举行”。“通知”和“短评”对正在争取复习时间的“上山下乡”知识青年无疑是极大的鼓舞，对我这个还不知道有没有资格报名的下放知青也带来一点启发和一线希望。我不知道也不在乎我们公社和大队是如何落实这个通知的，我向人借了几本高中数学课本，开始自学高中数学，为争取“相当于高中毕业文化水平”的报考资格做准备。

1978年6月4日，《光明日报》头版刊登《贯彻华主席党中央高考改革指示选拔优秀人才——教育部召开一九七八年高等学校招生工作会议》报道和《必须坚持择优录取的招生原则》社论。报道中写道：“根据会议提出的招生意见，今年在招生对象、考试评卷以及招生办法等方面都有进一步改进。今年高等学校主要招收二十岁左右的青年，一般不超过二十五周岁（一九五三年一月一日后生）。二十六至三十岁的高中毕业生和具有高中毕业文化水平的优秀青年，以及一九六六、六七届高中毕业生，仍可报考。”“从一九七八年起，实行全国统一命题，由省、市、自治区组织考试、评卷。”“会议强调指出，对考生进行政治审查时，主要应看本人的政治表现。要全面正确地贯彻执行党的‘有成分论，不唯成分论，重在政治表现’的政策。”“会议要求各有关方面要积极支持符合条件的广大青年报考大学，不准刁难和压制。同时做好考生的思想政治工作，要求考生做到‘一颗红心，多种准备’。”报道中关于招生对象政策放宽、政审政策进一步明确、实行全国统一命题以及鼓励支持符合条件的广大青年报考的话语像温暖的春风，彻底吹化了我心中尘封的冰冻，又一次激起我争取报考资格的强烈愿望。

新华日报

一九七八年江苏省高等学校、中等专业学校招生简章

《新华日报》刊发 1978 年江苏省高等学校招生简章

1978 年 6 月 15 日，《新华日报》第三版刊登《一九七八年江苏省高等学校、中等专业学校招生简章》（以下简称《招生简章》）。《招生简章》第一部分对招生对象的说明与先前的会议报道完全一样，第二部分详细说明了报名办法。按当时规定：“符合招生条件者，在本人户口所在地，向公社、厂矿、街道、机关、学校等申请报名，填写《报名登记卡》……公社、厂矿、街道、机关、学校等单位，将报名名单汇总审核后送乡（区）招生委员会审批后，发给准考证，分别参加高等学校或中等专业学校的统一文化考试。”“高等学校、中等专业学校考生六月十八日开始报名，至六月三十日截止。”我当时是民办教师，报名须向公社教革会领表。有一次学校沈校长到公社教革会开会，顺便把我校几个准备参考的民办教师的报名登记表带回来，唯独没有我的。我问沈校长怎么回事，沈校长说：“我还特别替你问了，他们说你不符合报考条件，没有资格。”沈校长的话犹如晴天霹雳，打得我站在那里半天没缓过气来。炽热的升学希望，半年努力自学、复习的辛苦和劳累，看到招生报道和《招生简章》后激发出的喜悦和热情，百感交集，顿时化作两滴欲出又止的苦泪，在眼眶里东奔西突，最终挂到近乎僵硬的眼角。我不甘心！我认为中央已经放宽了招生对象的条件，我应当符合招生报名的基本条件。我必须继续争取！第二天，我拿着《新华日报》的报道和《招生简章》，到公社教革会据理力争。教革会的同志接待了我，对我解释说：虽然你从年龄上说符合报考条件，但你仍

有两条不符合：一是你用什么证明你已经具备高中毕业文化水平？二是虽然今年没有明确要你们提供县以上主管单位的证明，但实际上还是按去年的标准要求的。他还举了我们乡老书记创造了在麦田挖暗沟排水，并发明了暗沟锹在全县推广的例子，说至少像他那样才能算有突出贡献。我对他说："我下放10年，从来没有机会读书深造，我哪来的证明？你不让我考，你怎么知道我没那个水平？报道和简章所说明显与去年不同，怎能用去年的标准要求我们？"我说服不了他，也无法拿到他们印制的草表，只得愤愤而归。

晚上回来，我满怀悲愤，给县教育局的县招生委员会写了一封长信，陈述我从1968年9月下放农村以来在农业生产第一线历经苦难，苦干十年，终成农业生产骨干及对大队生产队的贡献；陈述了我如何从一个金坛县中学成绩优秀的初中毕业生，到农村后刻苦自学，在民办教师岗位上边教边学，教学相长，虽时间不长，但相比高中毕业的同行毫不逊色的事实；引经据典陈述了我对今年高考政策的理解，说明我无法自证的困难，恳求县招生委员会给我一次证明自己达到"相当于高中毕业文化水平"的机会，并根据我的现实表现，同意我报名参加1978年高等学校招生考试。第二天，我赶到县招生委员会，找到在那里负责招生资格审查的教育局人事科科长姚杰同志。姚杰同志曾任河头公社教革会主任，对河头公社民办教师比较熟悉。我口头向他汇报后把信郑重交给他。他认真听完我的口头陈述，询问了有关情况，收下我的信，告诉我他会去了解情况，叫我回去等通知。交完了信，我也就没招了。表面上像平常一样上班上课，心里却焦急万分又一片茫然。谁通知？如何通知？什么时候通知？不好问，无从问，只能听天由命！

大概是到了六月下旬的某一天，邻村在河头公社中塘中学教高中语文的葛春华老师回家时带信给我，要我星期天到河头公社最高学府中塘中学（完中）找姓蒋的教导主任，参加是否具备高中毕业文化水平的考试。我又兴奋起来，看来那封信起作用了。我不知道考什么，也不知道怎么考，但有得考总是要去的。第二天的考试在一个大教室进行，考生就我一人，监考老师两人。考试科目是数学、语文。据说是按当时高中毕业的要求出的卷。数学卷是蒋老师出的，他是中塘中学的数学权威。语文卷是葛老师出的，她说我是语文老师，语文知识就不考了，叫我写一篇作文。我拿到卷子心里就有了底，出卷的老师都是好人，不想为难我，只是走个形式。我做数学题速度很快，准确率高。蒋老师事后跟我讲，有些题是"文革"前高三年级的试题。他没想到我会做出来，而且又快又好。写作文对我这个学历不高但正在教初中语文的民办教师来说，基本规范不会错，审题也没问题，只是没那么多文采。后来葛老师告诉我她也给了我较高的分数。考完后，蒋老师说他们会向公社汇报，要我回去等消息。

过了几天，葛老师给我带回报名登记表的草表，没有人再要我提供科研贡献的证明。我捧着带着墨油香的草表，认真研究每一项的要求，与老父亲商量需填的每一个细节。然后，在规定期限前将登记表交了上去。

因报纸上说高考的时间是7月20日至7月22日。到了7月中旬，我没有得到任何是否最后批准我参加高考的信息。7月15日左右，同村在中塘中学读书的应届高中生都已得到通知，我连一点信息都没有。我急了，第二天就赶到县招生委员会查询。县招生委员会的同志告诉我早就同意了，要我赶快回去找公社教革会。我连忙赶到公社教革会。教革会同志告诉我，已经叫中塘中学老师带信给我了。我又赶到中塘中学。中塘中学的老师跟我讲，他们因忙着组织应届生，把我的事耽搁了。当天傍晚，葛老师正式带来口信，要我第二天（7月19日）下午自己乘长途车到金坛县尧塘中学报到，到那里，带队老师会把准考证发给我。直到这时，我的一颗悬着的心才落到实处。

六、考试前后

1978年7月19日下午，我拎上换洗衣服，与小我十几岁的同村应届高中毕业生结伴乘坐长途汽车（那时乡间没有公交车，都是金坛长途汽车站发的车）到十几里外的尧塘公社尧塘中学，住进矮小拥挤的学生宿舍，领到了盼望已久的高考准考证。那天夜里宿舍里点没点蚊香？有没有蚊子？蚊子有没有咬我？现在已经想不起来了。

7月20日上午考政治，下午考历史；7月21日上午考数学，下午考地理；7月22日上午考语文，下午考外语。那几天天特别热，尧塘中学地处乡村小镇，考场里有没有放冰块降温我记不清楚，但肯定有大盆装满井水降温，监考老师还会把冷毛巾（在冷水里浸泡后取出拧干）送到桌前给考生擦汗，有时监考老师还会用扇子在考生背后扇几下，帮助散热。天太热了，老师的心更热。我记不清楚或许根本没注意在考场里出了多少汗，只记得要不时擦一下头上和手肘上的汗水，不让它们弄湿了考卷。出了考场，小青年们纷纷抱怨天太热，受不了了。而我，当时只感到流汗了，可没觉得有什么苦。这点热算什么？比起大伏天在稻田里爬行，种双季稻时赤着膊在地里插秧，真有点小巫见大巫了。考完的心情，真有“雄关漫道真如铁，而今迈步从头越”的感觉。回来的路上，真想唱一曲《打靶归来》！

8 月下旬，据村上应届生讲，中塘中学公布了高考分数，他们很多人数学得了零分，有的 5 门课加起来才一百分左右。又听人说县城里也公布了分数，说我考了 412 分，在县里名列前茅。我想不起来我是怎样拿到分数通知单的，只依稀记得地理考了 96 分，数学考了 75 分。地理分记得最清楚，因为那是我的最高分。数学分也一定不会错，因为那是我自学高中课本的结果，而且与我考后预估的分数完全一样。外语好像考及格了，虽然不计在总分内，我也很高兴，因为考前从未复习过英语。

高考分数公布后，公社把我从爱国学校调到中塘中学，担任高中语文教学工作。

七、 补忆复习填志愿

我的复习迎考过程相对比较简单。我的复习迎考实际是自学迎考。1977 年没有报名资格，也就没有复习迎考。1978 年争取报名资格，我挤出“业余”时间，花三个月晚上的时间自学了高中数学（大代数、立体几何、三角函数）。政治、历史、地理也没系统学过，主要利用早晨上班前一段时间，边学边背我大姐找来的山西师范学院历史系为教职工子女编写的油印复习提纲。语文和英语因为没有时间安排，也就没有复习。那时自学很苦，没有老师辅导，没有同学讨论，没有参考资料、习题集和参考答案，一切靠自己。那时时间很紧，每天坚持上班上课，下班回来要忙完自留地和家务后才能看书。那时条件很艰苦，家里只有一盏 15 瓦的电灯，吊得老高，以照亮全屋（一间房，后半间做卧室，前半间做客厅厨房），我只能坐在堂前煤油灯下看书。没有取得报名资格的时候，我没有心思复习；取得高考资格的时候，我已没有时间复习。我就是在没有系统学习、没有全面复习的情况下走进 1978 年高考考场的。

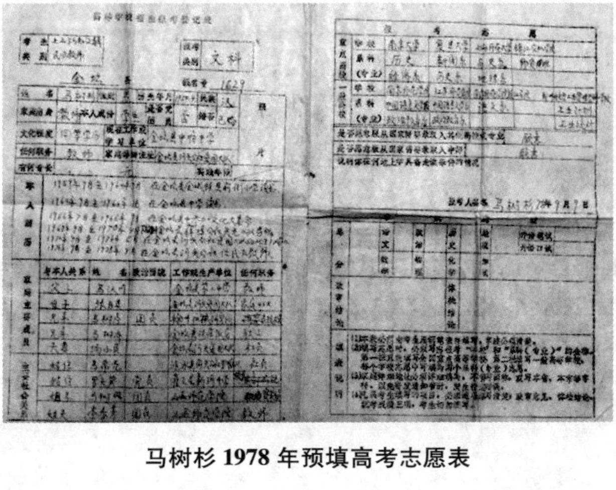

马树杉 1978 年预填高考志愿表

填报名登记表时就要填志愿，正式填报志愿好像是在分数公布后。每人可填报全国重点高等学校、一般高等学校各五所，每个学校可选择填报两个专业（系科）。根据我的家庭背景，考虑到我已在农村成家且已有两个小孩，我填报志愿的原则是尽量填报上海、南京等地离家近的高校，尽量填报那些政治敏感度不是太强的专业。我填的一般高等院校第一志愿就是南京师范学院中文系。

八、参加高考的启示

1978 年的高考，是我人生的重大转折点，我从农民变成大学生。我以初中毕业文凭获得报考资格，这是我人生的重大突破。这个重大突破得益于党和国家高考政策的突破。政策的突破来自思想解放的突破。所以我个人人生的突破要归功于当年轰轰烈烈的思想解放运动。正是这种思想的突破、政策的突破造就了“前无古人后无来者”的 77、78 级大学生。所以愿以“突破”为题，散记参加 1978 年高考的往事。

马树杉与徐复先生

由于我个人特别的家庭背景和争取报名资格的艰难经历，参加高考后，我深切感悟到：任何时候对年轻人要一视同仁，多给机会，特别要多给平等竞争的机会；我们要讲学历、讲文凭，但不能唯学历、唯文凭，要有正确的人才观和质量观。这些感悟对我大学毕业以后的人生道路和从事的高校教育与管理工作产生了重要影响。

作者小传

马树杉，1950 年 4 月生，江苏金坛人，祖籍江苏涟水，文学硕士。金坛县中学 1966 届初中毕业，1968 年 9 月至 1978 年 9 月相继在金坛县薛埠公社兴无二队、河头公社爱国大队插队落户。1978 年 10 月考入南京师范学院中文系，1982 年 6 月师从徐复、钱小云、张芷攻读汉语史硕士学位。1985 年 7 月起到常州工业技术学院任教，获讲师、副教授、研究员职称。1991 年起历任学校党办、院办副主任、主任、副院长、院长等职务。2000 年 4 月至 2008 年 12 月任常州工学院院长、党委副书记，2015 年 4 月退休。2010 年至今任常州工学院常州研究中心、常州发展研究中心主任，从事常州文史和地名研究。（文首肖像摄于 1982 年 3 月）

在岁月的缝隙里等待

王宝淮

印象中，“文革”是从批判“三家村”开始的。那时候我正在南京六中读初一。正是花红柳绿莺飞草长的时节，平静的校园却沸腾了起来，走廊的墙壁上一下子铺满了画着红叉叉的大字报，教室里更是群情激愤，义正词严地声讨“三家村”的反党罪行。面对浩浩荡荡的革命洪流，我们几个小同学也怯生生地跟着人流到总务处讨得几张旧报纸。可是，我们根本找不出《燕山夜话》《三家村札记》的反党罪证，又不敢抄袭别人高水平的批判文章，无奈之下只好草草在“邓拓、吴晗、廖沫沙”名字下面写下这么几个字：“三个坏蛋是一家！誓死保卫毛主席!!!”然后写上各自的名字，找个不起眼的角落贴了出去。就这样，我们在惶恐与自卑中完成了人生的第一次“革命”。

革命的风暴更加猛烈了。我们的班主任蒋洪能老师也受到了批判。他到底犯了什么“罪行”，一直到离开学校我也没弄明白。据说他还参加过抗美援朝，应该是位英雄啊。可是，教室内外的墙壁上贴满了批判他的大字报，蒋老师低着头，噙着泪，双唇翕动，在震耳欲聋的口号声中，向我们这些不谙世事的小孩子作深刻检查……紧接着，老校长刘玉甫被戴高帽子游街了，食堂的老厨师、图书馆的女管理员以及许多还来不及认识的老师，成了“黑帮”被关起来了。有一位不肯低头的“黑帮”老师给我印象很深：给他挂牌子，不低头，给他挂上小黑板，不低头，后来小将们用铁丝拴上红砖挂在他脖子上，他怒目圆睁，任脖子上渗出血珠，就是不低头……

学校是不敢再去了，书也读不成了。起先还能找点闲书看看，像《青春之歌》《苦菜花》之类的，也能打发一点时间，后来全都成了“毒草”，就彻底无事可做了。

那个夏天是最无聊的夏天，只能成天对着天空发呆，或是用自制的弹弓射击树上的知了。距我家约五十米处有一座红砖砌成的三层楼房，在一片低矮的瓦屋中间显得很突兀，那是刚启用不久的南京市红卫工读学校。楼房的屋顶虽然不在弹弓的射程之内，但是可以对着栖息在檐角的喜鹊或者乌鸦练习瞄准。一日黄昏，我正在用目光搜索红楼屋顶上可以练习射击的目标时，突然发现学校的围墙上有人爬上爬下，还有人往围墙外扔东西，觉得很奇怪，但是又不敢走近看看。第二天，翻墙进出的人更多了，楼房的每一扇窗户边都有蠕动的身影。到了第三天，周边的大人小孩都往那儿跑，仿佛有一个巨大的金矿在吸引他们。看着蜂拥而去的人流，我也壮起胆子走进了校园。这哪里还是所学校？铁门洞开杂草丛生自不必说，教室里没有一张完好的课桌，墙壁上没有一块完好的玻璃，满地纸片，满地垃圾。进来的人都急匆匆地往楼上跑，我只敢在纸片与垃圾堆里转悠。忽然在草丛里发现了几张还算完整的纸片，虽然上面印着几个脏兮兮的大脚印。小心捡起来抖去尘土，竟然是两份《中华活页文选》。就在我收起这几页纸片准备回撤的时候，一个邻居小子提着鼓鼓囊囊的包裹冲到了我面前，“你就找到这几张破纸头？”他狐疑地瞪着我，继而狡黠地一笑，扔下两本软塌塌的旧书——《孟子正义》。我赶紧找张旧报纸把这些东西包裹起来，藏掖着兴奋，回家去。

两份《中华活页文选》很完整，一份刊载的是王勃的《滕王阁序》，一份刊有李白的几首诗：《将进酒》《古风——西上莲花山》《月下独酌——花间一壶酒》《行路难——金樽清酒斗十千》。那时我才十三岁，父母文化程度不高，而且正在为父亲的右派问题忐忑焦虑，也没心情管我们。文中的注音释义非常详细，我边读边看，没过多久居然也能悟出大意来。特别是李白的诗歌，很有气势也很上口，很快就能背诵了。王勃的《滕王阁序》虽然艰涩了一些，但辞藻华美，还是蛮有看头的。后来到农村插队，看到老式人家大门上油漆斑驳的“物华天宝，人杰地灵”，便油然有似曾相识的感觉。在芦苇荡放鸭子的时候，也会默默吟诵起“落霞与孤鹜齐飞，秋水共长天一色”。至于《孟子正义》，我只能看明白是焦循编的，线装本，手里的只是其中的两卷，根本看不懂，于是就用报纸包裹严实了藏起来。

两份薄薄的《中华活页文选》在今天看来算不得什么，但在荒漠躁动的年代里却鼓起了我对自由宁静生活的向往。“举杯邀明月，对影成三人”，是多么惬意、多么自由！此后多少年，我一直把它们带在身边。

就这么无所事事地晃荡了两年，1968 年，竟然就初中毕业了——其实，充其量也就是一个实实在在的小学毕业生。社会不安定，家庭不安宁，父母觉得到农村插队或许还会比较安全。其实我也想挣脱约束一人闯世界去。“国家者，我们的国家；天下者，我们的天下。”于是，1969 年 1 月 13 日，我跟随我的兄长以及他的两个同学，到江都县东北角的周西公社“大有作为”去了。

那是个特别冷的冬天，我才十六岁。雪下得好大啊，我记忆里的雪全都铺在了原野和房顶上。当我在生产队仓库的稻草窝里冻醒的时候，窗棂上已经结满了硬实的冰凌。正想大喊一声“欲渡黄河冰塞川，将登太行雪满山”，同室的洪兄很严肃地命令道：“都醒了？现在开始早请示！”我吓得赶紧捂住嘴，天啊，这里也有“文化大革命”？于是放开喉咙吼起来“敬爱的……”后来的相处证明，洪兄并不是一个哗众取宠的人，人很厚道，现在是一家律师事务所的老板。可是当时为什么那么做呢？可能是为了保护自己吧——他家成分不好。但不管怎么说，他的这么一个革命行动着实把我吓坏了，再也不敢当着他面背诵李白的诗歌。

冰雪消融，冬去春来，里下河迎来了一年中最美的季节：翠绿翠绿的麦苗一直铺展到天边，橙黄橙黄的油菜花点缀其间，荷锄挑担的人就像游走在画卷中一般。温暖的春风催开了原野上的花朵，也激活了年轻男孩女孩体内的荷尔蒙。沉寂了一个冬天的知青朋友们活跃起来了，会唱歌的在一起高唱革命歌曲，会乐器的在一起演奏样板戏，与我同室的三位学长别无他长，只好选择最经典的办法与女同学进行交流——借书还书。我是跟随兄长来插队的，整个公社大都是他们南京一中的校友，我是六中的，“举目无亲”，而且还是个初中生，这些串联交流他们是不带我玩的。唯一能得到的好处就是有书看。他们借书的目的未必是为了看书，我的唯一选项只能是看书，当然，我也爱看书，因为我知道的东西实在是太少了。三个人借书我一个人看，他们借得快我就看得快，经常一晚上就读完一本小说。本以为知识青年到农村是来“接受贫下中农再教育”的，哪知道有人竟然把成套的巴尔扎克和托尔斯泰的小说带到农村来了。那段时间，我看了很多巴尔扎克的小说，包括《邦斯舅舅》和《贝姨》。托尔斯泰的小说除了《安娜》，其他都不太喜欢，太啰唆了。倒是很多苏联的小说，比如《静静的顿河》《青年近卫军》等等，还是蛮喜欢的。我根本不懂得这些作品的背景与价值，只是因为那些文字所展示的世界是我闻所未闻的，很新奇。特别是那些被列为“禁书”的作品，更是要读之而后快。后来，我的兄长又不知道从哪里弄来了《读报手册》和《各国概况》这两本书——好像是公开发行的。没其他书看的时候就翻翻，也让我在有意无意间了解了一些天下的大事小事。

1973年，大学开始招生了，说是还要考试，当然考试的内容必须和生产劳动有关，比如要测量河的宽度、电线杆的高度、粮垛体积等等，还有一些初中的基本知识，我仿佛看到了希望。可是，后来被张铁生一闹腾，变成了推荐上大学。这下我就没指望了。出身的问题且莫说，同室还有三位学长呢。

严酷的现实打破了往日的平静与和谐，知青中间开始出现了分化，为了一个推荐上大学的名额，为了一个招工返城的指标，互相之间开始了猜忌与角逐。没有人去借书看书了，没有人去串联交流了，大家都在埋头苦干，争当“毛泽东思想积极分子”。实在不行就想办法办个因病返城或是独生子女回城。到了1975年，我们家就剩下我一个人，我也成了真正的自由人。鸡不养了，菜园不种了，自留地也让生产队代管了。跟着村里的农民学会了抽烟喝酒讲村话，偶尔还会跟着生产队或者大队干部偷偷摸摸地来两圈小牌。有一年冬天在农村过“革命化”春节。除夕夜在邻居家喝过酒无事可做，就去看一帮人推牌九。四个人正座，旁边围了一圈看热闹的人，每当翻牌，寂静中突然响起一阵惊讶或是一片叹息，所有人的目光都落在骰子上但心却悬在一堆堆纸币上。

我觉得自己是在混沌的快乐中堕落，可农民却把我当成了真正的自己人。夏秋季节的夜晚，在打谷场上看管粮食的时候，他们会当着我的面，从盖着石灰印章的谷堆上小心翼翼地扒拉出几十斤麦子或者稻子，换来一只鸡或是一只鸭，还有一瓶酒，再找几个山芋或是南瓜一同洗净煮了，然后快速地吃完喝完心满意足地躺下睡觉。送公粮、卖棉花的时候，生产队长喊我一同前去计数算账，然后留下一筐粮食或是几十斤棉花私下卖掉，再到镇上的小饭店里吃喝一顿。其实送公粮是件很苦的差事。从码头到粮食收购站一百多米，扛着一百多斤重的箩筐，过磅，然后爬上十几米高的跳板，一步一颤，晃晃悠悠，挪到仓顶，把稻谷倒下去才能直起腰喘口气。但是，为了快乐的晚餐，也为了不让同伴笑话，只有咬牙坚持。时间长了，我也渐渐明白了，这其实是贫困年代里农民兄弟们偶尔打打牙祭的一种形式。

一天，一个据说念过几天私塾的老大哥拿来一本线装本的书给我，神秘兮兮地说：“瞧瞧看。”意思是我大概看不懂的。我翻了一下，繁体字竖排版，没有标点符号。再看标题，《十把穿金扇》，这是本什么书呢？从来没有听说过呀！等到夜深人静了，我打开来细细研读，用一根火柴棒，一边断句一边做记号。原来是一本故事书，语言很生动也很流畅，一点也不生涩。我用了三个晚上把它看完了，然后又细细读了两遍。总算明白了，这是本古人写的爱情故事，比那些外国名著有趣多了。我把书还给他的时候跟他说了故事的大概，并且告诉他，他只给我看了全书的一部分，有机会给我看看其余的几册。他有点不信，又拿来一本线装本的《增广贤文》。我看着标题心里难免有点发怵，生怕出丑；打开细看，乐了。虽无标点句读，皆是常用成对熟语，于是就大声读了起来："惜时贤文，诲汝谆谆……知彼知己，将心比心……"他竖起大拇指赞叹道，你真了不起！于是陆续把家藏的一些残缺不全的旧书借给我看，虽没有什么四书五经之类的（其实真有我也看不懂），但也在懵懂中似乎知晓了一点旧时的语言习惯，至少，不再怕没标点的文字了。在这之前有一次跟随生产队蔡老伯到兴化周庄去榨油，夜晚借宿在一个旧式人家，照例拎着几斤菜籽油，还有一瓶酒几样熟菜。那老先生听说我是知青，趁着酒劲，连续问了"台甫""贵庚""字号""高堂"之类的问题，弄得我张口结舌，还是蔡老伯帮我解了围："现在是文革，不能说这些四旧。"要是我早看过这些旧书，也能文绉绉地回答："回禀先生，晚辈……"

就在这年的秋天，我到村小学去做民办代课教师，教五年级数学，因为没有考试压力，还能凑合。后来又在大队宣传队兼做一点事情。每到春节，各大队都要搭台唱戏，让农民兄弟快快活活地过大年。我就帮助编点农业学大寨或者阶级斗争新动向的戏文，让宣传队的男男女女吹拉弹唱闹腾个三五天。有时候还被抽调去查账搞运动。那时我已隐隐约约地感觉到所谓的政治运动往往与家族派系有关，所以派我出去外调或是查账，我就跟同行的在外面玩几天，回来胡乱编个理由搪塞了事。可是，领导竟然说我会办事。

就这么忙忙碌碌，转眼到了 1977 年，要恢复高考了。我做梦都想上大学，可是我连初中都没有读完，手头也没有一本中学课本，根本没有办法进行考前复习。怎么办呢？无奈中，自己给自己鼓劲：一个初中生跟一群高中生一起考试，考好了是运气，考不好也不丢人。于是糊里糊涂地就报名参加考试了。先是预考，竟然过线了。后来是省统考，居然被扬州师专录取了。因为是中专，又不能回南京，所以就放弃了。那时候实行的是先录取后体检，再政审正式录取。公社中心小学的王校长兴冲冲来给我送通知，听说我要放弃，惊讶了半天，然后耐心地做我思想工作，说这学校多好啊，以后就能拿工资吃商品粮了，人家想也想不来呢。我告诉他，我要回南京，还想再试试。他无奈地叹口气："哪那么容易！"

1977年高考录取结束已是1978年的2月份。春节回南京主要是收集老早的高中课本，然后带回来自学。我还在村小代课。每天清晨起床第一件事就是先做一锅够吃一天的饭菜（主要是咸菜或是鸡蛋），然后边做饭边背数学公式和历史地理常识，中午回来边吃饭边做数学题，晚饭后专攻数学。天热了，蚊虫多了，就在桌子底下倒上一片乐果，接着坐下看书。累了，就猛抽几根香烟，困了，就跳到屋后的小河里游会儿泳，直到完成当天的自修任务才敢睡觉。因为没有人辅导也没有人可以请教，只能自己苦读，一刻也不敢懈怠。农民朋友看我过得很清苦，经常送些好吃的来。有个还没回城的知青大姐，隔三岔五地过来给我洗洗衣服，做顿饭。那时候心里唯一的念头就是考试、考试、考试。很多年以后，我一直做着一个相同的梦：在考场里抓耳挠腮，然后落榜了。再考，再落榜……

1978年10月，正是满眼金黄的季节，中心小学的王校长又来了，给我送来了南京师范学院中文系的录取通知书。他告诉我，全公社只有两个人考上大学。

能回南京了，还能有书读，村里的男女老少都替我高兴。于是，跟生产队长商量，把自留地的粮食卖了，队里的工分预支了，队长出面帮我办了四五桌酒席。

第二天，我坐着生产队的木船，带着大包小包的糯米、鸡蛋、棉花，还有一只大白鹅，摇摇晃晃地，回南京了。

作者小传

王宝淮，1953年1月生于南京。1968年南京六中初中毕业。1969年1月到江都县周西公社插队。1978年10月考入南京师范学院中文系，1982年7月毕业，分配至南京市第十九中学任教。2013年1月退休。（文首肖像摄于1982年6月）

日拱一卒，功不唐捐

鱼肇泓

1978年8月，我的户口在苏北里下河一个叫大纵湖人民公社的地方。此地水网密布，不通公路，村村靠舟楫或步行往来。公社驻地“北宋庄”宣传栏，张贴着高考上线红榜，我的姓名赫然在列。此时，我25周岁，作为回乡“知青”落户，已经9年有余。

村民自称，先人自苏州阊门迁移而来。经查，明朝确有大规模强制性移民行为。史称“洪武赶散”。《盐城县志》载，为了报复苏州、松江、嘉兴、湖州、杭州一带王府绅民对张士诚的拥戴，洪武初，效汉高祖徙天下富豪于关中之故事，朱元璋迁江南14万户于凤阳；洪武二十四年又徙天下富户5300户于南京，三十年又徙富民14300户于南京。同时，为消灭“奸顽富豪之家”，十余年间几兴大狱，江南一带富豪或死或徙，几乎无一幸存。此外，百余年中，明朝还陆续将苏南、浙北、江西40万以上人丁迁徙至苏北垦荒。不过，“鱼”姓可能是北方流徙而来。2013年人口普查，鱼姓人氏35000余，大多分布在陕西、山西。

君主专制主义的控制手段之一就是强推政治性移民和经济性移民。诸如罪徙、谪放、劳役、戍守、屯垦、开荒、实边等等，历朝历代不绝如缕。而俄国“十月革命”后形成并波及若干国家的计划经济体制，哈耶克（Friedrich August von Hayek）认为也是一条“通往奴役之路”。他在同名书中说：“与其说独裁必然不可避免地消灭了自由，毋宁说计划导致独裁，因为独裁是强制推行各种理想的最有效的工具，而且，集中计划要在很大程度成为可能的话，独裁本身是必不可少的。”中国“以阶级斗争为纲”甚嚣尘上之时，在“计划”的笼罩下，也有类似的举措，政治犯、刑事犯、劳教人员、支内支疆、大小“三线”、“知青上山下乡”、“文革”备战疏散，名目繁多。其中面广量大的是“知识青年”“上山下乡”。它始于1955年，1968—1978年达到高潮，二十余年下来，一说有1800万之多，遍布城镇大部分家庭。1969年3月，在“文革”“停课闹革命”3年后，时年17岁的我，以名义初中生身份，从上海被裹入“知青”洪流。历经坎坷，到1978年8月，时隔9年，看到“北宋庄”高考红榜上我的姓名，恍如隔世，我竟然没有激动，而是五味杂陈。

我父亲20世纪40年代先后毕业于“江苏省立盐城中学”和“国立吴淞商船专科学校”（现为上海海事大学），后入上海招商局（前身为李鸿章创办的“轮船招商局”）之“海辽”轮任三副。国民党军队败退台湾时，轮船被当局征用运送军队和军火至台湾。在潘汉年、刘双恩的策动下，1949年9月19日至28日，在船长方枕流的组织领导下，时为“海辽”轮二副的父亲作为核心成员之一，在航运途中驾船驰入上海港。时称“海辽轮起义”，获毛泽东电报嘉勉并记功。为此，中国人民银行1953年发行的“伍分”纸币，正面印上了该轮图案，并流通了34年。父亲此后一直在上海从事海运业。母亲祖籍为常州青果巷，居住上海法租界“四明村”，毕业于上海的教会中学，抗战胜利初，在国民党军统局任译电员6个月，1958年以“反革命”罪被判刑5年。

“文革”中，父亲被打成“特务”隔离审查，母亲的境遇更是可以想见。国家之浩劫，覆巢之下无完卵，自不待言。极左时期的歧视制度是全方位的。想想元朝有蒙古、色目、汉人、南人“四等人制”，四等人在任职、科举、刑律等方面，均有不同待遇，而“无产阶级专政下继续革命”荼毒中国百姓的极左时期，则有过之而无不及。“文革”前，上海有大批升不了大学又无处就业的“社会青年”，“出身不好”（元朝叫“根脚”）的高中生几乎全被大学拒之门外，成了“社会青年”，最终大部分成了“新疆知青”。其中有位“鱼珊玲”，放弃去香港与资本家父亲团聚的机会，毅然奔赴新疆，成了当时媒体热捧的励志典型。至于“文革”中，参军、提干、招工、工农兵大学生、重要单位、热门岗位等更是遥不可及，而以“工农兵”为招生对象、“推荐”为录取方法的高招制度，事实证明，是比历史上科举制度更有争议的教育招录制度。

在茫茫的黑暗中，突然，金光裂云，决定恢复高考了。对心如古井的我等底层人来说，无异于枯木逢春。现在我知道了它的背景：“文革”结束初，百业凋敝，知识分子还是“九儒十丐”地位，被称为“臭老九”；中央为实现“四个现代化”而筹备全国科学大会，1977 年 8 月 4 日至 8 日，邓小平主持召开科学与教育工作座谈会，会议后期议题转向高招弊端，决定立即恢复高考。科学大会于 1978 年 3 月 18 日召开，会上提出“现代化的关键是科学技术现代化”“知识分子是工人阶级的一部分”“科学技术是生产力”的论断。因而，“尊重知识、尊重人才”一度成为热题，也为恢复高考增添了热度。邓公的决定性作用，既是时势造英雄，更是英雄造时势。

这是一次人生起航。多少底层青年，能够与各种“二代”“三代”“红五类”的同龄人一样，参加高考，进入大学，获得更高层次的“身份”。这体现了社会的理性和进步。

但是，我这样的底子，能行吗？下乡初，父亲是希望我在故乡得到呵护，其实不然。食不果腹、自顾不暇的贫穷农村，完全是丛林生存法则。好在天不绝我，苏南兴起了村办企业风潮，我有机会去了苏州吴江八坼镇的村办企业打工，既解决了糊口问题，也有了一定读书时间。我少时就喜欢读书，是抓到就读、别人说话都听不见的那种。家里不多的古文藏书、长篇小说、报纸杂志已囫囵吞枣；“文革”中，《毛泽东选集成语典故解析》《哥达纲领批判》《反杜林论》等马列书，《世界通史》《中国通史》，还有鲁迅作品等也读得津津有味，甚至对翻得稀烂的《新华字典》也一直饶有兴趣。“文革”后期，兴起了一股读书学习热，电台教授英语，各科初高中自学教材纷纷出版。有一套中学数学自学教材特别好，有详细的解题步骤，习题在书后附答案，做完习题自己核对，如与答案不符，可重新研读，直至正确；凭着这套书，我竟然把解析几何也啃了下来。1977 年恢复高考，我没敢报名。但是弄到了各科考试大纲，半年时间里，我写出了每一条考纲的答案，汇集在笔记本里，手不释卷，“焚膏油以继晷，恒兀兀以穷年”。觉得有点底气以后，才报名 1978 年高考。

报名也是一波三折，因为公社主管部门认为我资质不够。族兄兆章是村小民办教师，认识几位内部人士，奔走在乡间崎岖土路上，多次交涉，每一趟往返要十里路以上，耗时不少于半天，终至获准。兆章兄是善良之人，积善之家必有余庆。

高考成绩有点模糊了。百分制下，语文 83 分，地理 91 分，历史和政治大约 60—70 分之间，数学 50 余分。兆章兄的“担保”得到了确认，而有“资质”的公社高中教师，反而名落孙山——他们现在的学历，想必已经殊途同归了。

我进南师纯属撞大运。无知者无畏，不知道自己考分的位置，也不大明白名校名专业的招录条件，填好就交。人家看了我的志愿，字斟句酌地指着说："前面几个志愿基本是无效的，因为这些大学的分数不低，也有年龄限制……这个专业，出身不好的最好不填。你还是上师范比较牢靠。"——当时，履历表还有家庭成分栏，许多专业、行业有出身限制。

1978 年，恢复高考进入大学的 77 级和 78 级学生分别有 27 万人、40 万人，录取率分别为 5%、4.8%，时年 25 岁，我成了南师中文系 78 级学生，也结束了 9 年"知青"生涯。同年冬，云南农场知青集体罢工请愿，要求回城，最终全国 1800 万"知青"的农村生涯得以结束。"上山下乡"运动虽然戛然而止，然而，数亿胼手胝足的农民还将不得不脸朝黄土背朝天一辈子。知青回城问题的本质是"三农"问题。如今，改革开放 40 年了，"发展是硬道理"直至"精准扶贫""乡村振兴"，农业、农村、农民问题，不仅是增量改革，也是存量改革，需要极大的智慧、胆识、能力和定力，来啃下这块硬骨头。感同身受的我等过来人很期待！

社会向好的温风也习习而来。忽一日，父亲被定为局级离休；又忽一日，母亲被定为"一般历史问题"，撤销罪名。毕业后数年，学校人事秘书找我，说有公函认你祖父为"开明士绅"，因为他曾将护乡武装的几十杆枪支交给新四军。这时我才知道，拨乱反正、解决历史遗留问题的工作一直没有停歇。每每念此，感慨不已。

南师四年，难忘随园的庑殿顶建筑，难忘音乐楼的悠扬琴声；难忘逼仄的八人寝室、围桌站食的粗茶淡饭；更难忘掀盖砰然作响的课桌、学富五车的老师。至今记得郁炳隆先生的音容笑貌，讲课带着吴语口音说"先天不足，后天失调"。

1982 年 6 月，毕业以后，我进入南京化学工业公司第一中学。公司前身是著名民族资本家范旭东先生于 20 世纪 30 年代在南京江北"卸甲甸"创办的"永利铔厂"，是当时亚洲最大的"肥田粉"制造厂，所在地因此得名"大厂"。由"卸甲甸"到"大厂镇"进而"大厂区"，实际是以庞大的南化公司为中心"摊大饼"形成的。20 世纪后半叶，大厂区有明显的"企业办社会"特征，仅南化公司基础教育系统（职工子女总校），全盛时期有高中、完中、职中各 1 所，初中 2 所、小学 7 所、智障儿童学校 1 所、幼儿园 12 所，教职员工千余、学生万余。一度还对集团所属连云港碱厂的学校幼儿园进行业务指导。而公办中小学规模仅占大厂区的三分之一。

从1985年6月起，在这个企业基础教育系统内，我多有历练：南化三中教导主任、主持工作的副校长、总校教育科长兼教研室主任、总校副校长。2007年，时年54岁，随着现代企业制度建设的进程，国企办社会职能需要“剥离”，我所在的南化公司职工子女总校“休克”，所属普通中小学全部转隶大厂区教育局，职中并入南化技校，幼儿园则改为民办，我转任主持工作的区教育督导室副主任、督学等，还兼任过大厂区政协常委、六合区政协副主席等社会职务。

光阴荏苒，回首1978年高考至今，愿引赵孟頫《自警诗》而自况：“齿豁童头六十三，一生事事总堪惭；唯余笔砚情犹在，留与人间作笑谈。”我的“笔砚”是什么？想来就是老生常谈的敏而好学、自强不息精神。其实，它是我们这个民族百折不挠、瓜瓞绵绵的内驱力，早已成为精神特质，融在血液中。人生无常，春风得意也好，时乖命蹇也罢，精气神不能丢，借用胡适先生的金句就是：“日拱一卒，功不唐捐。”是它驱动我走过了九年凛冽的田野寒风、四年温润的南师春雨和三十一年悦耳的琅琅书声。终其一生，你的气质，藏着你走过的路、读过的书和爱过的人，于我最关键的，是南师四年的路、书、人。

作者小传

鱼肇泓，江苏盐城人，1953年1月生于上海虹口。17岁起务农、打工。1978年考入南京师范学院中文系，毕业后分配至南京化学工业公司，长期从事中学语文教学、教育教学管理工作，担任过大厂区督学，兼任大厂区政协常委、六合区政协副主席等职务。现已退休，定居上海。（文首肖像摄于1982年6月）

“走读生”的回想

程光熙

1978年10月18日是个终生难忘的日子。这一天，我走进了南京师范学院中文系，圆了大学梦。1978年高校招生中继续试招走读生，因我是南京人，且家距离学校仅十几分钟，无疑具备走读条件，也就是“走读生”了。是啊，回想自己的成长道路，不正是“走着读着，边走边读”的吗？一路走来，从南京到淮安，从淮安到南京；从中学到农村，从农村到工厂，从工厂到大学，读书给了我力量，高考改变了我的命运。

回想之一：走在中学校园，读了点中学教科书，对社会有所接触。我于1965年9月跨进南京十中（现金陵中学），开始了充满期望的中学校园生活。遗憾的是，我们自1965年9月入学到1966年6月停课，其中还有一个月的寒假，充其量课堂学习时间只有十个月。1966年11月到南京仙林农牧场吴家岗生产队（即40年后我工作的南京财经大学仙林校区）劳动一个月。此后两年中，学校或老师又间断地安排我们到近郊劳动、到糕团早点店锻炼（冬天每天凌晨5：00到店）等等，开始接触社会，向社会学习。1969年1月，作为一名1968届初中毕业生的我，怀揣着印有“最高指示”的粉红色“南京市革命青年下乡上山批准书”，办理了户口迁移手续。当时父亲被集中在南京长江大桥工地劳动，还不知此事，我却不辞而别了。我们1月14日出发，乘船到镇江，从大运河北上，到淮安县（今淮安市淮安区），16日晚到达插队的范集公社陆集大队三小队。自此，结束了短暂的校园学习生活，开启了一种全新的生活。

回想之二：走在淮安农村大地上，读的是人生历练的书。刚到农村，初来乍到，与以往生活有着天壤之别，要学的东西太多太多了。四个十五六岁的同班小姑娘组成了知青户，从学会独立生活、适应环境到和农家姑娘同甘共苦、一起出工干活，从挑担、插秧、割麦、割稻、垄地、薅草到挑窑砖，一样不落，慢慢地都成了熟练工、强劳力。那时基本上没时间读书，而学习干农活真的很拼命，远近的村民都知道，“三队的几个伢（读音 xiá）子干活狠呢”。下乡不久就评上这先进，授予那奖状的。说来有一个小故事，2010 年的某一天，省教育厅的一位同事专门来电询问，核实我 1970 年是否在淮安范集插队等，原来他在朝天宫古玩市场寻宝时，偶然发现了我当年获得“五好民兵”的奖状（可能是若干年前搬家时处理的）。于是他随即购得并配上镜框，专门赠还于我。

星移斗转、岁月流逝，前途渺茫，时而灰心丧气。但还是坚守着自己做人的“三实”原则，即：为人老实、工作踏实、生活朴实，继续拼命地干活。到后来，形势发展了，在知青中掀起了学习热潮，我又自觉补习文化课。记得一天晚上我就着墨水瓶改装的小油灯（因玻璃罩油灯比较耗油，得省着用）在看书，由于太疲劳打了盹，不料把头发都烧了，在“滋啦滋啦”声中被惊醒，真是想想都后怕。自己还制订了学习计划，从练习钢笔字、毛笔字到温习初中数理化，高中课程就安排在回宁时学，好在家里有父亲、哥姐的辅导。怎能忘记，读书上学一直是自己的愿望。插队七年半，真可谓人生甘苦初尝，世间百态略知。

回想之三：走在南京手表厂的车间，读的是生产技术的书。1976 年 7 月我从淮安回城。待分配期间，虽然曾在《汉语大词典》南京大学编写组里临时工作过，在工作中学习，在学习中工作，很有收获，但那毕竟是临时的、短暂的。后分配到南京手表厂表壳车间（即表壳厂，为分厂），从事量具维修工作，并先到手表厂检验科量具修理组培训。在师傅们手把手地教导下，我学习了《钟表维修入门》《万能量具修理》《精密仪表》等书籍，并初步学会了车、钳、铣、刨，还自制了一套专修钟表用的螺丝起子，一直十分珍惜。

学徒期未满，传来了 1977 年恢复高考的消息，带来了喜悦、带来了希望，随之也使我陷入了苦恼，文化课是自学的，基础较差，万一考不上，面子丢了不说，工作也可能保不住。总之，信心不足，望而却步。在放弃这次高考机会的同时，我暗自下决心，抓紧时间复习，参加来年高考。由于自己数理化基础不够扎实，自觉还是考文科比较稳妥，尽管家里姊妹（包括亲戚）学的专业都

一九七八年南京市高校招生

准 考 证

区(县) 栖霞区

金山中学

类 别

编 号 000444

姓 名 程光熙

选考外语语种 英语

加试科目

发证日期：1978年 月 日

（此证盖章后代报名费伍角收据）

程光熙1978年高考准考证

是理科，唯有我是学文科，但实属无奈。于是，开始边工作，边复习迎考。我充分利用晚上和每天上下班途中的3个小时（从家到四方城厂里需乘3路转9路公交，单程若顺利得花1.5小时），晚上看书、理解，把知识点摘抄在小本子（或卡片）上，次日途中复习、背诵。循环往复，一月数月，工作照旧，认真负责，心无旁骛。直到1978年高考工作启动了，报名了，厂里的领导、同事们哗然了，有的惊讶，“啊？你要参加高考?!”“看不出来嘛。”有的关心，“没看你复习，来得及吗?”这时反正自己迎考已公开了，班正常上，但每天中午可增加近一小时的复习时间了。这真是“走着读着”啊。

记得当年我们的考场是在华东工程学院考区（隶属孝陵卫镇考区），共设27个考场，考生约700多人。虽正值盛夏酷暑，骄阳似火，但考场内防暑降温工作做得很好，宽大的教室空气通畅，电扇不停，凉风习习。考试期间，每天下午厂宣传科都派专人送来酸梅汤，并询问上午考试情况，鼓励我们要“沉着、冷静，考出自己的水平”。考试结束后，一切恢复正常，上班下班，工作学习，静静地等待着。终于有一天，厂宣传科把成绩单转送给我，通知去体检。直到1978年10月7日，我双手颤抖着从厂宣传科黄绥宝师傅手里接过“入学通知书”的时候，顿时语塞，眼噙泪花，不由得喜从心来——愿望实现啦！

回想自己从1968年初中毕业走出中学校门，到1978年10月又走进大学校门，十年来几多艰辛、几番感慨。幸亏一直坚持走着、读着，否则，哪有机缘遇到南京师范学院中文系78级（2）班这么多可亲可爱、可敬可佩的同窗挚友！

2018年9月12日

作者小传

程光熙，1953年2月生，江苏南京人。1968年南京十中初中毕业。1969年1月—1978年10月在淮安县范集公社陆集大队插队、南京手表厂工作。1978年10月考入南京师范学院中文系学习。1982年7月毕业分配至江苏省高教局工作。在江苏省高教局、省教育厅（省教委、省委教育工委）历任办公室秘书、副主任，省语委办公室主任，组织处处长。2006年12月—2013年4月任南京财经大学党委副书记、纪委书记。2013年4月退休。（文首肖像摄于1982年）

漫漫求学路

——我的高考历程

刘世齐

从1978年至今，一晃40年过去了。往事不堪回首，本不想回首，是老同学们的邀请和鼓励，给了我机会和勇气，让我忆起了尘封自己心底几十年的一些往事。那些往事，是我考入南京师范学院的长期备考经历。

我的父母亲因为工作关系，新中国成立初期就从徐州到了沛县，之后全家在那里生活了几十年。1965年7月，我参加了沛县张寨公社“小升初”考试。过了十几天，我得到消息，说是张寨中学初一新生的录取名单上没有我。听到这个消息，我很吃惊。记得我当时在张寨中心小学上学，学习成绩一直在班级名列前茅，所写的作文经常在学校的画廊中展出。我感觉自己在考试中发挥正常，考上初中应该没有悬念。落榜的结果让我无法接受，连初中都上不了，我这个12岁的孩子今后要去干什么呢？无奈之下，母亲就带我去那个中学的招生办询问原因。那里的老师也说不出个所以然来，只是反复说录取情况不能透露，把我们打发走就完事了。后来从一个了解内情的老师那儿听说，我落榜的原因是社会关系不好（当时我家有两个舅舅在台湾）。就这样，我第一次因莫须有的“原罪”被剥夺了上初中受教育的机会。这次失学让我首次体会到了上学机会的珍贵，并埋下了“要自学自强”的种子。

同年9月，经别人介绍，我去了沛县职业中学上学。当时这个学校是一所新办的职业初中，有初一、初二两个班，主要招有城镇户口的学生，对学生的成绩要求不是很高。教学上主要开设语文、数学、政治、劳技课，没有外语、地理、历史等课程。除了上课外，学生还要经常去学工，沛县纱厂就是学生常去学工的地方。我在这所学校学习了不到一年，1966 年 6 月，史无前例的“文化大革命”爆发了。我们学校的师生都投入到了运动中，课自然也停了。我带着学到的少得可怜的知识回到家里，当起了“无业少年”。

那时我们家人口多，仅靠父母亲微薄的收入难以维持全家生活。所以当几个哥哥成了我家附近农村的插队青年后，没当成“下乡知青”的我也经常帮他们去挣工分，以让我们家能多分一些粮食。从 1966 年到 1970 年的几年间，我以“帮农”的身份学会了多种农活（如锄地、插秧、砍高粱、挖河沟等），并在艰苦的劳动中磨炼了自己的意志。有时劳动的艰辛超乎常人的想象。记得有一次，我和几个邻居伙伴去微山湖割草（割的草可以换工分）。我们拉着平板车，带着镰刀、铲子和绳子，天不亮就起来赶路。走了二十多里路，到了湖堤里面的荒草地里。当时已是秋天，只有湖中心还有不深的湖水，湖堤到水边有宽阔的沼泽地和荒草地。我们稍事休息后，就各自找了一片易割的草地干起活来。到了傍晚，我们三人割的草才能装半板车，就准备第二天再割。这时，随着天色逐渐昏暗，湖里的蚊群开始疯狂起来。我们虽然穿着长裤长褂，也抵挡不住无孔不入的蚊子的攻击。我们被咬得奇痒难耐，急忙借助板车支起蚊帐躲进去，不过这样也难免有很多蚊子钻进来喝我们的血。上半夜我们几个小时也未能合眼，都不停地拍打自己。午夜时分，几道闪电照亮了湖面的上空，轰隆隆的雷声也一阵阵传来，接着便是狂风暴雨。闪电和雷雨声让我们心惊胆战，这样的暴雨用不了下多久，就会使微山湖周围的许多河流河水暴涨，接着倾注入湖中，继之我们就可能沉入湖中去喂鱼。想到这儿，我们不敢怠慢，连忙把割好的草装上板车，三人一辆车，有推有拉，向湖堤边的顺堤河渡口逃去。可要想尽快逃离也不容易，原本湖里的泥土都是黏土，经暴雨一泡，就把车轮和车框粘在一起，车轮一点也转动不得。情急之下，我们几人就使出浑身的力气，一步一步地平推着板车前行。从我们割草的地方到湖堤边的渡口可能只有十余里路，但我们硬是推了几个小时，天明才算到了河水已经暴涨的渡口。此时我们几人被雨淋得全都像落汤鸡，手都被车框磨得红肿，肩膀也被拉车的绳子磨破了，累得骨头都散了架，真是疼痛难耐！等我们登上渡船过了河，拉着车到了湖堤上，心上的石头才算落了地，总算逃过了一劫。

在农闲时，我常想的事就是读书。那时要找到适合我读的书也非易事。当时农村没有书店，县城的书店也不好买教科书，学校和一些社会上的图书馆、借阅室也多被破坏和盗抢。几经周折，我总算从几个玩伴那儿借来了一些书：几本初中课本，几本文学读物。在空闲的时候，它们就是我的陪伴。

到了 1970 年 9 月份，在“复课闹革命”的风潮下，张寨中学开始招收高一新生。好像当时没有招生考试，新生名额是分配到几个公社的。当时我作为张寨公社直属单位工作人员的子弟，也得到了一个名额，于是我便又一次走进了学校。高一新生被编为 10 个排（当时教学班的名称），每个排 50 人左右。所用的教材多带有“文革”的色彩，学生的年龄、知识基础也参差不齐。像我这样只上过几个月初一的学生，上课时哪里听得懂、跟得上呢？不仅如此，学校还经常组织学生参加对几个所谓的“5·16 分子”的批斗会，并参加学工、学农活动。有一段时间，学校在校园内建了好几排很小的土炼铁炉，让学生帮着从沛县五金厂运来废钢铁边角料，就开始炼起铁来。忙乎了好长时间，还真炼出了一些像马蜂窝一样的铁疙瘩。后来许多这样的产品也没派上用场，被丢弃在学校操场的角落里。当时这种土法炼铁的“学工活动”常使校园上空乌烟瘴气、怪味刺鼻。这样的瞎折腾浪费了学生很多学习时间。

记得在 1971 年的秋天，学校又安排学生参加两到三周的“学农”活动。我们一排人都各自背着背包，步行到了张寨公社的于旗杆大队。我们二十几个男生被安排住进了三间房里，屋里有两个长的地铺，上面铺着厚厚的麦草。晚上睡觉的时候，你说我笑、你哼我哈，好不热闹。白天各组的劳作不同，有的去摘棉花，有的去扬场，有的去铡草喂牛……对年轻人来说，偶尔过这样的日子倒也快活，但两三周一直这样，学业能不受到影响？我当时已清楚学习机会来之不易，所以一有闲空，我就躲到田间的茅草庵中。在那里，我可以安静地学习和思考。就这样，我的亦工亦农、半玩半学的生活也仅持续了一年多。1971 年底（也可能是 1972 年初），也不知学校是依据什么政策，要让三分之一以上的学生提前毕业，说是这部分学生年龄过大，学习成绩不好，已不适合在高中学习。当时如果按成绩选择去留，我是“瘸子队里的将军”，早毕业的不应该是我；如果按年龄大小，我是班里年龄相对较小的，早毕业的也不应该是我。但结果是，班主任找同学把毕业证书交给了我。我气愤不已，去找班主任和校领导理论。他们告诉我，决定是校领导集体研究的，在名额有限、大家都想留校继续学习的情况下，只能优先挑选“根正苗红”的学生留下。你的情况自己清楚，还是先毕业吧。就这样，我又一次被剥夺了上学的机会。

失学后，我就到沛县胥洼油库的建筑工地打工。从我家去这个工地要经过张寨中学门口。每当我早晚经过学校门口时，看到学生背着书包、有说有笑的样子，一股无名的感慨便涌上心头。面对厄运，我想自己不能低头，有好的学校上、好的老师教固然很好，但没有这些，经过自己的努力，同样可以学到一定的知识和本领，同样可以在社会上立足。就这样，第二次失学又增强了我的学习动力，使我在之后的工作之余，总能挤时间读书、学习。

在沛县建筑公司打工两年后，1974 年 4 月，我被分配到了沛县魏庙医院工作。在医院的几年中，我先后做过门诊出纳、司药工作，1977 年 3 月，我又被选派到新沂市卫生学校中医班学习。同年 10 月里的一天，我从广播里听到了恢复高考的消息。看到很多年轻人都跃跃欲试，我心里也躁动起来，陷入了沉思。多年来，自己一直渴求知识，经常梦想能再次背起书包上学堂。现在国家的招生政策变了，年轻人想上大学读书的机会来了，自己一定不能错失良机。尽管自己从没有系统学过初中、高中的各门课程，但自学从未间断过。这次一定要克服困难，全力以赴拼一次。主意拿定后，我就拟定了一个复习计划。

记得 1977 年 10 月份的时候，我已从新沂卫校回到沛县中医院实习临床。这段时间，一般是上午实习工作较忙，只有到下午才会有一些闲空。每当我能从医院脱身的时候，我就躲到宿舍里，按拟定的计划复习。当时我是按报考文科备考的，因为我之前几乎没有机会和条件学习物理和化学。在报考文科需要复习的几门科目中，我花时间最多的是复习数学。我平常读的多是社科类的书，这类书与要考的语文、政治、历史多少有些联系，所以对这三科我不是太担心。就这样，我一边工作，一边抽空复习（准确地说应是学习）一两个月，就匆忙上阵了。结果出乎意料，我顺利地通过了初试、复试，并参加了政审和体检。对于考试成绩，我已没有印象。只记得在填报志愿的时候，由于我当时不知天高地厚和填志愿的技巧，以及自以为“有路可退”，就只填报了南京大学和复旦大学，也没有填“服从分配”，结果落榜了。

1978 年的 3 月份，我回到了新沂卫校。在忙完了中医课程的复习和结业考试后，我又回到原单位上班。1977 年没考上大学，我心有不甘呀！离 1978 年的高考还有三个月左右，我又鼓起勇气，重新投入备考之中。当时我手头没有符合考纲的复习资料，只好从零散的材料中东拼西凑，整理出一些有复习价值的内容。后来听当地信用社的一个熟人说他有一本山东单县某单位编的《地理、历史高考复习资料》，不过他说自己复习要用。我就和他好好商量了一下，请他在复习累了的时候借给我看一看，他后来总算答应了。之后每当我从他那儿借到书，就匆忙赶回住处，如饥似渴地边读边记下要点。待约定还书的时间一到，我又赶到他那儿，把书奉还。后来在高考中，我的地理、历史考得都不错，我想应与我那位熟人的不吝借书有关吧。在复习备考中，除了复习时间少、复习资料少，我还没有机会去参加各类补习班的考前辅导，只能在晚上待在宿舍里，边看边记、冥思苦想。这样不知不觉就到了该进考场的时间。我感觉自己底气不足、火候未到，可没有办法，只能仓促上阵。幸好设考场的中学离我上班的单位不远，所以考试过程没受多少折腾。经过两天半的考试，我终于长舒了一口气，不管结果如何，几个月的艰辛总算结束了。

过了一段时间，我又幸运地获得了填报志愿的机会。这次，我慎重多了，不但按要求把志愿栏的项目填满了，而且填上了“服从分配”。我想还是能上车先上车，上车后再选方向。高考一结束，我又投入了繁忙的日常工作中，但我心里增加了一份期盼，希望能实现自己的大学梦想。

两个多月后的一天，我的一个同事告诉我公社来电话通知，让我去县教育局领取南京师范学院的入学通知书。第二天我到了县教育局，看到在办公楼的走廊上贴着几张红榜，我在上面找到了自己的名字，就到办公室领取了通知书。打开了录取通知书，我凝视了好几分钟，内心激动不已：多年的努力终没有白费，我终于看到了漫漫求学之路上的一线光明。

1978 年的 10 月 18 日，我踏上了一段新的求学之路——来到了南京师范学院，开始了为期四年的学习生活。

作者小传

刘世齐，1953 年 5 月生，江苏徐州人。1965 年张寨小学毕业，同年 9 月至 1966 年 6 月在沛县职业中学上学。1970 年 9 月至 1972 年 1 月在沛县张寨中学上学。之后的两年在沛县建筑公司打工。1974 年 4 月至 1978 年 9 月在沛县魏庙医院工作。1978 年 10 月至 1982 年 6 月在南京师范学院中文系学习，毕业后被分配到徐州市第二十八中学（现为徐州市科技中学）工作，2013 年 5 月退休。中学高级教师。（文首肖像摄于 1982 年）

我想读书

——1978，走进南师

沈　进

“花谢花飞又一春，今年我已十六整。不在家里吃闲饭，申请插队下农村。”

在那“知识青年到农村去，接受贫下中农再教育”的年代，我“很有必要”主动写申请“上山下乡”。可惜我还是个不到16周岁没有多少知识的少年，领导没给我机会。在阶级斗争的岁月中，也是慈悲为怀吧。

在“复课闹革命”中，我又回到了乡下的初中母校，师生共同直升进了“戴帽”“高中”。全国学工、学农、学军，我们学农。在兽医站老师带领下，我们为全乡生猪打防疫针。小小年纪好身手，硕猪狂奔，我一个箭步冲上去，生擒活捉，抓住猪耳朵，其他同学在猪颈脖上迅捷一针。为了改变农村“一无医二无药”的状况，我们跟着赤脚医生，翻山越岭采集中草药，居然认识了其中的100多种。书桌呢？在广阔天地的大课堂中。

1971年元月，我“高中毕业”了。毕业证书上如实写着：某某同学在我校学习，已满高中学习年限，特此证明。

1972年3月，我来到南京钢铁厂，做了不临时的临时工，重体力活。出牛力，吞鲸食。我在食堂每天早上吃二两稀饭，八两包子，晚餐吃一斤饭。每天两顿，每顿一斤，基本吃饱。如二斤饭分到三顿，则每顿吃不饱。那时吃粮有计划，粮票靠老师傅接济。厂子很大，从车间到食堂，要坐车去。我把别人去食堂的时间省下来，可以读书。可那时实在也找不到书。全国八亿人民八个戏（样板戏）一支歌（钢琴协奏曲《黄河》）一本书（小说《金光大道》）。有一次看《孟子》，被一位老师傅发现了，他拿过去看半天看不懂，突然发现“寡人”二字，大惊失色，问题严重了。幸亏心肠好，没收销毁，未予上传。从此以后，废寝忘食，唯有马列著作为伴（在几十年后信仰与偶像多元化的社会中，我依然姓马）。当然，这是中央号召学理论的时代。工余之外，奉旨履职，全厂12000多名职工中，我等十余人被派为厂工人理论组成员，同时我还担任厂报通讯组成员。

春雷一声震天响，高考恢复了，我有了求学深造的机会。恰好我也转正了。多年来我在车间担任小班长，班组里全是正式工，工友们纷纷调侃：祝贺你从短工变成了长工。此时党的工作中心已从阶级斗争转到经济建设上，大干快上，钢铁生产首当其冲，号召义务劳动的加班时常发生。《钢铁是怎样炼成的》作者尼古拉·奥斯特洛夫斯基说：人生在任何斗争的场合都应该站在第一线。于是，义务劳动我冲在第一线；而复习迎考也是时代的召唤，再冲到前面，就要透支精力了。

我充其量只是乡野初中二年级的科班基础。1977年底，我给自己制订了一个迎考计划：1978年1月1日至3月31日复习（实际上是学习）英语，4月1日至5月31日数学，6月份10天语文、政治，10天地理，10天历史，7月考前总复习。暑期宿舍里没有电风扇，蚊子肆虐，我披挂上阵，裹着厚厚的工作服，两脚泡在脚盆里，“攻书莫畏难”！蚊帐关好，入帐和升帐绝无寻寻觅觅。等到考完试后才发现，今年南钢蚊子这么多啊。

成绩出来了。好像记得，语文80.5分，政治80.5分，历史79分，地理79分。数学很差，特别是在复习时对几何的各种证明题真是搞糊了，就发现几何书的计算题有唯一的一个计算公式，我把这个公式记住了。果然考到了，尽管得数还没来得及算出，至少算式列出了。数学得了46分。合计365分（如有统计水分，纯属记忆误差，幸勿以造假见责）。复习工时最多的外语，26分。通知我的人说，外语不算分。

填志愿时，我想到政审问题。当时“地富反坏右”五类分子都已蒙恩摘帽，海外关系似乎还能加分。但我这个“狗崽子”家庭尚未平反，志愿怎么填呢？要避开政审关隘。于是不知天高地厚，首先填了中国人民大学，我想中国人民的子女都可以报吧。第三填了南京师范学院，有教无类嘛。余下还可以填几个，放弃了。

师范学院，学出来当老师。厂里的同事纷纷反对。咱们工人有力量。工人阶级是领导阶级，钢铁工人是产业工人的代表。现在钢铁生产形势这么好，你又转正了，还去读什么书？我说知识就是力量。他们说，从知识到力量的过程太长了，历朝历代膀子粗就是力量。或曰：读那么多书有什么用？确实，改革开放之初，造原子弹的是不如卖茶叶蛋的，但为了祖国的强盛，还是要攀登科学高峰。读书，既要经世济用，又要不为稻粱谋。古人云：朝闻道，夕死可矣。这是读书做人最高的精神境界。告别了依依不舍的同事，告别了每月 38 块大洋的工资，我走进了南师，走进了知识的殿堂。

1979 年 1 月，厂里给我寄来了年度先进工作者奖状，这是我进厂以来的第六张奖状，破例的是，这次是 1978 年度半年奖。每年评选只有 2%获奖的比例啊，谢谢我的同事们。不好意思的是，在我毕业后，“老九们”有所进阶，我才敢每年春节去厂里看望老同事们。这是后话。

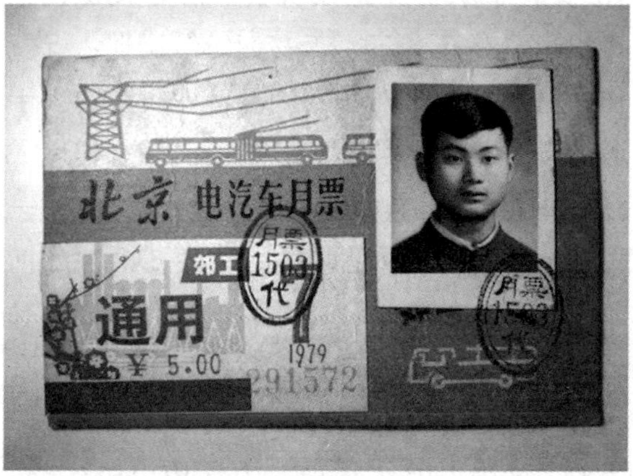

1979 年 7 月，同班同学王安刚的母亲帮助办理的公交月票

我听了一个叫宋江的人的话，仗义疏财，多年的工资，除了自己有限的消费，全“借”给了经济困难的同事。入学前大家凑了几百斤粮票给我。入学后学校免学宿费、伙食费，首年实行包伙制，10 人一桌。感谢生活委员汤才顺同学把我分到了有 8 个女生的一桌就餐，使我读书免受稻粱饥。

有幸厕身南师，勉力完成学业，感恩学校，感恩师长，也感恩全班的同学们。

毕业后我的大致经历是：1982 年 7 月毕业分配借用在南京市教育局计划财务科。1984 年 8 月被引入江苏省社会科学院，1988 年入党，职称以副研究员终。曾参加中国社科院研究生院硕博连读在职研究生班学习，因为 1989 年政治风波，一批博士学位点被取消，1991 年 1 月领了一张证书。作为专职作者，参与撰著的册子曾获江苏省政府哲学社会科学成果三等奖、一等奖。1985 年起兼职开展社会办学，1994 年创办江苏社科进修大学，1997 年省教委公布全省高校评估结果，优秀名单依次为：南京大学、东南大学、南京师范大学、江苏社科进修大学。1998 年，自有校园 1600 亩（当时南京尚无“大学城”概念），省属社会办学行业协会由本人牵头。办学前 15 年专本科门生累计 5 万人。木秀于林，有凤来栖。时任南大校长一行空降，加强领导。新官甫上任，本人被车撞，颅骨枕骨骨折，昏迷半年。半年后醒来，省教育厅党组传达省政府领导指示，由原创者依法办学。同行叹为“不死鸟”。新生学校由时任全国政协副主席丁光训博士任学校理事长。原有校园校舍、大专资质概付东流，本人亦被原单位“清理门户”。如今，烈士暮年，校旗犹存，在 20 多个社区开展老年教育，老人免费入学，政府购买服务，本人义务劳动。现参加中华志愿者协会，任江苏省代表处常务副主任。

作者小传

沈进，曾用名徐进，1953 年 5 月生。生父为温州人，养父为南京六合人，婴儿时被劫至洛阳。1971 年六合县长芦中学高中毕业。1972 年 3 月进南京钢铁厂做临时工。1978 年考入南京师范学院中文系。1982 年先后在南京市教育局计划财务科、江苏省社会科学院社会学所工作，副研究员职称。1985 年起兼职开展社会办学，创办江苏社科进修大学等。近年主要投身社区老年教育等公益工作。（文首肖像摄于 1982 年 6 月）

1978：我的高考记忆

王安刚

1978年7月22日，“文革”后的第一次全国统一高考结束了。此日恰逢我25周岁的生日。在那个激情燃烧如火如荼的年代，我也加入了高考大军的行列。作为一名现役军官，我被部队领导特别批准参加全国统一高考，并被录取到南京师范学院中文系读书，实现了自己从小梦寐以求的夙愿。时隔四十载，这段经历仍然是我人生中最大的幸事，没有之一。

1977年高考，我也曾向单位领导提出过申请，但是被拒绝了。那届考试，军队内部是有定向名额的，成绩上也相对宽松。如我所在的南京地面炮兵指挥学校指定的考校为上海外国语学院英语专业，只有一个名额。结果是挑选了4名有完整高中学历的士兵参加考试，无奈成绩太差，铩羽而归，指标报废。接踵而至的1978年全国统一高考报名，军队方面取消了定向指标，放开报名资格，于是我的第二次申请顺利通过。

我是北京市第八中学1968届初中毕业生，除了已经荒废十多年的学业外，更多的是从来没有接触到的新课题，加上在职工作的干扰，复习备考的辛苦只有我们可以彼此相知，也不过多描述了。话题还是回到语文考试的当日。我还记得当时大约提前30分钟交的卷，没想到的是，监考的陈老师（江宁县教育局）看着我，小声说了一句：“解放军同学，你先不要走，留下有事相告。”说罢铺起我的试卷端详起来。我亦心领神会地走出教室，在操场边的树荫下等候。稍后结束铃声响起，考生们陆续离去，我返回教室。陈老师说："王安刚，你是解放军，参加高考不容易。每次交卷提前时间太多，应该再仔细些，把时间用足。正因此，我把你的卷子全部看过了，依我的经验，你考上大学的希望是很大的。"虽然心里有那么一点小小的预感，但他的一席话还是让我如释重负，倍感欣慰。可以放松一下自己的心情了！说到每每提前 30 分钟交卷，除了才疏学浅，不懂不会的东西太多以外，还确实有个实际的难处，用北京人的话说是赶饭点。我的工作单位坐落于江宁县汤山镇作厂村，地处江宁、句容交界处，属丘陵山地，宁杭国道穿越其中，距离考点汤山中学有四公里左右的起伏山路。自己没有交通工具，公家有自行车不允许私用，只能迈开双腿徒步往来。尤其是上午考完顶着烈日酷暑翻山越岭赶回单位吃饭，匆匆扒上几口又得马不停蹄返回下午的考场。所以，上午的考试必须尽快结束，才不影响下午的日程。每天 16 公里的赶考之路，还是有些疲于奔命。

前排左起为蔡虎明、史双元、杨国祥、沈进、王安刚，后排左起为傅亚斌、张年安、季士林、徐敏南、黄月美、王建萍，摄于 1982 年 6 月

不久，成绩单下来了。总分 367 分，语文 69 分，数学 38 分，依托政治加史地，三门平均近 87 分，让我搭上了高考的末班车。之后填报志愿，普通院校只报了南京师范学院，首选地理系，其次中文系。最终被录取到中文系 78 级（2）班。

作者小传

王安刚，祖籍山东肥城，1953 年 7 月生于北京。1968 年北京市第八中学初中毕业，1969 年 9 月插队到内蒙古巴彦淖尔生产建设兵团 23 团 1 连。1971 年 1 月参加中国人民解放军，历任陆军 38 军 113 师 339 团 8 连战士、文书、班长、见习排长，1976 年 2 月奉调南京地面炮兵指挥学校（今南京炮兵指挥学院）11 中队学员，1977 年 2 月毕业留校，任政治部秘书、宣传科干事。1978 年 9 月考入南京师范学院中文系，1982 年毕业，同年 9 月调入总政治部文化部解放军文艺社，任秘书、编辑、记者。1989 年 6 月转业，进入中国光大集团公司工作，任办公厅秘书处处长等职。1996 年 3 月，与同学袁璋共同创业，成立北京天地共同咨询公司。2003 年与人合作投资百雅轩文化艺术有限公司，担任关联企业北京紫禁城天地文化发展有限公司、百雅轩艺术（香港）有限公司法人代表等。2013 年退休。（文首肖像摄于 1978 年）

入学琐忆

史双元

上大学以后，参加过很多考试，从研究生入学考试到出国考试，有很多很重要的人生阶梯式的考试。但相比较而言，没有哪一次有1978年的高考那么深刻地影响了人的一生，可以说那是无可选择、无可替代、无法重来的考试。

1978年以前，对于我们这样家庭成分不好的人，比较宽大的说法是“可以教育好的子女”，但永远是接受教育，而不可能成为“好人”。我容易脸红，直到今天。当年上中学，班级里如果丢了东西，或者清查反革命标语，我一定会脸红。因为有不少同学会自然地先扫我一眼，这里面，来自女同学的鄙视的眼光是最让人伤怀的。

1973年“回潮”，学校开始考试，我考了全年级（四个排）第一名，考完以后，有一位女同学还和我偷偷地对了数学题的答案。那种感觉，你懂的，但老师私下里说，可惜了。

1977年的某一天，听说大学真的可以考试入学了。心中窃喜，又是脸红，随即警告自己不要痴心妄想。果然，因为我家庭成分不好，77年政审还是把我刷下来了。

78年，我的1978年，该怎么来形容那灿若云锦、桃花盛开的一年。上了大学以后才知道，很简单，这叫“桃之夭夭，灼灼其华”。上大学真好，大学让我发现自己的潜能，大学让我认识了很多有才华的同学，大学还教我如何表达自己，用一种古典的方式。

和很多同学一样，历尽辛苦，我终于拿到了入学通知书。而且我是提前知道的，因为那位和我对答案的同学提前告诉了我，她爸爸是分管教育的县委副书记。她说我考了文科第一名，还说她以后也要考大学。听到这消息，我晕了片刻，赶快跑回去告诉重病在床的母亲，竟然忘记对那位同学说一声“谢谢”。

我父亲是小学老师，反右的时候被“配额”戴上右派帽子，随即就解除教职，全家人没有了活命钱，又遇上三年困难时期，我父亲和一个弟弟都离世了，我还有三个姐姐，母亲只能靠帮人洗衣服、做鞋子来维持生计，最困难的时候，母亲卖血来养活我们。每次回忆到这里，我必须跳开。

我考上大学时，母亲才六十岁，已经重病在床。1975 年，我下放两年后，因为中学语文老师的推荐，经考试，已经回到高淳县中（当时叫红旗中学）做代课老师。我上班之余，把家里的家务活都包了，包括拎着木桶到河边淘米、洗菜、清洗衣服。也就是那时候开始，我慢慢习惯了世人的白眼。

我如果上大学，谁来照顾我母亲？天下所有的母亲都是伟大的，但我的母亲不一样的伟大。

我想放弃上大学，或者以后再考，而且当时县中校长知道我的考试成绩以后，找我谈话，要我留下来继续教书，答应给我转正。而当时，我上大学的理想就是毕业后回到县中教书，做一个有名分的正式老师。

我和母亲谈了以后，她非常生气，她说可以让两个姐姐来轮流照顾她，我如果不去上大学，就是最大的不孝。因此，我当年踏入南京师范学院的时候，既有欣喜，也有忧愁。

母亲在我上大学半年以后就去世了，而且去世前告诉我姐姐们，在大学放假以前暂时不要告诉我，不要影响了我在大学的学习。我是母亲逝世三天以后才从南京赶回高淳的。

那时候，整个社会都把上大学当作一种近乎神圣的事情，所以我们 78 级往往无法理解现在的孩子怎么可以在大学课堂上睡觉、打游戏。

从 1978 年开始，我知道了，阳光是可以灿烂的，知识是可以改变人生的，人是生而平等的，大爱是可以无疆的。

我相信很多同学和我有一样的感受，因为我们这一批大学生，有一个共同的名称：78 级大学生。

作者小传

史双元，1953 年 9 月生，江苏南京高淳县淳溪镇人。自幼贫穷，腼腆易羞。1973 年初高淳红旗中学（今高淳县中）高中毕业，下放两年后，进入红旗中学做代课老师。1978 年考入南京师范学院中文系读书，1985 年硕士研究生毕业，留校工作。1990 年在职获中国古代文学博士学位，1994 年担任国际交流学院副院长，1997 年前往澳大利亚。长期担任新南威尔士州教育部中文督导。2013 年起担任澳大利亚新南威尔士州教育部悉尼教育局局长助理、新南威尔士州教育部国际战略中心主任、孔子学院澳方院长等职。兼任澳大利亚国立大学、墨尔本大学、悉尼科技大学和西悉尼大学博士论文指导与审评导师等。在南京师大工作期间，出版了著作《宋词与佛道思想》《唐五代词纪事会评》，与郁贤皓先生合著《百科知识十万个为什么》等。在澳大利亚工作期间，参与编写澳大利亚新南威尔士州中文教育大纲（Chinese Syllabus, published by the Board of Studies, New South Wales in 2000），主编《中国风情》（光盘和教材）（China Album, published by the Department of Education and Training, New South Wales in 2001），参编网上中文教材《Zou Ba》（Chinese on line, published by the Department of Education and Training, New South Wales in 2003），参编中文卫星节目"说说笑笑"（Chinese satellite program, published by the Department of Education and Training, New South Wales from 1997 to 2002）。（文首肖像摄于 1977 年）

人争一口气

——感谢1978，一个改变命运的年份

刘允志

1978年10月17日早晨6点，我从本省离南京直线距离最远的县域——丰县最西北角一个与山东搭界的小村庄出发，动用了自行车、公共汽车、绿皮火车三大交通工具，历时27小时，于10月18日上午9时，终于跨进了南京师范学院的大门。从此和这所美丽的大学结缘，从此和中文系78级（2）班49位同学结缘，从此在这如画的“随园”生活了四年……

在学生宿舍四舍223房间，我放好行李，坐在床沿，靠在被子上，一天的旅途疲惫顿时消失，觉得很享受，很幸运，很幸福——但这幸福来得并不顺畅。

艰难的求学历程

1960年，我已到了该上小学的年龄。但我的父母为此事曾久久难以决断。

那时是人民公社化下的生产大队、生产小队体制，社员在生产队凭劳动工分分粮。我们村土地与山东邻村交叉，属于交通闭塞、水利不达、靠天吃饭的边角地带，生产力水平较为低下。有劳动力能挣工分的社员尚不得温饱，我们家老小9口人，奶奶双目失明（1962年病故），爷爷70多岁，已超过挣工分的年纪；母亲除了这一家老小的吃穿拉撒，还要挤时间到生产队劳动，挣点工分；我们兄妹6人，我是老大，这时七八岁的年龄，已担负起照顾弟弟妹妹、帮助母亲烧火做饭、为家中的两只小羊觅食割草的重任，成了家中不可或缺的

“劳动力”，是母亲离不开的小帮手。

父亲是一名小学教师，自1950年起，就在离家300里外的山东邹县（今邹城市）的山区乡村任教，每年只有寒暑假两次回乡探亲，帮助家中做些事情，直到退休。那时我们家有一个名称，叫“四除户”（即军属、烈属、五保户、干部教师家属），这四种农户按政策可分平均粮。不同的是前三种可无偿分粮，干部教师家属，如没有劳动工分，分粮要交钱。父亲是小学教师，20世纪60年代，每月工资只有30多元，我家人口多，又缺80%以上的工分，每年要向生产队缴200多元的“透支款”。因缴不出透支款，我们家通常分不到本来就很低的平均口粮，吃饭生存的难度大大高于本村的其他社员。吃饭生存比上学重要，挣工分才能分粮、才能吃饭，上不上学呢？儿子读书，在一位以教师为职业的父亲心中，肯定是有重量的，他拍了板：“只要饿不死，就上吧！”

9月初，我高高兴兴地扛着小板凳，口袋里装着母亲给的一元钱（本该2元，学费1.5元，书籍费0.5元，母亲只给了1元），随着七八个同龄的男孩子（当时农村女孩子大部分不上学）到王龙庄小学报名上学。

王龙庄大队下辖7个自然村，学校在大队部旁边，离我们杨楼村3里路。一群孩子找老师报名（没有一位家长跟随）。“你叫什么名字？”“你父亲叫什么名字？”老师逐一询问，逐一登记。有的小孩报不清，只说“我叫二孩”，老师便根据其姓氏，随口帮助起个名字：“你叫王运来吧。”——我小学好多同学的名字都是这样确定的。轮到我，老师似乎知道我的父亲在外地做教师，说：等你父亲寒假回来，再补交那一块钱吧。接着给了我两本书——《语文》《算术》。

我们小学是没收的一户小地主家的破院子，有原户主留下的两栋旧房子，又增建6栋半砖半泥墙的瓦房，每栋50平方米左右，除了一栋办公室有玻璃窗，其余房屋全部是木栅栏窗。学校1—6年级，共6个班，校长、教师共8位。一、二年级教室里没有桌凳，仅放六七条长4米、宽30多厘米的木板，两头用砖头垫半米高，每块木板上可趴七八个孩子。

农村学校实行“三晌制”，即早上6点到校，上一节课，8点30分放学回家吃早饭；上午3节课，10点上课，下午1点放学吃午饭；下午3点上课，5点30分以后放学。这样的时间安排，和苏北农民农田劳动相一致。学生每天来回跑6趟，没有家长接送。学校尽管简陋，但每天清晨也是书声琅琅，抑扬顿挫。

上大学前，我共有9年当学生的经历，其中7年都是在这所学校、这几间教室度过的。

虽然上学了，但不能专心，因家中的困难越来越大了。首先是早饭、午饭不及时，母亲仍想多参加劳动挣工分，所以放学到家吃不上饭，迟到就成了“家常便饭”。更困难的是“推磨”（同龄的城市同学经历不到）。生产队分给农民的是小麦、玉米穗和大堆的山芋等原粮，不是面粉、细米等成品粮，要自己加工。用石磨磨面粉是一个很重的体力活，正常情况下要三个成年人才能完成（小型机械磨面设备20世纪70年代才开始使用）。我母亲专找了一台废弃的小石磨，但仍离不开我的帮助。力气小，母子俩一次磨不了几斤面，没办法，每星期要请两三个半天假帮母亲磨面。加上迟到早退，每星期的学习时间比别人少了三分之一。

我上小学期间，只注重主科语文、算术的学习，其他唱歌、体育、美术等课大多请假，以帮助家中做事。这样的上学方式，老师不满意，同学不理解，左邻右舍常对我母亲说：“还硬撑着上啥？连饭都吃不上。”那时我已懂得自己上学的不容易。家中的困境、社会上的“白眼”，常常会动摇父母那“只要饿不死就上学”的信念。为此，自己比别的同学多了自制力，多了自尊心，暗下决心，要争一口气，要把学上好。缺了课自己补，见缝插针，上厕所也夹着课本。最终以每学期主科成绩都在班里前三名的结果，避免了“被辍学”的命运。当然最应该感谢的是平凡而又伟大的父母，他们再苦再累（母亲曾在田里劳动中暑昏厥三四次，从不肯歇息半天）也没让我们兄妹6人因家庭困难而辍学。

厄运仍不止于此。1963年2月底，寒假开学不久（我读小学三年级），一天下午，和几位伙伴一起上学，路上大家蹦蹦跳跳，打打闹闹，我一边跑一边两手着地打旋脚（一种自创运动），结果跌落在路边沟坎上，只觉右腿髋部疼痛，半天才爬起，跌跌撞撞，忍痛上学。哪知第二天早上右腿髋部疼痛加重，不能走路。没办法，请山东邻村一老者予以推拿。谁知这些民间推拿游医多是庸医，历经周边三位治骨庸医粗暴“摧残”，我已卧床难以翻身，右侧髋关节以下肿得发亮。后来才知道，本来休息半月就能自愈的小伤，被他们“治疗”成右髋关节粉碎性骨折。第四位老者不是庸医，他也不再对我实施“伤害”，而是用镇江狗皮膏药给我糊上……半年后，我能下床走路了，时间已到暑假后，老师说，你这次缺了半年课，重上三年级吧！唉！真是越渴越给吃盐，我把6年制小学上成了7年。

难忘的1966年，全国都一样，停课了，我仅读完小学五年级。乱了一阵，复课，各小学都办“戴帽”初中。王龙庄小学比原来更破旧，8位老师调换了2位，又新增了两名民办教师。如何办初中？但学校通知，愿上学的报名。这时已有66、67两届小学毕业生符合报名条件（本人属67届），最后有42名学生报名，凑成了一个初中班，我在其中。

结果一上课，语文老师远不如原来五年级时的语文老师的水平，数学老师是一个人品较好、嘴巴较笨、初中没有毕业的新任民办教师（其水平与我在1977年教高中化学时的水平相当，属“误人子弟者流”），其余如“工基”、“农基”、外语等统统不开课，理由很充分——没老师。开不了课干什么？参加了很多批判会，背着背包晚上模拟解放军拉练，学工（把坟墓前的石碑砸碎，变成石子，造水泥制品）、学农（没有水，硬要“旱改水”，学种水稻）……这样一学期混下来，没啥收获，以后我就只挂名，三天打鱼两天晒网，以在家挣工分为主。又一年下来，我家工分大增，“透支”款下降，还保住了“初中生”的名分。

幸运的另一扇窗

人生总不会全是败运。有句话不是说，上帝给你关上一扇门的同时，必然会给你打开另一扇窗吗？这话我信，我觉得命运还是公平的。

1971年底，埋头挣工分的我又听说赵庄中学要招收高中生了。赵庄中学是赵庄公社唯一的一所初中，“双轨制”，6个班的规模，是一所很不错的初级中学，但到1966年止，没办过高中，现在因为革命形势需要，也开始“戴帽”了。这次招生原则很明了，“推荐与选拔相结合”，其实大队党支部推荐是真，学校选拔是走过场。

我们大队分了两个推荐指标，42名所谓的初中生，经政治筛选，去掉“地富反坏”的，去掉投机倒把的，去掉早婚生娃的，去掉年龄超限的……筛来筛去，筛掉了39名，剩下3名没有“硬伤”的，我在其中！

三名推荐两名，并非“二桃杀三士”。大队党支部本着对革命事业高度负责的精神，根据革命群众的意愿，经过认真研究，公布推荐名单，我不在其中！看到推荐结果，我虽然既相信群众又相信党，但心里还是拔凉拔凉的！此后几天，天天出勤“混”工分，就是不想卖力气。

某一天半夜，迷迷糊糊中听到有人敲窗户。

“谁啊？”

“我！”是大队会计，本村的。

“有事吗？”我问。

“你愿上高中吗？如愿上明早到我那里拿推荐信。”

“啥意思?”我问。

“没啥意思，东队杨某不愿上，你如愿上你就去。”说完，脚步声远了。

这消息使我睡意全无。天明，到大队会计家拿推荐信，他交代我，你现在就到赵庄中学考试吧，再不去就晚了。问其他，不知道。我赶快回家，找出钢笔装进口袋，又用毛巾包了两个凉窝头，用布书包提着，步行15里路赶到赵庄中学。

校园里静悄悄。看到“办公室”牌子，进去问，一位戴眼镜的老师说：怎么才来，现在8点40分，你不能进考场了。啊！我几乎落下泪来，如此这般诉说一遍，老师听后好像很同情，到隔壁办公室，几分钟过来，给我一张卷子，说：照顾你，你就在这里做吧，10点钟统一交卷，下面的考试你可以进考场。就这样，我在一群老师“监视”下，在教师办公室里单独参加了半场考试。

半个月后，到赵庄中学看录取名单，眼睛一亮，我在其中！本大队的另一名参加考试的同学竟然没被录取（看来“选拔”还不全是走过场）。幸运似乎悄悄地来了。

1972、1973两年，是被后来批判的所谓“资产阶级教育路线回潮”期，感谢“回潮”！回潮的那两年学校比较正规，老师敬业，学生学习还算认真。但两年时光很短，又赶上了1973年暑后张铁生交白卷、1974年黄帅反潮流，刚刚稳定的教学秩序立马又乱了。这年7月，正在乱中，我们高中毕业了。

正式回乡劳动。但还有一个流星式的光明尾巴，那就是“劳动锻炼二年，推荐上大学”。想想“三人推荐二人”的时候，自己都被踢出，还敢盼推荐上大学？安心修理地球吧！为此，我做了充分的心理准备，要当一个不差的农民。回乡后，拉板车到公社供销社买了一口能盛千斤小麦的大砂缸，准备在集体劳动之余搞副业，用本地盛产的山芋加工粉条，换大米。

这时，幸运继续向我招手！

回乡一个多月，虽准备正式劳动，但“好事”常不请自来。先是到公社参加了20天的“评法批儒”学习班（比农田劳动轻松，还有满勤工分），回来后，又被大队借用写材料，刷墙字，生产队长还准备把轻松、“有权”的管理场院的美差交给我……总之，两年的“戴帽”高中，使我的“身价”提高了不少，似乎要从社会最底层慢慢上浮。

1974年8月的一天，大队会计又找我：公社通知你到赵庄中学当代课教师，去不去？我当然愿意去。但很多人不以为然，认为“没出息”。因为教师地位在当时远不如农村大队干部。

回到了离开两个月的母校才知道，教初中语文的一位刘姓老师，夫人患乳腺癌，北京有熟人，请长假陪夫人到北京治病。唉，这幸运竟和别人的不幸相关联！又听说，校长本想找一位有经验的教师（如退休教师，辞退“右派”等），一时没找到，我的语文老师适时推荐了我（得益于读高中时，也算是好学生，语文科代表，出黑板报、写墙字，搞教改、学生上讲台……混了个全校脸熟）。既然来了，力争再当“好学生”。学校并没有让我接任初中语文课，而是管理图书，这很合我意。但到图书室一清点，两间房子里几排书架，不到一万册书，全是“文革”后出版的新书，最“好”的书是浩然的《艳阳天》和《金光大道》，连四部古典名著也没有（“文革”前的书全烧了），有点失望。

年底，被“挂职”的老校长落实政策复用，我又接替了他的打铃工作。交接时他对我说，“近期想办法装电铃”，可见领导“深入底层锻炼”有好处，校长已知“打铃”不易。打铃期间还有故事，我没有手表，手里抱个小闹钟，满校园跑，一次疏忽忘记了打铃，上课晚了 5 分钟，发现问题，想认真改正，结果又提前 5 分钟打了下课铃（应该延后 5 分钟，弄反了），50 分钟的一节课，被我改革成了 40 分钟。这次失误，被我原来的班主任老师狠狠地尅了一顿。但以此为理由，老师为我申请了一块 30 元的钟山表（计划商品，买不到），可见老师尅我是假（为帮我买到手表造舆论）、帮我是真。感谢我的老师！

代课教师不似民办教师，是教师缺员时的临时替补，聘期一般一年时间，每年暑假有大学生分配，都要清退一次。我因在母校，身边有老师保护、声援，所以连续做了 4 年。其间除了管理图书、打铃，还参与管理过教工食堂，教过初中政治、高中政治、初中化学、高中化学……我在学校很像一块“补丁”，哪里需要贴哪里，老师们都觉得很顺手。

难为的两不耽误

1977 年暑假，社会日趋规范，学校扩大招生，赵庄中学招收了 7 个高一班。学校共 12 间教室，根本放不下。结果有 3 个班下放到周边三所小学“代办”（群众戏称“戴高帽”）。实际是只借小学的教室，学生就近入学，不住校，教学管理仍属赵庄中学，教师由赵庄中学下派。我与另外两名老教师被派到 10 公里外的张老家小学高中班任教。

据说，按照有关师生比例的规定，中学一个 54 名学生的标准班，平均配 2.7 名教师足够。但三个人“包”一个高中班，却有很大的困难。另外两位老师，一位是20世纪50年代南京大学数天系毕业生，50岁左右，他挑选了数学和物理两门课，每天上午骑自行车从10公里外赶来，上完课就走，颇像大学老师；另一位是1957年开除教师队伍的“右派”（当时还没“摘帽”，和我一样，同为代课教师），师范毕业生，言明只能教语文和历史。他们说，你年轻，班主任加其余课程都是你的了。除了班主任工作，还有政治、外语、化学、生物、体育……先不说工作量大小，问题是我上高中时外语、化学常不及格。向校长汇报，他无奈地说：你每天晚上骑车来学习，第二天再去给学生上课，现（批）发现卖。这样的答复让我无语。看来援兵无望，我找张老家小学戴帽初中的任课老师协商，最后以帮初中教两个班的化学课为交换条件，他们派人代高中的英语和体育课。

我成了两个初中班、一个高中班的化学老师，还教与化学“风马牛”不相及的政治课。呵呵！以己之昏昏，焉能使人之昭昭！那一年是如何“混”过来的，我至今已记不清楚。

金秋10月，传来了不经推荐亦能考大学的喜讯，我并没有很上心，因为天天处于焦头烂额之中。我是班主任，为管理学生方便，借住小学一间10平方米的房子作宿舍兼办公室。那时苏北农村学校还没通电，晚上一盏煤油灯陪伴，备课、改作业，从初中无机化学到高中有机化学，逐页逐行认真“啃”。不管自己啃透没啃透，第二天上课铃一响，“昂首阔步”上讲台。化学课连一根玻璃管子的仪器也没有，上课像民间艺人说书一样，全凭空口一张，这样的条件、水平，教学效果可想而知。因此，误人子弟的负疚感，如沉重的十字架，不时压在心灵深处，使我无暇顾及其他事情（两年后，被我“误导”的这一班应届高中生参加高考，大多数没有报考理科。1980年暑后，在中大楼教室门口，竟然碰到了刚被中文系录取的张老家高中班的亲传女弟子，一声甜甜的“刘老师好”，我还真有点晕）。

在这样的境况下，我懵懵懂懂地参加了1977年冬的预考，毫无悬念地被踢出局外，这并没有对我产生多少影响，我继续钻研分子式、原子量。1978年初，有熟人、同学拿着通知书上大学去了，同时发现各处蜂拥办起高考补习班，自己才似有心动：我该怎么办？

中学代课教师，每月30元。公社规定，每月交生产队12元，给记一个劳动力的满勤工分。这样不管刮风下雨，不管春节国庆，我每天都为家中贡献工分，还有18元人民币可以“潇洒”，辞掉还真觉得不舍。但代课教师是脚面上支锅——说踢就踢（倒）的临时工，每年暑假都有被清退的可能。思前想后，写了“辞呈”去找校长。这时校长换成了我高中时期的化学老师，他语重心长地说：代课教师对你来说，是很合适的；再说，暑假前还剩几个月，找一位能接替你的老师也非易事（呵呵，“文理兼通”找不到，心里飘飘），你走了，50多名学生怎么办？相信你能教学、迎考两不误！暖暖的话语，有肯定有鼓励，本来就不十分坚定的我立马收回辞呈，回去“两不误”了。

面对初、高中三个班150多名学生，除了认真“说书”，就是“麻雀虽小，五脏俱全”的杂务，其余的事情“全误”。

到了1978年6月初，离全国统一高考时间还有40多天，离中小学放暑假还有一个月。一天，我进城办事，顺便看望当年的语文老师。老师问：还考大学吗？我答：考。老师告诉我，某某同学在丰县中学补习班已补习半年，模拟考试成绩很好，某某同学到徐州一中补习……殷切的目光中尽显言下之意：你怎么还到处“玩”呢！我的神经被触动了一下，没有接叙老师的话题，没有作任何表态，骑车回到张老家小学，把所有的自习课改为化学课，一周时间讲完了本学期剩余的化学课内容。然后请来了刚从部队转业、在家待业、长我一岁的表兄，从口袋里掏出刚领的工资，分出15元给他，用于在小学食堂的就餐费，让他替我当一个月的班主任，并代“读”未完的政治课。作好交接，我到赵庄中学向校长报告：我要复习迎考，不干了。校长一听，着急地说：这怎么行？我如此这般一番解释，可敬的校长——我的老师想了半天，似乎默认了，我趁机说了一句：张老家那边要有事，我随时回去。老校长点点头说：看来“两不误”是做不到啊！就这样，我有了宝贵的40天复习时间。

赵庄中学有文、理科补习班。但补什么呢？尽管这时我满脑子装了不少“酸碱度”“合成氨”，但仍有自知之明，报理科，肯定没戏。到文科补习班一看，人家已经按照高考大纲有条不紊地进行了半年，现在各科都在左一张试卷、右一个重点地摸底、总结，我是丈二和尚摸不着头脑。看来跟补习班不行。俗话说，最好的医生是自己。这是指身体健康，复习迎考也同理。如何有效果？逐科分析：政治，自己教初中、高一政治课，算是有基础；语文，自己曾是语文科代表，觉得差距小；数学，底子薄，数学老师说，如有一年时间，他能帮我补上去，现在只有40天，随它去吧；历史、地理虽然几近空白，但是这两科易读懂，能强记，把这两科作为复习重点。于是我按照《高考复习大纲》的顺序借复习材料、课堂讲义，把所有借到手的材料，全部以问答式重新整理、抄写一遍。前半个月时间，几乎就是坐在宿舍里整理抄写借来的讲义材料，后半个月就坐在树下消化、强记自己的“手抄本”。

离高考还有十几天的时候，越剧《红楼梦》在丰县影剧院首映。那时我还没读过《红楼梦》原著，但徐玉兰、王文娟主演的《红楼梦》对我的诱惑不亚于考大学。于是我托人买了一张晚上 8 点的电影票，随老师们进城看电影。半路上，历史老师扭头发现了我：允志，离高考只有两个星期了，你还去看电影？我一时无语。他又说：你如考上大学，南京北京都可以看《红楼梦》；你如考不上，这次看了就不知道下次在哪里了。我猛地刹住自行车，调转车头，返回学校（上大学后，在南京连看了两遍越剧《红楼梦》）。

7 月 20 日—22 日，丰县地区晴空万里，酷暑高温。赵庄中学考场的教室里，监考老师人手一条毛巾、一把扇子。考生们无暇用扇子，只用毛巾不时抹一下欲滴的汗水，唯恐浸湿手下的试卷。考试还算顺利，只有同考场一考生吸墨水时，不小心把墨水瓶盖放在了试卷上，留下了一个蓝蓝的圈子，据说这成了一个事故。因卷面上留下蓝圈，会被误为作弊记号。此事以后如何处理的，不得而知。（为那位考生祈福！）

1982 年 6 月，刘允志在南京师范学院校门口留影

功夫不负苦心人。8 月中旬，成绩公布，我正在田间劳动，邻居一位教师告诉我，他看了我的高考分数，360 分（政治 90 分，语文 77 分，数学 32 分，历史 81 分，地理 80 分），并告诉我：超过 350 分的都能上大学。我听了很高兴，仍继续劳动。10 月上旬，邻居给我送来了南京师范学院中文系的录取通知书。记得是午饭后，我手捧通知书，久久舍不得放下，似乎拿到了一张转变命运的“通关符”！那天下午没有到田里劳动……

10 天以后，我在古都南京下了绿皮火车，由学校迎接新生的校车送到了学生食堂大餐厅——报到！

不忘的几段故事

1978 年的高考，是历尽了诸多艰辛，迎来的一缕曙光，从此时来运转，一片阳光。40 年前的辛苦历程，如天上的繁星，如骆驼的绒毛，不可胜记。但与高考有关的几段故事，涌堵胸中，清晰不忘，意欲录下。

故事一：庆幸没当“陈世美”

1971年，我“混过”了初中阶段，又无学可上，为家中挣了一年多的工分，是一名所有农活都会干的男劳力。在苏北农村，到了十七、十八岁，除了劳动挣工分，剩下的大事，就是男婚女嫁。身边的同伴大多找好了对象，结婚生子的大有人在。尽管我心不在此，父母也曾有坚定的“读书”理念，但无学可上，不结婚干吗？尤其母亲看到邻居吹吹打打，把人家的大闺女变成了自家的小媳妇，她多么想有一个这样的帮手啊！母亲还有一层压在心底的思虑，我是老大，下边有四个弟弟一个妹妹，人口多，多年来生活在周边邻居平均水平以下，这样的家境和声誉，找媳妇可不是轻而易举。你老大解决不好，影响到下面就更难办了。于是母亲拜托亲戚为媒，西村东庄找媳妇。

8月的一天，我正在田里劳动，同宗很近的一位二嫂把我从田里叫回来，要带我去“对相”（相亲）。尽管很不情愿，但那时的情景，也没有拒绝人家一片“成美”之心的理由。一群人帮我试衣服，有一伙伴现场把衣服脱下来换给我。我穿着从头到脚全借的新衣服，跟在二嫂后边，步行两个多小时，到了离我们村十几里远的一条河岸，与一位不熟悉的女眷（后来知道是女方的表嫂，我叫她大嫂）接上头。大嫂让我在树下等。不多会，树林深处款款走来一位衣着光鲜的女孩，心想：这大概就是“她”了。心有慌乱，一时无措，但本着对自己负责的精神，还是认真地狠狠地看了几眼。女孩个不高，眼不大，面不黑，微胖，但不管怎么看，似乎都与自己联系不到一起。

“干啥活？”

“拾棉花。”

“上过学吗？”

“没有。”

“属啥的？”

“属兔。”（长我两岁——其实这些内容事先已知道。）

简单问答后，已无话可说、无事可做。看看四周，不见他人。杨柳岸，微风蝉鸣，四目相向，该有千种风情！无奈何，天热心凉，硬是不迸一丝火花！此情此景，更与何人说？20分钟后各奔东西。

回来后二嫂问我：“愿意了吗？”我说：“不知道。”（所有对话中，没有涉及“愿意与否”的话题。）第二天媒人大嫂传来消息说：都愿意，这媒说成了。我愕然！二嫂批评：同意了还保密！我辩解，没人听。大家意见一致：人家女孩回家说了，都愿意，你还想啥？似乎我捡了个大便宜，如说不愿意，那肯定是傻瓜。糊里糊涂，解释不清，如要翻盘，肯定“全村共讨之，全家共诛之”，只能随它去，继续下田劳动。

几个月后，我侥幸上了高中。这事惊动了女方，媒人大嫂传话来：这事（指相亲）不能一直哑哑迷迷，得“传启”（互换生辰八字、信物的仪式）。这大概表示双方要前进一步，同时昭告“天下”。我在学校读书，这事没人征求我的意见，也不用我出面，似乎是别人的事。过后得知，“传启”中，为女方花了十多元钱买了一身布料；请媒人大嫂们吃了一顿饭，还送了她们3元钱的布料。在家中很困难的情况下，母亲乐意花这个钱。

这一具有安定人心的“传启”活动，使相亲后的形势“稳定”了3年，双方没有来往。

1974年秋，我做了代课教师，女方提出了结婚的要求。这时我已觉得荒唐，20分钟的树下一面，三年后就要结婚，实在是心有一百个不愿意。我这时最正确的做法，应该是明确告诉对方：我不想结婚，我想上大学；我们不合适，请你另择佳婿（她这时23岁，耽误的并不多）。但是话到嘴边只说了前一半（怕被别人说“刚领了30元，就当陈世美，忘恩负义”。——何来恩义?）。我没说透，她该想透。但是她被善良蒙住了眼睛，限制了思维。几天后，她步行10公里给我送了双亲手做的千层底布鞋，以为我穿上这双鞋，会加快婚姻进行曲的步伐……这下更难办了，面对一双期盼的眼睛，决绝的话更加无法说出口。

在那之前几天曾去参加一位同学的婚礼，晚上吃喜酒，看到一女宾端着灯台到新房“送灯”，一进门就像说唱快板：“一进洞房黑盈盈，状元大嫂来送灯。金灯配银灯，瓦屋配楼厅，十八的大姐配学生。昨天跟着爹娘睡，今天跟着李相公。”听着这样富有启发性的喜谣，看着同学美人依偎的洞房花烛……一个20岁的小伙子，心不动，耳不惊，不艳羡，不联想，岂不成了榆木疙瘩！但少年时代的艰难困境时时激励、鞭策自己，要努力，要放弃眼前，要更进一步，要争一口气。这时娶了媳妇，美梦不就成了黄粱？继续维持“现状”吧。

见一面稳三年。继续相安无事，互不来往。其实这以后，我亦心受煎熬。自己的梦想毫不靠谱，漫无边际地等等再等等，总觉得会有机会和希望。她跟着等什么呢？她唯一要等的就是“和我结婚”。我想过要和她结婚吗？没有。这样等下去怎么办呢？我心沉重。

后来我到张老家小学高中班代课，一个人住在村外操场边上的一间房子里，孤灯做伴，野外莫名的响声常会使我一惊。感到孤单的我，这时突然想起了她，甚至遐想，她如果突然飘飘而至，留下和我做伴，我会改变初衷，从此和她男耕女织……但这只是偶尔闪念，30 里以外的她，此时或许正在喂猪，哪里会想得这么远呢！

1977 年冬季高考初试失利后，正处于情绪不佳期，这时她的表嫂（媒人大嫂）突然给我家下了最后通牒："一星期内领结婚证，不然就散（伙）。"这么不友好，从前没有过。细分析，这不一定是她本人的真实意思表示，很可能是家人、亲戚关心、急躁："等了 6 年多，俺一个水灵灵的小姑娘，等成了 27 岁的老姑娘。上人学，上大学，现在兴考你考不上，还有啥理由（不结婚）？"她们判断，我已无退路，会很好驯服！君子一言，驷马难追。她们以为胜券在握（不知谁给她出的馊主意）。

当时政府已有晚婚的倡议，25 岁符合结婚登记条件（她已超过，我还不到，如果带几包香烟去登记领证，应该没问题）。我还有梦想，不想功亏一篑，更反感她们逼迫。一周后，一切如常，自然没有去领证。她们家自觉覆水难收，也可能意识到等下去无望，自觉退出了 6 年前的"协定"。啊！这么沉重、这么复杂的事情，竟然这么容易就解决了，也没落下"陈世美"的骂名，我如释重负。后来想，如果这次预考不失败，考上个中专或什么，真不知此事如何收场。福兮祸兮，这初试不中也不全是坏事！

隔几天，媒人大嫂又来了，说当年送给女方的一身布料，已做衣服穿用了，无法退还，问怎么办。谢天谢地，如此厚道的人家，6 年多的青春被延误，竟然记挂归还几尺布料！她如接受，真想再送她几件！

故事二：倾力筹办谢师宴

"教师，这是最可爱的人。我们国家的未来，我们孩子的未来，都掌握在他的手里，都记在了他的心里。如果在街上遇见他，就应该在 50 公尺之外，向他脱帽、举手致敬。"苏联著名作家法捷耶夫小说《青年近卫军》里的这段话，常常引起我的共鸣。在我的成长过程中，除了父母的养育之恩，对我帮助最大的就是传道、授业、解惑的老师们。尤其是在高中毕业后，又在老师身边生活、工作、学习了 4 年，老师们给了我潜移默化的影响和无私的帮助，在人生的每个重要节点，都及时地给予了提醒和引导。因此拿到大学录取通知书后，就想请老师们吃顿饭。

当时的条件，请老师吃顿饭并不容易。首先是在哪里请。1978 年，赵庄公社也只有供销社一家饭店，只卖些羊肉汤、馒头、包子之类，要收粮票，还没有过在饭店请客的先例。在家请，赵庄中学离我家15里路，那时没有沙石路，更没有柏油路，乡间土路，坑坑洼洼，骑自行车也要一个小时，老师们是否愿意来，自己也不知道。10月10日，记得是星期二，我骑车到赵庄中学，向当年的班主任老师和数学老师汇报了自己的想法，并发出了邀请，两位老师很高兴，并答应代为邀请其他各位老师，约定10月13日（星期五）晚6时到我家赴宴。

第二天，我赶到县城，托关系，凭票买了4瓶优质洋河大曲（每瓶2元多）。返回赵庄公社，托人找到食品站长，特批12斤一挂猪肝肺（0.28元一斤），买了3斤五花肉（0.72元一斤），回家杀了一只自家养的大公鸡，配上黄瓜、白菜、萝卜，这在当时已算丰盛。向邻居借了一个方桌、几条长凳。盘子是借不到的，借了几家颜色差不多的饭碗，还请了邻居帮忙做菜。准备充分，只等老师光临。

13日晚6时许，老师们骑自行车如期到来。到家一数，来了18位（赵庄中学共有30多位老师，听说我请客，来了一半多）。我虽然十分高兴，但准备的一个方桌根本围坐不下，邻近还借不到相仿的桌子，即使找到同样的桌子，房间里也放不下两桌，没办法，只得换地方。在离旧宅200米的村头，有父母3年前为准备娶儿媳而建的3间新瓦房。我坚持不结婚，房子一直空闲，这次派上了用场。立即简单打扫，借了4个1.2米长的低案板，两边放20个小板凳，摆成首长召开军务会议那样的长条布局。增添两名送菜员，所有的菜分两份、三份摆放。一切就绪，我说了几句感谢的话，班主任老师致了祝酒词，宴会热烈进行。

刚刚就绪，弟弟把我叫出，帮厨的邻居说，看情况酒不够，菜也不足，问我怎么办。这时两杯酒下肚，也添了几分豪气，我立马派人到大队代销点买了2斤散白酒（山芋干酒，0.8元一斤），又与一墙之隔的邻居商量，立即宰杀了他家那只养了一年多的青山羊。半小时后，20多斤绿色、环保、无公害的优质羊肉下锅，一时间，红红的炉火照亮了我家的小院，浓浓的肉香飘洒到半个村庄。当晚，连同四五位帮忙的邻居一起，近30人共聚了一顿大餐。

宴会进行到10点半，老师们个个红光满面，十分高兴。只是有几位已经骑车不稳，加上天黑，只能推车返校了。

这次谢师“盛宴”花光了家中仅有的30多元积蓄。几天后，我扛着旧被褥，穿着旧衣服去赶南下的火车，没敢再多花一分钱。

故事三：校医温情治斑秃

上大学圆了自己多年的梦想，对一个苏北农村青年来说，仅从物质生活比，在大学的生活已是质的飞跃，不用每天再啃难咽的山芋干做的黑窝头。但是，入学两个星期不到，自己突然发现了一个问题，头上出现了比硬币还大的几块“空地”，中间一根头发也没有（俗称“鬼剃头”）。什么时候掉的头发，不知道，以前也没遇到过这种情况。我很紧张，不知怎么回事，难道水土不服？

赶快去学校北大楼北边的校医院就诊。一位戴眼镜的女医生（遗憾的是不知人家姓名）接待了我。她听了我的叙述，给我做了检查，温情地对我说：不用害怕，这叫“斑秃”，是因为你近期一段时间精神高度紧张，饮食营养特别是维生素跟不上所致，很容易治愈。第一，从今天起，你每天到这里来肌肉注射维生素 B12；第二，你自己到菜场买几块生姜，用小刀切掉一片，用刚切开的生姜新截面，擦涂脱发处，一天反复多次；第三，精神放松，改善饮食，注意休息，很快就会长出新头发。还真如医生的分析，自 6 月份专心迎考以来，精神一直处于高度紧张之中，考前 40 多天，自己一天也没离开学校（只有一次离校进城看电影未遂）。分给表兄 15 元生活费后，口袋里只剩下不到 10 元钱，在教师食堂搭伙显然不够，就在补习班的学生食堂就餐，每顿基本上是两个窝头加青菜汤。高考的三天中，有两天是每顿三只馒头加两只生辣椒蘸酱油，已没钱买食堂 1 角 5 分钱一份的菜肴……

按照医生的要求，每天下午到校医院注射维生素 B12，开始几次还带学生证验明身份，几天后，医生已经熟悉，到了医院挽起袖子就打……如此肌肉注射一个月，姜片擦了两个月，镜子一照，头发一根不少，几块“空地”全长出了“新苗”。

40 年过去，挡不住自然规律的亟亟步伐，身体的很多部件常需医院“修理”。“左托人右排号，大把大把花钞票”，求医的艰难，常使我想起当年的南师医院，想起那几位负责、和蔼、笑脸相迎的女医生，不图名、不怕累、不收一分钱，只想赶快帮人治好病……这样的精神，这样的人和事，现在已经很难见到。真想回到当年的南师……

作者小传

刘允志，1953 年 11 月生，江苏丰县人。1974 年丰县赵庄中学高中毕业，1974—1978 年在丰县赵庄中学任代课教师。1978 年考入南京师范学院中文系。1982—1987 年，在丰县中学、丰县教师进修学校任教。1987—1992 年，在丰县县委办公室任秘书、科长；1992—1999 年，在丰县张五楼乡、常店乡、马楼乡任乡长、党委书记；1999—2002 年，在丰县人民法院任副院长、院长；2002—2013 年，在徐州市中级人民法院任行装处专职书记，2014 年退休。（文首肖像摄于 1980 年）

我的高考

徐敏南

1978年7月20日上午7时20分，我端坐在无锡县华庄中学高考考场。政治考试前，我心中默默地祷告着：上帝保佑我！我要考出水平，我要考取大学，我能考取大学。天生我材必有用！说也奇怪，原先的紧张和激动消失了，我很平静。我感觉得到自己身上的压力：父母的期盼，亲戚的期望，大哥的理想，好友的重托……

我是农民的儿子。1966年农村小学毕业，1973年高中毕业，小学六年是完整读完的。“文革”期间，初中二年和高中二年半，基本没读什么书。当时学校是学工、学农、学军，期中期末都不用考试。到高中最后半年，教育秩序才走上正轨，开始有规范的考试。物理课本是《工农业基础知识》，主要内容是“三机一泵”（柴油机，电动机，拖拉机和水泵）。化学从没有做过课堂实验，数学学的内容也少得可怜。经过高考，我真切地感受到，大约我们只学了数学高考内容的三分之一。

1977年冬高考。我没有任何准备就跟着去报名考试了。我知道自己的理科基础不行，所以报了文科。考后没有公布考试成绩。不久，我接到了通知，到县医院参加体检，最后没有被录取。我知道，自己的数学没考好，大部分内容没学过，不会。

1978年春，乡里的农村中学办高考复读班，报名人太多，就进行了一次数学淘汰考试，我只考了 28 分，没到入门线，被淘汰了。原本我可以到校长那儿求求情，进高考复习班，因为我在这所学校当过一年代课教师，但我不愿意。一是我相信自己可以自学；二是家中大哥是南菁高中 66 届高中毕业生，他可以指导我；三是 1976 年家中出了一件很不幸的事：当大队会计的父亲被所谓的县工作组隔离审查，关了 180 天。说他贪污，要求退赔现金 1660.22 元。这在当时是一笔数目很大很大的钱。一家五口人一年的工分，去掉口粮所剩也不过 100 多元钱。我母亲向 12 家亲戚朋友借了钱，交了退赔款。父亲才被放了出来，赋闲在家带孩子。当时大哥已有两个孩子，家中刚盖了两间瓦房。二哥刚结婚。原本已借了不少债，这下是雪上加霜，家中经济严重困难，连买油盐酱醋都成了问题。

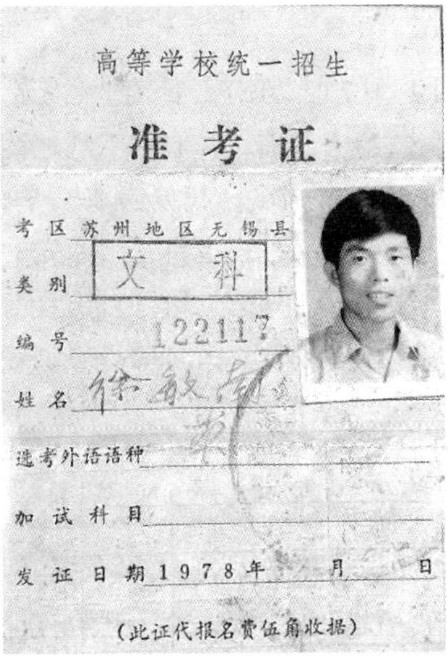
高等学校统一招生

准考证

考区 苏州地区无锡县

类别 文科

编号 122117

姓名 徐敏南

选考外语语种

加试科目

发证日期 1978 年 月 日

（此证代报名费伍角收据）

徐敏南 1978 年高考准考证

我刚学会了烧电焊，在大队消防配件厂工作，挣钱比在生产队干农活挣得多。要还债，不能停下来。所以我决定不参加高考复习班，我自学。

为了还债，我没有停下工作。到上海震旦消防材料厂落料，我白天干活，晚上做数学题。其他同事吃过晚饭到黄浦江边踱方步，吃冰棍，喝啤酒，看电影，我在做习题。有个师傅对我开玩笑说：“敏南，你这么辛苦，如果你考不取大学，我看你只能跳黄浦江了。”

为了还债，我们兄弟三人一直在编砖窑上用的草席。两毛钱一条。编一条大约用时 40 分钟。每人每晚编三到五条。我一边编草席，一边在背政治、历史、地理。

舅舅、阿姨、姐夫他们帮我搜集复习资料，我天天复习到深夜一两点钟。当时农村天天夜里停电，我就着蜡烛，做习题，做习题！背讲义，背讲义！母亲一直在我旁边缝缝补补，我知道，她在陪我。到 12 点半的时候，她把一个热气腾腾的水潽蛋端到我桌边，轻声地说：“吃了早点睡吧。”母亲天天如此，一直到我考上大学。

大哥的几本数学课本我都翻烂了。每天要做几十道数学题，早晨交给大哥，他上班时抽空帮我一一批改，夜里抽时间给我讲评。大哥是 66 届南菁高中的高才生，他和后来当上南菁中学校长的夏锡良是同班同学。1966 年 6 月，他们毕业考试考完，体检结束，我大哥可以报考任何院校，包括军校，但“文化大革命”开始了。他的大学梦还在继续，到家务农十年，他时时温习课本，从未间断。当时他已经是两个孩子的父亲，家中的负担又这么重，他不能去参加高考。他认真细致、一丝不苟地批改我的数学作业，悉心地指导我，他要让我去实现他的大学梦。

我在昏黄的烛光下做数学习题，习题一道又一道，稿纸一张又一张，一叠又一叠。高考结束后，整整装了三麻袋。我用了四个多月的时间，把高中数学没学过的三分之二内容补上了。

高考成绩出来了，我总分 369 分。数学分数最高，81 分。皇天不负有心人。1978 年高考，改变了我的人生，拯救了我的家庭。感谢邓小平，感谢高考！当父亲把南京师范学院中文系的录取通知书交给我时，我热泪盈眶，高兴地跳了起来，大叫：“我考取了！我考取了！”当天晚上，一起打工的师傅好友在古运河边的清名桥酒楼为我庆祝，一桌酒席钱是他们付的，我没钱。

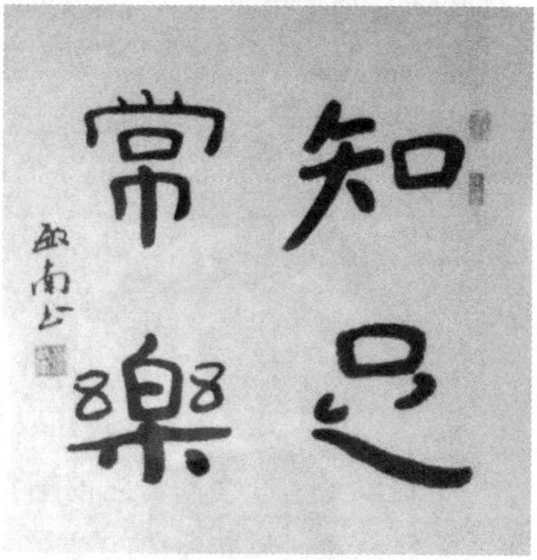

徐敏南书法作品

我高中同学好友王志颀当时已当上大队书记，他特意跑到我家来祝贺。他说：“我们班 66 位同学只有你一人考取大学，你代表的是我们班，代表的是我们这 73 届。”

高考，使我懂得了，人的一生中有些事是可以通过自己的努力去争取得到的，而有些事是可以通过帮助别人来实现的。

感恩高考！

作者小传

徐敏南，1954 年 3 月生，江苏无锡人。当过农民，饭店厨师，代课教师，冷作工。1978 年考取南京师范学院中文系。1982—2002 年，任无锡市第二中学(无锡市辅仁高级中学)语文教师，教务主任，副校长。江苏省中学语文特级教师。2002—2014 年，任无锡市教育研究中心主任，无锡市教育科学研究院院长。无锡市有突出贡献的中青年专家。江苏省人民政府督学，全国教育系统先进工作者。江南大学文学院兼职教授。中国书法家协会会员。在中学语文核心期刊上发表论文二十多篇，主编教育教学书籍二十多本，主要有《从辅仁走向世界的钱钟书》《新高考作文》等。(文首肖像摄于 1982 年)

1978：关于那个人生之梦

蔡铁鹰

1972 年年底，我高中毕业入伍服兵役。部队驻在无锡惠山脚下，番号是步兵第六十军一七九师。一七九师师部驻于南京，就是南京人熟悉的临汾旅，一个齐装满员的甲级战备师。这个番号现在已经消失了，但部队讲血统，就如高校讲传承一样，一七九师的番号可以取消，全军最高一级的荣誉称号“临汾旅”却不会被忘却，这段在虎狼之师锤炼的经历是我人生第一段难以忘却的纪念，以至于几十年后我和战友们的每次小聚都会吼一阵《临汾旅战歌》。

把这段经历放在高考之前铺叙，当然不会无因。我相信事物之间一定有因果关系，从最后瓜熟蒂落的结局，总能看到过程中的花蕊枝叶和最初播下的种子——在哲学的意义上，佛祖如来说过，这叫果报；道祖老子说过，这叫祸福；外国的马克思、恩格斯说过，这叫辩证；科学家无以名状，就打了一个比喻叫“蝴蝶效应”。1978 年，高考改变了我们很多人的命运，这其中国家大政的决定性作用不容置疑，但是我还想知道的更多一些：那一年，究竟还有哪些因素参与了我命运的重构？最初的那只蝴蝶究竟在什么地方扇动了翅膀？

我的读书梦和随之而来的欲望，追溯到服役期间比较合适，再前，少小懵懂。

入伍两个月后，新兵连的生活尚未结束，我就被召到南京参加了一次招飞体检。身体状况很好，但眼底的血管有硬化前兆，因此被淘汰了。其间有几位不知来自哪一级的领导找我们这批人聊了天，又让我们画了各自县城、学校的示意图。我虽然从未见过县一级的地图，也没去过多少乡镇，然而方位感天生不错，几何和测绘课程学得也很好，因此交上去的图尽管我自己已经没有任何印象，但显然没让他们失望。后来知道，那是在物色军师级司令部参谋人员的后备对象，而我，也有幸从那时起就进入了后备干部的培养名单。回到无锡，新兵连解散，我被分派到特务连侦察排，这个排的战士个个虎背熊腰，只有少数一两个像我这样高中毕业的文弱书生掺沙子一样被编在队列中。在为期四个月的春训中，作为侦察排的文化种子，确实吃了不少苦头，处境有点像《士兵突击》中的许三多；而我也确实不具备许三多那样的倔强，所以觉得特别苦。好在领导把我编入侦察排，本身只是为了制造一个过程，所以春训结束后我便被调任连队文书，又两个月后，调任团司令部管理股文书。文书是等同于班长的职务，这个很多人都知道，但很多人不知道这个管理股文书是个什么角色——说简单点，这是司令部里一大堆军官中唯一的兵，能走上这个岗位的兵，都是提干的苗子，我的前任，后来一直升职到副师长。

这是一条已经在我面前明确展示前景的人生之路。但似乎来得太顺利，反而催生出了我一种似乎另类甚至有点过分的追求。

应该是 1973 年夏秋之间的某一天，下早操之后操场上的大喇叭照例播放新闻。那一天播放的是关于“白卷先生”张铁生的报道。这个报道在军营中不会有多少人注意，但是我例外。记得那个早晨，我拿着自己的碗袋，就那么傻傻地站在去食堂的路上，有滋有味地一直把报道听完。以我当年 19 岁的年龄，虽然从三年经济困难时期开始的政治历程都经眼过目，但严格说来只能算一个看热闹的旁观者，头脑的调色板还比较单一，对张铁生这样的事件谈不上什么政治评判，但这天早晨的报道却对我的人生产生了绵长的影响：它以重大事件的形式向我解说了“大学”和“工农兵学员”的概念。推荐工农兵学员的事其实在前一年即 1972 年已经出现，但当时我还是学生素人的身份，偶尔下乡进厂，只算学农学工，与读大学毫不搭界，因此也从未关心过这个问题。现在忽然如醍醐灌顶：我也是工农兵了！后来了解了一下，我们团每年确实会有两三个推荐名额，面向两年以上的义务兵。两年，那就等吧。

摄于 1973 年初

摄于 1973 年夏

1975 年，也就是两年后，我自认条件已经成熟，于是向领导表达了被推荐的期望，没有下文；又下一年即 1976 年，再次提出，还是没有下文。事实上我的做法有点犯忌，第一，上大学是一种“推荐”，并不需要个人申请，个人直接提出申请会被视为奇怪的自我膨胀；第二，个人的培养方向只能由组织决定，向组织提要求通常会被视为目无领导。这我都明白，但读书的梦想已经让我确定了重新选择人生道路的决心。这年年底，我婉拒了提拔考察，提出了退伍要求：我有自己的梦想，我想回家乡再试试。

这是我当时的选择。

后来我曾仔细想过，那种读书的梦想和强烈的欲望源自何处？我们家上溯三代，无论父辈、母辈，都没有哪怕丁点的文人遗传。父亲祖籍上海宝山老沪太路，世代贫穷，他老人家十来岁时被送给别人收养，成了一个放猪娃，后来熬不过打骂，跑了回来，结果又被送去一位石匠家当学徒，因为家里养不活他。1937 年 8 月，日本进上海淞沪会战开打，16 岁的父亲随人流逃难，在一处他也说不清的地方上了新四军招兵船，成了传奇将军罗炳辉麾下的士兵。12 年后的 1949 年，三野解放上海，父亲的部队恰巧沿沪太路攻城，打下了老家附近的大场飞机场后，他找个机会才见到了久违的家人。父亲对我们有重要的政治影响，由于他自己的苦难童年，所以决不允许我们说共产党的不是，但他只认识眼前的几个字，只能写点家书或者工作提纲之类，在部队学的，谈不上文学的文化的影响。外祖母家算是小生意人，原本有点家产，但到解放时已经彻底破落，靠外婆和母亲做点针线活糊口。归有光在《项脊轩志》里回忆祖母对他的期待时，说老祖母拿出了先辈上朝用过的象笏：“吾家读书久不效，儿之成，则可待乎？……他日汝当用之。”这才是世家的气象，有祖先遗物，有子孙后继，传承自属必然，而我们家哪有象笏，我的老祖母会有这样的叮嘱吗？

除了父母纯朴的“好好学习”“读书上进”之类基本属于道德范畴的教育之外，我觉得自己的梦想、欲望可能与我生活的市井环境有点关系。我在淮安县城外河下古镇的外婆家长大，当年吴王夫差为了便于调兵，征调人力从邗江往北开挖了沟通长江和淮河的第一条人工运河，由此在运河北端、淮河岸边形成了一个枢纽古镇，就是河下。明清以来，淮安一直是京杭运河的交通、经济、文化中心，而这个古镇河下，则是淮安的精华所在，成为永乐年间漕运管理部门变革、弘治年间盐法变革的最大受益者，汇拢聚集了一大批富商。中国文化有个特点，就是富与贵属于不同的概念，要想身份尊贵，必须做官，各个社会阶层，都有向官宦汇流的强烈欲望，经商的人在掘得第一桶金以后，必然要以各种形式向官的社会阶层靠拢。有的交结官府，仰他人鼻息；有的附庸风雅，与文士为朋；最普遍的现象就是家族中形成分工，有人读书，争取做官为家人争取地位；有人继续经商，提供经济支持。所以，凡富商聚集的地方，必定是文化活动频繁的地方，必定也是风流名士流向的地方，若干年以后，必定又是科举旺地，学者辈出的地方。所以河下这个地方，虽是弹丸之地，但明清两朝出过 67 名进士，其中状元、榜眼、探花各 1 名。《西游记》的作者吴承恩也曾生活在这里，却只能隐身于数不清终身哀叹不得志的诸生行列。

淮安市郊河下古镇

到我童年的那个年代，由于运河地位的失落，也因捻军的一把大火和日本人的反复掳掠，河下已全然没有了繁荣的风采，破碎的石板路和斑驳的院墙只能映衬出更多的破败，科举没有了，那种安置着落马桩的大门也看不见了，但读书的风气依然很盛，平常市井人家，总以供养孩子读书为要务，满街男女，读到高中的比比皆是。一群青年学生，在我眼里就是小唱本里说的才子佳人，看他们一群群地说着笑着相约读书去，羡慕死了。再深一层，同学家那些在京城、在上海的哥哥姐姐，就是我眼中的状元驸马，最初的读书梦应该就在这里萌芽的，当然，那是 1966 年之前的事，我还在小学。

1977 年 4 月退伍，因为有城镇户口，所以会分配工作，但要等待。9 月份邓小平同志拍板恢复高考时，我其实有点懵，幸福来得太突然，真正机遇从天外飘来身边，才发现自己没有任何准备。第一次考试怎么过来的，已经没有多少印象，只记得因为处于待分配状态，在何处报名成了问题，然后问题解决了，匆匆忙忙走进考场，又不声不响地被淘汰了。应该是在预考中。记得报的是理科。

1978 年 6 月新一年高考开始之前，县里已经为我们这伙退伍军人向新的工作单位开出了分配介绍信。那是一个正在建设的船闸，在当时属于难得的好单位。为了防止单位领导借口船闸尚未完工打我们的回票，我们打起背包，迅速占领了单位的会议室，打起地铺表示人已经到位，然后有点作秀地清理卫生、站岗帮厨——都是当兵的拿手好戏，为的是留个好印象。“戏”演完之后，还是没事可干，就打扑克。13 个人，占 3 张桌，需要有人落单，于是我主动坐到了一边。不知道算不算要了心机，反正这期间看了一些来路不明的补习材料——其实也就是地理、历史旧课本。战友们也很乐意享受我的“谦让”，当我告诉他们，明天会去考试，考大学，竟然引来一阵放肆的大笑，也没有人起身哪怕象征性地为小兄弟送考，因为没有人意识到我这一两个月在为了一个目标而复习。那个船闸距离我现在的家不远，不仅是在同一个月亮下，甚至就在同一条路的两端，但显然个人命运已经改变。经济状况的差别可以忽略不计，最关键的问题是我第一次实现了自己的梦想，并在以后不断地产生又不断地实现大大小小的梦想。一个有梦又能实现的人，就是幸福的人。

上一年报考理科，本来信心满满，前面提到我在中学里几何、测绘类的课程都学得很好，那是真的。记得有次老师布置实践操作，就是测绘校园，绘成平面图。我和七八位同学分在一组，我说，绘图板给我，来两个人拉绳就行了，其余想干啥干啥去。结果本小组的成绩是集体 90 分，就是每人都记这个成绩，同学们很知趣，每人自愿消减 2 分，这样我就记 98 分，那两位拉绳的，记 92 分，其余平均 88，全部进入本班前 10 名。但预考的淘汰，对我的自尊有点打击，算是让我知道所谓的“理科”究竟是一方啥样天地，尤其是后来听说和我一起坐在教室里的那些老兄们，居然不止一位数学考了 95 分以上，真是惭愧至极、敬佩至极。

于是面临新的考试时，我报了文科。

前面说到我读书梦想的一个源头，是河下古镇的市井社会，这个话题可以再细说一下。我在小学时读过不少“书”。一类是专指文学的书，比如《三国》《水浒》《老残游记》之类，当然很多都是片段，还有《最可爱的人》《海燕》等等。这些很正面的非常文学化的篇章基本上来自过去中学的文学课本，我们同学有相互借书的习惯，邻居家哥哥姐姐保存的课本自然就成了下一届少小读书郎的课外阅读材料，容易借得，可能那些年初高中历届的文学课本我都读过。这是河下市井文化的第一个特色。另外一些不那么符合潮流的“书”的来源就复杂了，比如《隋唐》《七侠五义》《杨家将》等包括它们的衍生品，有些书纸张是黄色的（木刻本、石印本），内容也是“黄”的，什么青楼女子、压寨夫人都有。这些书的流传则是河下市井的另一个特色。我在《吴承恩传》里为吴家描述了一个环境，说他们家小杂货店坐落在打铜巷与大街交叉的丁字路口，门外不远处有两棵树，一个银杏树，一棵大槐树。大槐树下是一座残破的道观，吴承恩的父亲吴锐经常在树下摆一张躺椅，看书、讲古或者与道士下棋；银杏树下则是班家净发行，也就是今天的理发店，老班曾经走南闯北，见多识广，这净发行就成了大街上最聚人气的地方。关键是还有个小班。

老班的小儿子叫宝荣，比吴承恩要大一些，也读过两年书，与吴承恩算是曾经的同学，但现在已经不是了。他在店里更多的还是打下手，烧水，端茶，或者篦头。清理完了，他还负责把客人的头发胡须用毛边纸小袋袋包起来，让客人带回去自行处理。这孩子传他老子的代，嘴上一份，手上一份，五花八门，七十二个啷当，什么都会，只要是话题，似乎他都能插一嘴；而客人说的讲的，转眼就会被他贩出来，还多了一份指手画脚，眉飞色舞。因此他是周边街区孩子们公认的头领，往往大槐树下老班、吴锐和老道士们一拨人拉呱，银杏树下就是宝荣为首的一伙。

吴承恩溜进班家，并不和忙活的宝荣打招呼，也不在店堂逗留，而是直奔后面披间宝荣的卧室。他会转身关上门，然后从那狗窝一样的床席下面摸出发黄卷边的什么话本、唱本，这是宝荣看在同学份上给他的特权，他把吴承恩视为知己，班家人都知道，也不过问，这黑咕隆咚容不得转身的小屋在吴承恩眼里简直就是天堂，宝荣不知哪来这许多的牛黄狗宝，什么春秋战国，隋唐英雄，宣和遗事，还有天下三分，都有。既然进来，那就不走了，他会趴在小窗户上静静地待上一两个时辰，往往都是吴锐让伙计来把他拎出去。

这其实就是我自己当年的场景，理发店是真实的，宝荣也是实有其人，只不过不姓班。回首去看几十年前的真实，恐怕这种经历对于我骨子里市井文化的形成，包括入伍后被当作文人培养，甚至是对我后来古代小说、古代戏曲专业方向的选择，都有潜在的影响。1978 年高考我无奈选择了文科，实际上也算误打误撞选对了。

记得高考结束的那天，我交完卷，监考的老师随即走出教室，叫住我，说了句：“考得不错！卷子我看了。语文好，有希望。”当时我料不到命运会有这么大的转折，如果有预感，一定会问一下这位老师的名姓，然后深深地鞠一躬。这位老师几天来一直站在我的身后，我没有任何作弊的念头，并不怕老师窥视，只是觉得有点怪，开始还认为是因为我大热天严严整整地穿了一身军装，退伍军人的身份非常醒目，后来想明白了，可能整个考场能把流程走完，能把卷子大致写满的，也就是寥寥可数的三五人。

蔡铁鹰著作封面

出了考场，恰巧遇见这个时候最应该，或者最不应该遇见的人——我的一位同学兼战友。他和我中学同桌，同时入伍，同连队服役——我在侦察排，他在警卫排，然后又同时退伍。上一年我们同时参加了预考，同时被淘汰，但是后来这一次我们没有跨同一步调，他放弃了。此时他正以新任大队会计的身份，携当年班花，忙着置办婚妆。见面，他问，只有两个字：“怎样？”我也只答了两个字：“好考！”回头看去，同学怔在当场。

语文，我考了 84 分。这在我们班可算不上好成绩，但在我的几门功课中分数最高，把我拉上了南师的分数线，从此见识了梦也梦不到的大学校园，结交了诸多神一般的才俊同学。

作者小传

蔡铁鹰，1954 年 6 月生，祖籍上海宝山，出生并定居于淮安。1978 年 10 月考入南京师范学院中文系 78 级（2）班。1982 年毕业后，分配至淮阴师范学院任教直至 2016 年退休。教授职称，以中国古代文化、古代文学为主要研究方向。完成多项国家和部省级研究课题，成果《西游记的历史文化解读》入选国家精品视频课程，《西游记的前世今生》获教育部优秀社科成果奖。主要学术著作有《西游记的诞生》（中华书局）、《西游记资料汇编》（中华书局）、《吴承恩年谱》（中国社会科学出版社）、《吴承恩集笺校》（中国社会科学出版社）、《吴承恩传》（作家出版社）、《吴承恩与西游记》（中州古籍出版社）、《西游记导读》（高等教育出版社）、《西游记成书的田野考察报告》（中州古籍出版社）等。（文首肖像摄于大学时）

77、78，我的高考

郑戈林

我是1972届高中毕业生，1973年元旦后离校的。离校前一天下了一场大雪，离校那天上午雪停未放晴。地上厚厚的积雪，天上沉重的铅云。脚踩在冻结的脚印上咔咔响，心情却像天云那般阴郁。怀揣刚到手的毕业证书无一丝欣喜，脑子里一片空白。看不到未来，只有怅惘。

我家庭的成分是中农，是不红不黑的另类，因此开始的初中是农中，无资格上普中。父亲是老实农民，无钱无权无背景。别说推荐上大学提干，就是想学个木匠泥瓦匠也没门。这些上进之道的把门人就是大队支书。虽说我家与支书家还有点瓜拉亲，但因无钱无势加上父亲太老实，根本贴不上。平时偶尔在路上碰见支书，你满脸堆笑打招呼，人家正眼不瞧你，鼻子里哼一声算给你面子。

但高中毕业的年份仍是值得铭记的年份，因为在那年我家终于告别了挨饿。从我记事起，印象中老是饿。三年困难时期草根树皮全吃过。此后至高中毕业一直挨饿。一年中只在端午中秋春节能吃到肉，平时一天三顿稀饭。当时形容稀饭之稀的有个顺口溜，只记得两句：鼻子一嗤两条沟，照见先生在里头。一月只有二两菜油供应。隔儿天才有一顿胡萝卜饭或菜饭，盛饭时若发现一个米饭团子会欣喜若狂。菜，一年到头是腌咸菜，煮干饭时加点油炖咸菜，煮沸时舀出一碗饭汤就是汤。记得高中时候最怕体育课，因体育课多在上午最后一节。其时早饿得前胸贴后背，活动一激烈就身出虚汗眼冒金星。十五六年记忆中最突出的就是个“饿”字。

我父亲忠厚老实、母亲体弱多病，其实是小病无钱看慢慢拖成老病重病。一家五口主要靠父亲一人挣工分，母亲硬撑着带病上工，也只干轻活，所得工分也少，发病就不能出工。粮草全和工分总数挂钩，我家工分总数少于大多数农户，平时粮不够吃草不够烧。年终决算时，不仅拿不到钱，还连年超支（倒欠生产队的钱）。母亲疾病大发作时才去大队合作医疗室敷衍治疗一下，平时只能拖。在我和弟妹们相继成家立业，家境彻底改观后，母亲却“积重难返”，62 岁便去世了。受了一辈子病罪穷罪，待可以享福的时候却有福无寿。每每想到此处我便心酸难禁。

1973 年我回乡务农，同时进大队文艺宣传队拉二胡，参与大队的一些文字工作。农忙务农，除用牛耕田，其他什么农活都干过。所得工分每天 6 到 8 分，强男劳力 10 分工。农闲在宣传队，不时在大队写材料，如大小队干部甄别材料、四类分子年度材料等，晚上扫盲班上课。这样一年下来比强男劳力挣的工分还多，年终决算时，不仅还清欠款，还分到了几十元现钱。粮草不用愁了，那年，我们家过了个肥年。

我也参加过艺考的。小学四年级时，县文化馆来了一帮人招考艺术苗子，招生单位有县淮剧团、某艺校。我考的是器乐二胡，还有同学考声乐。星期天，我们小学的一间教室，考生就我一个。考官是位细白面皮的中青年男子，穿着城里人款式的深色外套，他斜靠椅背坐着，一双手指修长的白手搭在膝盖上，眯缝着双眼，“你拉段快弓看看”，于是我拉了一段快弓。其实我当时并不懂快弓是什么，以为拉快些就是快弓。我拉了三五句，考官即摆手示停，于是一切结束。那时所有农村人都热望有机会摆脱农村户口，只是实在太难。细想来，一个农村孩子想在艺术上有发展，比起城里人有更多困难。比如本班某同学爱戏剧，隔壁就是京剧团，邻居就有专业琴师。而我退休后才有机会接触专业人士。

务农一年半后的 8 月，我正在大队民兵独立团训练打靶，我的一位小学老师来靶场找我，说大队同意我去我原就读的小学当民办教师。我莫名惊诧，毫无预感。我至今不知道是哪位抑或哪几位恩公提携，也无从感谢。但至此我就永远与职业种田分手了。

1977 年高考我也参加的，不过预考未通过，因纯系裸考。我是 72 届高中毕业生，1965 年“文革”前我小学五年级。所以我那时真实的文化水平也就是小学五年级，高也高不到哪里去。1977 年考前一月我才得到消息，那时距高中毕业已过五年，哪想到还有考大学的机会？所有课本荡然无存，高中所学也只存零星。尤其是从初中开始学习的数学也一般荡然无存。而身处乡村消息闭塞，复习资料听都没听过。预考未过理所当然。1977年高考连落榜的资格也没捞着。

我知道我的短板在数学。于是买了本一寸多厚的《初等数学》从头啃起。那年我24岁，开始在我原来读书的小学任民办教师。校长、教导主任都不支持我高考，也不看好我，时时刁难我。因为校长要我演《园丁之歌》的男主角（那时风靡一时），并请来县淮剧团的导演做导演，我坚决不从。因我深知我只会拉胡琴伴奏，从未粉墨登场，况且长得龇牙咧嘴，不存心刺激观众？这便与领导结下了梁子。我那时在小学戴帽所办初中教语文，兼班主任。上班不得闲，无课时班上芝麻绿豆的小事，校长都叫人喊我来校处理，就是存心搅扰。

真正的复习时间在晚上。照明就是煤油灯，先是原始的纸捻子灯，后来才改用较为奢侈的罩子灯。每天只睡四五个小时，真正的起五更睡半夜。也不知时间，累了睡醒了干。那时睡眠效果奇好，倒头便睡着，连梦都没有。醒来便神清气爽接着干。心无二事，天天如此，连感冒都没空。一年下来瘦了多少不知道，只是高考后与朋友合影才发现自己早已是两腮无肉的“歹人”。

临考前三个月，我插班进了母校宝应县曹甸中学的数学补习班，考试很少过60分。最后一次的模拟考试得59分，而后的高考数学也是59分，大概也是定数。

考场就设在曹甸中学，步行一刻钟可到。还有一位同班同学在我家吃住，与我同考。他有一本旧的数学复习题集，那天中午休息时，我翻了一下，看到一题指数题，恰巧下午数学试卷上有一条类似题！我们那一届共有6个班（那时叫“排”），除了当兵的、结了婚的（“老三届”例外），大多参加了高考。但真正考取了大学的好像都在我们一排，1977年一位同学考入南京化工学院，1978年我考上了南师，还有一个考取了大专。在我家吃住的同学没考上。

与诸位同学一同在南师学习，为我人生一大幸事！我已知足。感恩曾帮助我、关心我、关注我的同学们！愿诸位健康快乐！往事云散，余韵尚存，来日有限，珍重珍重！

作者小传

郑戈林，1954年7月生，江苏宝应人。1970年2月至1973年1月在宝应县曹甸中学高中部读书，1973年1月于该校高中毕业。1973年1月至1974年8月在宝应县曹甸人民公社曹南大队务农。1974年9月至1978年9月在宝应县曹甸中心小学任民办教师。1978年考入南京师范学院中文系。1982年8月至1984年7月在淮安县中学任教。1984年8月至2014年10月在淮安市淮安区委党校任教。2014年10月退休。（文首肖像摄于1982年）

1978：我的高考

钱立群

幸运的不是考上大学，而是能参加 1978 年的高考成为“78 级”。

助　考

我的高考要从 1977 年说起。

1977 年的 8 月，在师范学校教化学的父亲忙碌起来，有几位老干部通过直接或间接的关系找父亲为其亲朋好友的子女辅导功课。这是一个新动向，但其背后预示着的重大变革却不是普通老百姓能预料和想象的。求教者找来了“文革”前的旧教材，说要准备考试，具体是什么样的考试又含糊地说不清楚，不便多问，有人上门求教是件荣幸的事。不过荣幸之中父亲也流露出一丝忧虑，我知道他是想到我们兄妹仨：两个在乡下插队，一个在镇办厂做工，都属于“可教育好子女”，什么时候能有这样的机会读书求教？

两个月后，阴霾尽扫，恢复高考制度的通知发到了全国各地，弟妹都回了城复习迎考，我也跃跃欲试。但是父母经过权衡，打消了我“凑热闹”的念头，理由很显然：他们还在乡下，我好歹已在城里。不过我也有任务，帮助搜集时政复习资料，于是 1977 年我成了弟妹的助考。当年师范学校的教师子女有十几个人参考，最终都被各级各类学校录取，无一落榜，其中有两人同时录取北京大学中文系，在整个县城传为佳话。两人的母亲还分别是我初中的语文老师和数学老师，这便增加了我来年一试的信心。

补　习

我的复习迎考是从1978年4月开始的。寒假过去不久，听说县中要办往届高中生高考补习班，夜校形式。我初中毕业就进了厂，没有高中毕业证，想让父亲卖个面子帮助报个名。不巧报名前厂里派我去外地出差，回来后夜校已开课，父亲却把报名一事“忘记”了，看我急得要掉眼泪，这才去找人补办了张文科班听课证。

补习班周一至周六晚7点到9点上课，班主任是青年教师陈仲明（后来考上尉天池老师的研究生，留南师美院任教）。他不认识我，但我很早就认识他，他是我的小学校友，高我一届，担任少先队大队干部，在小学就知名，不过成为县中老师令我略感意外。科任老师年龄都不小了，只记得语文老师姓栾，饱经风霜的脸上戴一副深度眼镜。

钱立群调试钻床。1975年春，县文化馆采访青年突击队，摄于工厂大车间

我白天上班，晚上去夜校。生产任务紧，时常会加班，厂里和工人师傅都支持我的复习，只让我加半个班，从下午3点加到7点，好在厂子距县中很近，穿过一个田径场就到了县中边门。因为是后补的听课证，我也没有固定座位，即使不加班我也从不早到，教室后门开着，总有几个座位空着。学员大多是毕业没两年的高中生，课上窃窃私语，课间嘻嘻哈哈的大有人在，而自己时隔8年重新坐回母校的课堂竟有些诚惶诚恐。每每讲台后面，日光灯下，头发稀疏、嗓音嘶哑的老师从讲稿中抬起头来，用那反射着白光的眼镜片扫视全场时，我总把头压下去，生怕他发现我这个穿着油腻腻工作服也来不及换的学员会问一句：“你也是来听课的?”还好，有惊无险，老师总会视而不见。

三个月的夜校上下来，没有跟补习班的其他学员说过一句话，铃一响，老师一声“下课”，我第一个从后门出了教室。从不围着老师问这问那，不是因为全懂了，而是不知道的太多了。用现代流行语：是个打酱油的。

老 师

虽然如此，我却非常珍惜这每天两小时的夜校补习课。

“文革”前，县中全称为“江苏省泰兴中学”，简称为“省泰中”，是20世纪50年代江苏省首批认定的18所重点中学之一，其师资、教学质量在家乡百姓中有口皆碑。升学率在省内常名列前茅。社会流传这样一句话：考进泰中门，一只脚跨进大学门。县中校长姓叶，是抓质量的行家里手。我有个师兄姓季，他的哥哥在县中读高中，那年填报高考志愿后被校长找了去，要他第一志愿改报科技大。“文革”前是先报志愿后考试，志愿分理工农医等大类，理科类科技大的录取难度胜于北大清华。叶校长熟悉高三学生的状况，特别是那些尖子生，每年考生的志愿他都亲自把关。他说服了季同学。考完回到家季同学却哭了，关键学科物理没考好，两题没来得及做。确实，分数出来只有75分，不过当年物理均分是40分，于是他顺利被科技大录取。

强将手下无弱兵，叶校长手下有一群敬业而又精通教学的老师。有几位数理化老师在临考前“押题”的本事甚至充满着传奇色彩。有一年，考生已上了送考专车（考场设在扬州市），正要出发，某化学老师一头汗珠跑过来跳上车大喊道：“请大家把纸和笔拿出来！”原来他昨晚上琢磨出一道题，很可能要考到，结果果然考到了。不要小看这能押题的老师，学、识、胆、德，缺一不可。

老师犹如能工巧匠，能把碎玻璃渣子拼合成一个个五彩变幻的万花筒。然而“文革”中这些老师走了不少，有离开学校的，也有离开人间的，有被动走的，也有主动走的。我知道的初中语文教研组长马老师就是主动走的，这在我心中留下深深的印记。

马老师三十多岁，短发微卷，模样端庄沉静，说话语调很安详。她的丈夫在南大教书，是父亲的同乡也是私塾同学。记得是1967年8月份，教育系统办了一个“学习班”，是全封闭的，学员都是本人有所谓“政治历史问题”的教职工，地点就在师范校园内。我家就住在校园北侧的教工宿舍区，报到当天中午，马老师突然来到我家，手里拎着个小网兜，里面有简单的日用品和几件换洗衣服，她是准备去学习班报到的。她看上去很疲惫，我们正围着小饭桌吃午饭，她在我身后大方桌旁的椅子上坐了下来，有气无力地说想喝点稀饭（家乡特有的以大麦粉为主料烧成的稀饭），家里正好有，妈妈盛了一碗，她喝了两口又说喝不下去。大人们之间都没怎么说话，马老师盯着我和弟妹几个看，眼神温柔又缥缈（这眼神后来常在我脑中闪现，许多许多年后，我才悟出，那时她应该是在思念自己的孩子，她的孩子当时跟着爸爸在南京）。感受到凝重的气氛，我们小心吃着饭，不敢发声。隔了好长时间，马老师叹息了一声，像是在自言自语："这次恐怕出不来了。"记不得父母说了什么，反正没有问她到底有什么问题，也没有鼓励她要好好学习主动交代，没有，除了几声叹息什么也没敢说。一会儿马老师就起身进"学习班"去了。两天后的清晨，校工在校舍旁的小河套里发现了半沉半浮的马老师。宿舍夜里是不给关灯的，但她掖好蚊帐，把一双鞋整齐放在床前，骗过了巡夜人员，宿舍是原来的教室，窗户不高，她赤着脚从北窗户爬出，穿过小树林，一步一步地走进了清凉的河水中。

后来，我听说了马老师的"历史问题"。新中国成立前夕她在国统区读书，校方曾让学生每人填过一份表——"三青团员登记表"（国民党下属青年组织），"文革"中这些封存的档案表格被翻了出来，马老师于是因参加过反动组织的历史问题被审查。不知她遭到过什么肉体折磨没有，应该还没有她就先走了，远远地离开了。也许她知道，也许是不知道，她的叶校长曾戴着高帽，在雨雪天中，被"红卫兵"押着匍匐在城郊的田埂上，附近的菜农被激怒了，操起扁担镢头把那一群不知天高地厚的红卫兵赶跑了……

运动终于结束了，高考也恢复了，叶校长还是泰中校长。捡起失落的教鞭，追回逝去的春光，老师们都怀着热切的心情，毫无保留地捧出培育珍藏多年的"知识树"，迫切希望用知识改变命运的学子们要做的就是完整地接过它，熟悉上面的每一片叶子。我准备了几个袖珍笔记本，把陌生的"叶片"夹进去，工余时间拿出来熟悉，记住。我在县中只读了两年半初中，但通过母校这三个月的夜校补习，弥补了高中失学的许多缺憾。

考　试

我的高考考场在县城中心的一所历史久远的知名小学——襟江小学内，校址上原是一座城隍庙，校园中心还保留着原来的大殿，殿内除了地面上宽大的青石板和六根粗大的木头顶梁柱外已别无他物，这里成了师生集会的风雨场地。新中国成立后的好几年里，母亲就在这儿教书，家便住在附近，我的一段童年时光就在这儿度过，环境既熟悉又陌生。

高考前两天突然感冒发烧，打了两天点滴才压下去。弟妹放假了，考数学的头天晚上他们兴冲冲地要帮我查漏补缺，结果我连坐标象限名称一二三四都没说对。看他们无力回天的表情我却想，高考能出这样的简单问题？来点难的我未必答不出来，真是光脚的不怕穿鞋的。数学复习草草收场。对 44 分的数学成绩我是知足了，与补习班的模拟考试分数相同，发挥出了自己的“水平”。弟弟分析说，我答对的大多是初中的知识点，这不奇怪，初中我是数学课代表。可见这高考和做人一样，是讨不了巧的。

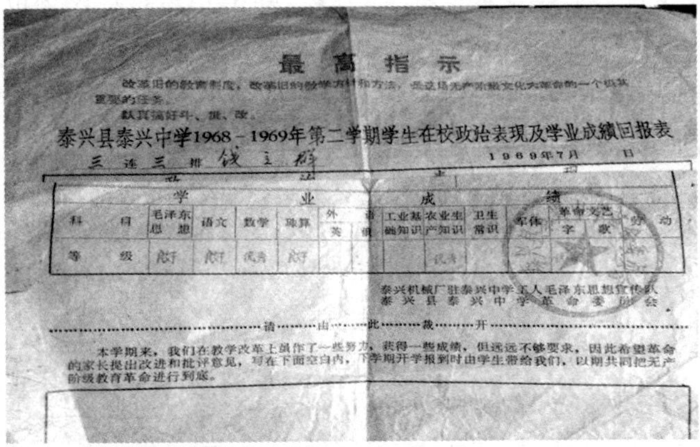

1969 年钱立群就读泰兴中学初中时的成绩报告单

三天的考试日程，我考了两天半就结束了，最后一门英语不计总分，便弃考了。即使考也写不了几个单词。初中英语课除了字母和英标就学了“大海航行靠舵手，干革命靠毛泽东思想”，“工人阶级是领导阶级”等口号语录。我还清晰地记得和同桌互相背“革命”这个英文长单词的情景。

第三天上午语文考完，考生们就一身轻松地聚在考场里交流起心得体会。话题集中在作文上，作文考的是“缩写”，依葫芦画瓢总要比创作容易，所以言语中个个难掩兴奋。但也有被“缩写”这新式考题搞懵的，不住地询问别人应该怎么写。不一会儿大家就被一个艺术考生的话题吸引过去，他报的是中央音乐学院作曲，专业已经提前考过了。我们都好奇，这么高深的专业考什么、怎么考。他说：“没什么，首先，必须会一样键盘乐器。”他在“键盘”二字上加重了语气。他语速很快，面带笑容，表情生动，连说带比画。我们还在琢磨“键盘”二字时，他伸出双手，张开的十指上下跳动着，“钢琴啊！哪有呢?”他故弄玄虚地说道。小小县城有私家钢琴的确没见到过，我熟悉的师范学校也就一架钢琴，锁在音乐教室，脚踏风琴倒有不少。“那你怎么考呢?”只见他把两手抬到胸前，在胸部两边上下扒拉着说：“这难不倒我啊，我拉手风琴，你能说手风琴不是键盘乐器?”说完狡黠地笑起来。我们茅塞顿开，长了见识。我甚至有点失落，拉了几年的二胡，花了不少工夫，却不能上大雅之堂，当初怎么没学手风琴这个键盘乐器呢。

侃了好一会儿，大家才陆续散了。来自县城各个角落的考生聚到了一起，品尝了三天久违的高考盛宴，意犹未尽地离开考场，各奔前程了。那位能说会道的艺考生叫徐小平，后来成了新东方的三位合伙人之一。

幸 运

高考成绩下发到考生手上已是9月了。我早好多天就知道了分数。师范学校有老师在地区搞招生，他把同事孩子的分数都查到了，写了封信寄回单位。那天晚上父亲回到家难掩欣喜地转述信中的一句话，“所有查分的孩子中老钱家的分数最高”。母亲喃喃自语道：“三个孩子都有学上要感谢邓小平。”这是此后她经常跟我们唠叨的一句话。

母亲为我的求学没有少操心，1966年小学毕业参加县中的升学考试，也是“文革”前泰兴中学的最后一次招生考试，分数都打听到了就是没有录取消息，母亲急得到处找人打听，才知道因家庭出身、海外关系原因要上报县委会研究决定。几个不眠之夜过后，终于得到能松口气的消息，学校坚持分数优先。父母从不在我们小孩子面前谈论家庭背景的任何情况，一直讳莫如深，其实我已知道大概，但又没法告诉他们我是怎么知道的。

小学毕业前夕，学校要在毕业典礼上搞联欢，各班准备一个节目，我所在班级准备排歌舞剧，就是把《听妈妈讲那过去的事情》《不忘阶级苦》等学过的歌曲作为背景音乐串起来，然后表演歌词中的有关内容。演员分了两拨，一拨饰演好人——受压迫的穷苦人，一拨饰演坏人——作威作福的地主老财。我在后面这一拨里。谁知过了一天，大家正在闹哄哄地排演，班长把我拉出来说：“你不要参加了，朱老师（班主任）说的。”为什么？我有点懵，是不是有篇课文没打“背”字被发现了？当然不敢去问，老师不找你就是好的了。看着热热闹闹排演的同学，我很是失落。又过了好几天，上讲台交升学考试报名费，毕业生情况登记册翻开在讲台上，老师在交过的同学一栏做着标记，顺着老师的笔，我看到了最意外的内容，“家庭出身”一栏填写的正是我参加节目扮演的那个剥削阶级！“社会关系”一栏也用小字注写着什么，只看到有“祖父”“台湾”等字样。

难怪老师不让我参加演出，演那些坏蛋，也没问我要过户口本，其他同学都带来过了，这是家长瞒着我直接跟老师联系过了。以前我知道的家庭出身是职员或者教师，大人一直是这样说的。就在这一天，记事以来心中搭建起来的一座积木突然被一只无形的脚踢倒了，一阵无影的风扑散了。一下子，我与班集体，与打打闹闹的同学有了很远很远的距离。这距离藏在心里，没法跟别人甚至家长诉说。后来的日子里，我也在心中重新搭建过几个积木，但都没有第一次的那么清纯那么美好那么令人神往，巨大的心理阴影开始笼罩人生……

1978 年原泰兴汽车配件厂团支部欢送钱立群（前右三）、洪粹善（前左三）上大学合影

母亲感谢邓小平的话是发自内心的。其实要感谢的还有很多，我的老师，我的工人同事……每天，他们就在我身边，但从没把我看作“可教育好的”。特别那些工人师傅，文化程度低一点的，让我帮助写批判稿出黑板报；多才多艺的，引导我加入团组织参加文艺宣传队自编自演文艺节目。这让我既感受到温暖又增加了才干。负责高考政审材料的是青工小黄，他和我同一批进厂，是乒乓球友，不过我从来没能胜过他一局。正当我为社会关系、海外关系担心烦恼时，他找到我，给我政审材料，“社会关系”栏只就我填写的内容进行了核查，其他一点也没“深挖”，我长长松了一口气，好像甩掉了人生的污点。“77 级”的弟弟妹妹就没有这么幸运，因为政审材料中的社会关系问题折腾了好久。1978 年高考政审新规是：政审材料必须和本人见面，由本人签字。

时代总在进步，把人贴上标签分门别类的做法被废弃很久了。想到一句现代流行语，“梦想还是要有的，万一实现了呢”，很喜欢，因为闪烁着“人人皆可以，处处皆可能”的希望之光。恢复高考对我来说意义不正在于此吗？

1978 年，我所在厂有三人考上大学，我和洪粹善考入南京师范学院中文系，入学后又分在同一班级。

我是幸运的！我们是幸运的！

2018 年 11 月 16 日改定

作者小传

钱立群，1954 年 10 月生，江苏泰兴人。1970 年泰兴中学初中毕业，1971 年招工进入泰兴汽车配件厂，1978 年 10 月考入南京师范学院中文系。1982 年分配至镇江大港中学任教，1984 年调入南京市第九中学，为高级教师。（文首肖像摄于 1972 年）

选　择

汤才顺

1977、1978年的高考，我是都参加的。两次参考，两度纠结。好在天可怜见，帮我及时纠偏，进入了南京师范学院中文系。

文科还是理科

1977年高考，先是地区预考，再是全省统考。首先要择定的是文科还是理科。

于我而言，就经历来说，似乎考文科更有胜算。1973年党的十大召开，公社举办三级干部学习班，需要找个人写写画画。母校举荐了我，把我从田埂上召来，这不啻天上掉了块馅饼。学习班结束后，也许领导觉得我尚堪小用，就留在公社搞通讯报道，当然也是领导们的小"文吏"。干了两年，在全县同行中已小有名气。1976年被抽调至地县合编的农业学大寨工作队当秘书。一年后回到公社。公社秘书对我说："小汤啊，你在政治上没有前途，就去公社化工厂当个技术员吧。"

想想也是。应征入伍，上海警备区的带兵干部已与我见了面，结果是此路不通；推荐上学，解放军洛阳外国语学校已经面试过了，然而又此门不开；申请入党，就要提交党委会讨论了，书记一句"还要考察考察"，就又搁浅了。——问题的症结都是，政审不合格。"文化大革命"中家父曾胸挂"现行反革命"的大牌子被公开批斗过（已于20世纪80年代初平反）。

问苍茫大地，出路何在？此时，带给我们幸运的高考来了。

也是幼稚，想当然地把文科与政治挂起了钩。既然政审过不了关已是解不开的结，那考理科就是必然选择。自信理科也不差。虽然初中的理科数学是学生产队会计，物理是拖拉机四冲程，化学是碳酸氢铵的生产流程，但高中的理科成绩没考过95分以下。

从没给我上过课的初中部语文老师杨美珍，听闻我参加高考，让人捎信要我去她城里的家一趟。她苦口婆心地劝说我考文科。我嘴上应诺，其实心意已决。

预考过了，参加省考。没了下文，不知是分数不够，还是政审不过。反正不知原因，没处打听。自我揣度是理科成绩不行。

半年后就是78年高考了，赶紧改弦易辙。虽然历史地理没学过（中学不开这两门课），但我想只要下笨功夫死记硬背，也许还来得及。

师范还是政法

临到填志愿了。

想想身边那么多的不平事，在重点院校中填报了西南政法学院。虽然我知道，即使被录取，我也不一定上得起。山城那么远，一年的生活费、学杂费、路费，那该要多少银子啊？就权当是理想的宣示吧。

汤才顺于中文系大楼前留影

理想很美好，现实很骨感。当时的家境是够窘迫的。家父去外乡灭螺，返回时拖拉机翻车造成左臂粉碎性骨折。因不堪重体力农活，被允准去外地打工，交钱记工分。家母的肺结核已有七年，天天得打针服药（链霉素、异烟肼、利福平）。大妹的败血症虽未送命，但后遗症也使得她只剩半条命。小弟小妹都还在读小学。家里连年都是“超支户”。

于是，我为自己的择校

划定了两条标准：一是离家要近，方便节假日回家种自留地；二是上学不要钱。这样，南师就成了我的最佳选择。但即便如此，报到的第一天心里仍在嘀咕，四年是何等的漫长啊！

后来的情况证明我的选择是对的。从家里动身走上五里路，七毛钱车票就到了中华门，再坐一毛钱公交就到了校门。在学四年我差不多每月都回家一趟，抢时间干完体力活，周一返校都不迟到。吃饭住宿真的不收钱。每月还有四元钱的助学金。

感恩邓公解救了我，感恩南师接纳了我，感恩老师同学们帮助了我。我会铭记在心，感恩终身！

作者小传

汤才顺，祖籍江苏句容，1955 年 1 月生于上海市闸北区。1963 年随全家下放至句容。1973 年 1 月句容县石狮中学高中毕业。1977 年进入石狮公社化工厂。1978 年考入南京师范学院中文系，1982 年毕业，分配至句容县中学任教。1983 年调入县委办公室，任秘书、副主任。1987 年任行香乡党委书记。1991 年任句容县副县长，1993 年任县委常委、宣传部长。1996 年任镇江市委宣传部副部长，1997 年兼任市文联党组书记、主席，1998 年兼任镇江日报社党委书记、社长、总编辑。2007 年任镇江市民政局长、党委书记。2012 年任镇江市人大常委会委员、农工委主任。2016 年退休。（文首肖像摄于 1982 年）

1978，我的高考

洪粹善

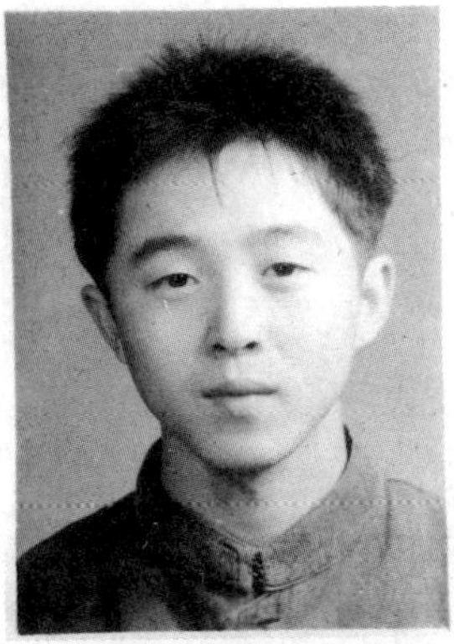

高考回忆，回忆高考。

尘封的往事，一波三折；十年的艰辛，五味杂陈。

1967 年，上了 7 年小学的我终于毕业了（当时小学六年制，因为“文化大革命”又多上了一个七年级），但由于家庭成分和社会关系问题第一次失去了升学资格，12 周岁的我踏上了到邻县打工的漂泊之路。

1968 年，也许是苍天不忍，让我得到了贵人相助，在初中开学 3 个月后，我重新跨进校门，成为民办初中的一名学生。

1970 年，初中毕业的我再次失去了升学资格，并同时失去了招工资格，成为社会无业人员。所幸当年不搞“上山下乡”，否则现在不知浪迹何处。

1971 年，经亲友帮忙，15 周岁的我再次成为打工一族，到镇办企业当了一名学徒。直到 1978 年的 8 年间，我先后做过装配钳工，抛车工（工厂中最累、最脏、最险的工种），滚齿机工，新产品开发组组员，政工组组员等多项工作。

1977 年，恢复高考的消息传来，对此，遭受两次失去升学资格的铭心之痛和无缘高中学习的自知之明，让我只能望而生叹。

当确认有初中校友被大学录取时，它点燃了我心底的星星之火，激发了我胸中的傲然之气。校友虽然比我多上了三年高中，但那时的高中不说也罢。只要自己肯努力，未必不能补上这三年的空白。离 1978 年高考已不足两个月，我终于决定让自己疯狂一回。于是我找到一套“文化大革命”前的高中教材，在绝大多数考生复习迎考之际，开始了自己的起步学习。

时间紧迫，五十多天要从头开始学完高中三年全部课程绝对是不可能的，特别是在初中仅仅学过“公鸡”（工业基础知识）、“母鸡”（农业基础知识）的我，要通关物理、化学难于登天，虽然心有不甘，但也只能明智地放弃理科而转攻文科，并根据高中教材和复习大纲做出具体安排。

历史、地理、政治三门科目，列出要点，强化记忆；

语文，相信自己的功底，干脆抛在一旁；

数学，作为主攻科目，付出百分之七十以上的时间和精力，因为我知道如果有一门科目拉分太大，高考将毫无希望。

五十多天，在每天都睡不足五个小时的忘我中悄然过去。不知是付出终有回报，还是占了风水宝地（我们考场三十人录取率百分之百），仅凭一套教材，在未请一位老师、未听一次辅导，全靠自学的情况下，我竟然侥幸拿到了录取通知书，从八年工龄的老工人做回了初入校园的新学子。遗憾的是数学最终还是未能及格，但平均一天一分的成绩，算是可以满足了。当然，如果数学考应用题、语文考作文，相信成绩还能好看一点。

当幸运到来的时候，我怀着真诚的感恩之心：

感谢党和国家的政策，给了我学习深造的机会；

感谢厂里的老厂长、老同事，为我创造了全力迎考的环境；

感谢市、镇文化界的老前辈和多年教导我的老师们，给了我努力进步的激励；

感谢黑板报、大批判、小评论、文艺创作，给了我锻炼成长的平台；

感谢所有关心、帮助过我的人们，特别感谢我的母亲，含辛茹苦地把我抚育成人。

四十年光阴如梭，从当初年少无畏的小洪到当今敬畏有加的老洪，我永远忘不了人生的重大转折点——1978，我的高考。

作者小传

洪粹善，1955 年 3 月生，江苏泰兴市泰兴镇人。1961 年进入泰兴镇城西小学读书，1970 年泰兴镇红旗中学初中毕业，1971 年起为泰兴镇通讯器材厂、汽车配件厂工人。1978 年考入南京师范学院中文系，1982 年毕业分配至泰兴市建筑工程学校任教。1983 年起先后在泰兴市财政局、税务局、国家税务局工作。（文首肖像摄于 1982 年）

我的求学梦

王建萍

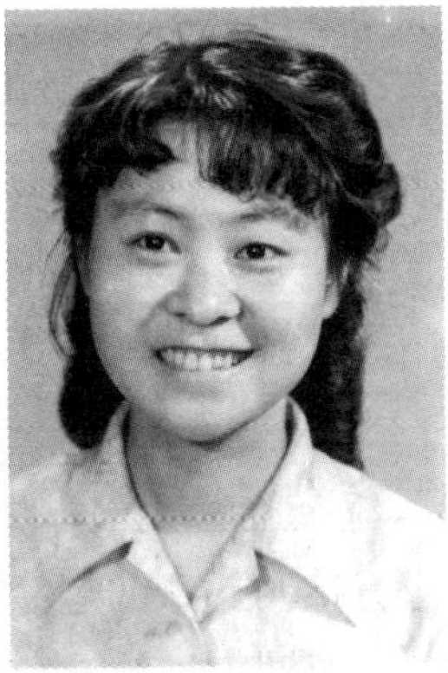

1978 年 10 月，我跨进了南京师范学院的校门。算起来我前后一共考了三次，才终于圆了自己的求学梦。

我从小生活在机关大院，院内住着几十户人家，有许多和我年龄相仿的孩子。我们一起上学，嬉戏打闹，过得无忧无虑。

我喜欢唱歌，唱戏。可巧住的大院紧靠着更俗剧场（清末状元张謇一百多年前出资兴建）。当时市京剧团的大小角儿几乎每天在那里练功，排戏。有一阵，我们无学可上，于是我常在剧场痴痴迷迷，一待就是半天。我有个小姐妹，父亲是京剧团的琴师，常邀我去家里，她爸操琴，我俩跟着京胡一段接一段唱，我唱花旦，她唱老旦，一板一腔，煞有介事。她父亲有时会带我俩去一些不十分正式的场所表演，偶尔会拍拍我的脑袋夸赞："不错，有点味道！"

院子里的孩子还经常排练文艺节目，在机关举办活动时登台表演，我们在更俗剧场舞台上跳"文革"舞、新疆舞、西藏舞甚至芭蕾。快乐，有时也出笑话。有一回演出《白毛女》片断，"喜儿"在忙乱中穿反了裤子，随着她的快速旋转，两侧外翻的裤兜不停地飘飞，引得台下哄堂大笑，我躲在幕后也笑弯了腰。

快乐是令人难忘的，但往往匆匆而逝。

我父亲 1942 年参加革命，新中国成立前一直做地下工作，曾有过一段被捕的经历。为此“文革”中他被反复审查，认定为“叛徒”，发配去农场劳动改造。母亲当时在地区文教局工作，因出身不好也在差不多的时间去了“五七”干校。家中只留下了我们姐弟四人。

1969年父亲被允许回家。当年12月25日，我们全家被下放到如皋县下原公社刘庄大队，生产队里派了几个壮劳力骑着自行车到十几里外的车站接我们。那一日，天空阴云密布，北风卷着雨雪扑面而来，我坐在自行车上没多会儿手脚便没了知觉。

到农村后，我在距家十里之外的中学插班上学。此后三年，我每日步行一小时左右去学校，无论刮风下雨，还是天寒地冻。最恐怖的是有一回，我在半道上忽遭暴雨，瞬间便全身湿透，那长蛇般的道道闪电和声声惊雷，万分的吓人！更要命的是四周除了稻田还是稻田，没有一棵树，也没有一间房，旷野里只我一个人。

下乡后不久，我们姐弟四人就被转为农村户口，成了地道的“刘庄”人。每逢假期我都下地干农活，锄草，间苗，插秧，割麦，挣工分，年终分粮草。尽管干一天只有可怜的几分钱，但母亲说，只分粮草，不劳动，不合适。

父母为我们的未来忧心忡忡。

大约1971年的暑假，公社忽然通知我去县里参加南京艺术学校的招生考试，我懵懵懂懂跟着区里一位姓田的文化干事去如皋应考。考场设在如皋师范礼堂，台下前排坐着招生老师，后面站着满满当当来送考、应考的人。我想，这么多人，会轮到我？

几番淘汰，终于到了考试最后一轮，区里来的十几人只剩我一个。我唱完一曲就往台下走，只见招生老师走了过来，对我比画着问:“你能感到声音在鼻腔和头部有共鸣吗？”我一脸茫然，听不懂。她笑了,“那就再唱一段京剧，小常宝的‘八年前’。”那天琴师给的音真高，末尾的拖腔我费了好大劲才“拔”了上去。

考试结束，田干事眉飞色舞地告诉我:“录取了！过几天来县里体检，然后去市里集训，再去南京上学！”我简直不敢相信自己的耳朵！

几天后，田干事领着我去县里体检。体检完毕，我在走廊上等候。十来分钟后，他走出房间，吞吐迟疑地说：“身体好像有点问题呢，扁桃体肥大。”怎么会?!我愣愣地看着他，半晌才回过神来，知道去南京上学的事已成泡影！

后来母亲告诉我实情，政审不合格。当时来招生的老师因为坚持要我还跟县里闹僵，最终导致原先还想录取的几个人一个都没收。我连累了无辜的人。

1977年得知恢复高考的消息时，我在农场已经当了三年多的知青。我兴奋而忐忑，但毫不犹豫报了名，而且还不知天高地厚地报了理科。

其实在农村中学不开物理、化学课，代之以“工业基础知识”课、“农业基础知识”课。让我们在学校附近开荒种菜，在操场上学开拖拉机。有一次，班上一个瘦小的男生，因把不住拖拉机方向，居然对着一根用来固定单杠的粗铁丝径直开了上去，在场老师吓得连连惊叫，只见那拖拉机瞬间侧翻在地，小男生吓得脸煞白。

我因为参加文艺宣传队，经常缺课排节目，有时竟整个月都不上课。所以我虽说高中毕业，但学到的知识实在是支离破碎，少得可怜，只是后来转到镇上的学校才认真读了一点点书。

初试考场设在附近的一所小学，教室破旧，桌凳矮小，窗户漏风。我稀里糊涂的，居然考过了。复试在县城的一所中学，因水平太差被刷了下来。

1978年我改考文科。原以为容易些，其实不然。我从未学过地理和历史，记忆力又奇差，常常为记住某些知识，反反复复不知多少遍也无济于事。这弄得我懊恼无比。

王建萍1981年秋于中大楼前留影

当时，报考的知青多，农场里一律不准假复习，为此我费尽心思。为了复习地理，我在家中四壁贴了各式地图，中国的、世界的，弄得满墙花花绿绿。我忙里偷闲，得空便看，记下了几大洲，几大洋，哪里是陆地，何处有高山……这办法省时有效，以至于后来我闭上眼睛，脑子里就出现世界地图上大片碧蓝的海洋和散布其中的大陆。历史知识多而庞杂，古今中外，英雄豪杰，大小战役，重要事件，我大多闻所未闻。我对照大纲，自制表格，张贴上墙。那几个月，我白天去上工，晚上看书到十二点，清晨五点起床，重温前晚复习内容，扼要记录在小纸片上揣在兜里又去干活。我边锄地边念叨，“官渡之战”“淝水之战”“太平天国”……想不起来了，就掏出纸片匆匆看一眼。当时我一定锄掉过不少有用的苗，留下了无用的草。

1978 年 7 月 20 日，我第三次走进考场……

不知过了多少天，我正忙着脱粒，骑着一辆破旧自行车的邮递员来到大场上，喊着我的名字，他送来了那份我期盼已久的录取通知书。

我终于可以去南京上学了，这回是真的。

2018 年 9 月 10 日

作者小传

王建萍，1955 年 3 月生。1969 年随父母从南通市下放至如皋县下原公社，1974 年如皋县白蒲中学高中毕业，同年插队农场劳动。1978 年考入南京师范学院中文系。1982 年毕业后，分配至南京大厂镇南化一中，1984 年调至南通纺织职业学校（今江苏工程职业技术学院）任教，2010 年退休。（文首肖像摄于 1982 年）

我参加了 1977、1978 年两次高考

吕立言

1978 年 10 月 18 日，我怀着无比激动的心情，平生第一次坐火车从邳县来到南京，持《新生录取通知书》到南京师范学院报到，在中文系 78 级（2）班开始了新的生活。可以说，这是我一生中最大的幸运与荣耀。但是，这人生“最重要的一页”是如何翻开的呢？

一、生长在饥饿与动乱时期，艰难困苦的求学经历

1955 年 10 月，我出生在邳县红旗乡戴圩村一个“中农”家庭里，这“成分”是村农会主席在“专评会”上给我祖父“一锤定音”的，是父亲的“出身”。戴圩村是邳县庄、马、窦、戴“四大家族”之一戴姓家族的“圩子”。圩子像精心设计的密闭城堡，有环合的圩堤，堤上建围墙，围堤四角各设炮台，堤外是深深的圩沟，进出口留东、北两个大门，大门外圩沟上有吊桥。城堡内有花园、荷花池，且有南北走向的小河，河水清浅，游鱼可见，芦苇深处有各种水鸟啼叫与出没。我小时候夏天常跟父亲到家前不远处的“圩堤”上树荫下乘凉，那时已没有围墙与炮台，吊桥也不见踪影，但高高的围堤与深深的围沟是有的。这个地主家族的“土围子”在“十年浩劫”中被毁坏殆尽。

我家祖上原来住在戴圩村北边六七里外的吕家场，从曾祖辈起，才搬到大

户人家聚居的戴圩里。祖父我见过，是大家庭中极威严、在外威望极高的人，全村的人都知道他善讲《三国》。祖母管理并操持家务。父亲弟兄四人，伯父受的是旧教育，民国时期教过私塾，是位方正贤良的谦谦君子，新中国成立后做过几年“民小”校长兼教师，也是我的启蒙老师。父亲吕道生新中国成立前先后在运河乡师与安徽太和县国立二十一中师范部读书，受过完整扎实的“中师教育”，毕业后在徐州博爱街小学任教，新中国成立后先后在运河师范、乡下完中任教师，又任完小校长、小学教师。听母亲说，父亲最喜欢读书，暑假回来，天刚亮就把家中大小水缸挑满，然后躲在房间里看书。他在江苏省运河师范学校进修部做教师期间，还参加了南京师范学院中文系的本科函授学习，使用过的《中国现代文学史》《中国古代文学史》等函授课本成了我重要的“课外读物”。他1978年退休后享受“离休干部”待遇。父亲接触过许多有思想、有文化的“学问人”，他的书法、文章也好，他曾用一位有地位有学养长辈的话自评为“粗通文墨而已”。三叔初中毕业后在战乱中流离奔波，新中国成立后也是做了一辈子乡村小学教师。四叔20世纪40年代末于战乱中先后考上运河乡师与山东临沂师范，新中国成立后任教几年，因生活困难闯关东，丢了工作，回乡后在社会的动荡中参加生产劳动，过苦日子，但要说起历史文化来，可谓海阔天空，谈锋锐利，全村无人可匹。他在社会底层挣扎与抗争的精神及刚正不阿的性格，我是特别敬仰与钦佩的。

50年代末，祖父给父亲弟兄四人分了家。由于当时社会经济条件的剧烈变革，四个家庭很快陷入极度的“艰窘”之中。父亲在外教书，母亲参加集体生产，操持家务。母亲、姐姐、二哥和我一家四个农业户口，因没有壮劳力，参与生产队的经济分配，年年都是“透支户”，需要用父亲的工资向生产队缴纳“透支款”后才能分到一些粮食与柴草。大哥1963年在运河师范毕业后，在县城运河小学教书，结婚成家后，家庭经济负担也很重。二哥长我三岁，高中毕业后先在生产队劳动、做农业技术员，1978年按国家政策“顶岗”进入教师队伍。一个姐姐高小毕业后，参加了生产大队的宣传队，整天排戏，晚上随剧团抬着汽灯到各村演出。我能记事时，对社会的第一印象就是贫穷，就是大锅饭“吃食堂”：母亲每天在“缝衣组”里补衣服，每到饭时，就带我到食堂去领很少一点的煎饼与山芋叶子团子，粗劣得难以下咽。我清楚地记得，五六岁时，有一次母亲带我到生产队田里劳动，由于饥饿，身体虚弱，她晕倒在路边。至于住的，直到70年代末，家中房子还是泥墙草顶，屋后用泥巴堆一个“垛子”，顶着后墙防止倒塌，可谓逢雨必漏，破败不堪。

1962年，我7周岁，开始上小学。一年级、二年级是在我们村里“民小”（民办小学）上的，校长与老师就是我的伯父。伯父的字写得极工整，每个笔画都有棱有角，他的所有教学资料都用牛皮纸做封面，内页白纸折后右边线装，可以媲美古籍线装印刷本。“民小”两年学的什么完全不记得了，只记得老师经常布置我们放学后去铲青草，第二天交给学校“过秤”记斤两，统一晒干后卖到街上的车马店去。不过，伯父家有不少好看的书，在他后院房间的书架上整齐地放着。我上中学后，寒暑假期间，经常借故到他的后院，翻阅他的藏书。我曾见到过一函线装书《曾文正公家书》，深蓝布面函套。这是我少年时见过的最珍贵的藏书。

三年级时，我升级到了“大学校”，就是公社公办的戴圩中心小学，在我们家西不过百公尺。这所学校前身是清朝末年戴氏家族建的“尚志小学”，校园由三进院子组成，前院与中院是各班教室和老师办公室，全是高大的青砖瓦房，第三进院子地势低些，是操场。学校大门朝南，门楼高耸，门旁两尊石狮子龇牙咧嘴，煞是威严。从“民小”到“大学校”，进了正规学堂，我读书更加用心、积极上进。比如，每天早上必须是第一个到教室，每学年2元钱的学费一定要班上最早一个交到老师手里。对于学校的一切要求，我母亲都无条件地满足我，全心全意地支持我，让我什么都走在班级头里。可惜很快爆发了史无前例的“文化大革命”，有名望的老师大多出身不好，成了挨整的对象，或是被贴了“大字报”，只能“夹着尾巴做人”。教学秩序也不稳定，我有时还会跟着一群激进的青年蜂拥着去一些喜欢读书的人家“破四旧”，抄查“毒草”，或是挤在大批判会场前旁观斗地主、批“走资派”。从三年级到六年级，除了左胳膊上一直佩戴“两道杠”的臂章，还有一年在六一儿童节时得过一本故事书的奖励记得清楚外，其他的学习生活都模糊不清了。

1968年上完小学，我就在生产队参加一些力所能及的生产劳动，比如，拔草、拾麦穗、拔稻秧、帮助壮劳力“拉偏挂”等。这时上级号召“学校下放到大队来办”，我们又回到戴圩小学上了一学期的“初中戴帽班”。接着公社在圩外盖了两排平房做教室，建起了红旗中学。1969年春天，红旗中学首次招收两个初中班、两个高中班，皆为二年制，我成了红旗中学第一期初中生。中学老师多数是从本乡小学选拔来的，又请了几个高中毕业生来代课。当时，教学强调为政治运动服务，与生产劳动相结合：化学课学习“酸碱度”pH值；物理课学“摩擦力与摩擦系数”，学“三机一泵”；数学课学一些勾股定理、三角形的内角和与“农田水利测量”之类的知识；语文课则学习写“小评论”等。

我们还组织起来，到本公社“红旗渠”水利工地去参加劳动，休息时采访，回校后写出作文，因为老师要求我们“深入生产实际”，向劳动人民学习。那时各科考试都简单，每次考试成绩出来，师生皆大欢喜。就这样，两年初中很快读完了。

1971 年年底，我考入了邳城中学高中部。邳城中学设在邳县的老县城——邳城公社，是全县数一数二的名牌完中。这里的老师有很多南方人，教学水平相当高，“文革”前每年都能考取许多大学生。我们进校后的一段时间里，学校还是重视“文化知识”教学的，因为我们是“文革”期间首次通过“文化考试”选拔的高中生，社会的政治氛围稍稍宽松了些。招生考试科目是数学与政文两门，我数学考了 91 分，政文 85 分，合计 176 分（满分是 200 分），是全公社考生中的最高分。还听说我的作文是满分，作文题目是《当听到〈国际歌〉时所想到的》。因为当时全国人民要唱两支歌——《国际歌》与《三大纪律八项注意》。虽然我入学成绩不错，但数学试卷的扣分却引起我的深思，因为有一道数列题我完全不会做，初中老师也从未讲过，但是在邳城中学上初中的一个同乡却做出来了。由此我知道，我在文化学习上还是只“坐井观天”的青蛙，离知识的大海还非常遥远。

1972 年春天，我背着行李来到邳城中学报到，开始上高中。我们这一届从 6 个公社录取了 100 多个新生，分两个班，我在高一（2）班。这里的老师几乎全是大学或大专毕业生，特别是教数理化的几乎都是从南方大学毕业由省教育厅以“支援苏北文化教育事业”的名义分配和调来的，还有黄埔军校毕业在炮兵学校教过平面三角的。教我们立体几何与解析几何的刘逸老师，南京人，给我们上的第一堂课——“数学的体系”就深深地震撼了我、征服了我。他从我们小学、初中学过的数学知识讲起，逐渐深入地讲到初等代数、高等代数，从平面几何讲到立体几何、解析几何，讲到微分几何学、拓扑学等。下课铃声一响，黑板上一个完整的“数学体系示意图”非常直观地呈现在我们眼前。刘老师学识渊博、语言生动简练、板书工整、画图精准，这堂课简直就是他一学期“数学课的序言”，在他的引领下，我们看到的数学王国竟然如此美妙迷人！后来我们才知道，刘逸老师是 1954 年北京中国人民解放军测绘学院的高才生，因出身问题毕业后转业到南京林学院教数学，60 年代初下放至徐州师范学院工作，是大学讲师。当时正值“十年动乱”高潮期，上级指示像刘老师这样的人必须离县城二十公里外工作才行。这样他就从徐州师范学院又调到邳县运河中学，很短时间后又调整到邳城中学，连续几级才“下放”到位。在这些“硬牌子”老师的影响下，我们高一两个班同学学习热情空前高涨，一些同学找到“文革”前老高中课本、高考试题集，热火朝天地学习起来。假期中，我白天参加农业生产劳动，收工回家，就找出家里一只木箱里收藏的《平面几何》《立体几何》《平面三角》《代数》《汉语》《文学》《历史》《地理》，甚至《动物》《植物》等中学课本，如饥似渴地自学起来。当然也看如《东周列国志》《三国演义》与范文澜的《中国通史简编》等一些耐读的读物。对父亲学校发的一些马克思主义经典著作，如《共产党宣言》《反杜林论》《法兰西内战》等难啃的书籍，虽一知半解，但也经常翻阅，云里雾里地乐在其中。《西游记》《水浒传》《封神演义》《青春之歌》《平原枪声》《红岩》《烈火金刚》等古今小说让我着迷。《毛泽东选集》（第 1—4 卷）在通读的基础上，很多篇目读得很熟。这些书都是夜深人静的时候，点着煤油灯读完的。我母亲虽然不识字，但只要是我在读书学习，不管家里田里有多少农活、家务，从不催促我去干，花费多少灯油她也不心疼。我家离学校有十二三里路，每周周六下午上完课步行回家，星期天鸡叫头遍就要起来抱磨棍“赶圈子集”，磨好糊子，让母亲烙煎饼。下傍晚，我就背着母亲给准备好的山芋干煎饼在天黑前赶回学校上晚自习。因为煎饼里含糖多、水汽大，容易发霉。为了充饥，就用开水泡过，将霉滤掉一些再吃，有时为了改变一下味道，在泡好的木渣一样的“烂煎饼”里加一点糖精，但是吃过这样的饭就特别容易拉肚子。

大约是 1974 年年初，城里又刮来批判风，说“抓教学质量”是“资产阶级教育路线的回潮”，校园里出现了狠批“读书做官论”“决不许开历史倒车”的大字报，教学秩序受到了冲击。但班上许多同学学习文化知识的热情并没有怎么下降，只是隐蔽一些，做到“心里有数”就是了。

每到寒暑假，我就回到生产队参加生产劳动，拔稻秧、稻田拔草、挑肥料、拉碌碡。我记得 1973 年的寒假期间，生产队安排我们几个小青年往田里挑“黄粪”浇地，一天上下午要挑 12 担。这样的活我没有干过，因为路途远，到田里要歇两三次，走着走着我就落后了。一天没到头，肩膀就磨得红肿起来，火烧火燎的疼痛，走在路上只得用两手向上举着扁担，以减轻肩膀的压力。当时的社会氛围就这样，青年学生思想先进不先进，得听“贫下中农”的意见，如果“劳动表现”这一关不能过，不能“和群众打成一片”，还又想摸书本，那就是“思想不过硬”，就是“想走白专道路”。

我们刚上高中时是春季始业，按理应在 1973 年底毕业。但不久上级决定，学校还是回归暑假招生，秋季始业。这样我们可以多上一个学期，在 1974 年 6

月底毕业。谁承想毕业前两天，我被手扶拖拉机碾破了右脚脚面，虽然没有“伤筋动骨”，但天气炎热，伤口发炎，躺在床上养了三个多月才拄着棍下地。由于脚伤没有完全好，不能干力气活，更不能下水田，只能在生产队的打谷场上劳动。这时父亲就给我在县城运河小学工作的大哥讲，让他给运河镇教革组的领导说说，给我找书教。正巧，运河小学一个女老师请产假，她原来带的四年级数学课没有人教。这样 1974 年 9 月底，我就来到运河小学，先教四年级数学和五年级的地理。第二年暑假后，从二年级起，连续三年教一个班的语文并兼做班主任，直到我 1978 年 10 月离开这里去南京上学。

二、1977 年参加首次高考，大学梦断“高血压”

我在运河小学的工作做到了全身心投入，与比我小六七岁的小学生在一起，他们喊我“老师”，我既兴奋自豪，又感到重任在肩。于是，我把所有的时间放在备课、改作业、组织课外活动、学雷锋小组与家庭访问上。本班的作业批改完了，还主动帮助别的班教师批改。如果没有业务要处理，我就拿起办公室里的《人民日报》《光明日报》与《红旗》杂志等，搞摘抄，做笔记，写心得。

待遇上，学校每月发工资 23 元。这 23 元，分 14 元与 9 元两部分：14 元是民办教师工资，由县文教局核发；那 9 元，则是运河镇教革组自筹资金的补助。然而，我到县城“代课”的事很快就让生产队知道了，队长传话来：回乡知青不在生产队劳动，自作主张到县城挣钱，如果大家都这样，那集体的田谁来种？是啊，这可是“走什么道路”的大问题啊！经我二哥向生产队说明真实情况并协商，我每月交生产队 14 元，由队里酌情记工分，这叫“以资代劳”。这样我每月仅剩下 9 元钱，除了最低限度地买点牙刷牙膏日用品外，早晚还能在学校食堂花 5 分钱买盘萝卜条等炒菜，偶尔也能买个白馍吃吃。不过，也可能生产队领导觉得每月让我这样交钱“买工分”有点“残酷”，交了几个月后也就不了了之了。

1977 年暑期后，我教四年级的语文，班主任工作也非常出色，除了教学，还指导学生排节目、开运动会、参加社会活动等。我连续两年被评为镇里“优秀教师”，还几次面向全镇和片区语文老师开语文或作文教学公开课。记得 1976 年 12 月，运河镇负责文化宣传的领导找到校长，让他安排老师写一首怀念周总理的朗诵诗，以便文化馆在总理去世一周年纪念演出时用。校长问我能不能写，我当时一激动，竟然应承下来。这样，我用了两个多星期的时间，收集阅读很多资料，写了长篇朗诵诗《哀思——怀念我们敬爱的周总理》。那时没有想到，这样的社会锻炼后来对高考都是有所裨益的。

不久，从北京突然传来让人震惊的消息：全国要恢复高考！要在全国范围内以统一考试、择优录取的方式选拔人才上大学，招生对象是工人农民、“上山下乡”和回乡知识青年、复员军人、干部和应届高中毕业生，录取学生时，还将优先保证重点院校、医学院校、师范院校和农业院校，学生毕业后由国家统一分配。这些可真是“天大的好事”啊！

学校的青年老师都在议论，原来我们一起上高中的几个学习成绩好一点的都相互打听是否报名。大家说，十年没有高考，那实行了好几年的“群众推荐”就不要啦？我心里明白，“群众推荐”这一条，就是我面前难以逾越的鸿沟，凭本事考是我唯一的优势与出路。接着又听说，恢复高考招生政策的第一条就是“自愿报名”，我还真有点不太相信自己的耳朵。有一天，一位高中同学从乡下来运河小学找我，要和我一块复习迎考。他说，报名看来不是问题，很快就要考试了，你在这代课也不是正式的，干脆把工作辞了，咱们一起复习。我说，不行！这个班是我从二年级带上来的，如果辞了， 时半会恐怕很难找到合适的人来接。再说，我也舍不得撂下这些可爱的学生，自己去复习考试，甚至觉得如果这样做就是“自私”。于是我一方面在家乡（户口所在地红旗公社）报了名，另一方面坚持上班上课，所有的业务一如往常。当时想：从上高中时起，我就养成了读书与学习的习惯，生产劳动之余，一直没有中断自学，和家乡的同龄人比，我对自己的考试成绩是非常自信的。再说，现在时间很紧了，也无从下手复习，只能在“时事政治”方面多看看报纸杂志，至于语文、数学等功课，就利用业余时间稍微留神准备一下吧。

1977年高校统一招生
准考证
考 区 徐州 地区(市) 邳 县市(
类 别 理
姓 名 吕立言
(加试科目)
编号：500667
江苏省高等学校招生委员会办公室印

吕立言参加1977年高考的准考证

考试时间很快就到了。1977年11月28日，我在家乡的红旗中学参加了初试。当时全公社报了很多的人（听说有1000多人），连公社附近村小一、二年级的教室都设了考场。我们戴圩村是公社所在地，我就在红旗中学原来上初中时的教室里考试，桌子凳子还算整齐些。

但每个考场安排的人太多，挤挤抗抗地，但大家都觉得参加这样的考试非常“神圣”，因为毕竟是十年来首次全国统一招生，况且还有不少人不敢报名哩！初试分“数学”与“政文”两场，考试很顺利地就通过了，我接到了参加复试的通知。不过复试之前要填报志愿，分文科与理工科。我毫不犹豫地填报了“理科”，报考学校与专业就是一个“徐州师范学院数学系”，我想当一个中学的最好是高中的数学老师。老师与同学都知道我文理差不多，不偏科，但我心里明白，我还是在数学上用功最多：一是上小学时，父亲给我讲的、考我的以数学题目居多。二是受了高中时期几个数理化老师特别是数学老师的影响比较大。1977 年 12 月 23 日—25 日，我在县城运河中学参加了复试，其中 23 日—24 日两天考政治、语文、数学、理化。几场考试下来，我很自信地认为，我的分数应该足够被录取的。

果然，招生办公室通知我某天到县城老党校（邳县体检站）参加体格检查。真的好高兴啊！离大学只有咫尺之遥了。听大家议论说，体检关键一条就是血压，只要血压不高，其他项目一般不会有问题。当时正巧我一个最要好的高中同班同学，毕业后作为下放知青被抽调在县里农业学大寨办公室工作，他有两个初中女同学在县医院做护士。他听我说血压是体检的“关键项目”，就多次带我去试量，结果没有一次是高的，都是“80—120mmHg”。这下我心里踏实了：我的血压非常正常。上大学过最后一关，应该也没有问题，因为只要允许报名，政审一般都能过。我要在体检前回家一趟，把这个好消息告诉家里人，尤其是我的母亲。我母亲出身大户人家，勤劳、善良、手巧，绣花、剪裁、做针线，样样精通，且善解人意，乐于助人。她虽然不识字，但喜欢听广播、看戏、听说书。新中国成立前，我父亲在徐州教书时，她带着我的大哥在徐州生活了很长时间。她是最支持我看书学习的。有时家里清闲一些时，她就让我“讲书”给她听。现在听说我考取大学了，很快就能转成“国家户口”，毕业出来就能当正式中学老师，母亲非常高兴。她说：“明天鸡一叫我就起来，擀好面条煮给你吃，吃完你好去运河（县城）体检。”

第二天，天刚蒙蒙亮，我就从乡下家里步行 25 华里，赶到县城。根据经验，用最快的速度，至少要 3 个小时才能走完这些路。到了体检站，比要求的时间还提前了大半个小时。因为是“文革”后首次高考，上级十分重视，让各县抽调的医生“转圈轮换”，来我们邳县体检的是铜山县医院的医生。体检开始了，招生办的领导宣布，上午先安排边远公社的考生体检，县城附近公社的考生安排在下午，我们红旗公社离县城近，几乎安排在最后。这样，我们一上午就在那里等着、看着，兴奋而又好奇地听人议论着，似乎大多数考生都对“量血压”这一项感到紧张。

下午三点多钟，轮到我们红旗公社的考生体检了。经过初试复试两轮筛选，我们公社从1000多人中脱颖而出的34个参加体检的考生，在暖暖的冬阳下晒了大半天，一听“按顺序排队”顿时紧张起来。大家听到喊号依次进入相关科室，前一个出来，后一个进去。但是，我们公社的考生从血压室出来后，有20多人都说血压“有点高”，医生让出来休息一会再进去量。这时我想：我的血压不高，这一科我不会有问题的。很快就轮到我坐到医生面前了，医生给我绑扎好，开始量。我的两只眼睛一会儿盯着血压计的水银柱，一会儿又看看医生的脸。医生给我量了两次，松开绑带说：“出去休息一会儿再量。”我一听急了，忙说：“医生，我的血压不高，这次怎么量高啦？”医生说：“高就是高，怎么还给你量高啦？让你出去休息你就出去，别多说什么！”我极不情愿地往外走，心里不由地紧张起来，就像一堆柴草突然被点燃、火苗“腾”地蹿起来一样。没有几分钟，我回到血压室。医生说：“不是让你出去休息一会儿再量的吗？你怎么这么快就进来啦？”我急急地解释说：“医生，我的血压不高，我经常到我们县医院找人量，都是80—120mmHg。你再给我重新量量。”医生说：“如果再量高怎么办？”我说：“再量高不怪你。”医生于是又量了一次，完了后说：“行了，出去吧！”等我走到门口，转脸看到“传表”的人拿着我的体检表。我歪头从背面一看，顿时懵了：啊？90—168mmHg，这下完了！我的脸一下涨得通红，马上找到邳县招办的领导，说别人量血压都出去休息两三次，我才出去休息一次就给我记上了。我前几天还找医生量过，血压一点也不高。这时招办的领导把我叫到“主检室”，让主检医生再给我量一次。量完后，医生摇了摇头说：“不是高一点，还怪高，这没有办法。”体检结束了，我的情绪低落到了极点。晚上，我给江苏省高考驻邳县体检站的领导写了一封信，将自己的情况作了详细说明。很快领导答复下来：明天早上再到体检站复查。当天晚上在运河小学住处，我大哥从医院拿来“冬眠灵”让我吃下，说好好睡一觉明天就好了。虽然服了安眠药，我哪里能睡得踏实？一夜辗转反侧，翻江倒海，万事万物都轮番奔来眼前。第二天早上起来，又喝了不少醋，弄得喘气都一股子酸味，然后赶到体检站复查。主检医生与招办的领导都来了以后，开始对我进行会诊。我的心怦怦直跳，浑身似乎都在冒火。医生说，看你这个样，这次量还得高。这样吧，你躺下来给你量。我躺在一张又窄又短的板床上，心扑通扑通跳得像打鼓一般。这时，医生开导我说，你还考大学哩，不相信科学不行啊！显然医生为了照顾我的情绪，把我的血压定格在“90—158 mmHg”上。“高血压”遂成“铁案”，宣判我高考“出局”。我沮丧至极地走出了体检站，心里想：“90—158 mmHg”这两个数据就像凶神恶煞一般把我挡在徐州师范学院的大门之外。

三、1978年再上考场，上大学的理想如愿以偿

断定被“高血压”淘汰出局后，我的情绪只低落了几天，发愤图强的激情很快触底反弹。我暗下决心：白天认真上课，处理完业务，夜晚与星期天抓紧复习，迎接下一次暴风雨的到来！这时，我冷静地对高考与自己的情况作了分析。一是虽然有1977年的高考作基础，下一年国家对高考的要求会更高，题目会更深，竞争会更激烈。二是我在小学是教语文的，如果还报考理科，整天复习数理化，别人会说闲话，领导也会认为我复习会影响工作。三是就我自己的知识基础来说，我的数学基础好一些，语文也还行；历史比化学、地理比物理，我认为史地还是比理化要容易一点。再说语文的知识面太广，无法复习，全靠平时积累；这样我复习的重点就可以放在政治上，难点放在地理上。我虽然教过一学期的小学五年级地理，但那是副课，也简单，教了一遍可以说是蜻蜓点水。现在要复习高中“自然地理”，很多概念理解起来困难很大。在政治上，哲学知识是难点，特别是辩证唯物主义与历史唯物主义，要系统而扎实地研究学习，概念要准确，知识要点要严格掌握。于是我很快找来一些复习资料，利用夜深人静的时候，争分夺秒、如饥似渴地复习起来。

让我下决心把专业从理科改文科的原因还有一个方面：当时运河小学新来一位女老师——郜曙光，就是现在我的夫人。她是运河中学1974届高中毕业生，作为知识青年下放到邳县泇口公社插队，锻炼两年后于1976年年底分配到运小任教。据说那一批回城的人绝大多数进厂做了工人，只有几个文化基础好的才分配到小学当老师。她当时非常想进厂当工人，不愿当“孩子王”，经多方做工作才勉强同意了。文教局政工组的同志也很会做工作：县城两所“顶尖小学”运师附小与运河小学任她拣，而她认为自己是附小毕业的，那里的老师很多教过她的课，熟人多，不好工作，就选了离家远、陌生一点的运河小学，领导安排她先主教数学，兼教音乐。她的到来，打破了我内心的“平静”，我感觉有一种神奇的力量在招引着我，让我时时刻刻关注着她。有一天大课间，办公室的老师们一个劲地怂恿她唱歌，她略一沉思，就放声高唱起来，一首《愿天下劳苦大众都得解放》唱得感情奔放，回肠荡气，让我非常震惊，我

过去从未听到有同学唱歌这么好听的。还有一次，她把高中阶段做的数学作业拿出来看，那上面的几何图形画得几乎和书上的一样，坐标图、抛物线线条准确、光滑流畅。再一聊读书，我更惊讶了，她读的小说还真多，我读过的她都读过，我没读过的，她也读过。有一天课间休息时，她问我如果再报名参加高考，是不是还报理科，我说还没确定。她说她如果报考就报文科，因为她特别喜欢文学。听了她的这些打算，综合考量各方面的情形，我心中果断决定，参加下次高考就改报文科，做一个科班出身的语文老师。

方向一定，就开始复习。当时我找来一本《一九七八年全国高等学校招生复习大纲》，按照大纲，我把政治、历史、地理排了序，政治是"重中之重"。我注意把政治、历史、地理结合起来复习，在房间里贴上《中国地图》与《世界地图》，只要历史书上提到的重要区域或主要城市，我必然起身去地图上查找。另外，从新华书店买来《中国地图册》与《世界地图册》，走到哪里便带到哪里，随时随地复习。每天下午放学之后，尤其是夜晚，是我复习的黄金时间。那时，运河中学、运河师范的老师也开始面向社会考生上辅导课，我只是偶尔去听听，因为我觉得跑来跑去耽误时间，还容易分散注意力。我尝试着把书上的内容，按概念、填空、简答与论述等题型自己出题，自己做过之后对照书自己改。这样一遍下来，可以说基本吃透了全书的内容。

1978 年 7 月 20 日，全国高等学校统一招生考试开始了。我以自信而乐观的态度、热烈而镇定的情绪、紧张而有秩序的节奏参加了考试，第一天考政治、历史，第二天考数学、地理，第三天考语文、外语。我沉着应战，一场接一场顺利地完成了考试，就连最后没有复习一下的"英语加试"（因为不是报英语专业，考试成绩不计入总分，只作录取时的参考）我也参加了，目的是看看卷子，长长见识。尤其让我高兴的是历史考卷里三道"论述题"全让我给碰上了：一道是关于鸦片战争的，一道是论述周恩来民主革命时期历史功绩的，一道是写二次世界大战著名战例的。我一看心里高兴极了：复习时就知道鸦片战争肯定是必考的，不知复习多少遍了；那次我给运河镇文化馆写纪念周总理的朗诵诗，对周总理的历史功绩了解得很具体；关于第二次世界大战的几个重要战例，如莫斯科保卫战等，历史课本上的内容我记得很熟。所以答这三道题目时，我感到胸有成竹，刷刷刷不停地写，毫无悬念地拿下了这几道大题。

不久，考试成绩通知到本人。我的总分为 394.5 分，其中历史 91 分，政治 87.5 分，语文 78 分，数学 70 分，地理 68 分。紧接着是填报志愿。我自己拿不定主意，就去找运河中学的一位政治老师，请他拿个指导意见。因为我听过他的两次政治辅导课，他热情真诚，我觉得可以信赖他。他说：最好是不报政治，因为政治的内容会变化。另外，从你的成绩看，历史、中文都行，还是你自己拿主张吧。于是一类本科学校与专业，我填报了南京大学与山东大学历史系。二类本科院校与专业就填报一个：南京师范学院中文系。

下面还得说体检过“血压科”一关的事。1978 年体检是在邳县县医院进行的，有了上次的教训，这次体检我就“学乖”了：体检前先是喝了点醋，体检时又两三次用自来水龙头洗脸，然后坦然自若地走到负责量血压的医生面前。这位中年女医生对每个考生都非常和气，一遍遍地说，没有事，不要紧张。她连着给我量了两遍，说了声“好了”，把我感动得连着说了几个“谢谢!”。

不久，我就接到了《南京师范学院新生录取通知书》。后来听说，省招办按照国家教育部的要求，对于当过民办教师的考生，即使成绩达到综合性大学的录取线，他们的档案也是优先投放给师范院校，以利于培养更加紧缺的中学师资。所以我读南京师范学院中文系，既实现了自己一生中最满意的职业理想——当教师，也是家庭出身、教育背景、时代命运与感情机缘综合使然。正所谓求仁得仁，因此，我很知足。

作者小传

吕立言，1955 年 10 月生，江苏邳州戴圩村人。1974 年 6 月邳县邳城中学高中毕业，同年 9 月起在邳县运河小学任民办教师。1978 年 10 月考入南京师范学院中文系，1982 年 6 月毕业，分配至句容县郭庄中学任高中语文教师。1984 年 7 月调入江苏省运河师范学校，当年任教徐州师范学院（运河师范办班点）中文专科班“古代汉语”与“修辞学”等课程，其后担任中师“语文基础知识”“文选与写作”“现代应用文写作”等课程的教师。1988 年起，先后任学校教科室、教务处副主任、办公室主任。1993 年 6 月，加入中国共产党。1995 年被评为高级讲师。1999 年 10 月任副校长，2006 年 8 月任副校长兼党委副书记。2015 年 12 月退休。（文首肖像摄于 1982 年 6 月）

回眸一笑忆高考

施国鸣

四十年前的事早已漫漶不清，只有当年高考前后，还有迹可循。欣闻今秋老同学们又将欢聚，今日临窗铺笺，目接万里清秋，忽起摇落之慨，遂口占一绝，权当开篇。

断雁飘蓬摧胆肝，风尘六翮半凋残。
衡阳未及身先老，怅卧南枝听暮蝉。

20 世纪 70 年代初，天是昏暗的，地是动荡的，人是忧郁的。乱哄哄的“文革”野火仍然遮天蔽日，无论国家、个人的命运，全都笼罩在一片迷雾之中，看不到前途。大学“打烊”多年了，何时恢复只有天知道。中小学虽然还在办，但也不过是成为壮丁之前的“托儿所”，一旦成年，便随时听候徭役差遣，所以读书完全成了鸡肋，功用仅仅是认得几个字，“不学 ABC，照样开机器”。在这样的时代里，我们这个江南水乡小镇的学生，最大的奢望是做个工人，能够谋一份稻粱，图一个温饱。1971 年夏天，我初中毕业了。这一年恰好工厂招人，可是僧多粥少，又无后门可开，结果做工不成、插队不能，被迫去读高中，胸中郁闷、茫然、愤怒可想而知，这个经历，开启了我观察思考社会人生的新的窗口。

怀着对老父母终日劳作的愧疚，我还是无奈地上了高中，内心暗暗希望这 3 年中有所转机。因中学还是老中学，因此老师和同学也都是老面孔，和初中一样，又被选举为班长，副手是个发小“美眉”，除了眼睛大，其他都小而精致，称得上文静秀丽，且一脸的清纯无辜，喜怒哀乐不形于色，谁也不知道她想些什么，但学习是莫名其妙的刻苦，不过总是成绩平平，真是老天弄人。此时的我早已剑走偏锋，哪里还有心情读书？于是关照她，我若不在教室，要代行我的职责喊立正，她倒是很顺从地执行了。如此一来，我便带几个顽皮兄弟放浪形骸，天天在操场上玩，体育十八般武艺都能比画几下，战果是学校连续获得体育先进单位称号，老校长和体育老师对我青眼有加，皆大欢喜。总计3年里，数理化作业本都是新的，很少痕迹，即使考试，不会的题目或询问或照抄他人，老师因为我是老资格干部，虽然时常逃课，但平常却不缺尊师之礼，且又是全校闻人，品性无瑕，同时也明白学了也白学，大家都是可怜虫，所以从来都是客客气气，相安无事，就像阶级亲兄妹一般。

1974年夏，3年高中熬完了，进厂、参军都绝望之后，就在冬天，小镇上十几个青年被召集开会，宣布统统去农场战天斗地，然后木偶般排成两列，各人头戴大麦秸草帽，脖颈上搭一条白底蓝纹毛巾，左手握一本红色语录曲在胸口，右手一把镰刀，宛如毕加索笔下的变形怪物，匆匆照了张合影，随后鱼贯走上码头，登上一艘五吨级的农用水泥船，随着柴油机的黑烟和啪啪声，我们挥手告别长吁短叹的亲人，茫然地一路西去。

花开花落，转眼到了1977年春，苏南乡镇企业开始萌芽，冰封已久的大地似乎有了一点回暖的气息，知青们隐隐约约感觉到了一丝希望的曙光。当时我已经是一个连队小头目，平时和大家一起"晨兴理荒秽，带月荷锄归"，归来赶紧灌一盆烂粥骗饱肚皮，再胡乱读几段继续革命之类的文字，这时兄弟们都已经累饿交加得哈欠连天，于是相互发几支烟，抽完就睡觉，根本没有力气再吹牛皮。

忽有一天，农场总部来人找我，说农场决定办厂，选中10人，由我带队到北京电子管总厂学习技术，回来即行筹办事宜。面对如此好事，当然很开心，并且一下子充满遐想。于是我们登上绿皮火车，雄赳赳跨长江越黄河，直达北京目的地。可是乐极生悲，刚刚接洽安顿好，一个同伴惊叫道：啊呀，你的嘴角怎么歪了？这时我也感觉不妙，马上找当地接待人员送我到厂医务室，医生一口京腔，问我受凉没有，我说在火车上靠窗玻璃睡着了，医生说这就是了，你得了面神经麻痹症。于是立刻很热情地给我诊治理疗，并安慰说不要怕，你年纪轻，好得快，果然2个月就痊愈了。时间到了春夏之交，恢复高考终于传闻成真，我按捺不住激动，写信给农场领导，要求回来参加考试，领导不同意，说这次花这么多钱去培训，总要学成归来才是，何况明年高考也来得及，于是不得不作罢。一直到 1978 年初夏，我们才返回农场，又忙于购置机器设备，所以我只能在奔波途中看点乱七八糟的书。鉴于高中三年基本没怎么听课，也几乎不做数理化作业，因此只好准备考文科。考试前抽了时间到中学补课，什么公式定理等于天书，不知所云，勉强坐了半天就放弃了。

终于到了考试日期，我和两个要好的知青，帐子、竹席、洗刷用具各人拿一样，到了离农场不很远的一个中学考点，找了一个空教室，把几张课桌翻个四脚朝天，然后挂上蚊帐，席子就铺在地上，3 人挤在一起，总算不让蚊子过于侵扰。接着连续两天考试，感觉文科项目很得意，差不多都能满分，只是数学一塌糊涂，好像只做了几道平面几何题，稍觉郁闷，颇有早知今日何必当初之憾。最后一门考的是什么我都忘记了。

接下来就是填志愿，我向来有匡世济民之志，鉴于“文革”殷鉴不远，因此首选西南政法学院，其次是南师。结果考分下来，大失所望，只有 350 分，数学尚好，居然有 30 分，相当满意。多谢南师有好生之德收留了我，方能有缘结识 78 级（2）班一室才俊。很可惜同去考试的两位难友没被录取，到了 1979 年才考取大专和中专，虽然不尽如人意，不过这在当时无异于金榜题名，亦足以“一朝看遍洛阳花”了。

高考录取既定，但没有能到心仪的学校，未免消磨了不少豪气。尽管如此，在南师 4 年的岁月里，老师和同学们的教诲和帮助，仍然铭刻于心；音容笑貌，依旧栩栩如生。老师恩同学情山高水长，再吟一曲，以歌颂恩师德学深厚并赞美同学们当年砥砺好学今又薪火相继的精神：

随园大隐古来多，清风来栖学浩歌。
花放百家称稷下，文追三代等西河。
穿风亭阁勤思考，透月梧桐苦琢磨。
新羽莫嫌颜色浅，如今四海舞婆娑。

作者小传

施国鸣，1955 年 12 月生，江苏常州人。1978 年考入南京师范学院中文系读书，1982 年毕业，分配至常州市中学任教。1988 年起，先后在常州郊区政府商业局、经信局、天宁区政府安监局、区政府安全生产委员会工作。曾任常州诗词协会副秘书长，现任常州佛教文化研究会副秘书长、常州舣舟诗社副社长、常州黄仲则研究会理事、常州季札研究会高级研究员。（文首肖像摄于 1982 年 6 月）

忆高考，想南师

梁晓虹

高中毕业后，我被指派到伯父所在的常州钢铁厂“待分配”。我不知道其他地区是否实施过这样的政策。但大概至少有两年，常州的应届初高中毕业生因来不及安排，就被暂时指派在父母的单位一边干活儿一边等待分配，有个叫“上山下乡办公室”的机构管着我们。没有工资，但有补贴，每天三毛，每月九块钱。我被安排在厂保健站。常州钢铁厂在当时属于国营大厂，保健站规模也不小，实际就是个小医院，不仅一应科室俱全，甚至还有可住院的病房。我先在药房学了半年，后又到注射室学习打针。所以到现在我能看懂处方，也会打针，就算给自己来个“肌肉注射”也不在话下。

熬过了一年的“待分配”后，我终于被分配到常州磷肥厂。磷肥厂离钢铁厂不算太远，都在京杭大运河边上（现在戚墅堰区辖内）。报到那天，我兴致勃勃地赶去，但一进厂就傻眼了：厂房破旧，厂区窄小，而且飘溢着化工厂特有的刺鼻气味，有些人穿的工作服大概是被硫酸等腐蚀过，印迹斑斑，东一洞西一孔的，令人不堪。想起自小就熟悉的钢铁厂的厂房、厂区，想起在保健站穿的白大褂，那一刻我心中的落差真的很大。我被引到一群正在挖防空洞的工人前，他们正是我后来石油脂车间的同事们。车间主任应师傅听说来了个高中生，非常热情地过来招呼接待我，带着我办理各种手续，还领了工作服……我就这样正式成了工人阶级中的一员。

我被安排在石油脂车间当起了操作工，但先得从学徒干起。虽然所有的操作流程不到三天就学会了，但形式上，进厂后都要先学徒，出徒后才能拿正式工的工资。我是高中毕业，所以工资19元（初中生14元）。尽管我对我的厂一时还难以“热爱”，但也知道，自己的命运在当时已很是被人羡慕。因为大部分同学都或上山，或下乡去了。我从小生活在伯父身边，按照政策，姐姐和我，一个在北京，一个在常州，都躲过了那次大浪潮。

作为当时厂里唯一的高中生学徒，加上笔头也算不错，会写写发言稿什么的，自觉是受器重的，而且还被厂领导当成了培养对象。但我却志不在此。可能是受父母影响，我从小有两个梦想：参军和上大学。现在兵是当不上了，但上学还有希望！大学不成，中专也好！我很羡慕那几个从南京化工学院和南京动力学校毕业回来的人，但也有自知之明，因为按照规定，推荐需工作三年以上，而我还没“出徒”呢。

我就这样无可奈何、懵懵懂懂地“三班倒”着（化工厂的流程多需“三班倒”：早班，早上6点到下午2点；中班，下午2点到夜里10点；夜班，晚上10点到早上6点。我还记得夜班凌晨四五点钟时，实在困得不行，趴在操作台上打瞌睡，辫子被同事开玩笑绑在椅子上的情景）。就在快要“满师”的时候，1977年10月的那个重大消息一下子把我炸醒：不用推荐就可以考大学了！我惊喜不已，毫不犹疑就报了名，而且选了理科。因为已在化工厂工作，所以就一心想着要进南京化工学院，学高分子化学。结果却是连初试都没过，铩羽而归。

我很是沉闷了一段。但想上学的愿望却更加强烈，当时姐姐已经考上北京第二外国语学院。过了没多久，父亲给我寄来了一份高考复习纲要，让我1978年一定再考。父亲1977年来过常州，到过我们厂，他走时跟我说过一句话：“你必须离开这里。”因为我们属化工厂，是有毒单位。确实，我们每天都领一毛四的“营养费”。但当时的我，年轻而无畏，想的只是要出去上学，并没有真正体会父亲的心意！

因为77年冬天的失利，这次我不太敢声张，只能自己按照高考大纲悄悄复习。偶尔回到母校十四中去听听辅导课，但因要“三班倒”，也难以坚持。因为77年理科惨败，因此毫不犹豫就改了文科。又担心数学拖后腿，复习也以数学为主。要上班，又要复习，实在狼狈得很。

钢铁厂的家属区很大，夏天的晚上，大家都坐在外面乘凉闲聊，年轻人有时会一起打牌玩耍，有时会找个地方看电视。过去我都是其中的积极分子。但那个夏天，除了上班，我每天都躲在家里复习。夏夜闷热，蚊子还不时捣乱，无奈只能端一盆冷水，把脚放进去，虽起不了大作用，但能驱除一些睡意。渐渐车间里的人还是知道我又要考大学了，于是有人就叫我“大学生”，我听着觉得别扭，所以当时下决心：即使考不上，也绝不请事假，不请病假，以免日后若名落孙山而落人笑柄。就这样坚持着，直到考试前一周，被告知所有考生都可以请假一周复习，才有了最后“临阵擦枪”的机会。

化工局考生的考场设在常州市二中。考场前贴着考生的名字。看着密密麻麻的名单，我真的非常泄气。考场上居然见到一个熟人，李健一。她在化工局属下的另一家工厂工作。后来我们俩同被南师录取，她在外语系，我在中文系。

那是一个苦夏，又闷又热。坐在考场里的我们，因为紧张就更加难受。考试三天期间，有两天，我们教室都有中暑晕倒的考生。

考试完后，我回到厂里，才知道车间出了一次重大事故，同组的小郑遭硫酸喷溅，大面积重度烧伤而住院了。小郑既是同事，也是很好的朋友，听到这个消息，我很难过，也才真正体会到父亲一定要我离开化工厂的一片用心。这时正好化工局办了一个团干部培训班，我被叫去参加。这样倒也暂时缓解了我考后的焦虑。培训班快结束时，我接到厂政工科科长的电话，说我的成绩来了，并口头上转告了我。我算了一下，平均有 75 分！一下子就跳了起来，这次应该没问题，可以上大学了！按捺不住，我立刻请假回厂确认。真的，没错，总分 375 分。比较高的是政治、地理和语文，具体记不清了，应该都在 85 分以上。政治考得好，得益于我每天在厂广播室念报纸，地理分数高则可能是因为我非常喜欢看地图。语文基本上没复习，那就是靠了从小喜欢看书的底子吧。至于我全力以赴的数学，却只考了 40 分！以至于到今天，数学还常是我的梦魇。

然后就是填写志愿的环节。我从小喜欢读书，“文革”停课时每天盼的就是能回到教室。现在终于又可以继续读书，可以圆我早年上大学的梦了，那是何等的愉悦！我就是带着这样的一份心情，在招生办举办的学校展览中流连着。想去厦门大学，是因为看过《小城春秋》；又想去广州，那里有中山大学，是因为《三家巷》。但最后还是有自知之明，知道分数够不着这样的重点，所以第一类重点高校的第一志愿填了西南政法学院。不是因为对政法感兴趣，而是为了山城重庆。小时候，看了许多遍《红岩》，对嘉陵江、沙坪坝、歌乐山有着深刻的记忆……第二类普通高校的第一志愿填的是南京师范学院，为了稳妥，最后写上了“服从分配”。

于是就收到了南京师范学院中文系的录取通知书。说句老实话，接到通知的时候，我是有点失落的，因为实际上我并不想读师范，另外，比我低十多分的一个应届高中生被杭州大学录取了。

但最初的失落感很快就消失了。无论如何，我可以上大学了，而且去的是南京。啊，南京！除了厂里组织团干部去参观过一次梅园新村，就只有坐京沪线过长江大桥时看到的景色了。忽然就有了一种迫不及待，李健一大概和我心情一样。于是，我们相约，提前一天就到了母校，这样还错过了火车站迎接新生的那一幕。

我就这样进了南师。……

离开南师后，我先后又曾在国内外的一些大学或求学，或访学，或教学，或讲学，但是没有一个地方能像母校那样成为心底最深刻、最长久的记忆。

最忘不了的当然是中大楼！

一座山，一座楼。试问哪个学校的中文系能有如此气魄！山虽不高，但处于整个校园的中心。而中大楼在山腰处，较之于其他系科的大楼，位置明显突出，代表着中文系在全校的地位。我们每天拾阶而上，去上课，去自习，又每天匆匆跑下，去食堂，回寝室。石阶两旁，山腰四周，春天里，绿树鲜花的景色已是浪漫，但更令人心动的，还是悄悄一夜雪后，从中大楼俯瞰雪后的校园，那飞龙走凤的长廊，精致庄严的龙头飞檐在银装素裹下，真是美出了水墨画般的诗意。

我还喜欢那时的老图书馆。老图书馆不大，但却很美，美得精致。作为旧金陵女大宫殿式建筑之一，在大草坪的左前方，与其相对的是音乐系小礼堂。我在图书馆度过了许多时光，特别是后来读研究生的三年。当时图书馆恰好到了一套台湾翻印的《大正新修大藏经》和张曼涛主编的《现代佛教学术丛刊》(一百册)。在导师徐复先生的指点下，对佛教以及佛经一无所知的我，开始伴随着银杏树叶色彩的变化，一部经又一部经地读，一张卡片又一张卡片地抄，偶尔停下来，还能听到从音乐系传来的流水般的琴声。那真是我人生中一段最美好的时光！1984 年我在《南京师大学报》上发表了第一篇论文《佛经语词札记》，硕士论文《汉魏六朝佛经意译词初探》1987 年也在《语言研究》上发表，后来还获得“1977—1987 年福建省十年度社会科学优秀成果奖三等奖”。从那时至今，我已走过了三十余年的学术研究之路，一直未曾偏离徐复先生当年为我指引的方向，即使后来远渡东瀛。尽管现在大藏经已随意就能从网络上下载，各种数据库更是便利之极，但对我来说，印象最深的还是自己当年在老图书馆抄写的那些卡片，有些甚至还带到了日本……所以，我自始至终认为，自己的学术之路就是从母校老图书馆开始的。

当然，忘不了的还有大草坪两边那两棵上百岁的银杏树。约二十多米高的树冠甚至盖过了旁边古色古香的教学楼，忠实地守卫着母校的象征——100号迎宾楼。日本森林茂密，树木很多，也见银杏。然而我总觉得母校的那两棵银杏树是最美的。印象中，从夏到秋，银杏树叶开始变化，从青到半青半黄，深秋来临时，就成了全黄。两颗金黄的银杏树就像秋天的旗帜，为母校又平添了几分魅力。骤然起风时，风卷起金黄色的树叶，洋洋洒洒地在空中婆娑飞舞，瞬间就会为通往图书馆的路面铺上一层金色的地毯……

梁晓虹 1981 年秋于南京师范学院大门前留影

母校处处是景，被誉为“东方最美丽的校园”，实在当之无愧。三十余年后，一班的杜炜尧拍过一组母校的写真，我如获至宝，收藏至今。

还有很多趣事琐忆，时光再长也不时会清晰浮现于脑中。

记得当时的中大楼设备有些旧。冬天在外早读太冷，只好去教室，但教室门锁着，进不去。为难之际，我发现门上的一块玻璃没了，于是就试着蜷缩着往里钻，居然还就进去了。但直到今天，我也没搞清那个过程，是腿先进的，还是头先进的。

还记得同宿舍八姐妹，约好了给每个人都过生日，所以我们寝室经常都是“纪念日”！刚入校没多久，宿舍里大家都迷上了外国名著，于是，暑假里一本《红与黑》就通过邮局至少在江苏省大半个境内被传来递去。

也记得我们做过的最疯狂的事，应该就是全中文系的学生连轴转地看了那么多部“内部电影”。尽管第二天上午还有外语考试，但不管了，看了再说！在那个年代，这真是我们中文系的特别福利。

我们班有九个女生，大家都喜欢唱歌。在淑雅大姐的带领下，我们全体参加了中文系组织的合唱团，还参加了学校的比赛。中文系唱的是《阳关三叠》，由77级的齐贯之指挥。最后是否得奖，已经忘了，但我至今都认为这是最好听的合唱歌曲。我们班女生还在学校音乐礼堂演出过，女生小合唱《海滨之歌》（日本民歌）、《照镜子》（罗马尼亚民歌）和《哎哟妈妈》（印尼民歌），后来一直是我们班聚会的保留节目。

当然，忘不了的还有100号楼前的大草坪……那里曾留下过我们的青春，我们的热情，我们的诗和我们的歌。……

啊，转眼四十年过去了。当十月金秋又将如期而临之时，我不禁又想起四十年前的那场高考。因为高考，我进了南师，而南师是我梦开始的地方。

我感恩南师当年录取了我。我庆幸自己读了中文系。学中文，教中文，研究中文，这就是我大半生一直在做的事。

我自小离开父母，成年后又多处漂泊，现在又远在他国异乡。但是无论在哪里，也无论时隔多久，78年的那场高考，美丽的母校和在一起学习生活四年了的同学，都是铭刻于心底的最美的记忆。

作者小传

梁晓虹，1956年2月生于浙江永康。两岁到江苏常州，在常州东部城乡交界之处的丁堰读完小学、初中、高中。高中毕业后在工厂学徒，当操作工。1978年10月考入南京师范学院中文系。1982年6月毕业后，继续留在母校求学，师从徐复、钱小云、张芷三位先生攻读汉语史硕士学位。1985年7月至1988年8月，任教于福建师范大学中文系古汉语教研室。1988年9月考入杭州大学（现浙江大学），师从郭在贻教授攻读汉语史博士学位。郭先生英年早逝，后转在蒋礼鸿教授、黄金贵教授门下，完成学业，1991年7月获文学博士学位。求学期间，论文《周春与〈佛尔雅〉》（上海辞书出版社《辞书研究》）获1990年“竺可桢奖学金”。1991年7月至1993年5月在国家语言文字工作委员会语言文字应用研究所工作。1993年5月作为访问学者赴日，在南山大学南山宗教文化研究所任客座研究员。1994年4月至1998年3月，奔波于名古屋与京都之间，一边在南山大学、名古屋外国语大学等作为“非常勤讲师”教授汉语，一边在京都花园大学国际禅学研究所作为共同研究员从事禅籍整理研究。1998年4月至2001年3月作为客员副教授任教于爱知县立大学外国语学部。2001年4月至今任教于南山大学，其中2009年9月至2010年9月在哈佛大学东亚系访学一年。现为南山大学综合政策学部教授。长期以来从事佛教与汉语史研究，在各类学术杂志上发表论文160余篇，出版《佛教词语的构造与汉语词汇的发展》（北京语言学院出版社）、《佛教与汉语词汇研究》（佛光文化出版社）、《佛教与汉语史研究——以日本资料为中心》（上海古籍出版社）、《日本古写本佛经音义与汉字研究》（中华书局）等学术著作十余部。（文首肖像摄于1978年10月）

七八前后，恍若隔世

杨国强

1978年高考，是中国高等教育演变、发展的重要转折点，也是我一生命运、历程的重要转折点。转眼40年过去了，那场高考前后的历历往事，犹在眼前，令我永远不能忘怀。

1956年4月我出生于上海，1958年，家父在那场政治运动中遭难，被发配至青海服刑。失去生活来源的母亲只得携我来到南京，投奔我那做装卸工人的二叔。母亲因精神压抑，经济困窘，不久病倒，于1960年告别人世。从此，我就寄养在我二叔家。随着四个堂妹堂弟的相继出生，婶娘的中风，祖母的瘫痪，全家七八口人只靠二叔一人做苦力挣点钱，生活上，那日子过得真是困窘艰辛，苦不堪言。我小学四年级后“文革”开始，学习上，常年是政治挂帅，以读《语录》、“老三篇”为主，枯燥单调。幸好初高中时有过两回“复课闹革命”，还正经地上过两三年课，让我实实在在地学到了一些知识。可政治上，我一直遭受歧视，连加入“红小兵”“红卫兵”这样的群众组织都比一般人难上许多，这些都在我的心灵上留下了深深的烙印。

好在当时中小学读书不花什么钱，学校还有一点对困难人家的补贴。好不容易熬到1974年，我高中毕业了。因是独子，按当时的有关政策，不用下乡务农，可以留城分配工作。在家待分配的时光，做家务之外，邻居同学玩伴间相互传借些能找到的有限的课外书看看以打发无聊时光。当时住家的马路对面，原是区税务局小院，“文革”中荒废了，办公楼变成了宿舍，迎街的一排平房成了杂物仓库。一日，邻居发小悄悄相告，说那排平房中有一个房间里面堆着很多以前抄家抄来的书。哥几个一听，眼睛发亮，趁风高月黑之夜，溜进小院，破窗而入，打着电筒，各寻所好。我虽生性胆小，也经不住诱惑，“盗”得几本好书而归。其中就有我一直想看而不得的《百家姓》《唐诗三百首》，还有一本《论语批注》（这几本书，我一直珍藏至今）。《论语批注》虽是北京大学哲学系70级工农兵学员为批判该书而编写的，可是却让我看到了《论语》的原文真面目。盗书回家后很是惶恐了些日子，但一直也没人查问，只是那屋子被加固了门窗，后来听说那一屋子书都当废纸处理送造纸厂了。大伙“盗”回的书，多半是小说，如《红岩》《青春之歌》《野火春风斗古城》之类，我们甚是入迷，争相传阅，也丰富了当时的业余文化生活。

经过大半年的等待，1975年3月5日，我被分配到南京市建邺区建筑工程公司二队干木工。这里的木工，俗称“大木”，有别于做家具的“小木”和做桶、盆的“圆木”。“大木”即盖房子的木工，原来主要是架房梁、做门窗，但在我们那时的建筑公司，木工活的重点是“扎壳子板”，即制作供浇灌钢筋混凝土圈梁、房顶、阳台用的木模板。我们经常要两人一组站在那几米高、刚砌好的、摇摇欲坠的砖墙上，靠人力用绳索把那5厘米厚、几十厘米宽、几米长的木制模板拉上墙顶固定好。随着楼层的上升，墙顶离地面的高度也在不断提高，干那活的苦、累、恐惧、危险，到今天我回想起来都有点胆战心惊，不寒而栗。

那时我戴着眼镜，身体也较瘦弱，干这种重体力活时老是力不从心，磕磕碰碰的，常有工伤。我的师傅和同事有时体恤我，尽量让我做些轻活，我也主动揽起他们不喜欢做的事，比如政治学习时读报纸，干活休息时给大伙倒水泡茶，帮老师傅们写读家信等。

因家父的政治问题，一直压得我抬不起头来，使我无论是在学校读书还是在单位工作时，都比一般人要胆小谨慎，且努力上进，积极地向组织靠拢，积极参加各项政治活动，以求不被另眼相看。当时工程队、公司的领导见我还挺积极热心，又能写能说，遇有政治宣传活动或文艺会演活动时，就会把我和一些能写能说会唱会跳的青年职工抽调集中起来，写文章，编节目，参加公司区里市里的会演比赛。我当时写的歌词、对口词、相声、南京白话等，在区里、市里都获过奖，其中还有两个南京白话节目，曾被市文化宫选中，参加全市巡演，让我与搭档张某在南京的好些剧场影院公园的舞台上都露过一阵脸。当然，这些作品的内容都是为当时的政治服务的，诸如笔伐“四人帮”、歌颂华国锋等；我曾批判痛击过邓小平的“右倾翻案风”，也曾欢呼拥护过邓小平的复出。

细想起来，我在建邺区建筑工程公司待了近4年，其间虽断断续续地有好些时日被临时抽调到公司宣传队、区文化馆耍笔杆子玩嘴皮子，但还是有一大半时间是随工程队在不同的建筑工地上卖苦力扛重活的。我好想改变这种状况，换一份适合自己的差事，可在当时，像我这样的家庭背景，哪有可能呢？只能望洋兴叹！

时至1977年国庆节前的某一天，我刚下班回来，原来的高中班主任，年过半百的教地理的徐炳南老师突然来到我家，告诉我国家就要恢复高考了，叫我好好准备考大学！我真想彻底离开建筑公司啊！看来只能走这一条路了。但我已有三四年没摸过教科书了。徐老师说，别怕，凭你的基础，我们两口子再帮你复习复习，应该没问题。就这样，我白天上班干活，晚上得空去老师家，徐老师帮我复习语文地理，她爱人在另一所中学当老师，帮我复习政治、历史，全是无偿的！数学我就对付着自学了，好歹中学时我当过八个学期的数学课代表，稍微有点基础吧。

也许你要奇怪，徐老师夫妇怎会如此帮我呢？说来话长，这我首先得感谢我那老祖母！我上初中时，徐老师因是印尼归国华侨而被诬为女特务，关押在学校一间办公室反省，由“红卫兵”两个一班轮流看守，每天仅供应几个馒头一瓶开水。那时的学生批斗老师是司空见惯的。可我那大字不识、瘫在床上的奶奶拿着床边的拐杖警告过我，如果我要打骂老师，她非敲断我的腿不可！轮到我去值班看管徐老师时，奶奶总要给我五分钱，让我买两块酥烧饼带去悄悄塞给徐老师。就这样，徐老师记住了我。真是善有善报！以后我读高中时，碰巧徐老师做我的班主任，我们接触多了，了解多了，相互感情也加深了。徐老师对我的关怀帮助，我没齿难忘！

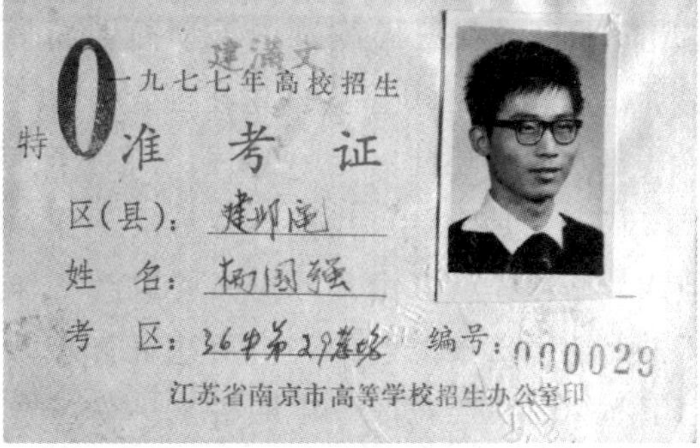

杨国强1977年高考准考证

匆忙参加了1977年高考后，一直是泥牛入海无消息。后来辗转托一个在区里任职员的邻居施阿姨查询，方知我成绩是勉强够了，却因家父的问题尚未解决，政审不合格！我没能被录取。我非常沮丧失望，怎么我老跳不出这个圈子，挥不去这层阴影呢?！不过我又纳闷，报考填表时，为避免父亲问题给我带来麻烦，我就在父亲姓名、家庭出身栏，按从我 4 岁始养我长大的叔父的名字、身份填的，他可是货真价实的“工人阶级”啊！怎么还是政审不合格呢?

多少年后一个偶然的机会，我看到了我的全部档案，里面有一张当年单位唐姓书记在我报名高考时写的政审意见，他倒是写了一堆我的优点，但其中有一句“能与其反革命父亲划清界限”！呵，我这才找到了问题的答案。原来那年轻的处在仕途上升期的书记为了他的政绩，不想让我这招之即来，来之能用，用过拉倒的“笔杆子”“嘴皮子”飞走，他用表扬我的口吻点出了我的家庭出身。心机啊！刀笔啊！

77 年高考名落孙山后，我敬爱的徐老师安慰我，鼓励我，让我别灰心，继续努力，下年再考！不信国家永远会这样！

在徐老师夫妇的鼓励辅导下，在班组师傅的暗中帮助下，我白天在工地上尽可能偷空看些书，晚上在借住的邻居家一个四面透亮、破烂不堪的小阁楼里挑灯夜战，我写了张七个字的小纸条，贴在我自己用边角料做的课桌上，“不达目的誓不休”！尤在临考前的个把星期，时逢盛夏，我也不去上班了。每天一早买半斤最便宜但耐饿的炝大饼，拎上一瓶水，钻进那蒸笼般的小阁楼里，只穿着条裤衩埋头苦读一整天，晚上回家吃饭时，浑身上下就像刚从水里捞出来的。就这样，夜以继日地拼搏了几个月，我又参加了 1978 年 7 月 20 日—22 日的高考。

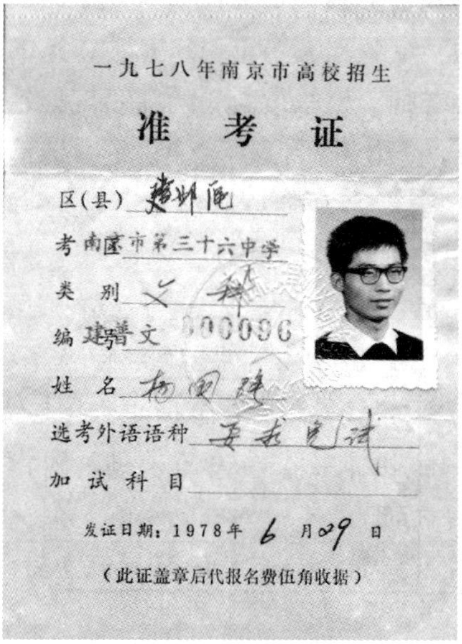
一九七八年南京市高校招生
准 考 证
区(县)
考场 市第三十六中学
类别 文科
编号 000096
姓名 杨国强
选考外语语种
加试科目
发证日期：1978年 6 月 29 日
（此证盖章后代报名费伍角收据）

杨国强 1978 年高考准考证

那时，我已经熬过三年学徒期满师了，每月工资 30 多元。这在当年，对于一般人家都还能算是一笔钱，而对于我二叔家更是重要！我好不容易能工作挣钱，贴补一点家用，可我又要放弃工作去上学！二叔他们的心情可想而知。为了不给因我要离职上学而失去一份工资收入的二叔再增加经济压力，也受徐老师的影响，并结合我那几年的擅长，我毫不犹豫地第一志愿就选报了南京师范学院中文系。

8月10日公布成绩，我5门课（外语未考）总分365分。分数应该是没问题了，但政审呢？心里没底。考后还要继续上班，我一直忐忑不安地等着。9月20日晚，考后两个月了，依然没消息，心急如焚，信手翻阅一摞复习题稿，思绪万千，提笔写了一首“无题”。

凝眉纵忆平生贱，览稿依稀记从前。
黑夜漫长堪寂寞，盼听金鸡报新天。

10月6日，我终于接到了南京师范学院的录取通知书！后来我得知，是邓小平的英明决策，抛开家庭出身，重在本人的政治表现，才让我等“可以教育好的子女”有了读大学的机会。我打心眼里感激“邓大人”，感激华主席。

当年我所在的建邺区建筑工程公司，近2000名职工，考走了4人。除我以外，一个进了南大数学系，后来定居美国；一个进了南京教师进修学院，后来当了南京市教育局长；还有一个进了晓庄师范。

那些日子，我奔走相告，谢恩师，会亲友，开心、激动，感慨万分，即兴写过几首小诗。

歌伯乐

金风劲扫迷瘴退，伯乐神凝正是非。
北群纵览分优劣，烂竽巧笙今相违。

酬夙愿

十载寒窗怨漫有，四年碌尘泪如水。
千日雨打湿羽翅，一旦日出沐复飞。

感新生

恩师挚友忠言遗，业贵恒勤灌耳雷。
返顾般般崎岖路，倍觉华邓殊人伟。

10月18日，我只身骑车来到随园报到。开始了我的求学之路，揭开了我人生的新篇章。

在南师四年，我有幸得到了诸多名师的教诲，开阔了眼界，丰富了知识，受到了很好的专业熏陶，提高了专业水平。之前，我很喜欢自以为是地写一些七律七绝，还经常发布在公司的墙报、内部刊物乃至报纸上。在学了古代律诗绝句的规则后，方知其中平仄对仗等种种的讲究，我再也不敢动辄就把自己凑的七字八句称之为“七律”了。

同时，鉴于家父的教训，为不再重蹈家破人亡的覆辙，我尽力避开文学写作、文学评论等容易招惹是非的领域，而把学习重点放在了语言文字方面。我的毕业论文就是《〈论语〉中语助词的连用探微》，由张芷老先生指导的。

在南师四年，我有幸结识了诸多学识丰富的同窗，感受了不少同学的关怀爱护、帮助。班上的王安刚同学，现役军官，也能与我等平民子弟融洽相处。他那一口地道的京腔，在我们学习现代汉语、普通话的过程中，有着得天独厚的优势。我们同组，他有意无意地给满嘴南京话的我帮助不小。南京话里没有后鼻音，“an”“ang”不分，他曾龇牙咧嘴地拉长声音让我牢牢地记住了吐“痰”和吃“糖”的区别。南京话里好多字词的读音与普通话迥异。记得有一次，老师布置我们各人分析一篇伤痕文学作品，分小组讨论。我找了一篇杂志上刚发表的短篇小说《坟墓》，讨论时，我刚报出小说名，就遭到了大伙的质疑，啥名？我说，“坟 mò”啊。王同学把杂志拿过去一看，告诉我，嘿，不是“坟 mò”！应是“坟 mù”！虽说当时有些许尴尬，但让我又弄清了一个字的正确读法。

还有印象特深的李黎红同学，班上的团支书，她对我的入团问题非常关注。说实话，我原来在单位那么努力过，共青团的大门都没能对我这个“黑五类子女”敞开，我已灰心了。上大学后，我专心读书，对入团事，也不多想。当时班上年轻同学里非团员应该寥寥无几。承蒙李书记主动找我谈话，让我“放下身上背负的沉重的十字架”，这给了我心灵上极大的安慰（以前在单位可都是我觍着脸围着组织转，书记就是高我一等的权势人物），这忽如清风扑面，我顿觉耳目一新，我鼓起勇气申请，很快投入了团组织的怀抱。

在南师四年，我有幸经历了太多值得回忆的往事。刚入学时，由于校舍紧张，南京城区的同学基本上走读。我每天骑着辆破旧的大桥牌自行车，从新街口石鼓路经五台山大坡过随家仓，准时赶到学校上课。放学后常与张年安、王宝淮两位老兄一道骑车回家。一路上，高谈阔论，欢声笑语，妙趣横生。

住校后，我基本上靠国家发的十几元助学金生活。学校食堂里给我印象最深的伙食是馒头就豆腐乳。那馒头，在我四年的南师读书生涯中，经常是我的早餐、晚餐，真是吃得够够的，以至于毕业后至今，我都不想再吃馒头！记得当年最奢侈最惬意的是在冬天临考试前，我与同窗王宝淮在中文系大楼的夜猫子教室复习到深夜甚至凌晨三四点钟，饥寒交加，于是翻过围墙，到那靠近华水（今河海大学）大门的街边小摊上，花上一角三分钱，买一碗热乎乎的馄饨，加上几滴辣油，驱寒饱腹后，再翻墙进校溜进寝室睡觉。

四年的南师生活结束后，我被分配到江苏省外经贸厅下辖的江苏省外贸学校、江苏外贸职工大学工作。1983 年家父的问题也得以解决，后退休回宁颐养天年。为报答“邓大人”，效仿徐恩师，不负南师的声名，我努力工作，全身心忘我地投入到教学中，深受学生爱戴、领导好评，多年被评为学校的优秀教师、先进工作者。1986 年 6 月我被批准加入了中国共产党。

在省外贸学校、外贸职大工作期间，我除了校长一职没干过外，其他各部门我基本都转过一圈，当过基础课教研室主任、团委副书记、干部培训部主任、教务处主任、校办公司总经理、后勤管理办公室主任，等等。但我始终不忘我的初心——当老师、上讲台、教好课。曾经，在南京逸仙桥口岸大楼办公的外经贸部驻华东办事处欲从江苏省经贸厅下辖单位选调一个秘书，条件是：男、35 岁左右，中共党员、中文系本科毕业、现职正科以上。那年头，在本省外贸系统，外语、外贸专业的毕业生云集，可中文系本科毕业的还真不多。而全部条件都符合要求的只有我一个！我舍不得终止我的教师生涯，我更喜欢教书先生的平凡淡泊，在纠结中熬到快去报到的前几天，我实地打探考察了一下，越发感觉到那工作不适合我！于是，我向省经贸厅领导、学校领导再三恳求，还是留在了学校。

学校里教学行政双肩挑的工作不仅很累，也经常会相互牵制，顾此失彼。尤其是我在担任校办公司总经理和后勤管理办公室主任时经历的一些事，更让我坚定了完全脱离行政管理工作的决心。生意场上的唯利是图，这与我在南师所读古圣贤书不合；亲友下岗后频频找我谋求工作，这又着实让我屡屡犯难；工程队老板削尖脑袋、不择手段、拐弯抹角地寻上门来求包工程，更令我及家人不胜其烦，时时如履薄冰。特别是徐恩师女儿大学毕业刚在银行寻得工作，按银行要求，新人实习期必须要外联三个月存款 40 万，否则影响转正。徐老师自我上大学后从未找过我任何事，那次估计是实在没辙了，在她早年的一个学生、我五中的学长，也是我当时的一个部下老张的引领下，找到了我家请我帮忙。虽然当时学校的基建、财务都归属后管办，而我就是后管办的一把手，可谨慎的我却没法答应她。望着恩师失落而去的背影，我的心里五味杂陈，备受煎熬，为此，我一直都深感内疚。此后也没能有合适机会加以解释，今借此文祈求恩师在天之灵原谅学生的无能、无奈！

这事给我的影响很大。也许，自打进南师起，我就注定是块教书的料，我这辈子就是个站讲台的命！经我多次请求，1995 年我如愿以偿，辞去了学校所有的行政职务，到经贸系去当专职教师。虽然我常年在外贸院校工作，教过外贸应用文写作课，开过中国外贸发展、政策等讲座，对外贸专业有一定了解，但要真正教好相关专业课，不误人子弟，那就要好好充电了。因此，我报考了南京大学商学院，又去当了两年学生，攻读国际经济贸易专业的研究生课程。后又受公派赴加拿大进修业务。1999 年我正式进入南京理工大学后，一直都踏踏实实地从事外经贸专业的教学研究工作，直至 2016 年年初退休。

中华人民共和国的发展，可以 1978 年改革开放为界，分成截然不同的两个阶段；我的命运和人生遭遇，也可以 1978 年高考为界，分为迥然不同的两段。前后相比，恍若两个世界。

作者小传

杨国强，1956 年 4 月生于上海市虹口区，1960 年迁居南京二叔家。1974 年 7 月南京市第五中学高中毕业。1975 年 3 月，分配到南京市建邺区建筑工程公司工作。1978 年 10 月考入南京师范学院中文系，1982 年 7 月毕业，分配至江苏省外经贸厅所属江苏省外贸学校、江苏外贸职工大学工作。1986 年 6 月加入中国共产党。1997 年 9 月—1999 年 7 月在南京大学商学院攻读国际经济贸易专业研究生课程，毕业后进入南京理工大学任教，2016 年退休。（文首肖像摄于 1978 年）

七七八八话高考

李健生

我的1978年高考，是下放农村9年的学习和劳动生活造就的。如果没有随父母下放，也可能就不会有我的高考。

1969年12月28日，我全家从阊门坐船离开苏州，下放苏北盐城，如同600多年前明洪武年间的大移民，数十万江南百姓自苏州阊门迁移到苏北江淮地区一样。1970年元月一日到达落户地苏北盐城尚庄公社新塘大队。父母成了大队的医生，我还在上学。600年前的背井离乡者，至今仍有人回阊门寻根问祖。而那时随父母下放的我，自然放不下对苏州故乡的思念，仍然抱存着返回故土老家的希望。

那年，我14岁，已经是初二学生，但实际上也就是小学四年级文化程度。因为1966年，我读小学四年级时就开始了“文化大革命”，此后，停课闹革命，老师被批判。学生不用上课、作业、考试也可以每年自动升级，当然也就说不上学习到了什么知识。

与城里的教育歪鼻子瞎眼相比较，苏北农村的教育就显得眉清目秀了，大队办的小学，有个“戴帽”初中班。“越有知识越反动”“读书无用论”的观念尚没有完全毒化质朴的农民，他们还存着尊师重教的风俗。老师是从自己村或别的村的初高中毕业生中选出来的，工资由县里出的称为民办教师，工资或工分由公社或大队出的叫代课老师。代课老师制度是当年农村教育资源不足时的最实在的补救办法。

到了村校，按成绩，我这个城里的初二学生，只能够留级上初一。开学没多久，因为我数学考了个9分，在班上垫底，就受到了班主任张汉龙的关注。

张汉龙是我村小学“戴帽”初中班的代课老师，一个由外村派来的二十五六岁的年轻人，中山装，人民帽，四方脸，大眼睛，很壮实的中等个子。他就住在学校办公室，每周回家去一次。张老师以为我这城里来的学习成绩应该比农村的学生好，但我的一塌糊涂的成绩让他很好奇，因此来我家家访，并由此确定每天放学后帮我补课。那绝对不是今天的社会教育机构那样，而是真诚的，无偿的，用心的（他是我生命中的贵人，再次感谢他）。由于张老师的真诚付出，加之父母也高声念着“千年万年，读书不变”，自己也期望能够多学知识来改变自己，因此我学习很努力，一个学期后，各科成绩都跟上来了，并开始了我的自觉学习的生活。如果没有张老师，也就不会有我的高考，是他让我走上了读书道。

之后升高中，高中是在公社片区办的学校，老师基本是师范和其他院校下放的知青和回乡的知识青年。那些年青的老师，曾经直接地对我说过，如果他们不是成绩好，基本不会被安排做教师，而是直接到生产队务农。这让我更加感觉到，如果不好好念书，没有知识，真的只能干体力劳动，因此我学习上还算用功。毕竟是知识不吃香的年代，老师教学虽然很认真，但对学生的成绩却并不太在意，而是更喜欢与学生一起打球、玩耍。记得一次语文考试，我还在认真检查考卷，当时的英语老师和数学老师（也都是二十多岁的年轻人）就在教室窗外示意我快交卷出来，我不知啥事，就匆匆交了考卷。出考场后才知道，是那几个有空没事的老师在叫同学摔跤着玩，老师都是年轻人，师生关系很融洽，对学习的要求上就没有那么严格。

高中的时光太匆匆，在那里，最重要的是我体会到了学习的快乐，友谊的珍贵。

任何时代，个人的命运是与国家、与社会紧紧相关的。我们的那个时代，大多数个人对自己的命运是无法去改变的。

高中毕业了。多年来，下放户和知青们还在不断传着那些回城的小道消息，但国家根本没有让他们回城的实际动作。大家感觉回城的希望是那么虚幻，因此一些下放户和知青也开始调整生活的态度与方式。我也不例外。

刚到盐城时，正值天寒地冻时节，眼见的是一片凄凉寒冷、白霜皑皑之地，传说中的苏北是那样的穷荒落后，而我们全家就要在这无亲无靠的地方生活，我不由得感到一种孤独。尽管我是在校读书的学生，没有承担家庭生计的压力，但农村的生活与城里截然不同。每天放学后，农忙时，寒暑假，我们都要忙家里的或生产队的农活。经过四个春夏秋冬，在日复一日的养猪种菜、读书劳动中，我已经与村里人都熟悉了，大家是那么热情包容，教会了我们怎么饲养鸡鸭猪羊，怎么种植禾麦果蔬，我看到了这块土地所蕴藏的生命力与无穷变化。那是一片美丽肥沃的土地，那是富饶的里下河平原鱼米之乡，出产金黄的稻谷，麦子，雪白的棉花，种植碧绿的油菜，还有梨、桃、苹果、葡萄等果树；纵横的河湖里有鱼、虾、蚌、蟹。大自然无私的馈赠养育着人们，我对农村的认识和感情也有了变化，心理上也渐渐认同，成为真正生活在这土地上的一员，我开始热爱这片土地。

高中毕业后，我以参加生产队劳动为主，也跟着父母学习点医学知识，帮着应付一些农村的常见病，还到大队的小学校代课，教小学五年级语文，给初一教化学，有时间就看书学习。正好是“批林批孔”运动，为了供批判用，国家出版了好多古籍书。“文革”时候，古书是很难看到了，老百姓家的古书绝大多数在“文革”初期“破四旧”时都被当作“封资修”的东西，一把火烧了。现在又有古书籍出版了，我带着好奇心与求知的欲望，读了一些古书，如被封为“法家”的《韩非子》《荀子》等等，无意中也提高了自己的语文水平。

当年读那些古文，没有古文的基础，虽然有注释译文，也还是有不理解的地方。于是我就去请教村头茅屋中独居的，银须古貌的三爹爹，他是村里顾家大姓的一个长辈，读过私塾的，据说能背很多古文，常与别人讲故事，如诸葛亮的无所不知的智慧，陶渊明的挂冠归隐的潇洒等等，我常去他那里，很佩服他，自然受到他的一些影响。三爹爹的居所，屋侧临水，篱笆菜园，门前板桥，桥下水流，荇菜摇曳，小鱼优游。河边高低几块石条，作洗衣取水之台阶，屋后小块竹林，几只鸡鸭溜达刨食其间，特别有那种人与自然相依相融的状态。屋内小窗明暗，窗下一破桌，曾听他扶桌而背古书，乡土口音，似歌似诉，抑扬有致，节韵悠长，或得意而晃脑，或畅情而蹈足，唱完我也没听懂几句，后来他说吟唱的是陶渊明的《归去来兮辞》，以前读书都是唱的。

对于三爹爹，我甚慕其超然尘外的风度，由此甚慕无所不知的诸葛亮，甚慕啸傲江湖的陶渊明，而后我高考转考文科，也许有他对我的悄悄的影响力吧。

一边是安下心来过好农村的生活，一边是回城的希望还在忽明忽暗中摇曳。如果能够回城，我仍然向往，毕竟城里的机会对年轻人来说太诱惑人了。

记得1974年夏天双抢农忙的一天，我参加生产队集体劳动。一起劳动休息时说笑着，一个姓沈的老头，因在家排行老四，大家都叫他沈四子，他有一对闪着精明亮光的小眼睛。按他自叙，是正宗的贫农——赤贫，上无片瓦，下无立锥之地，新中国成立前只能背井离乡，到上海讨生活。在上海的几年，对三教九流，也学得一二手。说起算命拆字，那更是他的拿手好戏。正值“文化大革命”时期，绝对破除封建迷信，如果你还要说什么封建迷信的东西，那可是十分危险的。但既然在一块地里劳动，喝的是一只壶里的凉茶，大家都是同样的身份，贫下中农自然也不会为那点封建迷信要告发他，且大家对那些东西还真有点相信和好奇。再者，一个生产队的基本也都是一个家族的人或沾亲带故的，谁会出卖家里人呢？因此，他开始“露一手”了，帮大家拆字算命。轮到我了，他让我说个字，并郑重关照，不要思考，要自然而然脱口而出的那个字。我说了个“庆”字，问何时能够离开农村，当时他神情严肃地眨巴着小眼睛，思索一会儿，认真地说道：应该是1978年你会离开农村了。真的吗？听了这个话，大家哈哈大笑，旁边的人打趣沈老头说，你干吗不说远点，说个十年八年的，反正日子久了谁知道呀。我是既怀疑其无所依据的胡说，内心又期待着这个预言能够成真，因此也就将这事存于心里，盼望着1978年的变化。

每年都有回城的消息，下放户在打听，知青在传言。自1976年打倒“四人帮”后，这样的消息更多了，似乎国家正在酝酿着新的政策，大家也充满了新的希望。

1977年国家恢复已经停止了10年的全国高等院校招生考试，消息传来，社会上掀起了一股学习报考的热潮，我也自然被这热潮推进了高考的路途。以我来说，1974年高中毕业，到1977年恢复高考，中间隔的这三年多，我没再看过数理化，那一年高考分文科、理科，有初试。语文、数学是文理科的共同必考课，我报名的是理科，从通知报名到考试，匆忙的时间来不及认真复习。考场出来后，觉得考得特别差，因此没能指望进入复试，心情松弛之时，竟然收到了参加复试的通知，一下子就冒汗了，心情紧张得头昏，根本无法进入学习的状态。考前的几天，我就神情木木地到公社集中复习，到县城参加复试，自然是名落孙山。考试结束后，我才静下心来。分析了这次考试的情况，感觉到语文考得相对还比较好，于是我对1978年高考的专业选择了考文科，因为这几年读古书，对文科比较有感觉。

过了1978年的元旦，很快就到2月份的春节。生产队又开始与往年一样的各种杀猪分肉的热闹，接着是年初头上的婚嫁做寿的宴集，走亲访友的聚会。

我父母是村上的医生，当然会有各家乡亲的邀请。同一天请的人多了，分不开身，我就会代表父母赴宴。席间，乡亲们自然少不了对我复习考学的关心，句句鼓励，殷殷期待，给了我很多感动与激励。

春节刚过不久，春耕农忙就又开始了，水稻的整地育秧，小麦的拔节施肥……我在村学校当代课老师，相对有点空，可以复习备考，唯生产队人手不够，队长还会叫我下地去。一天，正在田里干活，我高中的老师打电话至大队部，让我去学校取他们编的高考复习资料，接电话的大队部通信员知道我在田里干活，就亲自到四五公里外跑了一趟，大汗淋漓地帮我将资料取了回来。

考文科的复习已经不再是数理化那样做习题为主了，而是需要背诵记忆那些史地知识。村上要参加高考的三个同学，常会聚在一起复习，相互背诵。晚上看书，点的是煤油灯，个把时辰下来，就会被煤烟熏得鼻孔里乌黑黑的。一次，三个小伙伴比拼谁更能够熬夜。煤油灯点到了十一点多就没油了，大家就在黑漆漆的屋里傻乎乎地耗着。到下半夜，更是累得不行，但谁也不愿认输，死扛硬顶。直到天快亮了，大家相互看到了被煤油烟熏得脏兮兮的脸和疲倦憔悴的神情，这才各自回家睡觉去。

备考复习的紧张严肃，乡亲师友的热心相助，学习竞赛的单纯真诚，构成了我高考的温馨回忆。

1978 年再考。我终于被南京师范学院中文系录取了，村上的乡亲们都为我高兴，到我家祝贺。终于是要离开农村了，终于进城了。可我却并没有那么兴奋，当年告别苏州故乡时的那种别离情，又酸酸地一阵阵涌上心头，湿润我的眼睛。沈四子 4 年前的预言成真了。大家都不会想起当年那个拆字的预言，然而我肯定不会忘记。

回顾下放农村的生活和学习时光，真心怀念质朴的农民与美丽的乡野，他们教给了我生产生活知识，培养了我的学习能力；从中得到的田园生活感受，增加了我对那些古代文化所描述的生活与情感的更贴切理解。是那片土地养育了我，那里的百姓培养了我，才使我能够有可能参加那场史无前例的高考。

作者小传

李健生，1956 年 6 月生，江苏苏州人。1969 年 12 月随父母下放至苏北盐城尚庄公社新塘大队。1972 年尚庄公社新塘学校初中毕业，1974 年尚社公社北堡高中毕业。同年回村务农。1978 年考入南京师范学院中文系，1982 年毕业分配至无锡市塘南中学任教，1986 年调至无锡市教育科学研究所教育科研工作。1992 年从教科所离职到中国民航客货代理公司江苏营业部（无锡），1996 年至无锡安保化工染料公司工作，2016 年退休。（文首肖像摄于 1982 年）

逝去已久的日子

魏　学

感谢2018年10月（南京师范学院中文系78级2班入学40周年）聚会的创意，让我倾心静思，朝花夕拾。颠倒两句最喜欢的诗句来切合我此刻的心思："昔我往矣，雨雪霏霏；今我来思，杨柳依依。"我的人生恰如时逢的秋季，天高云淡，南雁北归。这是一个收获的时季，也适合在明净的秋水里，倒映我们过往经历中最理想的时节。作为我们这一代人人生里面最重要的转圜，40年前的高考生活刹那若箭，晃眼云烟。不妨借几句宋人姜夔的诗来表达我落笔时的充实和愉悦，"自作新词韵最娇，小红低唱我吹箫。曲终过尽松陵路，回首烟波十四桥"。

一、 青涩时光

早在前"探索"时期，我祖父和父亲的公职就已经先后被组织"单开"（因为他俩都不是组织同志，所以就减少了组织上另外一道程序的麻烦）。

祖父自己知道的是，因为"右派分子"一帽，在1957年从省血防研究所被开除回籍；他自己并不知道的是，在"地富反坏右"总共"五类分子"当中，他一人就占了仨。他还暗地里被悄悄戴上了"地主分子"和"历史反革命分子"的另外两顶"帽子"——这件事一直到1978年年底，他被摘除"右派分子"帽子的时候他自己才一并知道，不由得冷汗如雨，这是后话。

父亲的被“单开”是因为他的不谙世事，缺少心眼。

原来在县城一家医院工作的父亲，因为看不惯他们院长大白天就喜欢强拉女护士进院长室并且关门落锁，而后不但有瓜不吃，却反而饶舌多嘴，时有“妄议院方”的嫌疑，浑忘记自己的父亲在政治和组织上的遭遇，所以就重蹈覆辙——和他父亲略有不同的是，他的公职倒不是被单位开除，而是出于他自己“此处不留爷”的三尺豪情，主动走上了这条路。

后来他们父子两家之所以没有被饿死，那是因为他们都是医生，这就应了古人说的“荒年饿不死手艺人”了。

他们的人生不慎，直接让我在幼小的生命之旅中，遭逢了若干的生涩和坚硬。

1966年，适逢“探索”初始，10岁的我，就在兴化实验小学四年级的某一个班里成为全学校唯一被批斗的学生对象，有幸做了国家主席刘少奇同志的“另一头”——那时候在被呼喊要“打倒”的序列里面，邓小平是第二，邓陶之后就是彭陆罗杨，下面急转江苏和地方的就是江渭清（省委书记）、胡宏（扬州地区书记）和殷炳山（我们兴化县委书记），在这个政治生物的链条上，少奇主席同志在最上头，我有幸忝列最下头，算得上“叨陪末席”。

这样，几年前父亲的悲剧又在我的身上重演，不等他们开除，我就自我流放到母亲工作的所在地——兴化南乡的周庄去了。

周庄小镇地处苏中卤汀河中游的东岸，大致坐落在泰州和兴化水路的中间位置。

和共和国所有的百姓一样，小镇的人们一个个真正是一等一的忠厚善良，可惜他们中的一些小孩不在其列。

只要街上出现了反动标语，承蒙镇上头儿们挂记，出于时兴的“成分论”的理论依据，他们第一个就会想起我，招我到空的地方，拿出纸和笔，让我书写两句话，一个是“打倒刘少奇”，另一个则是“毛主席万岁”——等我离开后，他们会将前一句的“打倒”和后一句里面提到的人拼起来看，看那个“反动标语”是不是我的作为。

初中时候的某年日月，我不知怎的鬼使神差，一时兴起，剃了一个光头，自然诱发起班里面来自街（镇）上的许多男同学磨砺他们各自巴掌的欲望。于是每天上下午两次我到班的时候，教室内外就会响起“噼噼啪啪”的，他们巴掌和我的头颅发生物理碰撞的清脆响声。我习惯了，不觉得有什么特别的痛感，反而默默感念起农民和他们孩子（农村同学）的善良和仁慈。

一次，一位其实也是老实巴交的、白白净净的镇上同学来迟了一点，没有赶上大家伙儿对我齐聚的肌肤亲密行为，本来已经坐下了，可是他忽然想起，今天到班好像忘记了一道什么正常的程序，心里不甘，于是他重新起身，走到我的身边，含着淡淡而又麻木的冷笑惯性地在我后脑勺扇了两下。

那一天，可能是我凡心未泯，临时失去了理性，浑忘却古人有关“隐忍”和“恕”的教诲，就下意识反手回击了他一下——我的还手纯属狗急跳墙，力道上基本属于象征性，可是却害得我的这位同学趴伏在课桌上，脑袋深埋在两个臂弯里面，上半身抽搐着颤动着，满怀委屈哭泣了整整一个小半天。我深深地理解他，那天，最让他痛苦伤心和不能够理解的绝不是他肉体上轻微的疼痛，而是一个巨大的天问：“平时都弄惯了的，今天他怎么就破坏游戏规则，竟然胆敢还手了呢?”

假如有同学发现我的口袋里面藏有一只西红柿，在友好的索要未遂之后，他们从来都不愠不怒，不强抢，不野蛮，只是上前隔着我的衣服，双手合力使劲一捏，就让那只西红柿在我的衣服口袋里面由固体变成果浆。

原来我狭隘，以为自己是这个世界上最苦的主了，坦白地说，有了这样的际遇，当我后来看到高尔基《童年》的时候，就只翕动了两下鼻子，直接让它一边去了。

在“探索”阶段，每一个人的尊严乃至生命都是渺小的，微不足道的。

相对于农民和他们的孩子（我的农村同学）来说，起码我没有动物生存的物质之忧。所以就某一角度而言，我不仅不是最痛苦的，我还有幸运（中学同学当中，许多农村同学都是单亲家庭，他们的父亲或者母亲大都死于三年困难时期），起码，我没有农村孩子的饥饿交迫之虞。

初中毕业，我不能读高中，在我到镇政府递交上学申请的表格的时候，镇长拒绝接受我的递请，他满带着革命的傲慢对我说，“高中空得很，可就是不让你上!”

其实就世界或者中国秩序和文明的角度来说，我们对于我们自身世界的改变和革新从 1949 年就开始了，到“探索阶段”，类似的敞开和放纵抵达高峰。

那时候上面将学校里面每年夏秋开始的“学年”，生拉硬拽地和自然年份改革，拉郎配地融为一起（因为改来改去，我们的中学阶段一共历时 5 年）。

在“雪花飘飘，北风萧萧”之中，母亲就像戏里的杨白劳和《赤卫队》里韩英她妈一样，满世界呼天抢地，奔走求告。后来还是她们医院里的一位小有名气的上海医生出面，找了镇里的头儿，我才得以再进学堂，继续我高中阶段的学习。

其实，我并不是一个学习特别用功的好学生，只是从来不愿意自我放弃。虽然，在困难面前，我没有看到“光明”，但是我也没有感觉天空除了稍微有一点窒息而外有什么太多的黑暗。我谨记住两条，第一条是，只要自己（的心志）不倒，那就没有什么东西能够打倒你；第二条，不必害怕苦难，也不要害怕“闯祸”。因为当有一天我们老了再回首往事，我们“当年”曾经经历过的每一段挫折、抑郁和悲伤，都只不过是自己一生漫漫长河里一朵小小的浪花，转瞬即逝。

大学时代，我观影无数，唯一舍得买过的黑市电影票，就发生在曙光电影院门口。它坐落在鼓楼广场西北角老“马祥兴”隔壁，当时南京唯一的一家宽银幕影院，那部电影叫作《流浪者》。

这部电影，我一连看了三遍。

今天，那家电影院就和当时社会上的“成分论”一起湮灭，不知所踪。“曙光”不见了，可是我和我们国家的今天乃至可以预见的将来却一片光明。

1972 年，当我进入高中以后，欺负没有了，歧视却仍然存在，那是出自社会和民族思想上被熏陶过后共同的政治理解和惯性思维。之所以没有了来自周围同学的欺负，那是因为我已经在四轨六个年级的周庄中学里面做到了最好，没有“之一”。

那时候农村中学的学生，参加团组织需要经过公社团委批准。学校里面不大踏实，每一次上报请求批准同意入团的名单上，我的名字每每都排在第一位，可惜一直到 1974 年我高中毕业，我的入团申请都没有获得公社团委的“恩准”。

毕业离开学校之前，一位副校长特地找我谈话，代表学校向我表达他们诚挚而又深切的关怀和遗憾之忱，这个时候我好像稍稍长大了，我真的微微一笑，表达了我感激之外的风淡云清。

因为我知道，在我加入共青团的问题上，学校已经竭尽全力，我无可幽怨。

后来，我还真的入了团，那已经是 1981 年我的大三。

在一个春光明媚天晴气好的日子，美丽聪颖的团支部领导们闲来无事，不经意间掐指一算，全班老的老、小的小，芸芸 49 个同学，除了“老三届”早已经过了团龄的，班上就只剩下杨国强同学和我两个“民主人士”仍然处在绕树三匝的境况。这样，在班级团支部关心之下，我和杨同学两人就以相对比较

“古董”的年龄加入了共青团。

其实作为“青年”团组织而言，当时的我们，已经暮气时起，老气盈秋。入团仪式上，新团员个人发表“感言”时，我用两句话向团组织倾诉了自己当时的切身体会，第一句是套话行话，我按例先言不由衷一句，“今天我的心情十分激动”；第二句就自嘲道，“这种激动一如两年前 89 岁的许德珩被批准入党时候的心情一样”。

其实，从高中阶段开始，我就学会了这样的冷幽默。

高中二年级，空军到周庄中学招收飞行员。那应当是政审最严格的一种职业。招飞程序的第一个项目叫作“目测”，就是让候选对象到操场上绕着圈“走两步”，以便空军代表目测候选人的整体形象。班上农村同学胆子小，一个个红头赤脸，推三阻四，不敢上前。校长脸上挂不住了，出于由衷的信任，他一声怒吼，“魏学，你上!”

由于心虚，我想（多了），让我这样家庭出身的人参加招飞，这无异于叫一个嫌疑人犯去参加道德模范经验交流演讲一样，不可思议。于是我一边一瘸一拐，一个人在操场上小丑样溜着，一边努力张望着，试图向谁诉说我内心最肺腑的衷肠。

顾不得一操场像在看猴表演一样在看着我的解放军叔叔和老师同学，从为国家和为军队安全考虑的立场出发，我半嘶哑兼半哀号地提醒道：“校长，你斗胆让我去当空军，就不怕有一天，我驾着飞机叛逃？那样的话，你会坐牢的!”

自 1978 年我考进大学的那一天起，我明白，我已经升级为和大家一样平等的人了，所以也就可以没有顾虑地娶妻生子并且让我的孩子有幸生活在一个呼吸自由、阳光灿烂的世界。

其实，那个时候也是一段值得留记的时光，因为在那个年代毕竟有着许许多多的真情与美好。

比如，五六十年代长春一汽的“红旗”汽车，尽管当时它开起来有点抖豁，但它却是世界上第一辆“无级变速”的汽车，换一个俗名，叫作“自动挡”。

比如，我亲历过农村的“赤脚医生”制度。六七十年代，父亲已经成了一位乡村“赤脚医生”，我曾经多次随他到农民的家里面去出诊——农民耕作辛苦，只要一个口信或者一个电话，不管多远父亲就背起药箱立即上路，用两只脚前往出诊——可能由于他医术的差强人意，他一个人覆盖的人口面积，起码有方圆15里地。

其实，“赤脚医生”作为一个制度，并不是一个简单的名称术语，我用心悟译了一下，其实这个制度和我当时亲历的效果，它的本质就是“农村、农民全体免费医疗保障系统”。

父亲一生坎坷，可是在我眼睛里面，他做“赤脚医生”的那段经历，虽然有辛苦，却是他生命过程里一段最好的时光，既思无邪而又受到农人的欢迎与尊敬。

记忆里有一支歌，它出现在20世纪80年代中期，歌名叫作《让世界充满爱》，歌里唱道，“我们同欢乐，我们同忍受……我们珍存同一样的爱——”这里面“同忍受”三个字，最能够准确而贴切地表现出我们民族的勇毅和坚韧不拔，虽然历尽劫波却每不被压垮，愈久弥坚，自强自励，生生不息。

我极赞成这样一句话，世界上只有一种英雄主义，那就是在看过生活的艰难之后，还能继续热爱生活。

人类所以繁衍生殖、绵延不绝的本身，就说明我们活着，是要一直地向前而不是相反。就像卢森堡说过的那样，“不管发生怎样的事情，都请安静地愉快吧！这就是人生。我们要依样地接受这种人生，勇敢地，大胆地，而且永远地微笑着”。

二、 万物生

在我1974年高中毕业后的两年里，随着一个个神话兼乌托邦的时生时灭，芸芸众生大都渐入迷茫，不知各自未来的命运将往何处去。

祖父1934年毕业于上海的“中国医科大学”，他是“探索阶段”之前我们那唯一的一位具有“高级职称”的人。从1934年毕业回乡到1986年逝去，他一直都是我们那里最好的中医大夫。

一日，他和他的徒弟走在街上，见有一个白铁匠铺子，摊子上有一个小姑娘正用一把木榔头在敲打着一只白铁的簸箕。他的徒弟告诉他，这位小姑娘每天的收入能够达到50块钱以上——这个数字几乎是当时一个老大学毕业生一个月的薪金！

祖父一听，不禁怦然心动，恨不能立马就将“白铁”小女子娶配给他唯一的孙子为妻，这样一来，他孙子物质生活一时三刻，直接就奔了共产主义。碍于面子他又不敢十分造次，于是就想了另外一个“曲线”的法子，直接送我到一家工厂做了一个不拿工资的学徒，那个工种学名叫作“冷作工”，俗名“白铁匠”。

我的师傅姓季，40 岁左右，是冷作车间的车间主任，文化水平大约高小却有着一个文化人常见的“地中海”式的秀顶光发型。理论上他的文化、涵养和见识与祖父相比，应当相差不是三两个层级的问题。但是，他就一条，坚决不教我有关“冷作工”或者白铁匠方面的半点手艺，可能他坚信，我人生格局的结果，不可能就只是以一个白铁匠的身份来了却残生——这位姓季的师傅成了我人生当中第一个可钦可佩的人生老师。

果然，没有多久，在这个世界东方的国度里，翻天覆地的变化翩然而降。

那是一个最好的年代，一个智慧的年代，一个光明的季节和一个希望的春天——冉冉升起我大学之梦的曙光。

1977 年，已经是我正式进入县城郊区一家工厂的第二个年头，工资也已经从学徒工每个月的 15 元增加到每个月的 20 元。但是本着居安思危兼带测试自己人生价值的出发点，我毅然加入高考复习的庞大人群。

最难忘，复习备考时候的我的衣食住行。

衣，每晚基本都在很晚很晚的读书之后，和衣而卧，并且是脚不离地，始终与床呈“T”字形，眯两眯意思一下完事。

所以，那一年夏天，当我高考结束的时候，我的床上还铺着厚达近尺（冬天御寒用）的稻草。

食，当时我父母早就响应号召，将他们自己医疗工作的重点“下放到农村去”了，城里空落落的屋子里就我一个人生活。我忍痛搁置下自己半手的厨艺（小学四五年级我就能够做得差强人意的一日三餐），停止了自炊，每顿就吃三四分钱一枚的小烧饼或者京江脐——那个时候购买它们，好像还需要粮票。

那烧饼和京江脐竟然兼具三种不同的口味：咸、甜和碱。

就着白开水，就是每日的三餐。

所以每逢周日我用餐，都是我的邻居和祖父母（祖父母原是让我去他们家带“伙”的）必不可少的现场参观的项目之一，成为他们眼里一道说不清道不明的怪异风景。

就我对自己这近乎自虐的冷淡和木然的生活方式来说，他们永远不懂，执着或者意志中人，无暇困窘和羞耻。

我只知道，节约的不仅仅是钱，更是时间。

住，一人四间屋和一个大天井。每天晚上下班回来，我会从门缝里伸手出去，从外面将大门锁上，再回到房间，用旧床单密封住窗户，这样屋子里面的灯光就不会外泄。有狐友敲门不理，急得他们在外面哇哇乱叫，“就知道你躲在里面，不跟我们玩，装死哩”——委实“窦娥”了我，我那哪是在装死，那是一种向往美好的，近似追求涅槃的“求生”！

行，工厂不但离家很远，沿途还没有一棵树，片荫皆无。我毅然卖掉了当时社会上非常紧缺的“永久 17”型自行车——这是在自我警醒，假如“你”考不走，就等着一辈子栉风沐雨吧。

1976 年 9 月，我进入扬州地区兴化船厂后的第一件事，就是参加毛泽东主席的追悼会。本来被分配到财务股做会计，后来因为没有请厂子里的一把手吃一顿饭，就直接被放到车间里面做了一年的拉丝工。次年，原来的厂长调走了，于是我就转到厂行政科做了一年的话务员——它给我带来的最大的好处不是工作的相对轻松，而是有夜班。这样对我高考复习的时间安排上来说，就多了许多方便。

复习奔考的日子是单调的，枯燥而艰苦，但是，许多人世的温暖和友爱却让我终生难忘。

一个夏夜，夜好深了，两位同厂的徐姓工友（他们和我一样都在复习迎考的状态中)，发现我动作异样，上前一把强扒开我的裤腰一看，我两个大腿的根部内侧，各有一块长烧饼大小的血肉模糊的红色创口——严重的股癣！我还傻乎乎地舍不得费时去搭理它们。可是两位工友不由分说，一边一个架起我来就直奔医院，急诊求治。

由于治疗及时，我的股癣很快就彻底痊愈。

后来，当年的他们和我一起，在同一时间，都通过考上大学，改变了自己的命运。虽然现在我们都不在同一个城市生活，但是迄今为止，他们都是我最好的朋友。家里面除了我自己是“工人”之外，都是医生。但是我没有一次腐败（那时候，我们生活中根本就没有这个词）地利用过这个便利，打过一张假的“病假条”来方便我的学习，真的也不打——但是，我能够很好地发挥洋溢在自己周边浓郁的医药“基因”，将复习赶考的精气神始终保持在一个最佳的状态。

有一种专治“神经官能症”的糖浆叫作“复方五味子”，在它的使用注意事项里有一条“切勿在晚上睡前服用”，于是，每当夜深人静睡意撩人而自己又想再蹦跶几下的时候，就吞几口这个“五味子”，权充当提神的“咖啡”来喝。

每每在这个时候，我总会阿 Q 般以古人“悬梁刺股”的故事来激励自己。

假如想睡，却担心凌晨起不来床怎么办？

杨子荣说话不够完整，天下事绝不仅仅是难不倒共产党员的问题，但凡国人，它都难不倒！

想稍微睡一会儿，半夜鸡不叫也能够警醒过来，简单，睡前直接往肚子里狂灌生水，一直灌到阻到嗓子眼为止。这样就不怕到时候，那充实丰盈的膀胱不将你从你的下面“提”醒——这样，没有闹钟也可以做到一点都不误事。

但是后来发现这个办法比较野蛮，不科学，因为直到今天，每晚一次以上的起夜，一直都是我觉眠的噩梦与天敌。

朝花夕拾，每揽须过往，小时候的作业或者考试，一直都是喜欢在 60 至 70 分左右孔雀东南，只有小学时一次发着烧，数学作业得了一个“90”，先是看得自己都不大好意思，再后来就“狗窦大开”——笑到不得动。唯有 1978 年的高考还算差强人意。倒不是考分有多高，而是每一门考试我都只耗时 45 分钟。没有复习到的，干坐那也于事无补，于是就故作“潇洒”，立马交卷走人。

考试结果，语文 81 分，历史 86 分，地理 74 分，政治 63 分，数学 49 分，总分 353 分，疑似忝列全班倒数第一，因为我学号的末尾两位数是“99”叨陪末尾，对荣誉的我们班来说，实属狗附骥尾，偷沾光荣。

之所以说我们班是“荣誉”的，是因为在读书的四年当中，我们二班，外表上水平镜面，海不扬波，但是 36 年前，当我们行将毕业离开母校的时候，在全年级四个班级里面，我们二班考取研究生的人数，雄冠四个班级魁首。

我的考分是我一位出身“老三届”的表叔代查的，他到我家报信的时候，简直就是一个满脸春色关不住，半缕涎流出嘴来，原来他考的分数和我比起来，略有一点“一览众山”的意思。后来，他被录取到高邮师范学校两年制戴帽的大专班。

原来那一年参加考试的“老三届”太多了，当时党和国家的领导人天资英纵，高瞻远瞩地觉得，除了特别优秀的“老三届”同学外，未来的大学毕业生也要“年轻化”和正常化，所以就忍痛将“老三届”考生的录取线平地提高了许多……

1978 年 9 月，正是我进入工厂两周年的日子，估计我能够考上并且录取通知就要到了。

犹记当年的复习参考，我从来就没有想过“万一我考不上将怎么办”这个问题。我知道，我的功夫下去了，思想上早就“引刀一快”“破釜沉舟”，头脑里鸣想（响）起来的也只有一曲刘邦的“大风歌”，应该不存在“无花果”的问题。

头一天下午我找到邮局打听，一般省城运往县城的信函包裹是上午10：30分到达县邮局，由于分拣还需要一些时间，所以真正外投就要等到下午了。

第二天下午1：45，我带着几个同厂同考的伙伴，准时来到位于县城中心的县教育局大门口。稍许，期待中的一辆绿色自行车载着邮差往我们这边行驶过来。我们加快脚步，几乎和邮差手里的信函文件等，同时同步赶到教育局办公室。天人相应，一只标注有“南京师范学院”的大信函被打开，一个写有“魏学收”的小信封正如我期盼里的一样，跃入眼帘。

于是我就毫不义气地撇下同来的伙伴，拿着录取通知，一路狂奔回家。

祖母立马摘下她腕上价值110元的广州牌手表，戴到我的手上——要知道，此前，我曾经是他们及他们身边爱屋及乌的追从者（祖父的徒弟）们眼睛里，相当不被待见的末流异类，一只木讷而丑陋的瘦鸭。

再外出的时候，十多年前原来实验小学教过我的老师见到我，眼睛里都是满满灼热、惊奇和爱意的目光。因为她们知道，我考取的南京师范学院是本省培养教师的最高学府，而我的童年曾经那么潦倒、落魄。

当时祖父头上数顶“四类分子”的帽子还三马齐喑，了无声息。自1958年他从省血防研究所被开除公职以来整整20年没有离开过县城半步。这一次，他和祖母一道，特地专程送我来南京报到兼带旅行，小小呼吸了一下省城里面快乐和清新的空气。

就这样，在一千九百七十八个年头第十个月又一十八天的上午，我走进随园，和48个同学一起，度过了在南京师范学院4年我们生命历程里那瞬息而永恒的好时光，那逝去已久的日子。

对于一个普通人家的孩子来说，读大学将使他们由一个没有什么希望的普通人升华成为社会精英；而对我这样家庭出身的人来说，则是从最低等和最底层，梦幻成仙一般升格为一个和大家一样的普通人和平等人。

这样的切肤之痛，普罗大众基本上不容易感同身受。

1978，距离我们高中毕业已经4年。我们周庄中学1974届的高中毕业生，在1978年的高考中，有5个人考上大学。我不知道，这个曾经是她空前的记录，迄今为止，有没有被打破过。

1978，我所在的近千人的工厂，空前绝后地考走了5个人。今天，工厂早就没有了，而我们还在，回忆仍旧温馨。

10年的探索阶段之后，上面做出“恢复（正常）高考”决定的时间是在1977年下半年，它比党做出“改革开放”决定的十一届三中全会的召开，要早了整整一年，也就是说，高考正义的回归，极具前瞻性，纯属党和国家战略方策当中的兵马未动，人才“先行”。它的意义一点都不逊色于1300年前由隋、唐起始的“科举制度”的诞生。

可以说，全国性高考制度（秩序）的恢复和安徽小岗村“家庭联产承包责任制”一起，成为党的十一届三中全会之前两段黄钟大吕一般庄严隆响的序曲。

如果可以用一句歌词来概括我的1978——“那时花开”，面向大海……

三、 我的大学

说起我们大学的生活，浑一个意识深处的“不思量，自难忘”！

首先，我们拥有一群才华横溢、学富五车的老师。无论是年轻力壮、蒸蒸日上的中年精英，还是白发垂髫、享誉海内的大师，他们的谆谆教诲，耳提面命，对我们这些文化营养天生不良的莘莘学子来说，都足以醍醐灌顶，振聋发聩。

在他们为我们打开的帷幔之外，我们才知道，原来，宇宙是那样的辽阔，浩瀚宏远；文明的渊薮是那样厚重，悠久连绵。

我们将永远感谢并铭记着他们，引领我们打开知识的那扇窗。

其次，有幸有一个善解人意、体贴关爱我们的母校和我们的中文系（今天的文学院）。她像母亲一样哺我们以甘甜的乳汁，用她温暖的胸怀体恤并温暖着我们的饥渴和寒意。

记得有一本被誉为欧洲文学史上第一部现实主义巨著的意大利文艺复兴运动杰出代表，人文主义作家乔万尼·薄伽丘的《十日谈》。那个时候，因为乍一看上去，那书里充斥着大量的自然主义性质的直白描述，所以，在我们独特的红色正统的理念上，它还是一本标准的“黄书”。孰是孰非？系里决定让我们自己阅读了解这一作品，来自我辨别，去伪存真，品尝三昧。

当时我们中文系78级一共有4个班199个同学，可是书就那么几本，僧多粥少怎么办？系里想了一个极简单的办法——每个学生占有这本书的阅读时长，限24个小时！

白驹过隙，可是39年前学校和系领导思想上改革开放的意念、决心和对我们信任期盼的殷殷之忱，可昭日月。

50天倏尔匆匆，一转眼40年也过去了，我们班衮衮诸公，估计许多人身上或多或少都会存有这样和那样不尽人意的地方，但是却没有一个人因为看了《十日谈》而变得低级和猥俗。

想当初伟大领袖让下面人阅读原版的《金瓶梅》也只是放手到大军区和省部一级，从这里足以看出当年母校和中文系对我们78级全体同学的信任拳拳的期待和高看。

为了让我们广开眼界，更加多快好省地浸淫在世界文学名著的氛围里，在学校和中文系统一协调运作下——好像绝大多数是在晚上——倒不是特意选择“月黑风高”，而是为白天不影响我们正常的上课学习，我们在班长的带领之下，穿石桥，过小巷——倒不是故作神秘，而是为了抄近路，再一个就是省去了公交的开支，反正三两部影片下来，散场时已经夜深人静，没有了公交，去往一个个部队礼堂（可能当时只有部队里面才方便放映“内部影片”），观摩了大量由世界名著改拍的苏联和欧美电影。

尽管它们大多是黑白的，但是要比今天高科技和什么多少个“D”拍摄的电影精致和深刻许多。

《上尉的女儿》《悭吝人》《哈姆雷特》《警察与小偷》《巴黎圣母院》《悲惨世界》《死魂灵》《静静的顿河》，等等，每一次都起码要连看三部以上。记得还有一部彩色的苏联喜剧片《运虎记》，它讲了在一艘海轮上，一群马戏团笼子里的猛兽逃了出来，搅扰得船上的人们狼奔豕突，惊恐不堪——运虎的人狼狈窘困了，我们紧张的学习生活却得到很好的缓释和调剂……

对于这样的活动，大家不但没有感到疲劳，反而一个个都像饿虎下山，如饥似渴，兴奋不已……彼情彼景，淅淅沥沥，恍若昨天。

于是，在这样的学习氛围里，我们一天天远离了苍白和形单影只，走向充润和丰满。

大学其实也是一个社会，在与同学相处的4年里面，我学到了许多书本上学不到的知识。

比如，在所有女性当中，我原来内心最钦佩北京的那个评剧演员新凤霞，为她在自己丈夫吴祖光遭受冤屈而蒙难的时候，勇敢面对强权威胁，不离不弃，甘苦与共，生死相依。

可是我后来才知道，生活里面，新凤霞那样的伟大女性比比皆是，在我大学同学的母亲当中，她们都不是绝无仅有，形单影只。

她们原来都是来自省城的知识女性，各自都有着即使在今天也都是让人艳羡不已的部门和岗位。但她们在自己的丈夫遭受不幸的关头，都毫不犹豫地离开生活条件优渥的都市，主动要求陪着自己的爱人，要求自我流放，一竿子到底，去到生活条件最为艰苦的边城、乡镇，与爱人相濡以沫，共渡艰辛——我觉得这才是爱情，这才是诗和气节，这才是真正的“人民”。

小时候读鲁迅，最佩服他《故乡》里面的机智少年“闰土”，少时的我也曾经依葫芦画瓢，努力去学着。可是终究也就比女生胆子大了一丁点，敢于抓个蛇剥个蛙什么的。可是在我的同学当中，拜生活所赐，比少年闰土机敏能干的同学真的又何止二三？而且他们当中既有原本生活在农村的，也有原本来自城市的。

我想，这就是生活，可惜我只能够识得而没有“迅哥哥”那样的笔力来形容他们于万一罢了。但是感恩母校，因为给了我这双不笨的，能够辨识善丑真伪眼力的恰恰正是我的大学和我的系！

还记得我在南师的第一个寒假到了，那个时候的大学可能是因为担心学校生活后勤上的麻烦，一般不欢迎学生寒假（春节）或暑假期间留校不归，可是我脑袋上长了一个“脂肪瘤”需要手术，所以就被批准留了下来。

不大的手术是在一墙之隔的省人民医院做的。春节前后的日子寒冷而孤单，有家在南京的同学来看望我，给了我莫大的温馨和安慰。

也有遗憾，由于阴差阳错，那一年的春节我过得比较悲催，当时我身上除了几张饭票（只能够用来打饭）外，菜金一分钱都没有了，宿舍桌子上面两只倒扣的碗下，只有十几粒受潮变软的花生米和几瓣干枯皱皮的醋蒜头——连招待探望者去饭堂吃一顿便饭的条件都阙如。

内心的愧疚虽在，但是同学之间的关切和温暖之忱，却长久不敢忘怀。

就这样，从1978年的某一天开始，在母校和我们中文系温暖的大家庭里面，我和我的同学一天天长大成人……

几年前，我真的做过几次梦，不知怎么的，重新回到母校，再次复读了四年——梦醒来后，甚至在梦里的时候，我都清醒、明白，并且提醒自己，这梦里发生的一切是不可能的，因为我们已然在这里四年过！

现在才恍然，原来这世界上有一种爱叫作“思念”。

如果可以用一句歌词来概括1978—1982年的我的大学——“那些花儿”，她们还在开吗……

四、 离开母校的日子

魏学 1982 年毕业照

大学毕业，我被分配到当时还属镇江地区的高淳县教师进修学校工作。

暑假里，祖父准备让我改去丹阳师范（那个时候高淳的交通闭塞遥远），可是等我们到了镇江地区教育局，人家说，已经有人（我舅舅）将我留定在了同属一个地区的丹徒县，这里滨江，家乡在扬州境，可能是家人考虑到每当“床前明月光”的时候，方便我北望。于是就有了 1982—1984 年间，我在镇江丹徒谏壁中学的任教，兼一个初三毕业班班主任。我以自己实习时的努力和认真，去对待我的工作。有多辛苦我不自知，反正我曾经吐过血。

前年，我的学生告诉我一则关于我当年的故事。

吐血过后，经回乡调养，身体复原。我回到班上十分不放心地问大家，“同学们，在我不在的这段时间里，你们想我了没有？”

下面一片幼狼般嘶吼，“没有——”

我正色纠正道：“胡说，因为我栽种的那些花儿，都因为思念我过殷，都已经全部死去，悲伤地谢了。”

1984 年，我调回故乡兴化，服务于兴化县教师进修学校。

终于有一天我发现，小地方的文明法制和政治教养程度，终不及都会城市整齐和完善。于是，在 2001 年我 45 岁的时候，我离开兴化教师进修学校，在南京市第三十九中学重拾教鞭，老实巴交地教了 15 年的语文和历史，直到 2016 年 10 月退休。

和其他同学一样，从 1978 年高考和进入母校开始，我们度过了我们一生中最美好的时光。

我深深地体会到，母校不但以她无疆的母爱，慷慨无私给我们以知识，还以她的雍容华贵的万方仪态，教会我们怎样去做人，怎样始终保持着一份纯真，去独立、发展和生存。

我们庆幸，我们经历过那些过往生活的年代。少年时，我们学会了坚强；青年时，考上大学对我们来说，犹如及时赶上了我们这个年龄开往春天的最后一班地铁。

当祖国春天来了的时候，机遇向我们敞开大门，我们努力过；当母校向我们敞开怀抱，我们刻苦过；当我们从学校毕业走上社会的每一个角落，我们可能有过挫落，但是我们从不失落。我们没有忘记，无论有一天我们多么苍老，不管我们距离多么遥远，甚至撒落在世界每一个遥远的角落，我们都会拥有一段共同的记忆，我们永远都是南师长不大的孩子。

在离开母校的日子里，我一直感觉到我们班作为一个组织的存在，感受到我们班同学对我的厚爱与温暖。在我和我的家庭后续成长发展的过程里，我先后得到在镇江、常州和南京同学许多帮助和关照。重归南京之后，我们经常环聚在还是当初班领导的身边，以感念和赞叹社会主义家庭般的温暖幸福生活为主，以兼带把酒话桑麻为辅。即使是每当悬孤海外或者在外地工作的同学来宁，只要得到消息，班上或者其他同学不管公务多么烦冗，总要召集大家起聚，尊严而又节制地“乐乎”一下。既慰抚了游子离别的伤怀，又重温我们随园四年青涩而美好的生活。

毋庸讳言，我们曾经苦辛过，沉闷过，徘徊过，但是，我们更曾努力过，经历过，收获过，这一切都和祖国和人民的命运休戚与共，生死相依。知道感恩，也是一条做人的底线。

末尾，我借用18世纪英国诗人罗伯特·彭斯依托一首苏格兰民谣的诉说，来表达我和我们母校、文学院以及我的同学4年乃至40年的死生契阔之情。

我们曾经终日游荡　在故乡的青山上，
我们也曾历尽苦辛，到处奔波流浪。

我们也曾终日逍遥，荡桨在碧波上，
但如今却劳燕分飞，远隔大海重洋。

我们往日情意相投，让我们紧握手，
让我们举杯畅饮，友谊地久天长……

一切都是瞬息，一切都将过去；而那过去了的一切，都已经成为我们永恒而亲切的回忆。

2018年10月4日　星期四　初稿
2018年11月20日　星期二　定稿

作者小传

魏学，1956 年 10 月生，江苏兴化人。1969 年毕业于兴化周庄小学；1974 年周庄中学高中毕业。1974—1976 年，在工厂做过冷作、电焊和生物制药等零工；1976—1978 年为扬州地区兴化船厂拉丝工、话务员。1978 年考入南京师范学院中文系读书，1982 年毕业，分配至镇江地区丹徒县谏壁中学任教。1982 年调回故乡兴化（县）市教师进修学校，2001 年在南京市第三十九中学任教，直至退休。（文首肖像取自 1978 年的准考证）

乡情、友情与亲情

——我的插队与高考琐忆

黄月美

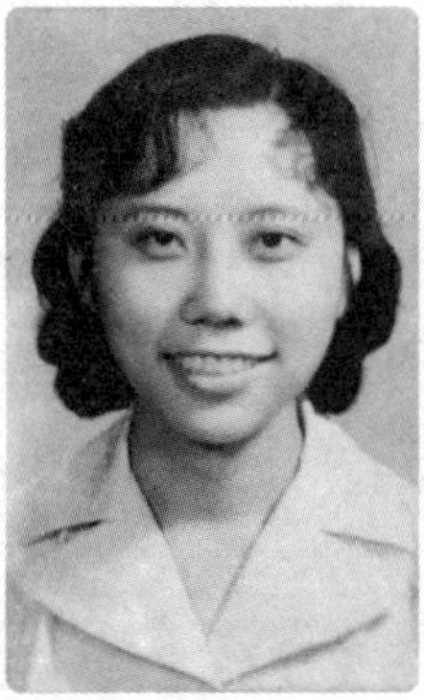

记得我是1976年的秋天下乡的，回到离县城有十多里路的老家姚王公社封西大队插队落户。在那之前几年我父母亲曾作为干部下放过，已把老家的房子重新翻建了三间大瓦房，后来他们回城了，就把房子托给了大队保管。当时我们并没有随父母亲下乡，而是跟爷爷、奶奶住在城里上学，但假期里还是要回到乡下参加力所能及的劳动的。等我到了下放年龄的时候，我大哥已参军多年，姐姐也已从农村调回城里工作，小哥初中毕业就直接进了工厂，剩下我这个最小的是逃不掉要下放的，所以回老家插队落户对我来说是命运早已安排好的。

其实，回老家插队落户接受贫下中农再教育，谁也没有把它真当回事，都是乡里乡亲的。我一回去生产队就叫我当了仓库保管员，因为仓库就在我家隔壁，晒场就在我家后门口，没晒干的粮食就经常摊在我家堂屋里，钥匙就挂在我家灶台上，一喊我就到，方便。不过后来有人告诉我，选我当仓库保管员大家都没意见，是因为觉得我就是吃撑死了也吃不了仓库里多少粮食，那时粮食可是农民的命根子啊！我这个保管员就是负责拎钥匙的，每次先是生产队的会计一个矮矮黑黑的老回乡知青，老远就喊着“二姑娘开门了”，等我们站在仓库门口了，才看到身形瘦高仙风道骨般的老爷子扛着一杆大秤不急不慌地走来，再后面是急匆匆夹着箩筐赶来的一个壮男劳力，所以什么称粮分粮几乎不用我动手。平常生产队给我的任务就是安排些老太大妈们在我家堂屋里扒玉米、选种子，我边听着他们拉家常边给他们计计账，至今想来那倒是一段无忧无虑的时光，那日子过得相当于如今的“农家乐”。那时我家的大门是敞开着的，不管是谁只要看见水缸里的水不多了立马就去挑来了，没有柴火队长马上派人把最干的麦秆用小车推来了。那年年底我已回家，生产队大年三十上城办事还顺便给我送来了花生、豆子、糯米，虽不多但这份情意却使我感到沉甸甸的。

在我短暂的插队生涯中，印象最深的是那年我一下乡就赶上了秋忙。生产队的人个个起早摸黑，忙得脚不沾地。我也跟在后面天不亮就起来摊场，中午下雨丢下饭碗就要去盖场，晚上再收场。我和女人们一起用簸箕把粮食铲到箩筐里，再和扛箩筐的男人一起双手用劲一提往他肩上一搭，他再呼哧呼哧地扛进仓库里去。等把晒场上的粮食收完天已微暗，我只觉得腿打战，手都提不起来，想想回去还要做饭洗衣差点就要哭出来，可等我筋疲力尽地回到家时发现饭已经做好了，我简直怀疑是来了“田螺姑娘”。原来是住在我家路对面的一个人家的奶奶跑过来帮我把饭烧好了，等我吃完饭洗完澡下河洗衣服时，她担心我胆小害怕，又捧着个饭碗来到河边陪我聊天。每当夕阳西下，炊烟袅袅，家家团聚时，就可以看见我洗完衣服和“田螺奶奶”一起踏着月色走在乡间的小路上。直到今天，我走过了多少山山水水，看遍了无数秀丽风光，但在我心中还是觉得那一景致是最美丽最暖心的，至今她还会经常萦绕在我的梦中。

时间过得很快，转眼就到了 1977 年的秋天，家里把我喊回去说可以考大学了。我县的文教局局长跟我家住在一个大院里，就在我家对门，是她跑到我家跟我妈“咬耳朵”的。说实话，那时离开学校已多年，虽然平常喜欢看书也经常抄抄写写，但都跟考试无关。再说我在生产队里还是一个“红管家”，仓库是天天要开门关门的，总不能长时间赖在家里吧。为此我妈还责怪过我，“你当保管员就走不掉了，不然你可以高兴就去劳动几天，不高兴就可以回家，没有人会管你”。不过当时我还真没把高考当回事，以为是那个女局长跟我妈八卦的，她经常喜欢往我家跑，因她家有两个年龄和我们相仿的儿子。最后什么准备也没有，就装模作样地去考试了，当然没有考上，连初试都没有过。

在家过完年我又回到了乡下，还参加了公社的文艺会演。直到将近五月了，我的一个学妹火急火燎地找到我，她比我低一个年级，是在学校宣传队认识的，她是拉小提琴的。那时她已经分配工作了，在饮食服务公司，也就是杂货店里卖东西，说泰兴中学办高考补习班已有一段时间了，我们一起去上吧。那时我还天真地认为只要自己在家看看书就行了，但她不由分说坚持拉着我去找泰中校长补办听课证。泰中校长就住在我家院子的最里面，校长在“文革”中受到很大冲击，我小时候经常看到他被批斗游街，“文革”后期平反后他又众望所归地继续当了泰中的校长。虽然天天看到他经过我家门口进进出出，但我在心里还是很怵他。他不高的个子穿个半长的黑色风衣，戴着副高度近视眼镜，脸上始终是一副忧国忧民的样子，给我的感觉就是个“套中人”。学妹拉着我来到他家，只见她径直登堂入室，旁若无人地冲到房间最里面他的书桌旁，说我是某某人家的，我爸叫我来找你的（她爸也是泰中的老师）。校长镇定自若地看了看她又看了看我，突然拍着桌子对我说，“你怎么今天才想起来”。紧接着又说，“你们明天早上到教务处去办吧”，说完继续看他的书。我本来还准备了好多求情的话，结果一句也没用得上，第二天就顺利办好了听课证。至此我就准备安心上补习班备考了，谁知在补习班上竟遇见了我的初恋，不过现在想想说是初恋似乎有点矫情。

补习班都是晚上上课，学妹白天还要上班，所以总是来去匆匆。她数学较强，我不会的她都会在课后一丝不苟地教我，所以我们有时会走得晚些。一次我们又落在后面，当走进一条巷子里时，她突然把我拉进一个门洞躲了起来，我正莫名其妙，就看到巷子口有个人推着自行车在东张西望，只见学妹一个箭步冲到他面前说：“你跟着我干什么？”定神一看这个人我认识，就住在我们隔壁院子里，跟我们在一个补习班里上课，我感觉就是个带点忧郁气质的小男生。他显然是被吓到了，一下子不知所措。“你再跟着我，我告诉我爸爸”，学妹说完拉着我转头就走，原来是她的同班同学，学妹她爸就是他们的班主任。学妹先到家，我继续往家赶，又看见那个小男生在前面等着。我当作没看见硬着头皮往前走，经过他身边时只听见他嘟哝着说：“我又不是跟着她的。”什么意思，难道是跟着我的？我不由地停下脚步转身恶狠狠地看着他。他低着头说：“我看见你上课时把圆规摔坏了，我可以帮你修一下。”确有其事，我正发愁怎么办呢。我知道他已经工作了，在哪个工厂里学钳工，修个圆规应该没问题的。再说虽然没讲过话但还算是认识的，我想了想拿出圆规交给了他，什么话也没说就拔腿跑了。此后便有了还圆规、借笔记、借书等诸多的一借一还，都是我跟学妹分手后他在前面等着我，他推着自行车从不敢叫我坐，我也决不会坐，快到我家时他就不走了，等我进了大院他才骑车离去。渐渐地我知道了，他母亲是四川人，跟着部队转业回原籍的父亲来到我们这个小县城，“文革”中他母亲这个美丽的外乡女人几乎进过所有的“学习班”，他父亲也是自顾不暇，有很长一段时间就是他带着妹妹过生活，现在才总算全家团聚安定了。

可是没过多久，就经常看不到他人来上课，直到有天晚上又看到他在前面等我，他送给我一个笔记本说他用不着了，他父亲生病他要陪同去上海做手术，这次高考他不能参加了。不久我便看到他留下来的空位子换了新人。一直等到我考上大学寒假回去才听说他父亲去世了，他母亲带着一双儿女回了四川。多少年后当我在电视上看到他在博鳌论坛上气定神闲、侃侃而谈时，真是判若两人，恍如隔世。

至于我那学妹也同年考上了北方重点大学的经济系，后又不停地考研考博，现早已定居海外。我现在想起来还很感激我那学妹，不是她的坚持和帮助，我可能考不上南师；也很怀念那个小男生陪我同行了一段心力交瘁的复习备考求学路，从那以后我就难以见到这种可遇不可求的纯真友情了。不过想想这不就是我们常说的人生如梦么，如此甚好！

在我的记忆中，复习备考那段时光里我父母亲依然各自忙着自己的工作，很少过问我的事，倒是我爷爷不时凑到我身边看看，给我送点吃的，还经常拿报纸上的他认为有用的东西读给我听，我嫌烦不睬他。有一次星期天上课，忽然有人说你爷爷来找你了，我往窗外一看果然是他。只见他穿得格格正正的，一手拎个包一手拄着拐杖在东张西望，我跑出去没好气地冲他："你来干什么，跑丢了怎么办?"因为那时他已经会犯糊涂了，有好几次跑出去认不得路是被人送回家的，好在我们那个小县城里几乎所有的人都认识他，他是我们那儿有名的"老革命"。

爷爷出生于大户人家，因父亲去世得早，兄弟又多家道中落，于是被送到常州亲戚家学做生意，打得一手快算盘写得一手好毛笔字，不知怎么的就走上了革命道路。我们小时候听他讲过曾经看见过朱总司令，跟随过陈毅和粟裕，不过他不是扛枪打仗的，是管后勤的，俗称"背金子"的。新中国成立后任我们县商业供销合作社主任，一手筹建了县委县政府招待所并任主任，用他的话来说，接待过所有来任过职的领导干部，也跟来往过的商贩走卒打过交道，好在"文革"前他就退休了躲过一劫。不过让全城人对他刮目相看的倒不是他的老革命资格，而是他在"文革"中的"惊人壮举"。"文革"初期学校"红卫兵"分为造反派和保皇派，当时我大哥是66届初中毕业生，他一直是老师眼中的好学生，自然就成了造反派认为的"保皇派"。一个寒冬的清晨，几十个造反派学生闯进我家来抓我大哥，父母在学习班上，就我们姊妹几个和爷爷、奶奶在家。危急关头只见我爷爷穿个军大衣并在衣中间用皮带一扎，拿个扫帚和破脸盆爬上院子靠马路边的墙头，边敲着脸盆边扯着嗓子喊："抓人了，快来人啊！”那些十六七岁的中学生哪见过这个阵势，顿时作鸟兽散。虽说我爷爷这种很革命很原始的方法很管用，但总觉得使我家颜面尽失，成为全城人指指点点的对象，心中不免有些埋怨和不屑。这时我心中很疑惑他跑来干什么，只见他从包里拿出一个包裹，说是我大哥寄给我的复习资料，怕我急等着要所以给我送来了。可是我晚上又不是不回去，就从心里责怪爷爷老糊涂了多事，完全没有体会到他老人家的舐犊情深，至今想来都很自责后悔。

再说我大哥当时已入伍多年，在某大军区政治部宣传部，写得一手好文章。当时他们部队里搞来了某重点大学的高考复习资料，他自己当然也有个大学梦，可是想到我还在乡下插队，立马把这套珍贵的复习资料寄给了我。可以说我能考上大学，这套复习资料起了很大的作用，它条理清晰，简洁明了，易懂好背。没多久，这套资料几乎传遍了我身边所有要考大学的人。我大哥当年因调到了解放军报社没有参加高考，不过后来他直接考上了中国社会科学院新闻研究所的研究生，毕业后进了人民日报社工作直至退休。

从知识的殿堂走来，**1980** 年秋摄于中大楼前蹬道上。右起为郭欣欣、郑素巧、夏玲、黄月美、王建萍、凌苏云、梁晓虹、谢晓雯（郑、夏、凌为同年级 **3** 班同学）

高考的日子转瞬就到来了，这次我很顺利地拿到了南京师范大学中文系的录取通知书，从此彻底改变了我的人生。如今 40 年后再来回忆当年的插队和高考，那时是如何在农村劳动生活的，高考复习时又是如何挑灯苦读的，我已没有什么印象了，唯有那份浓浓的乡情、纯纯的友情、绵绵的亲情却一直镌刻在我的心底，我怀揣着她迈进了南师的大门，她也始终不离不弃地陪伴着我一路走来。如果说我的人生路上有什么坎坷不顺的话，想想那份情那份爱，还有什么可抱怨的呢，唯有深深的感恩之情！

作者小传

黄月美，1957 年 9 月生，江苏泰兴人。1972 年江苏省泰兴中学高中毕业，1973 年于泰兴地毯厂打工，1976 年 8 月在泰兴姚王公社封西大队插队落户。1978 年考入南京师范学院中文系，1982 年毕业分配至丹阳吕城中学任教，1987 年至江苏省丹阳中学任教，1988 至南京市南湖二中任教，1996 年调至江苏省电化教育馆工作至退休。（文首肖像摄于 1982 年）

感激那年的高考

尤危慈

多年以后我才明白过来，1995年我下乡当知青的时候就是河塘里一只不知名的螃蟹，机缘巧合，不知道怎么会瞎跌瞎撞爬进了阳澄湖，浸了四年阳澄湖的水，摇身一变，居然就成了一只正宗的阳澄湖大闸蟹。当然后来又被打回原形，这是后话，不提也罢。只是竟又能凭此混迹于这个社会，小日子还过得有滋有味的。说来惭愧。

小学二年级，恰逢史无前例的无产阶级“文化大革命”，不上课了。那干什么呢？上街游行，庆祝毛主席最新指示的发表，还有做得最多的事情就是去码头欢送那些“下放”到苏北农村的人（老的、少的、全家户、半家户都有），上船的人哭天抢地的，我们这些小屁孩在旁边高喊着“欢送欢送，热烈欢送”。要么就是演唱“革命样板戏”，偶尔也会参加打土坯这样的劳动。初中上两年，基本就是“学工”“学农”劳动，给我们讲课的都是工人老师。记得语文老师是一个很粗壮的汉子，听说是船厂里的一个铸工，上课讲毛主席的著作，读一小节，就评论说：“毛主席啊，大文学家，写得多好啊，同学们说是不是？”谁说不是！毛主席确实是大文学家。我们就是在这样的状况下读完了初中。

1973年，“邓大人”第一次复出，搞了一次冠以“教育革命”之名的大动作，我正好在高一，正经地上了半年的高中文化课，物理、化学什么都开齐了。

1975年，两年高中上完，根据我们市里的政策，我上面的两个姐姐进工厂当了工人，那我就必须下乡。在父母歉疚的眼神中，我径直去街道报了名，成为光荣的“知识青年”去“上山下乡”了。

农场是个果场，离家大概有二十公里的样子。十天休息一天，允许返家。比起下放到苏北农村的同龄人，我的条件好多了。

新奇感消失了，就开始烦心了。不只是繁重的农活让我苦恼，更主要的是前途渺茫，让我不知所措。好在还有一些书，主要是家里父亲偷偷地藏下来的书，让我在余暇里打发了好些光阴。

果园里的劳动是很繁重的，春天挖沟，每个人有定额，一个上午下来，饿得能吞下一头猪。那天食堂正好有红烧猪肉，我吃了一盘还意犹未尽。我的好朋友是食堂的司务长，我对他嚷道：“这么一盆肉只有这么一点点，都给你们偷吃了吧!”他也生气了：“量蛮足的，你说少，我买十盆肉给你吃，你吃得了吗?”我也是意气用事：“能，吃不了我请你吃一个礼拜的饭。吃得了，你请我。”一盆肉不起眼，十盆肉堆在一起，也是蛮多的。见我们打赌，知青们都来围观。连我们农场的场长也来凑趣，在一旁替我出主意：“小尤，先吃肥的，最后解决瘦的。”在众人的注视下，我真的把十盆肉全都解决了。连着之前的一盘，我那天在三十多分钟吃了十一盆肉，连带半斤米饭。吃完后，只是打了几个饱嗝，嘴里咕哝了一声“太过瘾了”。从此以后，我在我们农场里就有了一个“薄皮棺材”的雅号。意思就是身体很单薄，胃口却奇大。

农场里的日子就这样苦中有乐、乐中有忧地一天天过着。唯有书和爱情支撑着我没有堕落。我那时的女朋友（就是我现在的老伴），是我高中的同学，她是我们农场的广播员。是她最先告诉我，我们有考大学的希望了。我想她一定是太想上大学说梦话了。她生气地瞪着她那好看的眼睛道：“不信拉倒，这可是我妈特意让人来告诉我的。”她妈是我们区的副区长，又兼着区“上山下乡”办公室主任。这么说我信了。不由得好一阵兴奋。可是转而一想，就我们这样的文化基础，能考上吗?

尤危慈、朱小霞夫妇

女朋友比我有见地，说：“不管能不能考上，试总要试上一试的。”我觉得不错，于是借了一辆自行车，连夜往家里赶。爸妈挺支持的。不过妈妈担心我白天要干农活，没有多少时间复习功课。老爸也皱着眉说：“这是一个问题。要不咱们向农场请假，待在家里专心复习吧。”可是我要面子，心里又没有肯定考上的底气，不愿意到时被人笑话了去。一家人商量了一阵子，还是决定到临考前几天由妈妈打电话给农场，谎称家里有事请上几天假。顿时，全家总动员，姐姐去她同学家里给我弄来了四瓶“麦乳精”，老爸负责去新华书店给我弄一套《数理化自学丛书》，声称拼了老脸也要弄到。

结果，四瓶“麦乳精”倒是吃光了，一套丛书从头翻到尾，也没有看懂多少。天可怜见，那时也不懂什么文科理科的，还在物理化学上啃着呢。白天干农活，晚上拼命地看书，好不容易熬到高考的日子。

1977 年第一次参加高考，在上公交车之前上了次卫生间，进考场之前又上了次卫生间。可是离考试结束前二三十分钟，浓浓的便意又涌上来。那叫一个囧，忍又忍不住，提前离场又不甘愿，只觉得两条腿不住地在颤抖。那结果自然也就是可想而知了，连参加省里统考的资格都没有。我知道不应该怪那不该冒出来的便意，只是自己的基础太差。

回去后，老爸还是笑眯眯地鼓励我：“不要紧的，既然开了这口子，下回我们还能去搏一下。”只有姐姐的眼神里似乎在说：白瞎了那四瓶“麦乳精”。

我也不甘心，决心从头来过。当时我的母校无锡市第九中学开办了高考补习班，而且对我们还实行免费政策。我女朋友和我商量，白天在农场干活，晚上赶回城里去上课。她 77 年考得比我好，挤进了省里统考，可终究还是名落孙山。

这一回家里对我的支持全面升格，老爸忍痛给我买了一辆二手的自行车，两个姐姐甚至还给我买了些西洋参。对于一个相对贫困的家庭来说，这些在当年真的是尽力了。这也让我对家人充满着感激，心中发誓一定努力，好好复习，考上大学。

接下来的五个多月，我开始了人生途中最为艰难的时日。每天下午五点钟左右，结束了一天的农活，骑着那辆二手的自行车，后座带着我的女朋友，沿着那条破败不堪的土公路，一路颠啊颠的，骑行二十来公里，进到城里母校补习班里上课。女朋友坐在后面不时细声细气地用她好听的声音问我：“累不累？要不我下来走一会儿吧？”我总是调侃说：“不累，你在后面就像在车上装了一个发动机。”其实哪会不累，不过一是有考大学的信念在支撑，二是有我心爱的姑娘陪伴着我。晚饭是没有时间吃的，一定要挨到下了课回家后才能吃到老妈替我温热的可口饭菜。那个香啊，我像没喉咙一样吞下去。母亲在一旁落泪，老爸安慰她说：“孩子吃点苦有好处的。”那温馨的一幕，直到老母亲去世后，还老在我眼前浮现。那昏暗的灯光下，老母亲看着我的眼神，不说了，真的要掉泪了。参加高考，经历了人生所有的甜酸苦辣，更加深味着亲情爱情。稍微整理一下听课的笔记，便进入甜甜的梦乡，似乎已经跨入了某所大学的课堂。上课的铃声骤然响起来，我惊跳起来，原来是枕边的闹钟铃响，凌晨五点了。匆匆吃完母亲准备的早餐，飞也似的去女朋友家里接上她，赶回农场上班了。

这样的日子锻打着我的身体，锤炼着我的意志，考验着我的决心，我挺过来了。只是高考结束，我一米七五的个子，体重却只剩下九十四斤。记得直到考试前的半个月，我后来的丈母娘，为我和女朋友，凭着她手中小小的“权力”，跟我们农场的领导商量，特批给我们十天的假，当然当月工资减半。我和女朋友心疼了好久，那可是够我们俩吃好一段时间的雪糕了。

回到家里，女朋友和我商定，到高考结束再见面，虽然不愿意也只能同意。姐姐的对象有一间空余的小房间，特意拾掇出来，供我读书。妈妈打趣我，倒是派头十足，像煞过去考状元的人了。老爸说：“怎么了，放在以前那就是考状元，再不济也等于是考举人。”话里话外为他的儿子感到自豪。

天热，房间小，那时连电扇也没有。手里一把蒲扇“噗噗”地不停地扇着，没有几天就长了一身的痱子，奇痒难忍。但是和以前相比，我满足得很，不管在时间上还是在饮食休息上，觉得是在天堂里一样了。每天埋头看书、背书，一点也不觉得有什么苦楚。唯一就是有点想念她。可是转念一想，如果我真的能够考上大学，或许娶上她的希望会大许多。这样想着也就安下心来读书。半个月，唯一离开家里的一个小时是去母校向地理老师请教问题的。

1978 年一个闷热的天，我的第二次高考来临了。早晨起来，妈妈给我端来早餐，却是一根油条，一个鸡蛋，一个烧饼。我心中纳闷，这也太干了吧，怎么咽得下去？妈妈说：“儿子，忍一忍，就吃这个。”我问：“那给我一点泡饭。”老爸狡黠地笑了：“谁让你上次考试要上那么多回的厕所，这回你就尽量不要喝稀的了。再说这顿早餐有祝你考试顺利的意思。喏，一根油条，代表 1，鸡蛋、烧饼代表两个 0。”我虽然有些啼笑皆非，还是顺从了父母的心意，艰难地吞下了这顿“吉祥餐”。“吉祥餐”起了作用，我考得很顺利，自我感觉很好。中间发生了两件事，觉得可以写一写。我坐在第二个位子，前面是我在补习班认识的一位考生，年纪应该比我小。考历史时，老师走到后面去发试卷了。那仁兄胆肥，飞快回头问我第一题填什么。第一题很简单，就问文成公主嫁给了谁。我不敢大声说话，普通话又不准，回答说“松赞干布”。考完了，和我一起走到教室外，这位仁兄一脸不解地问我说：“为什么文成公主会嫁给公社干部?”当时我真的整个人就石化了。我笑弯了腰，说：“天才，你真是个天才。太幽默了。”我在纸上把“松赞干布”四个字写给他看，他看后连呼“害煞人了，害煞人了”。也不知说我害了他，还是公社干部害了他。

后面的一件事情可就大大地不妙了。最后一场考地理。下午，南方的天那么燠热，我有些昏昏沉沉的。于是我在水龙头下冲了一下脸，就匆忙找到位子准备考试。谁知道竟然忘了把补习班发的地理讲义交上去。那时监考的老师也不会提醒考生什么的，我埋头做着试卷，压根儿就没有想到有什么不妥。到离考试结束还有十来分钟的时候，考场的总监考来巡视考场。走到我的座位，马上就看到了桌肚里的讲义，而且就是地理讲义！他拿出了讲义，对我说：“请你跟我出来。”天在旋，地在转，人一个劲地打战。当时的面色煞白煞白的，站在教室外一个劲地说：“老师，我忘了交上去，我忘了交上去了。可我真的没有偷看，真的没有偷看。”他思忖了片刻，又回教室和考场监考低语了几句，回外面对我说：“你先回到考场继续考试，结束以后到教务处来找我。”什么叫三魂吓掉两魂半，那一刻我深深体会到了。回到教室，也没有心思答题了，好在地理复习得还好，惊魂一刻之前基本已经答完题了。

铃声响了，1978 年的高考结束了。原本应该可以松一口气了，可我却像一个等待宣判的囚犯一样，拖着灌了铅般的双腿，去找教务处在哪里。沿路，从佛祖到上帝，地下的祖宗八代全都念叨过来，祈求保佑我好运。

在办公室里，我见到了那位此刻就能决定我以后命运的总监考。过了这么几十年，那张脸还是深深地印记在我的脑子里。他说：“我们向考场老师了解过了，他能证实你确没有作弊，并且前几场考试他觉得你好像考得还不错，所以我们研究下来就不对你行为提出任何处罚的建议了。这个你拿回去。”他指着撂在台上的差点彻底葬送了我前程的倒霉讲义。我当时也不知道应该讲点什么，就在那傻站着，看着他。后来我终于醒悟过来，对着他深深地鞠了一躬。

我终身都感激他。如果没有他慈悲的心肠，要较真的话，我肯定也是无话可说，只能接受命运的另一种安排了。还有那个替我作证的考场监考老师，我心里也一样感激他。

回到家后，我把事情的原委讲给老爸听，老爸替我分析说应该没有事了。

我不敢说与老妈听，怕她担心。可是接连几天我都是忐忑不安的。有了这个惊魂时刻，我也不敢在家里多待，返回农场老老实实地干活去了。知青同伴相问，我也只是含糊其辞。因为我总觉得“讲义事件”很严重，也许今年的高考就黄了。还是低调做人吧。女朋友考的是理科，觉得很不理想，也是闷闷不乐的。那段时间，两个人真是一对苦命鸳鸯般的，像是霜打过的茄子，蔫了。

等到填报志愿了，“讲义事件”没有继续发酵，我的心才渐渐地安了，心想大约躲过一劫了。原来我想去读中国人民大学图书馆系的。父亲大摇其头，连说“不妥不妥”，后来我想也确实太理想化了，只能作罢。又想填报今天的苏州大学的历史系，父亲又说江苏省师范学院中南京师范学院牌子硬，于是父亲做主替我填报了南师中文系。对此，我又感激他，又埋怨他。不是他，我就不会结识78级（2）班这么多有趣的朋友；不是他的主张，我也就不会辛辛苦苦地批改了几十年的作文。

我已经忘了具体的日子，是几月几号，我在生产队里干农活，给梨树喷洒农药，穿着一身破烂不堪的粗布工作服，戴着一顶特大号的草帽，费力地举着喷杆，为高高的梨树喷洒着硫酸铜溶液。我的身上脸上全是一层浅浅的蓝色，活脱脱就是一个超大号的“蓝精灵”。我们的生产队长是一个只有一只眼的慈祥老人，对我们知青很好。只见他远远地就朝着我们嚷嚷着什么。打药水的柴油机噪声很大，听不清。他急步冲到我身边，在我耳旁喊道：“让你去场部接个电话，是郊区农林科来的。”我预感到是大学录取的事，心里一阵激动，连衣服都来不及换，一副“蓝精灵”的模样，三步并成两步匆匆向场部飞奔而去。我们的老场长见我的模样，不禁也笑了。他拍着我的肩头，真诚地祝贺我：“小尤，你是农场里的第一个。快换衣服洗把脸去农林科拿录取通知书吧。”

那一刻，天是那么的蓝，周遭的一切我觉得都是那样的喜气。

农林科离我们农场还有十公里路，我骑着自行车，一路蹬得飞快。在农林科领导的一片祝贺声中，我拿到了南京师范学院的通知书。

回到家里，我连声喊着：“爸妈，我考取了南师。”妈妈哭了，老爸笑了，喃喃地说道：“咱们尤家第一个大学生，第一个。”一双眼睛眯缝得就像是两弯月亮。没有多少时候，街坊们都知道了，我那个破旧不堪的家里挤满了人，时不时回荡着父亲爽朗的笑声。

我感激我的父母、家人，感激我的老师，特别是考场里的总监考和监考老师。我感激我的爱人，在我信心最为低落的时候，温言相劝，用爱情为我铺就通往理想的道路。当然，我更感激——“邓大人”。

最后我还想说，我感激当年的那场高考，她给我的人生带来了不可言说的奇妙，让我的人生五彩斑斓。

作者小传

尤危慈，1957**年**10**月生，江苏无锡人。**1975**年**7**月无锡市第九中学高中毕业。同年**12**月下放至无锡市郊区青山林果场劳动。**1978**年考入南京师范学院中文系。**1982**年毕业，分配至无锡市第四中学任教。**2015**年**10**月退休。（文首肖像摄于**1982**年**6**月）**

劫难与际遇

——我的 1978

谢晓雯

1977 年的深秋，躬身于茶树垄间劳作的我，从惯常放着耳熟能详的新闻的露天大喇叭里，突然听到一条全国将要恢复高考的消息，这恰似一声清脆的“春雷”划过长空，穿入谷底，回荡着，余音久久未绝。我不由自主地挺直了腰，睁大了眼，遥望着一垄垄郁郁葱葱的茶树，绵延起伏的山脉……久久不能回神。我不相信自己的耳朵。

几经打听，才确认这的确不是一条与我无关的消息。当年的应届生早已投入如火如荼的备考热浪中。曾几何时，希望之烛被点燃又熄灭，我们在希望与失望的交织穿梭中已麻木得不知所终……

“文　革”

记得儿时，家住常州天皇堂弄的小杂院，四壁面墙，一方苍天。贫瘠单调的生活，偶有一丝欢愉和希冀渗进，那便是来自院门口的水龙头旁卖水的三姊妹。那大姐叫郁郁，齐耳短发，戴了副眼镜，难掩书卷气；二姐叫阳阳，堂圆的脸，浓眉大眼，一副阳光明媚的神气；小妹叫庆庆，既眉清目秀，又委婉大方，特别招人喜欢。姊妹仨应是 66—68 届的应届中学生。她们仨在轮换卖水的空档里，时常掏出书来阅读。那份窘境中手执一书的淡然的优雅，让人十分的欣羡。我的启蒙长篇字书便是在那时借阅的。每当放学，我家姐妹跳橡皮筋，踢毽子，从院内蹦到院外，在不很宽敞的里弄里回旋着，期盼着和她们搭上话。

之后便是“文革”的红色风暴袭来。她们戴上了红袖章，胸前挂上了毛泽东的钢皮头像，成了叱咤风云的“红卫兵”。造反、贴大字报、抄四旧、进京接受毛主席的检阅，阳阳已然是一呼百应的“红卫兵”的队长，那威风直让人羡煞。还在小学的我们希冀着有一天也能成为红色的一分子，追随那大潮前行。这正应了鲁迅所言：“希望是本无所谓有，无所谓无的。这正如地上的路，其实地上本没有路，走的人多了，也便成了路。”这“文革”的红色风暴席卷而过，我们跃跃欲试，却无奈成分不好，连“红小兵”都未能当上，只落下个看热闹的份。其实鲁迅之言未必确切，这“路”仅指时下潮流而已，芸芸众生，趋之若鹜。从历史的轨迹看，这时潮又何尝不是“三十年河东，三十年河西”。多年之后得悉，阳阳在知青返城后，落在一家菜市场卖豆腐营生，岁月蹉跎，当年红润如朝阳般的姑娘已蜕变成神情暗淡、劳顿木然的中年妇女，让人唏嘘不已。

下　放

小学二年级时，全家被下放到母亲的老家江苏宜兴。在家具搬空之时，我们嚼着外婆做的喷香的咸肉菜饭，迫不及待地登上了行将离岸的船只，撑着船篙，唱着高歌，却不解母亲为何流泪。因表姨妈家的照应，我们落户在川埠大队桑场村。桑场素以养蚕闻名。遍山野的桑葚树、油菜花、山芋藤和花生秧，是个绿水青山、美丽富饶的村寨。

我们临时居住的祠堂宽敞但不寂寞。平时干活歇脚之时，村民们鱼贯而入我家大堂，坐在我家桌椅、板凳及床上歇息、聊天和嬉笑打闹。入夜时，四面的厢房里都放满了养蚕的竹匾。空寂之时，可以听到四周窸窸窣窣的蚕宝宝们吃食桑叶的声音，好像淅沥雨声。有时好奇，我们姐妹会悄悄潜入蚕室，翻开桑叶看看蚕茧们已蜕变成何模样，这多半是我们断黑后的消遣。

村民淳朴好客，很快就在村中给我们盖了三间瓦房，加上门前偌大的土场，好不宽敞！逢年过节，村民们敲锣打鼓，拜年的第一户便到我家。接下来纸牌夹着炒花生、熟瓜子递过来劝过去，一个上午好不热闹。我家不像落难受苦的下放户，倒像是因祸得福的大户人家，和村里左邻右舍的土坯房相比，崭新的黑瓦房显得突兀又高贵。生产队分给我们一面山坡做自留地，一年四季的蔬果全靠自给。山坡上种满了不同时令的瓜果豆类：春季的豌豆、蚕豆，夏季的西瓜、丝瓜、香瓜和水瓜，秋季的冬瓜、扁豆、黄豆、山芋和花生。山下则分有一块肥沃的平地作自家菜园子，常年种着青菜秧、韭菜和小萝卜等日常蔬菜。我们姐妹轮着插秧灌溉，担粪施肥，韭菜剪了一茬又一茬，菜秧拔了一拨又一拨，萝卜收上来吃不了，便腌制成萝卜干做常年的小菜。秋天，我们挑着一担担花生和山芋干去换油和换钱。春耕与秋收，我们一家享用着无尽的时鲜蔬果和油粮。除此以外，父母亲更是带薪又带粮票下放的。每到青黄不接之时，总有揭不开锅的贫困户前来借粮票，父母也乐意周济各户，从未引起赊账不还或拖欠等纠纷。当地民风之淳朴，由此可见一斑。父母的慷慨解囊也成一时佳话。

除了放学后打理自留地，农忙时要下地插秧、割麦等，我也有足够的时间和小朋友们去田埂上割马兰头、摘野荠菜和挖野蒜头等，那些时令野菜也都是受欢迎的桌上鲜。小伙伴们帮衬着我采野菜，我则坐在田埂上讲故事。什么田螺姑娘，八仙过海，牛郎织女，孟姜女哭长城……讲得绘声绘色，我俨然成了颇受欢迎的故事大王。那些民间故事是我跟外婆学做饭菜和针线活时听来的。外婆没读过书，但自己识字扫盲，竟然能读懂家书，看懂报纸；讲起故事来，也是活灵活现。那些日子，总有听不完讲不尽的神仙鬼怪，看不遍的桃红柳绿，尝不够的时鲜佳果，恰似世外桃源，过得好不惬意。

上　调

初二时，全家上调到丁蜀镇。虽然不是一步到位回常州，但大姐高中毕业在即，能拿到个镇上工作，不用下地种田，也不失为一时的权宜之计。记得当时土巴巴的我从乡下进到丁蜀中学的初二班，班里正在开卷考化学，我什么也没带，所以只能闭卷考。虽然我是中场进，却提前交了卷，得了 90 多的高分。自此，我自觉数理化，不在话下；文史科，更胜一筹。每每语文课本一拿到手，刷刷刷翻一遍，一两天便解读了全部。剩下大量的时间，练歌跳舞看小说。只因那些年没什么指盼，我与二姐注定与绿地有不解之缘。高中毕业后，我与二姐都响应“上山下乡”闹革命的号召，先后插队到宜兴川埠大队茶场。

白天，拢田耕作，培土灌溉，采摘茶叶，工分从 5 分挣到 7 分，更向 8 分看齐。那时男女有别，妇女能挣的最高工分是 8 分。生产队里除了妇女队长和我姐挣得 9 分，别人是不敢问津的，因她俩是出了名的干活不要命，麻利干练，让人望尘莫及。

夜晚，借着一盏煤油灯，啃着一本本古今中外的小说：尼·奥斯特洛夫斯基的《钢铁是怎样炼成的》，浩然的《金光大道》，托尔斯泰的《复活》和《安娜·卡列尼娜》，陀思妥耶夫斯基的《罪与罚》，巴尔扎克的《高老头》和《贝姨》……我津津有味地沉浸在一个截然不同的世界里。

本可以就这样白天做着白日梦：向自己的体能挑战，向最高极限 8 分乃至 10 分冲刺，成为“万人瞩目”的知青楷模；夜晚做着虚无缥缈的梦：忽然陶冶于俄国大革命的风暴中，忽然沉醉在巴黎上流社会的沙龙里……要不是这大喇叭的风向转了，音调变了，把我们从不敢奢望的麻木中震醒过来，恐怕我们整个青春时代会因此碌碌无为地被消耗殆尽。

高　考

1977 年，是拉开我高考帷幕的一声前奏。那时的我深受“文革”老电影《无影灯下颂银针》（祝希娟主演）的影响，认定学医披上白大褂才是真正的无比的神圣，选考数理化也就理所当然。那场心存侥幸的无备而战，来得快，去得也快；复试过后，便杳无音讯。那一心想成为无影灯下的“白衣天使”之梦也彻底破灭。

1978 年，从不过问我们学习的父亲，打破了沉默：“因为家庭背景，我帮不了你们。你们必须自己考出农村！不要好高骛远，也不要丧失信心，要脚踏实地，做正确的选择。家里应有学理、学工和学文的，你们各选其一。”父亲的话可谓一字千金，掷地有声。小弟秉承舅辈们的足迹学工，已于 1977 年末捷足先登，考上了南京工学院；二姐素有女强人之称，适合学理；唯我需弃理从文，心有疙瘩：我的数学、化学成绩从未低于 90 分，即便在模拟考试中，也一直名列前茅，为何转文？父亲却开导：你的优势在文科，要好好利用。的确，我自小语文成绩就一直优异。作文，尤其是叙事抒情文常得一百分，是父亲的骄傲。另一层，当时的我并不明了：父亲的父亲，是一位诗书琴画样样精通的儒雅文人，父亲大概是希望有后人传承。当时的我只知“文革”十年并未好好读书。每到开学，将语文课本草草一翻，便束之高阁。虽是语文科代表，上语文课时，要不偷偷看小说，要不就是做白日梦。有时老师发觉我不专心，便叫来提问。我的第一句话不是答而是问：“请再说一遍？”然后煞有介事地答题，倒是一次也没被问住。可现在是面临高考，要的是真才实学，不免心虚。

最后，我和二姐都听从了父亲的劝诫，各就各位，决定背水一战。临考前一两月，干脆从农场请了假，回镇复习。二姐师从当时已小有名气的张姓物理老师，得益于那些一时脍炙人口的警策之句：什么“欲速则不达”“以不变应万变”等，这些话对当时从乡下返回的浮躁不安的考生们具有相当的定力。我也脱下那层骄傲的“无师自通”的外衣，参加了一个为往届生开设的语文辅导班。据说有个很不一般的语文老师做辅导，班开在晚上，我怀着好奇心跨进了这个可容纳五十多个人的课堂，当时已挤得水泄不通。我踮着脚尖，从人头和肩缝里看见一个斯文又优雅的中年男教师，从兜里掏出一盒火柴，手执一根火柴划向空中，活灵活现地演绎着“一根火柴”的情景，所有听课者都屏住了呼吸，我也不例外。自此，我便逢课必到，并每日自习一篇作文，以弥补九年义务教育的荒废。功夫不负有心人，高考成绩公布后，我的语文成绩是当地几届中最高的，我那本写得满满的习作本也给那辅导老师收了过去以作范文。

另一个功不可没的导师就是我的父亲大人。父亲步祖父后尘，毕业于上海法政大学。祖父遂愿挂起了大律师的牌子，不为富人效劳，专为穷人打抱不平，是旧式文人接受新思潮后的作为，以至于去世时赢得长达两里地的送葬行列。父亲却无这般殊荣。新中国成立之初，该大学被解散，律师一职被取缔，父亲遂与律师无缘，改行专司财政。虽然不能在法庭上展示，父亲的口才与文才却是远近皆知，有口皆碑。可惜一辈子背着这沉重的成分的负担，不能尽展其才华。这阴影波及我等儿时，实在为难了年幼无知的姐弟们。每当入学填表，我们就要躲躲闪闪或者遮遮掩掩，不愿让人看见“成分”一栏。可叹那旧时代的新事，成了新时代的旧事，而且被渲染上黑色的成分，成为不可逆转的劫难，侵蚀着我们两代人的安乐。所以这次高考择优录取，在我父亲看来是尤为难得的际遇。父亲不仅帮我们姐妹俩复习政治，而且每篇作文必须过目，每次过目必定揪出一些毛病。至于我的通篇大毛病便是父亲最忌的“首尾不呼应”。我通常写着写着就不知归路，而父亲添上的一笔总是画龙点睛，使整个文章有头有尾，顿然生色。这一“鞭策”，使我至今难忘，

左起为程光熙、王建萍、梁晓虹、谢晓雯在中大楼 207 教室，摄于 1980 年秋

终身受益。

高考发榜后，姐姐被南汽物理系录取，喜出望外；我收到南京师范学院中文系的录取通知，却怅然若失：因与理想分数有点距离，我只有与心仪的大学擦肩而过。如果……如果当年语文不是考缩写，而是考写作，那情形又会怎样？可惜，历史从来没有假设。值得庆幸的是，作为一名铁打不动的文学爱好青年，我的业余爱好，变成了堂而皇之的专业。从我迈进那如诗如画的南京师范学院，一头扎进南师图书馆浩瀚的文学海洋开始，我就再也没有后悔过。

完稿于 2018 年 10 月 8 日

作者小传

谢晓雯，1957 年 11 月生，江苏常州人，祖籍江苏清江，文学硕士。 1976 年江苏省宜兴县丁蜀中学高中毕业。 1976 年插队于宜兴县川埠大队。 1978 年考入南京师范学院中文系。 1982 年毕业分配至常州第二中学任教。 1986 年考入四川大学中文系现代文学专业研究生，1989 年获现代文学硕士，毕业论文为《点悟人生的苍凉色调——论张爱玲小说的艺术风格》。 1990 年于南京人口管理干部学院中文教研室任教，担任高级讲师、教研室主任。 发表若干现代文学评论文章。 1995 年赴澳大利亚悉尼，先后在制衣厂、养老院等地方工作，经营家庭企业，相夫教子。 2002 年进入悉尼麦觉理大学就读教育学，2003 年获教育学研究生文凭。 2004 年在悉尼科技大学任会期讲师，教授中文。 自 2006 年起，先后在国际学校任教，在 SCECGS Redlands 教 IB Chinese A & B （国际文凭）。 2018 年获任悉尼 Pymble Ladies' College 终身教职。（文首肖像摄于 1982 年 6 月）

七七又七八，两跳终闯关

黄晓东

1977 年冬天，中国 570 万考生走进了曾被关闭了十余年的高考考场。当年全国大专院校录取新生 27.3 万人；1978 年，610 万人报考，录取 40.2 万人。77 级学生 1978 年春天入学，78 级学生秋天入学，两次招生仅相隔半年。1977 年，刚刚复出的小平同志主持召开科学和教育工作座谈会，作出于当年恢复高考的决定。同年 10 月 12 日，国务院正式宣布当年立即恢复高考。1977 年冬和 1978 年夏的中国，迎来了世界历史上规模最大的考试，报考总人数达到 1160 万人。

1974 年的夏季，高中毕业。说是高中毕业，天晓得自己学到了什么。在那个火红的年代，我们一帮生于军队大院的根正苗红的小屁孩子，虽无可口可乐、音乐、书籍，却是可以日日疯淘。学校仅是犹如圈鸭的饲场，让父母亲大人们可以安心抓革命。

高中毕业前夕，一纸红头文件，“上山下乡”开始了。我卷起铺盖，回到原籍老家，做了回乡插队的知识青年。父亲当年弃学从军，告别父母跟党走，为劳苦大众打天下。父亲离家近 30 年后，儿子听党的话，离别父母回到父亲的家，接受贫下中农再教育。

当年以这样的小学、中学“放养”经历，可以参加高考，也是特殊年代的特殊经历。如果不是邓小平的主持，1978 年后的个人经历会是怎样？不知道。

1977 年 11 月，参加江苏省恢复高考后的首次初试。懵懵懂懂地进，迷迷瞪瞪地出，结果公布，被淘汰出局，考分就不提了，不好意思说。

这下算是知道了，这高考是真考，是真正凭考试成绩可以上大学，上了大学就可以离开农村，只要高考成绩够，没有人可以阻拦。是真正凭个人能力可以改变自己境遇的机会。要拼一把了，回家，恶补。

理科的数理化是不行了，文科吧。托关系，找复习资料。走后门，插班旁听。1978 年的上半年，在改变个人命运的驱动下，是最为刻苦学习的半年。半年的学习，突击强化了记忆能力。1978 年 7 月，再进考场，各科考试结束后，当时竟可以清晰复盘，真奇妙。

成绩发布，与自己复盘一对比，发现数学给分有误，申请复查。经复查后纠错，数学找回十余分。这个“拨乱反正”，真正完成了命运的转变。

填报院校志愿，当年招考文件言明，国家重点与师范学院类毕业后实行统一分配。咱的分数第一志愿报国家重点院校不保险，还是选择师范学校，可以妥妥地走。

南京师范学院中文系，就选你了！

1978 年 10 月 18 日，我顺利跨入南京师范学院中文系 78 级（2）班。

1978，国运的转折，人生轨迹的转折，难忘的 1978！

作者小传

黄晓东，祖籍江苏启东，1957 年 11 月生，福建福州人。1974 年于福州市红塘中学高中毕业，同年 9 月回乡插队至江苏省启东县（现为启东市）大兴人民公社务农。1978 年考入南京师范学院中文系，1982 年毕业，分配至南京第 35 中学任教。1984 年调至福州汽车工业公司工作。1994 年 6 月起独立创业，从事机械产品制造。（文首肖像摄于 1978 年大学入学前）

一九七八：我的高考

谢　波

我是1978年7月20日—22日参加的高考。当年10月18日到南京师范学院报到，成为中文系一名学生。

“文革”后恢复高考是在1977年秋天。得到可以高考的消息，我的中学同学马跃，跑了几十里地，在泗洪县城到石集公社孙台大队，小有激动地告知并动员我参加高考。对于高考，马跃同学说得兴致很高，我却心里朦朦胧胧，不知道是怎么回事。当时我高中毕业已一年多，被抽到公社农业学大寨工作队，住在孙台大队。

我们工作队队长叫孙毓昌，中等身材，方方正正的脸膛，平时言语不多，是位持重敦厚、令人一接触便生敬意的长者。孙队长当时的行政职务是公社食品站站长。我把希望参加高考的想法给他一说，没想到他对我说：“你参加什么高考，我们要培养你入党呢。”就这么一句话，我便放弃了1977年的高考。同年11月份，我就入了党，成为“文革”后第一批中共预备党员。现在想想，即便参加考试，由于没有任何复习准备，77年我肯定也是考不上的。

1977年12月，为期一年的农业学大寨工作队结束了，我被抽调到公社业余教育办公室，搞扫除青壮年文盲工作。我负责的扫盲点是向阳大队，吃住在一户姓石的老人家里。老人一家很朴实，五口人，老夫妻俩，儿子儿媳和一个小孙女。三间泥草房，拾掇得很干净。老人家住东边房，儿子媳妇带小孙女住西边房。我就用张凉床住在中间的当门口。扫盲白天几乎没什么事，晚上也就是辅导来上夜校的青年男女“人、手、足、口、耳、目”地上个把小时的课，其中还穿插着青年男女的说笑打闹。工作甚是轻松，这给了我十分优越的时间条件看书，准备 1978 年的高考。

大概在 1978 年的 5 月份，县里在文教局办了一个高考补习班。给我们上语文辅导课的老师姓岳，高大魁梧，声若洪钟，教学很生动，很能抓住学生。岳老师第一次进行摸底测试，就测出了我的语文功底是多么浅薄。测试卷上有道题，把文言文“苛政猛于虎”译成现代汉语。这个对于今天中小学生都不是问题的题目，却难住了我。但我又不甘心空题，于是就本着答错不扣分的精神，把答案写为：“苛政这个人，力大无比，比老虎还威猛。”想想这也难怪，我们读初高中的时候正赶上反潮流，走“五七道路”，高中两年，有一年几乎就没上文化课。高二年级五个班，分别改成了农机班、农技班、畜牧兽医班、红医班、水电班，大体相当于技工学校。在复习中，我把高中课本拿出来一看，英语课本上只写了个姓名，其他什么字也没有。

为了能充分利用时间，我托高中同学江付军在县气象局找了间房子，吃住在那里。五六月的天气，又没有电风扇，更不说空调，晚上只有开窗通风睡觉。有天早上起床，之前晚上脱下的一套衣服找不到了。思来想去，是夜里人家从窗户外面挑走了。那个年代一套衣服上身不下身，何况还是我花了近一个月的工资扯的的卡布料做的一套比较好的衣服，很是心疼。那时我一个月的工资是 18 块钱。为此，我还正式到青阳镇桥北派出所报了案。以后，心疼了几天也就罢了。

高考那几天天气很热。考场设在县二中红砖红瓦的平房教室里。每人一张考桌，只要监考老师负责任，作弊是有难度的。每个考场门口放了一桶绿豆汤以作防暑降温，但还是有一位女考生晕场放弃了当年高考。考试进行得既紧张又并不那么紧张。紧张的是毕竟想考出个好成绩，不那么紧张的是还没充分认识到考上大学对自己的极端重要性。考场离家里有三四里地，上午考完，中午回家吃饭，下午再去考，步行来去，也没有个自行车。考试中最令人挠头的是数学，一道大概是 20 分的解析几何题，费尽周折，感觉是做出来了，但实际上没做出来。因为五门课中没及格的就是数学，关键就在那道解析几何题。

考试结束了，复习书本扔到一边，轻松了不少。分数公布后又搞了一次复查分，我居然加了 10 多分。可是数学依然不及格。我到公社小学填报了志愿，一切都恢复了平静，原来该干吗还是干吗。偶尔有人问起：怎么样，能不能考上啊？心中也会泛起一阵急躁，盼着能早点拿到大学录取通知书。说说讲讲，三个多月过去了，已经到了水稻抽穗的时候。有一天我站在石集公社柳山大队的水稻丰产田边，看着青绿茁壮的稻子，心想能不能把脚从墒沟里拔出来，还真的没个底。

录取通知书迟迟拿不到，县里又把我抽到扫盲工作队。在集中培训后，我被分配到陈圩公社工作队。那天早上，我背着像军人一样打得方方正正的背包，乘公交车来到陈圩公社，其他队员也陆续到达。公社安排我们吃住在公社小学，队长召集大家简单做些交代，要求吃过中饭分头到各自负责的大队去。我把背包放到床铺上，见中饭还没开，就跑到公社供销点去看望一位亲戚。看完亲戚刚回来，队长告诉我，我的同学打电话来，说是叫我赶紧回去，我的大学录取通知书到啦。

事情就这么巧，我在小学食堂吃过中饭，背上还没解开的背包，乘上下午回县城的班车，二十几里地，一会儿就到了。我的高中同学马跃、夏宇昕、程安庆已在路口等着我。他们居然已经把我的录取通知书拿到了手。原来，他们三位也都拿到了录取通知，马跃考上南京师范学院教育系，夏宇昕考上哈尔滨工业大学机械系，程安庆考上大连海运学院电子工程系。后来才知道，泗洪县中学 1986 年高中 5 个班，78 年考取本科生共 8 人，而我们 3 班，考取了我们 4 人。

谢波所获南京师范学院“三好学生”证书

我的故乡在泗洪县城南三四里地，我们那个村庄叫三里坝。这个坝是相对于隋朝大运河一段的古汴河而言的。古汴河从泗洪县城入洪泽湖，30 多公里，已被列为文物保护起来。相传，我们的祖先是从山东一个叫喜鹊窝的地方逃荒要饭而来的。唯因其穷，祖祖辈辈没听说出过什么读书人。我能考上大学，老父亲心中那份喜悦自不待言。他吩咐一定要到几个至亲家去走走，实际上多少带有几分炫耀加拉赞助的意思。于是我分别到了舅舅家、大姑妈家、大姨母家和一个近房姑姑家。他们对我热情有加，拿出家中最好吃的东西招待我。其实那时他们家中都很贫穷，来了客人，炒盘鸡蛋都是很不容易的。大姑妈送了我一块鱼白色的确良布料。小姑母家就在本庄子上。小姑父那时刚从部队转业，把他一件崭新的四个口袋的军上装送给了我，这件军队干部上装一直是我四年大学中最好的衣服，只在自己觉得重要的场合才舍得穿。也正是这件上装，使得我们第一任班主任李泽平老师，一下就把我任命为班干部。

通知书要我们10月18日到校报到，18日一大早，天还没亮，母亲就做好饭。父亲坚持要送我到县汽车站。到了车站，天才麻麻亮。一路上是父亲骑车带着我，还是我骑车带着父亲，记不清楚啦。那时盱眙县内的淮河大桥还未通车，泗洪到南京的长途汽车必须绕道泗阳、淮阴，经洪泽湖大堤才能到南京。长途汽车座椅是木板做的，当中午到达淮阴汽车站休息吃饭时，我的屁股已经疼得不能沾板凳，因为我从小到大，从没有连续坐几个小时的汽车。从淮阴到南京的几个小时，真的是咬着牙坚持坐下来的。

汽车驶上南京长江大桥，屁股一下子不疼了，第一次亲眼见到这么雄伟壮观的大桥，两眼不够使，什么都忘了！1971年我小学毕业时，和几位同学到县照相馆合影留念，照片背景就是长江大桥，不过那是一幅画技一般的画。即便如此，那张照片也足以让我感到脸上有光多啦。

十月的南京、十月的南京师范学院，我来啦，一如刘姥姥进大观园。所不同的是，刘姥姥以中国农民的质朴，对大观园的一切好奇但并不羞怯。而我，却带着几分畏怯走进了南京，走进了南京师范学院。

班主任老师带着学长们在学院大食堂迎接我们新生报到，可惜实在记不清是哪些学长第一时间在迎接我们。

四十年过去了！一九七八，对于那一年考进大学的学子来说，相信在此前，不管你有什么样的经历，你都不会忘记这个年份。而在这一年之后，不管你又走过什么样的路程，你都会由衷地感激这个年份。因为，这一年是我们共同的人生最重要的起点。

一九七八，对我们这一代人重要，对中华民族、中国亿万人民同样重要。1978年12月，中国共产党召开了十一届三中全会，正式拉开了中国改革开放的伟大序幕。从此，中华民族真正从站起来，走向富起来、强起来。

一九七八，我的高考、我们的高考，我们的党、我们的祖国、我们的人民，历史将永远铭记。

作者小传

谢波，1957年12月生，江苏泗洪人。儿时农耕，1976年于泗洪中学高中毕业。1978年考入南京师范学院中文系，1982年毕业，先后供职于泗洪中学、淮阴市教育局、淮阴市委办公室、宿迁市委市政府、江苏省政府研究室、江苏省档案局，现任江苏省政协常委、文化文史委员会主任。（文首肖像摄于1982年6月）

好风凭借力，送我上青云

——我的上小学、上中学和考大学

程　杰

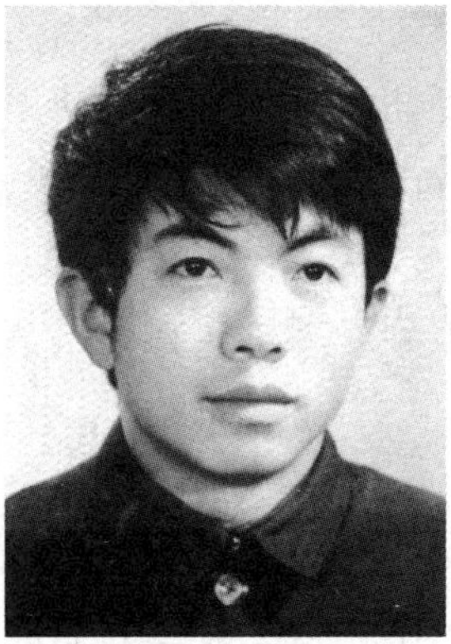

1977、1978 两年的高考，作为当时拨乱反正最早的春风，改变了数十万青年学子的命运，也吹开了新时期改革开放的大门，其历史意义必将永垂史册。我是当年数百万考生中的一员，与数十万 77、78 级同学一样，对当年恢复高考的英明决策莫不感激涕零，为因此获得的新生庆幸不已。只是随着岁月的推移，如今深长思之，在我身上，这命运转折实际又是由一系列浑然不觉的前期铺垫玉成的。当年的高考为我们开辟了一道无比开放、公平竞争的跑道，但通向起跑线的道路却千差万别。77、78 两级同学谈及高考，每每对“文化大革命”以来的教育状况多有否定甚而恨之入骨，而我却有着完全不同的遭遇和感受。“文化大革命”中一系列教育革命的理念和相应的形势变化，当时被称作“暴风骤雨”式的东西歪打正着，给我们这些乡村草根带来一丝“雨露滋润”、因缘生息的机会，使我有幸摆脱失学的厄运，一路走过初中、高中，走进大学的考场。也正是农村社会底层的出身和处境，使我当年的复习备考有着绝路逢生的决绝和紧迫。正是与生俱来的命运和一系列备感意外的幸运，在恢复高考的第二年将我送进了大学。借用《红楼梦》作者曹雪芹的两句诗来表达我这别样的经历和感受，这就是“好风凭借力，送我上青云”。我上大学读文学，毕业后在大学教文学，与文学却习相近而性相远，以下只是从上小学、上中学到考大学，一路流水记来，充其量也只是个“高玉宝体”，不信诸位看看。

一、 贫下中农的孩子必须读书，使我读完了小学

我家在江苏省泰兴县曲霞公社程福匡，离长江 20 多里的一个小村庄。“匡”字在老家的写法是带“土”旁的，说的是方形圩田，村里以程姓为主，又有一个福庆女庵，因而得名。在整个家族中我家这支人丁较旺，却是最贫穷的，尽一色的贫农。我父亲是独子，没有兄弟姐妹，由于祖母的溺爱，养得几分江湖漫浪之气，带一干 20 人的木偶戏班，闯荡于苏南、浙北、浙东山区。1964 年，夏忙后我报名上学时，父亲在的；秋天我上学了，他才回来，却躺在一口生木棺材里。这年农历六月十六日，父亲在浙江安吉县高禹庄山村遇难。这年我奶奶 60 岁，我妈 33 岁，我哥 11 岁，我姐 10 岁，我 5 岁，我妹妹两岁。我祖父这一辈兄弟姐妹 5 人，4 人逃荒到上海做工，最后散居在上海市淮海西路、上海县漕宝路、七宝镇一带，是所谓苏北佬，男的都是入赘丧夫之妇，过得还不如老家，从我记事到上大学，几乎没见过。我母亲那一脉，外婆在我母亲很小时就过世了，我爹去世的前一年我年轻的舅舅去世，第二年我外公去世，就成绝户了。我们家横竖没依靠，父亲一没，就真是断了梁垮了柱。全家 6 口人，只我妈一个壮劳力，日子变得十分艰难。生产队年终分配，我们家是透支最多的，集体多少会为我们减免一些，但该得的粮只能先得一半，等最后交足了钱才能领剩下的粮。每当这时，我妈都会双手抓着头发、埋头一蹲半晌，不断地两袖抹泪，吃饭得喊好半天，我们兄弟姐妹陪在一边两眼汪汪，怯怯蹲着。

父亲在世时走南闯北，呼朋唤友，煞是风光，哪里挣钱哪里用，钱不过夜的。父亲去世后，剧团人倒猢狲散，分给我家的只是一厢木偶戏装，随之而来的还有说不清的债务。我记忆中至少有 4 个父亲好友来要过钱，我母亲总是笑脸迎着，实在拿不出钱，日子长了，人家也就不指望了。其中有一位老人家要得最为执着，每次由儿子独轮车推来，瘦长高个，一袭宝蓝长衫，腰里插根烟枪，颇有几分风范。来了也只是温和地端坐着，我奶奶和我妈细声陪着多少说两句，备一顿稍微起眼的饭菜。老人家静坐到太阳西斜，站起抖抖蓝衫，摇摇头长叹几声，呼儿推车走人。每年春、秋来两次，都是这般程式和风范。三四年后，不知是这位老人家死了心，还是走了人，就再也没来过。我曾问过母亲，我爹是否欠人家钱。母亲说，以你爹那脾性，少不了欠人家的，他从不与我们说，我们没法还，也没钱还。记得我妈还说，以你爹那脾性，吃只虾子都

要与人分根胡子（虾须）的，人欠他的应是更多，也从没见一个来还钱的，让他们来日到阴间与你爹算去吧。说得虽有点阴毒，但也是人穷理横。

钱成了全家最缺的东西，我们没有任何现金收入，主要靠养猪、养羊、养兔、养鸡、种菜，还有我妈纺纱织布换钱，来支应买洋油、洋火、洋皂、盐、醋、酱油等日常用品，处处扳着指头花，每一分钱都赔着小心。记得刚上小学时我很喜欢画画，没有纸，语文、算术书的四边都画满了各种图画。有一次在街上文具店里看到小长方水彩盒，红黄绿蓝十二块，有两个纽扣大的敞口铁皮小盒，是盛水调色用的，非常喜欢，缠着姐姐要了三角钱偷偷买下。被我妈发现了，狠狠训了我姐一通，操着竹竿抽了我几下。从此我断了画画的念头，再也没在书上画过画。

最要命的还不是买学习用品，而是每学年交书本费和学费，经常交不起。父亲刚去世的两年，我在本村复式班念一、二年级，教书的是邻居本家堂叔，堂叔曾在我爹剧团干过，不会向我要钱。1967 年，也就是“文革”开始后的第二年，我转到离家稍远些的张文匡小学（这里的“匡”字也是带土旁的）。这是一个完小（完全小学），有一个院子、两排房子、一座厕所，院前是一亩大些的操场，学生有六个年级。

我是与邻居小伙伴一起半途插进来念三年级的。开学已有一阵子了，进来就得交学费，我家一时交不上。校长叫印桂生，教我们班的语文，上课一开始，拿着一本簇新的语文书，郑重其事地对全班说：“我们班转来两位新同学，很抱歉，学校只剩一套书了。匡××同学先交了学费，这本语文书就发给他。”课后，校长专门调了一下我的位置，让我与班长同桌。整个三年级，我没有教材，上课时一直与这位女同学合看。校长用练习簿给我抄写课文，每周六下午让我把练习簿交给他，下周一上语文课时他还给我，本上新抄的是这周教的课文，这是供我放学回家练字背书用的。我至今都清晰地记得这淡蓝色封面、褐红色印字的本子，记得校长硕大工整的蓝水字迹，其中有一页抄的是“念念不忘阶级斗争，念念不忘无产阶级专政”。

我没来这上学时就知道这位印校长，村里人都说张文匡学堂印校长为人特和气。1966 年“文革”兴头上到处游行，我见到这位校长，胸前挂个硬纸牌子，上面分两行写着“走资派印桂生”，后面跟着一队学生，不时喊两声“打倒印桂生”，主要是戏闹着。印校长带头沿村走着，村民们多与其招呼：“印校长，当走资派啦?”“是的，派的。”他满脸笑容应着话，哪是游行，整个是乡里人家串门。1968 年他调回老家的学校，我就再没见过。1977 年夏间，一个极偶然的机会在西街曲霞米厂办公室遇到他，他竟一下认出我，只是叫不出名字，但仍记得我哥叫程俊，记得我们家兄弟俩、父亲早逝、念书困难。听他说完，我立马放下手中的东西，当着一屋七八人，给他深深鞠了一躬，毕恭毕敬地叫声“印校长”。

因为是新到一个正式的学校上学，印校长教我这年的学费最终应是交上了，记忆中他没为难我。四年级那年，我姐大腿得骨髓炎，正是长个子的年龄，怠慢不得，据说得青霉素、链霉素合用才行，药固然难买，对我家来说耗钱更揽心。当时我哥上初中，我上小学，我姐、我妹没上学。我哥是长子，有钱自然优先保他上学，能拖的就是我的学费了。开学报名是应该如数交足费用的，以我的家庭情况，学费是全免的，学校要的只是书本费，这是不能免的。读书就得买书，天经地义，但我家硬就交不起。开学一周后，班主任薛荣恒先生（先生是我们乡间对老师的通称，下同）开始催交书本费和学费，最初是一一报已经交钱的同学，进行表扬和鼓励。两周后是报没交钱的同学，有十多个陪着，我不觉得什么。薛先生脾气差是有名的，学生几乎个个切齿。等到只有三四名了，我就有些紧张了。每次先生催交，放学我都会与母亲说一下，如果有，她也会给个一角两角，但大多数时候是没有反应。等到全班剩下一两个人时，报到名字，我就很害怕了。下午上学前向母亲要钱，母亲说没有，我不依，缠着要，同村伙伴也一起帮着说。母亲火了，伸手一巴掌打过来，至今我都不愿说这是耳光，脸上打得火辣辣的。我捂着脸，噙着泪水，被小伙伴拉走了。那时我是“红小兵”排长（班长），全班欠费终于只剩我一个了，先生没报名字，放晚学前示意我随他到办公室，很和气地问我情况，让我回家与母亲说，全班都交了，剩我一个了，钱也不多，只剩不到一块钱了，争取交上。这次我不敢向母亲要，让我姐替我说，母亲知道了，沉默一阵，对姐说：“没钱！等不及，就不上了，回来干活！”母亲既然这样说了，想着无脸面对班主任，第二天我真就留在家里不上学了。

隔了两天，同村伙伴放学，高高兴兴来找我说，先生叫你先去上学，学费以后再说。第二天我小心翼翼地去了，遇到薛先生只是低着头走，两天他也没提书本费的事。每礼拜六放晚学前，全校师生例行集中到操场，听校长训话。这时学校领导换了新人，是位叫丁邦喜的先生临时负责。丁先生生得黝黑，瞪眼说话有些凶凶的，声音却十分洪亮。训话时重点讲了学费、书本费的问题，大意是说，能交的同学都尽快交上，实在困难交不上的，也不能不上学。他说的显然包括我，丁先生说：“我们是无产阶级，是贫下中农，教育要革命，学校是为贫下中农办的，地主、富农、反革命的孩子可以不上学，贫下中农的孩子都得上学。”我对这位丁先生印象本不太好，一半是因他的长相，一半是前些时我们几个伙伴上学路上捉蛇玩，被他发现了罚站示过众。但这次，他说这话却让我感到特别耐听，好感顿生。当时大喇叭里天天叫着阶级斗争、无产阶级专政，他这番话让我隐隐约约感到“革命”和“阶级斗争”对我们这类无产阶级、贫穷人家多少是有点好处的，这也就是后来我们政治课上常说的阶级意识。

春去秋来，又到五年级交学费、书本费的季节。这时“文化大革命”进一步深入，“贫下中农管委会”代表就天天驻在教师办公室里，靠新来的顾校长办公桌旁放一把藤椅坐着，看着先生们办公。他是我们村西队的本家大爷，大字不识一个，因腿脚得浮肿病，干活不利索，就派他这差事。我这时不当排长了，排长有实权能天天做操喊口令，由先生安排让给了一位父亲在食品站能帮先生买到猪板油的卢同学。我晋级当全校副连长（相当于后来的校学生会副主席）兼班上的学习委员，每天都进出办公室搬本子。每次我按本家礼数先叫西村大爷再找先生，大爷人很好，与我家也比较亲近，有他每天坐在先生办公室里，交书本费这事，我心里比去年淡定多了。先生说一遍，我也回家与母亲说一遍，她不吭声，我便不问。

这时的班主任是新来的徐经宏先生，年轻些，三十上下，他催到第四遍，只剩一两个同学时，第二天我就很自觉地不去上学了。这近乎有些无产者无赖的色彩，但也确实无奈，我不敢惹我妈发火，同样也怕被先生当众点名。又是隔了两天，伙伴带信说，先生让你去，于是我就轻松去了。这次解决起来简单许多，周六放学前班上开会，班主任说：“这次学校给我们班两个减免书本费的名额，程新明（我小学时用名，合乳名而成）同学家妈妈、奶奶两个寡妇带四个孩子，全班最困难，一块五的书本费全免。还剩一块给杨国华同学，他也没爹。”我听着只觉五雷轰顶，全班50多个同学齐刷刷地把头转向我，在我们乡下寡妇总是晦气的说法，我恨不得钻地三尺。我知道这位先生新来，应该还不掌握我家情况，一定是坐办公室的本家大爷好心帮我说的。这位徐先生旗帜鲜明地给我减免了书本费，我却宁愿回家从头要钱，多挨母亲几掌，那是我妈，怎么打只是疼从不恨的。对这位年轻的先生，好多年我都记恨不已，路遇绕着走。

尽管有这许多难堪的记忆，终因“文化大革命”中教育为无产阶级、为贫下中农服务的思想理念，尤其是“贫下中农孩子一定要上学”这一朴素的口号，使我这个失怙的少年一再逃过辍学的危险，侥幸走到了小学毕业。1970年，由大队、生产队照顾，我哥哥进大队企业做工，每月能拿8元钱，全家也算有了一点固定收入，从此我与妹妹两人上学，再也没有出现交不上书本费的事。

二、 学制要缩短，教育要革命，1971年我轻轻松松上初中

"文革"间有一段集中调整学制的阶段，时间在1970年，我记得当时的口号是"学制要缩短，教育要革命"，小学由6年制压缩至5年，由春学期结束毕业，调至秋学期结束毕业。这年小学五、六年级各多上半年，于1970年底同时毕业。这应是新中国成立以来小学毕业生最多的一届，中学如何接纳就成了问题。我所在的公社，有三分之一的完小第二年都戴帽开办了初中，来接纳这些小学毕业生。这项工作，应是前一年就开始做了，1970年这次规模最大。当时的政策，除"地、富、反、坏、右"的子女，其他只要你愿意，都可就近上初中。

这样的形势对我们这些贫下中农或今天所说乡村草根家庭的孩子来说，无疑是一次好运。后来我反复思考"文革"期间这一初中教育大普及对我们这些乡村下等户即贫下中农孩子的意义。"文革"前的中学数量极为有限，上初中大都要到离家十几里、二三十里甚至更远的地方，对于一般乡村中下户而言，往来路费、寄宿费是一笔不小的开支。我的小学先生们，年轻些的大都是"文革"前的中学毕业生，经常在课堂上大讲中学苦读的励志经历，说的都是远至二三十里外寄宿读书缺衣少食的艰苦。我所在的生产队，比我大七八岁至十多岁的男孩大多只念到小学，而且多半还只念到初小，念完小学的不足一半。我们整个程福匡一个150多户大约1000多人的村庄，"文革"前念上中学的不足20人，他们主要属于这四类家庭：一是有公职如公办教师、国家干部或有人在城镇工作的家庭；二是地主、富家、上中农、中农等殷实户；三是手艺出众、带有徒弟的木匠、泥瓦匠、修锅匠等工匠户；四是开磨坊、豆腐坊、杂货店、走街串村提篮小卖略有起色的人家。没有一个纯粹种地的贫下中农家庭可以供子女念上初中的。上述四类中，第一类是所谓吃国家粮、拿国家钱的，可以归为国家干部或工人阶级行列；三、四两类土改时的出身有高有低，但由于或工或商营生有方，发家致富，俨然小康，属于乡村新兴户。第二类情况比较特殊，其中地主、富农是革命的对象，"文革"中最受冲击（这造成新的不公平乃至许多悲剧），但"文革"前也只有这类传统殷实户有能力供子女读高中，

上大学。我的岳父母就都出身富农家庭，两人都在20世纪50年代末读到中学，60年代初分别上了大学和中专，这在乡村下户即一般贫下中农家庭是不可想象的。

1970年后尤其是1971年大规模的普及初中教育，质量自然一时难以跟进。我上初中的学校正式名称是太平圩小学，这是一座原由寺庙办的学校，校舍严整，庭院深深，也有一片不小的操场。本来只有六个年级的小学班，1970年起开办了一个初中班，1971年增加到两个初中班，每个班都有五六十人。我们程福匡，实际靠镇很近，但这年镇上中学容纳不下，就切块到这一离家较远的戴帽初中。教师大多由小学教师择优充任，我原就读的张文匡小学教导主任李介生先生就调来这个学校，正巧担任我所在班的语文老师和班主任，并仍兼校教导主任。课程除语文、数学外，主要还有农业基础知识，讲解土壤、化肥，还有作物生长、气候之类，包含一些化学、生物学知识。教数学的是县城来的知青刘文先生，教农业基础知识的是曲霞镇中学毕业生程葵芳先生，两位都是女的。这样的师资与如今初级中学的师资标配完全不可同言而语，但对我们这些“文革”期间本就学得马虎的学生来说，绰绰有余。

尽管教学质量与“文革”前的中学相比明显滑坡，但以质量换规模，以运动搞发展，使我们这些广大乡村中下户子弟（主要是男孩）几乎一个不少地读上初中（因传统男尊女卑的习惯，有一些女生不上了），这不能不说是一个历史的进步。我经常想，如果没有“文化大革命”，因循“文化大革命”前十七年的教育发展节奏，从1966年过4年到1970年、1971年这个当口，乡村初中是否会普及到这个份上，很是值得怀疑。如果发展速度跟不上，我们这些五六十年代生育高峰时出生的乡村孩子，也许还包括同样情况的城市孩子，是否都能适时读上初中，真的很难说。至少像我这样贫困家庭的孩子，如果就近没有合适的学校，要到离家十几里乃至几十里的中学去寄宿读书，肯定是不可能的，就只能像我们村里上一辈年长十岁的兄长们一样，止步于小学了。

三、 一次意外的考试让我上上高中

小学同学大呼隆浩浩荡荡进了初中，但高中却远没这么多。“文革”前我们县只有县城的泰兴中学、县东黄桥镇的黄桥中学、县西北口岸镇的口岸中学等三四所完中。也就在各地大办初中的同时，我们镇上的曲霞初级中学升格为完中，改称曲霞中学，开始办高中。一个公社就这一所高中，招生规模也就数十人。熙熙攘攘的初中生，哪家孩子有资格上高中，就成了众目睽睽之事。

“文化大革命”虽然给了我们读完小学、上初中的机会，但进一步的入学机会，却远不会如此顺利。“文革”以来政治体制、社会风气急剧恶化，各行各业“走后门”成风，资源的缺乏使高中的入学资格完全靠“拼爹”了。我哥小学、初中成绩都好得出名，我同村堂舅家表兄念书多少有点笨，两人同年初中毕业，最后眼睁睁看着表兄天天从我家门前上高中，我哥却只能回家种地。我哥的命运就应该是我的命运，但那年有两件事无形中相继改拨了命运的指针，把我送进了高中，我刻骨铭心地记着。

1972 年，也就是尼克松访华、周恩来主持“落实政策”的这一年，政治形势多少有些变化。这年春节后的一天，我的干爹王荣如不知啥事路过我家。这是我爹去世后来我家最体面的客人，他是公社工业办公室的主任。记得父亲在世时，曾在认下这门干亲满三年时，挑着礼品带我去他家上过满香，这是民间古老的仪式，我隐约记得向这位干爹行过大礼，磕过三个头。这时他站在我家门口与我母亲聊着，问些我爹去世后的长短，最后问母亲有什么要帮忙的。因是我的干爹，母亲拉过我说，孩子个子小，在太平圩小学上中学，离家太远，能否转到街上中学念书，东街上的好中学不行，西街上的农中也行，总是靠家近些。干爹一口应承了，第三天我在校上课时，就看到干爹带着一个年轻大队干部进了小学校长的办公室。再过两天，班主任李介生先生交我几张填好的表格，让我带着课本和作业册到新学校报到。

这看起来是很普通的通关系转学，对我的意义却非同小可。转入的这所学校正式名称是曲霞农业中学，在镇的西街，本是一所乡村职业中学，很不正规的。远不如原来就读的戴帽小学那样有围墙和砖地，而是夹在镇边农户住宅区内，只有三四个教室、一间教师办公室、两小间教师宿舍，巴掌大的操场和一座敞棚厕所。四个教室的桌凳都不相同，同一教室前后桌子也不一样。我在这里念了近一年，上体育课女生只是做做操、跑跑步、跳跳绳，男生只是传传球、单板球架上篮、爬教室门前的三四棵楝树，被爬得“下身全裸”了。学校虽然有些破，但离我家近，从学校到家也就一里多路，远不是先前的三四华里，上学三步两步就到了。而且破有破的好处，我就是一个十足的受益者。

我转来第二学期开学不久，大约 1972 年的 9 月或 10 月上旬，遇到一场突如其来的考试。记得从小学三年级以来，考试几乎都不是个事，同学中门门考个二三十分多的是，从来没人因此留过级，谁也不拿考试当回事。这次的考试有点特别，卷子不是油印的，而是与课本一样铅字印的，后来听说是全公社或全县统考，应与当时全国开始“教育整顿”有关。不久卷子发下来，我语文

98 分，数学 95 分。数学仅一作图题扣了 5 分，我觉得没错，拿给数学王万贯先生看，他说不是他判的，说我没错，可能作图的圆规不好，画得不精致被扣了分，也不该扣 5 分。过了一个多星期，学校在操场开大会，汤子林校长（实际应是副校长之类主持工作）坐定后叫我站到他讲桌边，对全校师生说，我校这次统考，程杰（上初中时我哥让我改了名）同学考了全公社第一，压过包括曲霞中学在内所有学校。当时，这所农中比较边缘，应是我的考分让学校扬眉吐气，校长讲话中充满了明显的兴奋和自豪，反复大声地表扬我，号召全体同学向程杰同学学习。这阵势吓得我直抖索，恨不得试卷上老师再错判一条，免得这样站着示众。

接下来的麻烦更是没完没了。首先是听课，其他学校的教师到我们班来听课观摩，该到放学时间了，教语文的班主任戴金生先生让全班留下来演习明天听课的内容。一次又一次，我都记不清接待了几批，好些天这个没有围墙的学校弄得有点熙熙攘攘的。其中来的就有我原来学校的班主任李介生先生，他课间微笑着问我："程杰，这校园这教室，还是我们那里好啊，为什么转这里?"他在小学就教过我哥，也认识我，他这样说，我很不好意思，像叛变投了敌一样。他摸摸我头，开解说你离家真是近了。

同学们因放学拖课对我多有怨言，认为是我这个转来的同学害的，当然也因我扰乱了原来班干部间的排名顺序而有些妒恨。过了十几天，戴先生要强行改选班干部，看来是想把我补个学习委员之类。他在黑板上写了个推荐名单，我排第一。但同学举手表决，我只得 7 票。先生觉得恼火，说一并改选小组长。我们这个组 14 人，我只得 3 票，举手的都是我小学同班铁杆伙伴。先生无奈地说，那就程杰同学任副小组长吧。这是整个初中阶段我唯一担任的学生干部——副小组长，其他小组没有，说着都有点怪。

再后，戴先生让我每天课间和自习课到办公室将这学期各科作业本上的内容工整地从头重抄一遍，先生们一一重新工整地打分，并按原日期写上评语。这应就是造假了，可能是用于送展之类。班主任戴先生因屡屡开公开课，得着风光了，数学王先生或多少有些不平衡，恨屋及乌，便看我不惯。以前上课提问常让我回答，但此后我怎么举手，哪怕全班只我一人举手，他也不叫我。同学私下提醒我，王先生与戴先生不和，你是戴先生的红人，他肯定看不惯。我明白了原委，剩下的小半年，数学课上我再也没有举过手，乃至其他课上除先生点名回答，我也基本不再举手了。

尽管统考给我与先生和同学的关系带来不快，但对我上学的积极性还是大有促进。在当时教育整顿的背景下，社会舆论对学校教学质量、学生成绩开始有所关注，我成了当时全校乃至我们大队小有名气的学生。

这时的初中已变为两年制，年底的高中入学考试被渲染得煞有介事，先生们加班加点地给我们复习，有志上高中的同学学得十分卖力。这是“文革”以来我第一次感受到学习和竞争的氛围，当然我也倍加努力复习迎考。如果升学靠成绩，我自然很有信心。但我哥的遭遇仍在眼前，更重要的是，这时同学中也已有些传言，说谁谁谁家有来头，他考零分都能上高中；谁谁谁家有钱请客送礼，肯定也有份。从小与我一起上学的同村伙伴的父亲在县城工作，他家就几次宴请大队、公社干部，门前空酒瓶堆了一堆又一堆。我远远看着，觉得他上高中应没问题，他后来确实上了。如果上学靠酒瓶，我与高中肯定无缘。我一边认真复习备考，一边却忐忑不安，不敢多想。

与小学时的混沌无知不同，我这时很想上高中。问母亲能否再请干爹帮帮忙，母亲说，你爹走后这么多年两家没走动，我们也从没给人家送个啥，年头上转学已经帮过一次了，就不要再麻烦人家了。我们学校就在街上，离工业办公室机关不远，我曾几次大胆找到干爹办公室，都不敢敲门，只是希望干爹出门时看见我，像年初从我家门前走遇见母亲和我一样，但一次次都无望而归。

记得有次大队干部来我们小队开会解决干部内部矛盾。我家没有成年男人，说话比较方便，会议就摆在我家。当时是冬天，母亲起火烧了一锅开水，让我到村里唯一的老茶树上扯了一堆青叶放上，水也多少带点茶色茶香。母亲用白碗斟着端给各位，让我不断给干部们续水。散会了干部们起身走人，母亲拉着我对大队干部们说：“麻烦周支书和各位大队领导，我家这不懂事的今年毕业，听说成绩好，想上高中，请大家帮个忙。”领导们都和蔼地堆着笑脸，大队支部书记周伯生是一把手，转身打量我，很热情地对我母亲说：“你家孩子这么小，都初中毕业了，真不简单!”这是称赞，也应是“哈哈”。我妈能为我做的，就这一锅开水。我知道，水肯定是不如酒的。

升学的统一考试结束了，学校的期末考试也草草完事。这是初中在校的最后几天了，甚至可能是我一生上学的最后几天了。星期天我与五六个同学帮先生整理各种毕业资料，填写成绩报告单，中间上厕所，遇到教导主任丁长林先生（好像也不是正式的主任，这所学校只是七八个教师应付着）。我们并排站着方便，他问我家里有什么人，都干啥，我漫不经心地应着。丁先生只在我班代过一两节课，对我应不熟。出了厕所，他仍与我一直说着，我只能应着，他把我引到旁边的大田埂上，显然是想与我单独说点啥，我小心翼翼跟着。他说："你父亲去世早，家里没有得力的人，高中招生考分只是微不足道的方面，关键是要有人。上高中的名额是分到各大队的，你们大队 8 个，政策规定由公社干事、大队干部和我们学校三结合讨论决定，实际权力还在大队。前天晚上去你们大队讨论了，你们大队共有好几十个同学，想上高中的总有干部站出来为这个说话为那个说话，唯独你没见一个干部提到。汤校长与我还有你们戴先生三人代表学校参加的，顿时觉得不对劲，汤校长给我们使了个眼色。去的路上我们曾商量好根据成绩重点推荐你和李广生（我所在班班长）等几个同学的，看到这种情况，我们绝口不提其他同学，只集中说你一个人。我们用全校的面子保住了你，最终人家晃不过（抹不过的意思）我们的面子，只能同意了。你这名额来之不易，你要特别珍惜！"这几乎是他的原话，在那冬日阴沉的上午，字字都浇注在我心底，我感到无比的温暖。我虔诚地点头应着，对丁主任所说讨论会上的情景不感意外。丁主任接着说："结果目前还不能对外说，你知道就行。你是我们这里最好的学生，山外有山，天外有天，到了高中，应该有其他学校来的好同学，机会来之不易，你要特别认真学。"听到这个份上，我知道我上高中的名额应该是完全落实了，内心既高兴更感激。因有丁主任的交代，我把喜悦悄悄埋在心里。

毕业离校那天，我捧着纸张杂碎，与先生告别。走进先生办公室，我静静走到汤子林校长办公桌边，对他深深鞠了一躬；走到丁长林主任桌旁，深深鞠了一躬；走到班主任戴先生桌旁，他这时已站起迎着我，也深深鞠了一躬。最后退回到门口，给全体先生深鞠一躬。我不善言辞，当时不知说啥也不便说啥，只是止不住热泪盈眶，无语凝噎，鞠完躬，低头抹泪就走。三位先生面面相觑，一脸诧异。等我出门后，听到丁主任在里面说着什么，他应是明白了我的心意，或在与其他先生解释着。我走远了，回望先生办公室的窗口，看见班主任戴先生隔着窗户目送我。

我深深感谢 1972 年秋天这场意外的统考，感激这十分简陋的学校。我是中途从外校转来的，在这读书不足一年，没有这场意外的考试或者不是这样一所地位不济的学校，我不会引起学校如此特别的重视和眷顾。我也感谢三位先生的职业良知，如果不是他们最后关头的竭力保荐，我绝不可能迈进高中的大门。而没有高中，就不可能无端有进一步求学的念头，此后的一切将无法想象。

四、上高中，上得既窝囊又差劲

1973 年春节后，我进入曲霞中学上高中。这是全公社的最高学府，校舍四进对称结构，还有一个后场空地，中间一条宽敞甬道，两排法桐浓荫相合。教室地基都高出平地一尺，檐下通条铺砖长廊。院内外各有一顾长的厕所，校园内的厕所青砖碧瓦，有校工专门打扫，极为整洁。师资也比较整齐，至少为我上过课的先生就有华东师院、南京师院、江苏教院、扬州师院、徐州师院、南通师范、扬州农校的毕业生。但就是在这各方面条件都十分优越的学校，我的感觉却是前所未有的差。

首先是从因家庭状况的自卑开始的。与我同班的50多位同学多出于全公社的精英家庭，主要是公社、大队各级干部及其亲戚的子弟，再有部分是教师、工人和城镇家庭出身，像我这样了无背景的普通家庭孩子只有一两名。坐在我前面的肖云生同学与我关系很亲密，同学两年半没有听说他家有啥说得上的社会关系，好多年后我问他上高中的来头，他说某位书记是他家远亲，这应该是极绵薄的背景了。身份的差别在衣着上也反映出来，同学们大都是穿洋布的，就是机器布，百货商店里剪的，而我穿的除春秋外套多是蓝色土布，家纺的，夏季天热时反差尤其明显。高中毕业前我没穿上一件汗衫、短袖的或机织布的夏衣。同学中也开始有谈恋爱的了，自然都是衣着特别光鲜的，没有谈的都兴致勃勃咬耳传着。我只是听着，有时都懒得听，知道横竖与我无关。

身高同样如此，高中入学时按高矮排座，我排在全班男生的中间，两年半后毕业时，全班50多个同学（后来转学来了几位）除两个女生一辈子就长这高，还有一位据说是早产儿的男生外，都高我至少半个头，这两年多我基本没长个子。“文革”时，随着五六十年代的人口剧增，粮食短缺成了极严重的社会问题，我们家的情况更特殊些。乡村的粮食分配主要是按人口计算的，父亲刚去世的几年，我们兄弟姐妹人小饭量小，总能吃得饱，稍有盈余，急用钱时还可卖些换钱。后来逐渐都到长身体的年龄，四张大嘴，母亲也只四十几岁，粮食就很不够吃了。一年到头如果能吃上几顿今天所说的纯白米稀饭就真是烧高香了。我家在镇西隔一节田，学校在镇的东头，相去近三四华里，街面上是石板路，好走些，但满街都是香气四溢的吃食，上高中的两年半，我都从街后的小路上学。每年春天青黄不接时，日头长，天亮早，上学也早，早饭只是糗子（未脱皮的大麦粉）烧的薄粥，清汤寡水照见人影，碗碗都能当镜子用。喝三四碗下肚，到校一泡尿，啥也没了，剩下的只是饿。中午放学回家，出得校门两三百米内尚能与同学说笑两句，走到一半话就少了，走出街头，只是闷头走着。有一次，母亲问我：“怎么每次放中学，你都一人赶在前面老远，后面他们一路说说打打的，是不是与同学闹意见了？”我没说啥，全家供我上学不易，怕我妈心疼，后来中午放学就改为紧跟同学后面，无力陪着说话，催人家快走。我是毛主席去世那年即1976年才开始长个子的，那时整17岁了，1978年大学入学体检170公分、重50公斤，如今年届六旬电子秤量得身高171公分，想必大学时应更高些，也就是说我是拖到大学入学后身体才完全长成的。

在这样的环境和条件里，与一班富贵少年、青春风发的同学一起念书真是憋屈，更觉无趣。刚进校时，班主任王来柱先生找我谈话，说你哥我记得，你在农中的成绩也很好，但你初中没当过班干部，先做个小组长锻炼锻炼，半年后再说。于是他派我当了小组长。有感于先生的看重，也是记着农中先生的叮嘱，高一这年，我学习是认真的，各科成绩都名列前茅，也渐渐为同学所知。

但从二年级开始，内心有了剧烈的变化，用当时的话说，就是强烈地中了“读书无用论”的流毒。最直接的刺激是二年级开学后有同学开始退学，听说都是因为找到了好的工作，书可不念，工作机会不能错过。同时，班上又有几位同学学得特别卖力，这都是很有来头的家庭，说是准备将来考大学。这使我顿然意识到，我这高中念得真是多余，其他同学毕业后总能找到做工、做教师之类的好工作，甚至推荐上大学，唯有我这样命中注定肯定回家种地，书念得再好也没用。我与母亲说过，念书没意思，不如回家帮姐姐做点事。

有了这种想法，学习就彻底随大流了。整个高中后一年半，勉强算认真学习、长了点知识的只是两件：一是将同学中传看的《红日》《红岩》《创业史》《青春之歌》《林海雪原》《暴风骤雨》《钢铁是怎样炼成的》《艳阳天》《金光大道》，还有高尔基的《母亲》，古典的《三国演义》《水浒传》等小说一一看了。还有《解放军文艺》，这是当时唯一见到的文学期刊，每期都认真看了。我家是彻底的贫农，父亲一辈才开始识两个字，家里除了我们兄弟上学的课本外没有任何其他书籍，邻里人家几乎也是。正是因为进了高中，使我有机会接触到这些家境好的同学，尤其是街上城镇户口的同学，主要是西街的姚莲珠、中街的王克胜等同学，我从他们那里看到了这些书，这多少可以算得上我大学入学前的所有文学基础了。

二是自学了些“赤脚医生”的课程。我奶奶是缠过脚的，这时年纪很大了，常闹腿脚病，我自己也常犯脾胃病，就买了本“赤脚医生手册”认真看了。其中的中医部分讲的都是草药，有不少就是平日常见的杂草，渐渐也就多些兴趣，周日打些卖到药店还得两个小钱。高二下学期搞开门办学，学校也请镇上医院的医生讲过一星期医药常识，我听得比谁都认真。“不学ABC，照样会种菜”，学点医药知识，多少还有点用处。我奶奶腿痛时，我找毛茛之类的草药捣汁给她敷上，奶奶十分疼我，总说好些了。高中毕业后在大队农科队，小伙伴老咳嗽，我寻得一方比较对症，让他拿了三副，只用了三角多钱，他说把病吃好了。好多年后，我身体不好，闲时重拾此趣，看了不少中医药古籍，多少也能为自己拟个药方。

正是因为有了“读书无用”的认识，又有了这些当时不务正业的兴趣，正常的课程也就松懈了。高中二年级的数、理、化也相对复杂些，上课虽都能听懂，但不愿再花时间做作业了，觑定数理化学得好的同学，一等他们做好作业，拿来三下五除二抄一遍，就轻轻松松看起小说和医书来。

作业可抄，考试没法抄。1974 年春学期期中数学考试得了历史上最低的 77 分，在我们老家这个数字很不吉利，给我带来的麻烦也真大。班主任王来柱先生在班上不指名地说：“有些同学自以为了不起，不好好学，成绩急剧直下。”说得可谓声色俱厉。我的理化成绩应是同步下滑的，任课的蒋晓仙先生是街西北安乐桥富农家的闺女，好像徐州师院毕业，就明显看不惯大队干部家（也是当时的土豪）的孩子，尤其是女生，她批评的重点就不在我这里，而是不指名地讽刺说，都是某某支书、某某大队长、某某科长家的，“平时花枝招展的，下次考试最好让你爹来，肯定比二三十分总要多点”。我知道，我考得再不济，充其量也只是掉到中等。王来柱先生是江南金坛人，从扬州师院毕业后一直在这里教学，教过我哥和我，后来还教过我侄，对我视之重、爱之切而质之深。后来我报考大学他鼓励指点过我，我 95 年生病后他路过南京还专门来看过我。想着这时王先生这样生气，隐约担心的事还是发生了，他专门找到我家来家访。

先生走后，母亲与我说先生来访的经过。母亲给先生打了三个清水蛋茶，先生介绍了期中考试的分数，母亲把我近来不想上学的念头告诉了先生。第二天下午上课前王先生把我叫到他宿舍，进一步做我思想工作，说了些书到用时方恨少，眼下没用，总有一天用得着的道理。当时唯唯听着，后来上课也确实认真些，作业少抄些。倒不是思想上的弯真的转了，而是小气，心疼我家三个鸡蛋，不想让先生再来家访。

实际剩下的这一年半，政治风气也明显地变了，先是“批林批孔”，接着有张铁生交白卷、黄帅反潮流的影响，大反修正主义教育路线回潮，大搞开门办学，又搞军训。学制又要改回春学期末换级，高中多念半年，折腾到 1975 年夏天，连个毕业证书都没发，就匆匆毕业了。高中这两年半，一年级多少念了点书，剩下的除认识了一干精英家庭的同龄孩子，认识了全公社最高学府的高中先生，度过了两年既无升学压力又没担家庭责任，极其轻松快乐的校园生活，基本上没学到多少书本知识。

高中毕业后，正如我早就知道的，回家种地。我高中同班同学毕业不久大都开始做起代课教师，或当兵服役，还有的参加农业学大寨工作队之类。1976年，当时的工业学大庆先进企业徐州煤矿招工，也招走了好几个。我们大队与我高中同班的 7 位同学，两人去服役，一人去了徐州煤矿，两人进了工作队，一人随父亲迁到扬州，还有一位女生父亲是县财政局的领导，兄弟姐妹已全部进了县、社办企业，剩下她一个只能暂时留在生产队，也算全家有一个人种地。再剩下就是我了，这些外出工作的出路多少都得有些关系或人脉才行，与我无缘。进社队企业，虽也要关系，并不十分关键，尤其是大队企业就离家不远，但我家有我哥进厂了，按例就不可能再有指标了。只有当兵这一项，我想象主要应由人民解放军方面负责，可望公平些，1976、1977 两年我都认真报名参加征兵。一个大队最多时能招走三四个人，我身体指标都走到最后一关，也就是说是完全合格的兵源。最终去当兵的除了两个是我高中同学，其余都只是初中生，我是高中毕业生，却轮不上。我家早就没爹可拼了，我哥还年轻，人际关系还没形成，没靠头。

我只能死心塌地在家种地，先在自家生产队当记工员，半年后到大队农科队当会计。农科队附近的生产队缺会计，让我兼会计。大队窑场就办在这个生产队地界上，同时缺会计，大队干部间为这一角色多少有些角力，唯我家没背景、没人事忌讳，就让我又兼着这个窑场上的会计。1976 年 9 月后的两年中我同时兼两三个单位的会计，不拿钱只计工分，工分也决不容许一人拿三份，实际等于让我白干两份活。高中毕业当时在农村就是很高的知识分子了，带给我的只是三个有名无利的会计工作。我是农村土生土长的，无法脱离泥土，想象着未来是否往上走，有机会也能当个实实在在的大队（相当于今天的村）干部比如大队会计之类。这是 1977、1978 年高考来临前我最高的人生理想，也是我命中早就注定、一眼望到底的生活轨迹。

五、 1977 年考中专，统称考大学，复试铩羽，满腹怨疑

彻底改变这一轨迹的是 1977、1978 年的高考，当然还有那正在悄然酝酿的春风化雨、拨云见日的时代。1977 年我报考的只是中专，当时也不知道考中专不是考大学，但凡参加考试，统称考大学，只是没成功。

1977 年恢复考大学的消息我是知道得比较迟的。大约 10 月底或 11 月初的

一天，我上街办事，路过张文匡后庄，遇到朋友李亚年的母亲，就礼貌地打招呼。李亚年高中比我低两级，我问亚年在不在家，她告诉我在，随即笑着把我往家引。他家两进房，李亚年的二哥残疾，小学与我同班，在前门口对我直笑。进得后屋，李亚年迎上来。我问他忙啥，他说在复习，我说复习啥，他说："你不知道？恢复考试上大学啦，都报名一阵了，真不知道？"我说不知道。李亚年的父亲在上海工作，他大哥李润年在大连海军当干部，掌握信息早些。他把情况与我匆匆说了一遍，让我立即到大队开证明，去报上名，交代我要带四张一寸照片。李亚年说他报考中专，我也没多想，就想着与他一样。第二天，立即去镇上拍了照，这是我平生第一次到照相馆照相，照片要等两天拿到。第四天去公社大院交上证明和照片，填了表，报上名。在这里遇到高中同班肖云生，他在遥远的外地建筑队做木工，赶着回来报名的，也是报的中专。

报完了名，我才想起我兼任会计的生产队有一名 76 届高中毕业生匡 × ×，与我同龄，他爸在相邻公社的中学教书。我有一个多月没见他人影了，曾问过他姐，他姐有点支支吾吾的，说他爸身体不好，去他爸那里看望了。当时我没多想，现在想起来，他应该一个多月前就开始复习了。后来我反复比较这一幕，很感激李亚年家母子，没有他们的热情善良，我赶不上 1977 年的考试。尽管我报的是中专，最后还没考上，但这场考试经验对我十分重要。

开始复习了。因是考中专，只是考初中的语文、数学两门，我心里不怕。关键是要有书。我妈、我姐为人家做鞋多，初中的书过去些年头了，觉得没用，都让她们剪鞋样用了。我还得天天到三处上工，至少要转一下。于是觉得还是就近去蹭蹭匡 × × 的资料简单易行些，便直接到他家试探。发现他就深藏在家，忙着复习，也是报考中专。于是我每天先到生产队地里和窑场转一圈，就躲到匡 × × 家，与他一起看书。等要下工了，再到地里记一下工分，到窑场问一下出勤。我毕竟当着这个队的会计，匡家有事我多少总能多少罩着点，因此对我也十分客气，我一直蹭着他家的资料和信息，直到考试。

考场就在我上的高中，极熟悉的环境。上下午两场都考得十分酣畅，没啥打硌的地方，我自觉至少每门都在 85 分以上，心里很轻松。考完了顺路去看了一下高中数学王先生、语文李先生。有很多报考大学的人在，显然先生对考大学的同学更上心些，我勉强说上两句，就退出走了。心想只要能考取，啥学校都行，回家等着吧。主观上也是大意了，没有想到复试会难多少，又回到生产队和窑场天天上工了。

这时，我家的情况也不容我去关心未来的考试。我哥年满 25 岁了，还没结婚，我姐24岁，已找好人家，等着我哥结婚了才能出嫁，不好抢先的。近五六年，有不少给我哥介绍对象的，上门望亲，走了就没下文。问问介绍人，都说小伙子没说的，就是家里房子差些，下面又有三个弟妹要管着，负担重，人家看不上，最后我哥是在自己工厂自由恋爱结婚的。这时我们兄弟姐妹都渐渐大了，觉得最紧迫的是解决住房差的问题。于是就在我中专预考结束后的两天，卖了两头猪，得110元，凑上以前攒的，趁着农闲，拆去半砖半草的旧房盖新房。近几年，我哥攒工资早就买下一批砖瓦，这时我又在窑场当会计，多少得着方便，工程便紧锣密鼓地进行着，根本就不会想到还有复试的事。等我家新房盖得差不多时，大队通信员（实际是日常跑腿的）送来复试通知书，通知大后天在县城泰兴中学考试，上午语文，下午数学。我问我们大队还有哪些去，好像一共只有两三人。给我高考消息的李亚年和我蹭资料的匡××都不在其列，就不好再去麻烦人家了。这时房子盖好了，家当还没理好，我勉强找出几本初中残书，将就翻着。想想前番考试那么容易，我以高中考初中，怕啥！

第三天下午大约四点钟，骑车往县城赶。我家到县城有30多华里，出门不到十里，麻烦来了，自行车出了问题。其实问题早就发现了，是后轴飞轮侧面的转盖裂缝，到修车店换只新的飞轮要两块半钱，我家刚盖房，正欠着一堆债，手头紧。我哥剪了个硬铁皮，又是挫又是敲的，折腾半天，凑合弄好了。我骑出几里，就觉后轮晃动越来越厉害，终于没法走了。下车一看，才知飞轮的所有小弹子全漏没了，没法骑，只能推着走。天大黑才走到县城，在南门外路边小店买了个大馒头吃下。再到县城东门外食品公司工作的姨父那里投宿，不意他出远差了，同宿舍的师傅容我在姨父床铺宿下，和衣将就一晚。

第二天一早去县中，这是第一次走进这所全县最高学府。看见一些两层楼房，我的考场在二楼，平生没上过楼，觉得很新鲜。因没有钟表，不知时间，来得太早，只得一边等着。发现我高中同学成长生进了校园，于是迎上去，打了招呼才知他是考大学的。说了几句，自觉矮了一截，就仍退回考场楼旁等着排队进场。

那是我一生中考得最窝囊的两场考试，窝囊得莫名其妙。即使前一天推车走了20多里路，一晚没有睡好，也不应考得如此糟糕。上午的语文考试作文题是“我的故乡”，这是任一中学生都不感棘手的题目，容易得让人有点不知所措。当然我也没有任何预案，思忖题目容易必得出奇制胜，想了半天又无好的主意，这样折腾了一会儿，勉强写完了，看看不满意。想推倒重写，担心时间来不及，或者卷面不整洁扣分，又纠结了一阵。监考老师开始提醒交卷时间了，只得匆匆通检一遍，交卷作罢。下午的数学考试也是不顺，最后一道 25 分的应用题，列出式子并不难，就是横竖解不开。先用初中的方法，又改列高中一元二次方程的式子，仍是无法解开，折腾几遍交卷时间到了。出了考场，想着昨天一路不顺风、一夜不安稳、今天场场不顺利，应是命中不该我中，内心十分痛苦。灰头土脸推车回家，到家天已大黑，我哥看我神色不对，只是催我吃饭。我也只说去的路上车就坏了，推个来回。

第二天一早起来，我哥问我考试情况，我说考得差，没希望，他有些诧异。我把最后一道数学题与他说了，他蹲在地上，拿块碎砖头划着，不一会对我说，式子是对的，肯定没错，也不难解，得数是这，怎么解不开呢？我蹲下看他做的，恍然大悟，昨天怎就这么笨呢。我哥只念过初中，毕业近 10 年了，没复习都能做出，我念了高中，还复习了一阵，竟是这等窝囊，不免自怨自艾，摇头无语。

考上大学后的好多年，我反复回忆这场中专考试，倍感人生机缘难料，冥冥之中或有异数在。我是彻底唯物论者，平生不信鬼怪神灵，唯于 1977 年报考中专不成有所动摇。以我初中所学之扎实、高中所学作支撑，即便预考后一日未复习，以预考成绩八折计，也该幸分一杯羹的。然而整个赴考两天处处不顺，临场满脑空空，这么多的不顺凑在一起，这在我的考试经历中是空前绝后的。每每念及，总觉此事有些蹊跷，应是天意佑我，堵我于中专门外，留我来年发挥。

六、 1978 年，在上中学的教室考大学，考上大学

1978 年的高考距 1977 年只有半年，后来才知道这是全国统考。我想当年的考题必定充分兼顾不同地区、不同教育水平的差别，难度十分有限。而且只考一轮，分数揭晓后才填志愿，这对我这样不知天南海北的乡土考生来说，无疑是一个方便而敞亮的通道，感谢这一年的高考决策者。

（一）由考中专到考大学、选文科

1977 年的考试失败对我多少有些打击，社会底层信息的缺乏也使我无法全面了解当时高考政策和政治形势，直觉通过考试上大学还是天高皇帝远的事。于是，1977 年底我认真报名参加当年的征兵活动。真正令我感到上大学切实可望的是，1977 年全公社有两位中专考生收到了录取通知书，春节后去上学了，其中一位是我高中同学俞南松。他考中无锡商业学校，后来担任过县广电局长。既然有人考取，我就能争取。所以 1978 年春节后，我就开始利用农闲时

间复习。

最初仍坚持考中专。一是因为对我们这些农户子弟来说，只要谋个吃国家粮的身份，就是天大的造化。二是考试仅两门（后来实际考了四门，但当时不知），内容简单。我已有两场经验，而且第一场应该考得很好，再加操练，成功的概率应该很大。三是家庭情况，我哥当时要结婚，我姐跟着要出嫁。家里来个嫂嫂，多少是个外人，如果再生个孩子，是否还有余力养个考生弟弟白吃白喝，就是个问题。纵然哥嫂都大量，我已成人，也不自在。我当时一个清醒的意识是，只能争取当年考取，最多考到第二年即 1979 年。我们大队与我先后毕业的高中生多是 1980、1981 两年考取的，考得最久的转户口、改姓名、改年龄，考了中专又考大学，几度磨难折腾，到 1984 年才正式录取。他们可以这样，因为家庭非干部即工人，家底殷实，主要上有父亲罩着，我没有，耐不得这么从容。这一意识转化为决心和意志，对我的复习效率是大有帮助的。

从考中专改考大学，得力于高中老师的指点。随着复习的深入，我感到有必要看看外面的形势，了解一下他人的情况。3 月上旬的一天，我回母校看望高中数学王来柱先生、语文李裕生先生。他们告诉我这样一个信息：1977 年全公社报考中专的人要远多于考大学的，而实际中专招生人数要远远少于大学。他们都建议我报考大学，李裕生先生还直接建议我报考文科。这是及时而关键的指点，我当时就觉得应该改考大学。

进一步回忆高中所学，觉得数理化除一年级有点基础外，余皆模模糊糊。政治、语文、数学都是文理同考，剩下的是历史、地理与物理、化学的权衡。首先是历史，整个中学阶段没有正式开过课，更没有教材。可以算作历史的只有初中开设的“社会发展史”课，是讲原始、奴隶、封建、资本主义、社会主义和共产主义诸社会形态演进历史，这实际是马克思唯物史观，属政治课的内容。记得当时是有教材的，由汤子林校长任课，对这门课我也是特有兴趣的，学得也好。高中自始至终没有历史课，只开过几次讲座，再就是“批林批孔”、评法批儒等政治运动对相关历史略有涉及，知道了商鞅、王安石变法、历代农民起义之类。地理比历史更不如，从来没有开过课。初中时有中街的印淑平先生开过几节讲座，讲中国 29 个省和省会的位置，在农中时由南京师院地理系毕业的周嘉滨先生开过两三次讲座。为此我特地问了后面 76、77 两届毕业的同学，他们说也没有正式开过历史、地理课。我心想既然大家都没学过，都得蒙，你蒙我蒙大家蒙，全看谁蒙得好点了，我觉得比起数理化我蒙、人家不蒙总要好些。经过这番自我摸底权衡，决计报考文科。正是书到用时方恨少，只是到这个节骨眼上，才强烈地意识到高中后两年的混账态度带来的恶果，对自己年幼无知、人穷视短，辜负老师的教诲深感愧疚，但追悔莫及，只能转弯抹角往前走。

还有两方面信息和考虑也进一步坚定了这个决心。一是当时都说理科招生多，文科招得少，而复习考生中呢，成绩好点的都去报理科了，凡是学得差的都归到文科了。我觉得如果真是这样的话，我或可在矮子里当个将军。二是自觉数理化学习能力稍差些。记得小时候与姐姐到街上卖菜，逢到出现单价半分钱、重量半斤或两位数以上的情况，我得折腾一会儿才能算出得款，而我姐几乎出口就来，我哥也是，是他们算术能力比我强得多。人之才性有偏侧，我在数字、计算方面能力较差，相关的数理公式、化学分子式、原子量之类记忆能力都明显弱些，还是学文科为好。这样就坚定选择考文科。

（二）复习

对于复习，我也是认真思量和规划过的。当时母校曲霞中学是开门办补习的，无论是插班听课，还是另开补习班，好像都是免费的，至少我共去过四次，没让交过钱。补习班主要讲数学和语文，听课的都很多，如逢星期天，听的人更多，去晚了得搬凳子，甚至站在后排，或爬在窗口听。我当时刚决定参加高考，农活和工作还得应着，不宜明目张胆天天去听课。只去补习班听过一次数学、一次语文，觉得全然跟着先生走，如非天天去，也摸不着头绪，加之人多声音杂，效果差，也就放弃了。又跟着毕业班听过两次历史、地理课，都是按部就班地讲，课堂上对原班学生还要提问，中间起立、坐下、课间做操等一应程式也未减。我们插班听课本来就不自在，又跟着这等费事，于是去过两次再也没去。

但因这几次听课，直观地感受到参加高考人数之多，历届毕业生都有，也就有了强烈的压力，觉得有必要推掉所有事务，全力以赴复习迎考。这是 3 月下旬。后来许多 77、78 级同学回忆高考，都说他们白天工作，晚上挤时间看书。我当时的优势就在于我做的不是工作，而是农民种地拿工分。那时会计也因农科队与所在生产队合并而剩两个，生产队会计的事务平时只是记工分，关键只在年终分配，现在离得远着呢，只要委托一个伙伴代理就行。而所谓窑场会计只是虚职，既然并不拿钱，可以完全不问，最终结算时我再帮忙几天就行，拿点误工补贴。这些工作都是可以立马置之不理的，于是大约 3 月 25 日左右，我就记工分、记出勤等琐事与好友略作交代后，就不再到生产队和窑场出工了。彻底的农民身份、无望的生活前景使我对高考的态度无比坚定乃至决绝，将高考视作改变人生命运的唯一希望。我后来每每感到，正是这种位于社会底层别无选择的处境决定了当年对高考义无反顾、破釜沉舟般投入，这也是当年高考成功的一个决定性因素。

最初为了防止有人遇事找来，吃了早饭就与家人说去窑场了，怀里揣本书，装模作样上窑去了。走到半路弯腰窜到河沟坡上的芦苇地里，压倒几根芦苇坐着看书。累了换个地方再压倒几根，换个姿势看着。到中午大约地里都下工了，我再窜出来，大摇大摆地回家吃饭，如同从窑场回来一样，下午再如法炮制。最初半月每隔两三天，总发现有窑场或生产队的人朝我家方向走去，晚上回家母亲说今天某某来找过，我说我就在窑上啊。这样两头瞒着，在芦苇地里看书近一个月，我任会计的两个单位都猜我是忙高考去了，再也没人来找我。这时五月初了，天气转热，芦苇地里蚊虫也多起来，不能长时间待，于是冠冕堂皇天天在家看书。

1977 年的考试虽以失败告终，但也有些切实的启发。我第一轮考得很顺，只是自己看书，既没有听过一次课，也没看什么习题集、复习指导书之类，全在我初中阶段学得认真，又有高一知识的支撑，基础全面而扎实。后来未中，也只是复试发挥失常，并不说明复习有什么问题，因此我清醒地意识到，全面、扎实的基础知识是考好的立足之本。当时听说，窑场旁边生产队的倪自强 1977 年就考得很好，远过起分线，主要是因为家庭富农出身没进入录取程序。他是泰兴口岸中学“老三届”高中毕业，后来 78 年与我同年考理科，考了 420 多分，因体检不过关未录取。倪自强的高考情况以及我哥不复习就能做题，使我明确认识到全面、系统的基础知识很重要，“文革”前的教学上规矩，而“文革”以来的课程乱七八糟，教得马马虎虎，学得更是可有可无。因此，我要想办法弄到一套“文革”前的中学教材，全面、系统地学习。

大约 3 月上旬，我就四下打听，有没有搭得上的老高中生。终于在一门远房亲戚家，打听到了一位 66 届高中毕业生，在他家屋梁下找到一捆中学教科书，有语文、数学、历史、地理，还有物理、化学和生物，只是没有发现有政治。从初中到高中基本齐全，缺了一两本。我怕人家不肯全给，只拿了数学（分代数、几何等）、历史、地理三种。当时觉得虽然是考五门，这三门对我最重要。政治呢，“文革”以来全民搞政治，多少总会知道一点。语文全靠基础，靠日积月累，不是一时半会儿能弄好的。这两门可以先放放，而关键的是另三门，历史、地理几乎没学过，数学又学得虎头蛇尾的，有必要重点攻关。尤其是当时我误以为五门都得首先考及格，如果不及格就证明没学好，肯定不会录取，因此把提高数学分数作为首要任务，其次就是恶补历史和地理。我在芦苇地里看书的一个月，主要就是看数学、历史、地理三门。一个多月的时间把几册历史、地理书都看完了。数学看至立体几何部分，三角函数最为复杂，觉得如果把前面几部分都考好，及格线肯定能达到，也就有意识放弃了。

进入5月份，我到生产队、窑上去处理积事，遇到村支书沙友民，向他正式说明想考大学不能出工了，也算正式打个招呼请个假。他是印达人，外村人来此当书记，待我很好。他高中毕业没几年，对高考情况很关心，也不愧是大队支书，对全大队高中生复习备考的情况掌握得比较全面，告诉我哪位去哪里的辅导班了，哪家掌握的资料多些。他的这些信息对我很及时，我知道有必要去看看人家的情况，否则孤陋寡闻的，心里不踏实。于是开始就靠得住的几位高中生进行探访。同村我远房表叔刘春堂是77届高中毕业生，毕业不久，与学校补习班关系密切，掌握的复习信息多些，我从他那里获益良多，他1980年考到安徽滁县的解放军步兵学校。李平西是我小学同学，高中毕业后在农科队共过一段事，关系较好。在他家我看到了不少直接面向高考复习的新书，主要是“300问”、习题集之类。他姨父在部队当干部，驻在天津，买到的书都是最新且实用的。他考理科，他这里的政治复习书有两种，都是问答型的，对我来说帮助特别大。

在李平西家看政治书，我只是看，强迫自己当场理解和记住，一边看一边理出逻辑要点，拎出关键词，迫使自己当即就这一问题答案有一个简明扼要的认识，并记住这些要点和相互关系。我一条条看下去，一条条理出要点，不断在头脑里重复。每看明下一条，头脑再忽闪上一条的内容，这样滚动下去，半天也能看完一本书的三分之一。中午离开后，我出门走过几百米，挑条小路，就开始把刚才强记的这些要点逐一用纸记录下来。中间偶有模糊的，再一一回忆，能大致形成一个个问题提纲。实在记不清的，下次来再补看一下。

这天身上是有纸笔的，但在李平西家一直只用心眼，不动纸笔。我当时想，人家有书，我没有。如果我也有一两种可以与人家交换就好了，而我的情况只能是一直蹭人家的，全无回报。在复习资料视为高考秘器的情况下，我不敢贸然向人家借书，怕人家介意。深知李平西决非小气之流，但想到去年人家有高考消息不告诉我的情况，心里总存几分忌惮或顾虑，小心翼翼地对待这些蹭书的机会。从来只是坐在人家看，坚持在人家时不用纸笔，只是眼观心记。第一天，我的笔还插在左胸口袋里，第二天我就移到裤子口袋里，那时裤胯宽大，裤袋里装东西外面看不出来。此后我去几家蹭食高考资料，一直都坚持这个方式，从未引起人家介意和不快，因此蹭了不少好书和油印资料。

这一被逼出的复习方法对我启发良多，此后所有历史、地理的复习都采用这种方法，拎提纲，提炼关键词，在一张张纸上编制知识要点图。每晚熄灯后或第二天起床前躺在床上，都在头脑中重放一遍，几乎每一两天一次。后来需记的越来越多，坚持三四天过一遍。这种方法极为管用，保证学到哪消化到哪，也牢记到哪。不断累积，一直到考。就我的体会，这种方法对于复习速成是有效的。两年后，同大队几位小伙伴考理科多年不取而转报文科，来向我取经，我说了此法，第二年都被录取了。其中有两位与我说，确是得益于我说的方法。这里面多少有些客套，但我认为，就文科高考，尤其是政治、历史、地理来说，这种方法是切实管用的。后来我闺女考大学文科，我从没说过此法，我觉得这是穷苦逼出来的，非穷急不灵。

（三）考试

1978 年的高考在 7 月 20 日—22 日。我们曲霞公社考场设在曲霞镇东街的曲霞小学与一河之隔的曲霞中学。那三天，曲霞镇如有庙会似的，人影憧憧，进出镇的东西道路也是一片杂沓，十分热闹。这三天考试对我来说，占尽天时地利人和，与半年多前的中专复试相比，完全是冰火两重天。记得这年 6 月底至 7 月中旬是罕见的高温干旱天气，复习看书酷热难耐，而到考试这三天，天气晴转多云到阴，温度明显下降，比较适宜考试。我家住镇西一里不到，赶考如高中上学。我们文科考场编在曲霞中学，共有 10 个考场，每个考场 30 人，我所在的考场正是我上高一的教室。一切都是极方便、极熟悉的。

7 月 20 日上午考政治。政治复习我没花太多时间，主要看的就是李平西家的两本习题集。考试发挥正常，感觉一般，复习到的都做了，该得的分都得了。我坐在考场的后边，考到半中间，发现有人交卷，顿时有点紧张，觉得别人咋学得这么好，竟能提前这么多时间交卷。后来陆续有人交卷，到结束时，至少有五分之一的考生提前走了，才知提前的应都是考得不好的。

这天是农历六月十六日，我父亲去世的第 15 个忌日。按乡间风俗，午饭时要有一个简单的祭奠仪式，也就是准备些好食，我们泰兴地区兴用扁食，也就是所谓大馄饨，盛在桌上，再点根香烛、烧点纸钱，兄弟姐妹和母亲一一磕头。往时磕头的顺序是我哥第一，然后是我。我姐拉过我说，你今天考，爹回来帮你，你先磕，多磕几个，请爹保佑你。我哥让过，我按姐姐说的先磕了三个头。轮到我姐时，她磕了三个响头，口中念叨着请爹保佑我考取。

这天下午考历史，我的感觉比上午要好得多，其中论述题中有通过周恩来的生平事迹论述现代中国革命史历程一题尤为讨巧。年头上，我家正屋前新建一小屋，我一人移住其间，墙上无石灰粉刷，便找些报纸糊着，其中有一本周恩来生平事迹的画报，不知从何捡得，也被拆开，糊在枕边墙上。周恩来黄埔军校、西安事变、重庆谈判等照片和文字说明每夜相伴，虽然纸有正反，所睹只得一半，但对这次答题来说，帮助已多。回家说与兄弟姐妹，都说是爹保佑。

第二天上午的数学自然是考得最差的。但感觉我的复习也是有效的，前面的小题主要是初中和高中的基础部分，基本上都做出来了，如有错，也只扣三两分。后面有三道高分题，倒数第一题是三角函数，未及复习，只字未写。倒数第二题是立体几何，做得糊里糊涂。倒数第三题是对数题，做得比较顺利。考试散场后，遇到数学王先生，我简单说了情况。他问我对数题得数多少，我说负一，他说错了，是正一。我心凉了一大截，肯定不及格了。他说别急，正一、负一应是移位或化简之类错误，至少应该得一半分。我的数学得了 57 分，接近及格，正应了他的判断。

下午是地理考试，为老师们惹了点麻烦。这三天为了掌握时间，向邻居堂房大爷借了手表戴着，每天考试都算准时间离家，按规定提前 15 分钟赶到，下午场回来后再将手表归还调试，第二天一早我妈帮我借回戴着，场场都很正常。因有三场下来，觉得考前的 15 分钟排队候场有些太长，实在没有必要。这天下午，便有意拖点时间，一路放慢脚步，将知识要点在脑中重过一遍。已到规定候场的时间点名我未到，校园里传开来，急坏了我们语文李裕生先生，他让同宿舍的陈冬生先生骑车沿路寻我。陈先生接到我后告诉我："你们李先生、王先生听说你没到场，急得让我来找。我说从程福匡往学校走，至少有三条路，程杰会走哪条。李先生说走街最后面的，程杰性静，你挑最靠边的、人最少的走。"这三天我走的都是镇北河边的这一条，陈先生沿小路骑出不远就遇到我，掉转车头搭上我往学校急奔。我上高中时李裕生先生年已六旬，满头白发，待我们如爷爷一样，十分慈祥。听陈冬生先生这样介绍，深感李老先生爱我之切、知我之深，心头十分感激。

7 月 22 日上午最后一场考语文。无论是 1977 年考中专还是 1978 年考大学，我都来不及专门复习。这三个多月也只是简单地翻了高中语文书上的《曹刿论战》《陈涉世家》《捕蛇者说》等古文，在李亚年、李平西以及我表叔刘春堂那里翻了些复习资料，但并未着力看过，基本上算是"裸考"、撞大运。还真的撞上了，毕业后只是给大队开会写稿子，没有任何其他作文的场合，去年的考试一半跌在作文上，我担心再考抒情、写景、叙事之类命题作文。这年正好没考作文，考一段关于速度问题议论文的缩写，这样的题目哪位考生都能多少得点分，我的逻辑理解力尚可，得分会多些。

这场考试也充分暴露了我语文水平的薄弱。候考时排在我前面的一位教中学的高个谢老师，问我鲁迅诗句“我以我血荐轩辕”有没有听说过，我说没有。他在地上写给我看，问我“轩辕”二字什么意思，我说不知，看那意思也不想教我。这时是可以上厕所的，我便以此借口，抓紧跑到学校最后的教师宿舍区，隔着窗户问语文李先生，轩辕是谁。他连挥着手说，快去考，现在不要管这些了，最后回答说：“是黄帝。”当时我听成“皇帝”，以为应是哪位皇帝的名字。这句诗中，不仅“轩辕”不知，并“荐”字也不知，幸好没有考到此题。语文试卷第二页有一道词语完形填空题，在“善”字前面填一字，应是填“伪”字，我硬是填不出，反复折腾想不出，拟填了“假”“不”，临交卷时划去“不”字。这样的题目估计如今的小学高年级同学都能应付自如，而我却不会。最后是条古文翻译题，应是两《唐书》传记中的一小段。并不能完全理解，做出三种答案，交卷前择一合理的，划去两种，从最后的考分看，应是蒙对了。我所在的语文考场考到最后半小时只剩我与紧坐在我前面的谢老师，交卷时发现斜后面还有一位。

吃过晚饭后，我哥问我考得怎样，我一一回忆试卷，认真预估了一下。先计算能分清对错的，分不清对错的则按对多错少、对错各半、错多对少三类一一折计，认为政治当得 70—75 分，历史、地理当在 80 分上下，语文应在 75—80 分，数学在 55 分上下，估计总分在 350—360 分间，应该能达到 360 分左右。我哥对我的考试能力还比较信任，说如果能考到 360 分即平均每门 72 分，定能上个学校。我的感觉也是，觉得好歹应该能中个学校，想着十分满意，颇有几分心旷神怡，晚上便大摇大摆睡到窑场算上工去了。

古往今来，有许多举子赶考舟车劳顿、考场艰窘迷乱之状，被写入诗文，编为戏曲，留下无数动人的作品，演为千古渔樵佳话。而决定我一生命运的大考，就在离家三四十分钟路程、我十分熟悉的高中母校完成了。是全国十年学子的牵滞积压、集中释放把这年的大学考场活脱脱挤到我的家门口，让我顺风顺水走过人生最关键的三天。后来我经常想，如果不是“文化大革命”积压了这么多考生，如果不是当年只考一轮论成败，考场就有可能换个地方，以我家当时的经济状况，应付起来都多少有些麻烦，至少不会如此轻松和方便，最终结果是否受到影响真的很难说。我很感激 1978 年这场几乎就在家门口的大考，上苍以这样亘古未有的科举下放、高考亲民的方式扎实地帮了我一把。

（四）报志愿

不久，考试成绩下来了，我的分数是：政治 72 分、语文 78 分、数学 57 分、历史 80 分、地理 82 分，总分 369 分，这是一个很顺溜、吉利的数字，至今我都觉得这应是我一生中所得最大的红利了。

接着是报名，这年是分数出来后填报志愿，这对我们这些孤陋寡闻的考生极为有利。江苏这年的录取起分线是 300 分，我高了近 70 分，感觉十分踏实。公社在曲霞中学召集上线考生开会，指导填报志愿。那天大家相见都是春风得意，喜气洋洋。我先去李裕生、陈冬生先生处咨询了一下，他们说我的分数估计上重点院校有点难，在非重点院校中可挑好一点的选报。

正式坐定开会，先点名，并报了一下各人总分。当年曲霞中学设文科考场 10 个，每场 30 人，最后全公社文科上线两人，我之外，就是考试时坐我前面的谢老师，他 309 分，后来好像补录到县城的泰兴师范学校了。当报到我的名字时，坐在我旁边的高中同班成长生，当时已是一位小学教师，立马抓住我的手，满脸惊讶，连问三句："你是程杰?"我也备感意外，去年在县中复试时与他见面打过招呼，今天刚进校园第一个就见他笑脸相迎打了招呼，刚才坐到一块也是念同学亲近，敢情是他不认得我，不然怎会如此夸张。他说一直只觉你面熟，不知是谁，原来你就是程杰，毕业三年，一直没你的消息。我想起这年 5 月中旬，在街上遇到高中同学陈敏宏，我与他招呼，他也全然不认得我，问过姓名后，当街弯腰仰视绕我一圈，很夸张地从四个方向连问四句："你是程杰?"众目睽睽下，弄得我很难堪。想来我高中毕业后发育长身体，又整日田间窑头风吹日晒的，与上学时竟换了模样，如非我主动招呼，对面全然陌人。

通报了全公社的高考情况后，召集人重点讲了些填报志愿的注意事项，同时提供了《新华日报》上刊登的在江苏省招生学校及其招生专业与名额。我当时就看准了"中国人民大学"，觉得这个学校名字好，专业更好，都是国民经济计划、工业经济、农业经济之类。前面也没有标重点院校的五角星标志，是所非重点院校，李先生、陈先生说我可在非重点院校中选好些的，当时也不知这个学校在哪，管它在哪，就先认定这所，与指导报名的老师说，我想报这个学校的农业经济专业。他说你不能报这个学校，我问为啥，这个学校名字好，人民大学就是为我们这些贫下中农、人民群众办的，其中有农业经济，虽然招的名额只是两名，但我当了两年多生产队会计、窑场会计，这经历应最对路。那老师含笑不语，我觉得有点诡异，跑去说与李先生讨教，李先生说人民大学是文科重点中的重点，应是报纸上印错了。我当时觉得农业经济是最好的专业，于是建议成长生同学考虑，他是理科，考了340多分，拟报南京农学院（当时称江苏农学院，分散在扬州、仪征等地），其中就有农业经济专业。我竭力鼓动他填报了这个专业，后来他也被录取了，毕业后分配到上海水产学院工作。

我自己是偏于喜欢社会实学方面的，最后填报的志愿是：重点院校兰州大学历史和政治经济类、西南政法学院法学，都属西北、西南地区，揣想分数要求是否会低些，撞个运气。非重点院校报南京师范学院地理与中文，扬州师范学院中文，另一个专业记不清了。当年南京师范学院共招780人，其中中文200人，地理20人（文科、理科各10人），我地理考得最高，所以选了这个专业。专科报了郑州航空工业管理专科学校，认为不至流落到这一步，只填了一个。

（五）录取上大学

大约10月初，收到南京师范学院的录取通知书，录取在中文系，10月18日报到。信封上收信人地址有误，实际应为“江苏省泰兴县曲霞公社张匡大队程东生产队”，其中“匡”字我志愿表上填的是带“土”旁的，此字是土俗字，各类辞书未见，康熙、光绪《泰兴县志》也写作“匡”，通知书的信封写作“张堰大队”。好在投递不会有误，平安收到。

收到录取通知书后，大队支书沙友民对我说，你这两年在这里帮我们写稿子，在三个单位任会计，没功劳有苦劳，大家都看在眼里，我们给你弄个预备党员吧。我说这行吗？他说你是往外走，不再留这里，大家送个顺水人情，一般不会计较的。他又为我出主意，说你得请上三四桌酒，上面（公社）一桌、大队我们（党支部）一桌、其他党员一桌，还有你自家队里与你家有些疙瘩的人再一两桌，估计有个上百元就够了，其余由他张罗。他为我想得如此周全，我很感激，但想到家里为盖房欠着债，筹备上学报到还多少得添些东西，也不想堂堂正正去念书带着个不太踏实的东西，几天后便正式回了沙支书这番好意。

从收着通知书到离家，我们没请任何客，也没向任何亲戚报过喜，当然也不会收到任何礼物。我舅家在村西头，已绝了户，他与村里人发话，说我外甥考中了，也不来舅舅家报个消息。母亲听到了与我说，你去舅舅家坐坐吧。我说我爹、外公死了这么多年，我从没去过，只知舅家烟囱朝天，不知灶门朝哪，这时为什么要去。母亲听我这么说，知我性子倔，只得作罢。

我哥、我妈、我姐帮我筹备上大学的行李。我哥托人买了一块宝石花表送给我，值80元。记得在那之前一年村里有人家有意招我入赘，我哥觉得兄弟俩都在家结婚势必十分拥挤，我祖父一代就是这样流浪上海的，他比较赞成。我哥说如果你去他家，争取送你一块上海牌手表。我妈认为这家父亲好，而母亲脾气差些，她怕我去了过不好，坚决不同意。我当时人小，也没这心思，此事也就只是人家说说，不了了之。现在我哥送我这表，又把他最好的化纤衣服都脱与我上大学，另给我20元钱，是尽心尽力，当我“入赘”国家了。此后我再也没从家里拿过一分一毫、一碗一筷，觉得父亲去世后，奶奶、妈妈和兄弟姐妹举全家之力送我一路上学，十分不易，应是一家数十年、满门好几代的福祉让我一人占了，我只有感恩和回报的份。

1978年10月17日下午，我从泰兴县城乘车前往省城南京。这是秋风送爽、丰收在望的季节，候车时车站喇叭里反复播放着一首《祝酒歌》。当时对歌名、歌手一无所知，只是感觉这胜利之后兴高采烈、满怀喜悦的歌声唱到了我心里。正是在这欢快豪迈的节奏里，我告别故乡，来到南京师范学院，在这里厮守一生。李光羲演唱的这首歌因此在我生命中有了一丝划时代的象征意义，每每听起总有一份特别美好的感觉。但这首歌的歌词所写与我的实际生活相去遥远，在我高考前的20年成长历程里，举杯庆祝这样的方式从未一遇，甚至从未一见，感受最深的是母亲养育我们的凄苦泪水、一年四季粯子薄粥的清汤寡水。我心目中未来的生活也远不是对酒当歌、手舞足蹈，而是吃上国家粮，过上温饱无虞的日子，再就是像中学老师希望的那样好好读书。

本文为笔者早年乡村生活回忆录《末代贫农》中的一部分，
2016年、2017年初稿，2018年8月25日增订

作者小传

程杰，1959年3月生，江苏泰兴人。文学博士。1975年泰兴曲霞中学毕业，在乡务农。1978年考入南京师范学院中文系（今南京师范大学文学院）读书，1985年古代文学专业硕士研究生毕业，留校工作至今，历任讲师、副教授、研究员、教授等。著有《北宋诗文革新研究》《宋代咏梅文学研究》《梅文化论丛》《中国梅花审美文化研究》《中国梅花名胜考》《花卉瓜果蔬菜文史考论》等。（文首肖像摄于1982年3月）

我的 1978“三忆”

魏忠和

1978 年，我的人生大事件与国家大事件同频共振——高考。“三忆”，串起我的高考故事……

一封来信

1977 年 12 月的一天，阳光灿烂，天气很冷。

作为知青，我和一群同学带着父母单位为每个知青制作的木箱子，爬上父母单位的解放牌大卡车，前往六合县红星公社农科站知青点插队。

我向车下人群挥手告别，并没有注意到自己的亲人在哪里。后来同学悄悄对我说：“看见你妈妈在抹眼泪呢。”

我并不在意到农村去插队，也就没有在意母亲的泪光。1977 年恢复高考，作为应届高中生第一次考试，考得稀里糊涂。尽管落榜，心里有文学梦想的我，很期待着到“广阔天地”去体验一番生活。

要去插队的知青点，是父母单位和当地公社联合设在公社农科站的。作为部属企业，父母单位有实力，援建了一个小工厂，知青点有一幢两层楼的宿舍楼，尽管看起来简陋了一些，却是老知青们用厂里支援的建筑材料亲手砌起来的。知青点还有食堂、土篮球场，已有该企业职工子弟百十号人落户，是模范知青点。要苦，也苦不到哪儿去。别人去得，我为什么去不得？

去了蔬菜队，干农活印象最深的是翻地、挑粪。

翻地，四齿钉耙奋力夯下去，再奋力一掘，黝黑的新土就翻上来了。挑粪，则又需硬力又需巧力。那粪船从南京老城南秦淮河边运来熟粪，泊在两三里外的河边，靠我们一担担挑到菜地头的粪坑去，路程长又不能歇担子，需要几个人来回接力挑，这是项技术活，窄窄的田埂上，挑实桶和挑空桶的两个人背靠背相互换担子，配合要很默契。挑粪当然恶心，但船家就隔着一块木隔板，中仓是漂浮着褐色疙瘩的粪仓，后仓就是船家生火做饭的生活仓。对比之下感觉自己的境遇要好百分。

干活不惜力，挑粪不嫌臭，队长很喜欢我。一次翻地休息时坐埂上，队长笑着对我说："你这模样，其实在我们这里干不长呢!"有老知青神秘地告诉我，队长会相面。

农活干到1978年春节。节后，农科站祁书记和企业驻点干部联合找我谈话，要我做食堂司务长。

干活苦和累都不怕，这知青点的伙食确实油水太少，吃的都是棉籽油，定量很少，天天吃红烧冬瓜之类的菜。司务长担子不轻，挑我做，估计和父亲在单位膳食科任职有关。我也没多想就答应了。

先前四个人一间宿舍，司务长有了自己的单间，知青楼楼下住男知青，楼上住女知青。司务长的单间是上楼的楼梯口第一间，成了女知青"门卫"，也是食堂的仓库。

这是当年知青点的宿舍，如今修葺移作他用

买菜买副食品，米面粮油，分售饭菜票，管账算账。司务长的活比田头轻松许多，常常是日照三尺起床。要命的是如何给大伙儿改善伙食，印象最深的有三次：杀猪、杀鸭、咸猪头。

咸猪头当然动用了父亲的关系，搞来几个咸猪头。舍不得，一顿只劈出半个猪头，隔好几天开一次荤。每次开荤，咸猪头肉片炒大蒜，离食堂好远就闻到香喷喷的，吃起来也格外下饭……

吃完猪头，杀鸭子，自己养的，也才二三斤一只，每顿中餐百十号人一两只鸭子，一人一块肉都不够。结果大伙儿的眼光都瞄向食堂饲养的那只黑猪。

这猪20斤抱回来饲养，眼下才80多斤，正是要催肥的时候，我舍不得杀，知青班子集体讨论。男知青们齐对我吼："杀了！杀了！"像威虎山上看着栾平碍着大家饕餮百鸡宴一样不耐烦"这厮"。

可怜这黑猪就栾平的命了。知青点难得的大会餐，能帮厨的都来了，包了顿猪肉饺子，让知青们谈论回味了好几天。

这样的"文学日子"正合我意。自然也就忘记了高考。忽然，一封来信中断了我的知青生活。

来信的是我高中语文老师邱文熙，南京大学中文系"文革"前的毕业生。邱老师高额头、直鼻梁，戴一副眼镜，很儒雅地用福建腔普通话给我们上语文课，他不是班主任，知道我喜欢语文，对我关爱有加。

邱老师告诉我，学校要办补习班了，我底子不差，应当再参加高考。再说，文学与求学并不矛盾。

我决定打道回府。

一块玻璃

司务长必须再找人接替了。

面孔黑漆漆的祁书记问我："你不准备扎根农村了?"

"我本来就没想到要扎根一辈子的!"我很直。当年早已有返城知青，当然自己意识里也不会在农村待一辈子。

祁书记笑笑，不再言语。

但原司务长返城了，这个看似轻松却不好干的活，一时到哪儿找合适的?这时我同窗好友李来跃的姐姐李红主动站出来接这副担子。她对祁书记说："不能耽误了小魏的前程。"李姐姐的话深深印在我心里。

母校是企业职工子弟学校，依仗部属大厂人才优势，老师不乏名校毕业生：除了邱老师，人民大学毕业的冒老师教政治，哈尔滨军事工程学院毕业的陈老师教物理，曾经的外交部翻译陆老师教英语……只是大多数优秀的老师教不长，一两个学期后就调回厂里或上级单位去了，所以我等学生系统受教于名师的时间有限。

回到母校，邱老师帮着给我弄了一套复习材料，还特别把一本"文革"前的高中汉语教材送我。从这本教材上我第一次系统地知道汉语言基本常识：名词动词形容词、主谓宾定状补……

补习班都是在晚上，能够有资历给大家补习的老师实在太少，一间教室挤七八十号人，三四个人挤一张课桌。五月、六月两个月时间，每天睡四五个钟头，上课、复习、试卷、读书、笔记……结果是体重下降20斤，视力从1.0降到0.1。

作为知青，考试还是要回到公社的考点去。

盛夏里到公社中学踩点，公社中学的简陋超出我的想象。一排平房，虽然是红砖黑瓦，但教室里没有水泥地坪，也没有寻常学校的木课桌，一块块桌面大小的水泥预制板垛在红砖砌起的桌腿上，就是公社中学的课桌，而且粗糙不平。

“在这上面写试卷还不划破卷子?”我心里咯噔了一下。忽然想起司务长仓库里还有剩余的窗户玻璃，当玻璃台板大小正合适。

考试第一天，我比其他考生多带的东西就是一块玻璃。监考老师问都没问就让我带进了考场，有了这块玻璃垫底，感觉考得很顺溜……

第二天，进了考场就出了状况。我刚坐下，一位女生走到我面前要拿我水泥桌上的玻璃。

“这玻璃是我的。”她很理直气壮地说。

真是莫名其妙！我的怎成你的？却也百口莫辩！玻璃上并没有符号标记。

一定是她误会我拿了她的玻璃，于是扫一眼周边，一眼就瞅见墙边斜靠着一块玻璃，不是方方正正的，斜缺一个角。

“你搞错了吧！那边的是不是你的?”我示意她。

女生转脸一看，立刻有些歉意地对我一笑，拿起那块玻璃跑回自己的座位。

还真有和我一样琢磨对付水泥桌面的考生。短短两分钟，一个小插曲，好在迅速圆满了结，好在没有影响考试情绪，我很快投入考试中。

这个女生是知青还是当地学生，最后考上没考上？不知道。

一次投宿

考场环境的简陋让自己心态放松不少，几场考试都尽力发挥了。考完后大睡两天回蔬菜队劳动，边劳动边等通知，干活儿也不觉得累，每天过得飞快。

8月15日，等来了分数通知：考得最好的是语文，87分。历史、地理都是77.5分，政治61.5分，数学55分不及格。邱老师很为我高兴，说语文87分可算是高分了。所以后来填报志愿，想都没想就填了南师中文系。比我早三年下乡的后来成为好哥们的知青鲍亚鸣物理考了个99分，惊倒众人，其他分也不低，他当时想的是北大清华。

接着等来的是县招办的体检通知。9 月 9 日，我们知青点参加高考达线的六七个男知青相约去县医院体检。

当天一清早，天阴蒙蒙的，大伙从知青点出发，走了四五里路到有公交班车的瓜埠镇上，坐上公交车几十里一路颠颠簸簸地进了六合县城。

当年的六合县城就以一条十字街闹市为中心，并不大。县医院坐落在主干道旁一个院子里，几座三四层的楼房，门诊楼、病房楼人来人往、急急匆匆。这可就是方圆百十里唯一救命的地方了。

什么地方都要排队，只是我们的心情与看病的病人以及家属不一样。认识的不认识的考生聚在一起闲聊考试的趣事和考分。一个英俊的男生成为一群体检考生的中心，大家围在一起说笑。他高挑个，眉目清秀，倜傥潇洒，普通话棒，嗓音也好。一闲聊，是县文工团的，叫贺苏，也是南京知青，格外亲切。想不到一个月后又在南师中文系见到了，成为同学，这是后话。

有一位年龄比我大四五岁的孙姓考生，和我闲聊，分数和我差不多。他计划和我填报一个院系，但报到时再也没有遇上这位考生。后来我才知道，很多同学大我四五岁甚至十来岁，被耽误的一代终于在那年月圆了大学梦。大龄高分、低龄低分是 77 级更是 78 级的特点。这也是后话。

而我的知青好哥们鲍亚鸣，志愿确实填了北大清华，加了个“服从分配”的说明，最后上了个自己怎么也没想到，压根儿没填报的学校——东北工学院，服从分配服从到东北去了。“不会填报志愿害死人，至少能上南大、浙大这些家乡学校的!”每每提及填报志愿，他就会这样懊恼。这更是后话。

体检总是被停电耽搁，上午停电个把小时，到傍晚时，医院又停电了，也不知会不会影响手术和抢救病人。左等右等不来电，胸透体检做不成了。医生无奈地对门外一大堆考生说：“晚上 10 点钟来电，晚上 10 点来拍片吧!”

说得轻巧，夜里拍片，许多考生和我们一样都是从几十里外乡下赶来的。

没办法就是没办法！考生们吵吵嚷嚷地往医院外走，迎面四个壮汉抬着一副担架急匆匆往里跑，一路跑一路急喊着：“让让！让让!”担架上一个紧闭双眼的乌发少妇，白花花地敞着怀竟没人顾及替她遮掩一下。

是一个喝农药自杀的妇女，不知在停电的状况下，医生有没有把她抢救过来。

我们出，他们进；一扇门，不同命。心念不同，命运迥异。现在想来很让人感慨。

出医院，小县城也没什么逛的，还得挨到晚上 10 点，一伙人拥进街上一家很干净的有躺椅的澡堂，热腾腾洗了一把。

到点返回医院拍完胸片已是深夜11点。淅淅沥沥下着雨，街上仅有的几个旅店都早已客满。

大家碰了几次壁后无奈地流落街头。店铺都已打烊，街面黑漆漆的，细雨中的秋夜寒意袭人。总不能这样露宿街头吧？鲍亚鸣等领头的知青敲了敲街边像是机关院子的一个门房，向门卫讲明来意。听说里面有食堂，食堂里面有长椅，便央求门卫给我们歇一宿。

门卫四五十岁的样子，探头把我们瞧了又瞧，小声说："你们悄悄进来，不要吱声，天一亮就走啊！"

"谢谢！谢谢！"六七个身影鱼贯闪身入院。

食堂并不大，但长条椅足够我们睡了。

掩上门和衣躺下，寒意中怎么也睡不着，大家有一句没一句低声闲聊。

忽然外面有手电光晃悠，还有人声。大家立刻噤声不语了。不一会儿，寒意敌不过睡意，都睡了过去。

天刚泛亮，大伙儿悄悄溜出了院子……

这样的投宿，平生唯一一次，也成为40年前高考记忆中的特殊印记。

魏忠和1980年冬于学校100号楼前留影

1978年的金秋十月，我穿上自己最好的衣服——父亲送我的劳动布工作服，携带着那个知青木箱，跌跌撞撞地撞进1978级大学生队伍，撞进南师中文系78级（2）班这个温暖集体的怀抱，撞进从那个节点出发，跋涉40年，和国家共命运，一直为世人津津乐道的群体。

作者小传

魏忠和，祖籍江苏邗江，1959年6月生于南京。1977年7月由华东电子管厂职工子弟中学高中毕业，1977年12月至六合县红星公社农科站知青点插队，1978年10月考入南京师范学院中文系，1982年7月毕业后分配至南京新联机械厂职工子弟中学任教，1985年7月应聘调至《南京日报》任记者、编辑至今。（文首肖像摄于1982年6月）

1978，梦想成真

何　云

成为一名大学生是我从小的梦想。小时候我家住在南京察哈尔路路口一个小院内，院内有一邻居，孩子们不知为什么都叫她三姨娘。据说三姨娘家以前很有钱，我们住的那个院子、那幢楼，都是她家的，后来由房管所接管，给她留了两间大的。三姨娘终身未婚，只有一个侄女儿在外地上大学，节假日常来看她。那个大姐姐每次来，都穿一身裁剪合体的藏蓝色翻领上衣、长裤，里面一件雪白的衬衣，衬衣的领子平平整整地翻在蓝上衣的外面，短发、白框眼镜，清爽、文静，那气质风度，与院子里的其他大姐姐截然不同。每当她从院子里走过，我的视线都紧紧随着她的身影移动，小小的心里满满的羡慕。大姐姐毕业后由于家庭出身不好被分配去了宁夏，多年后举家返宁，住进三姨娘屋里，还和我在同一学校任教，成了同事。和她说起当年的往事，她大为惊讶，全然不知因为她，我那时就立志一定要上大学。

理想很丰满，现实很骨感。我的小学时代“复课闹革命”，常常搞大批判小分队，时不时做做战备砖。中学时一学期有半学期在学工学农，历史、地理不开，生物课改学农业机械。记得有一次，文弱的生物老师弄来一辆拖拉机，在操场上让我们学开。发动时要拼命摇那个手把，女生哪摇得动，我用尽浑身力气，不料手把突然飞脱，砸在我膝盖上，差点没把膝盖砸碎，青紫了很久。上课不正规，大学不招生，大学梦似乎与我渐行渐远。后来听说邻居家远在新疆插队的儿子当上了工农兵学员，大家都去祝贺。我赶紧打听什么是工农兵学员，知道是要工作或插队后表现好，被推荐才能去。我暗下决心，将来工作后一定要好好表现。

转眼1977年夏天，高中毕业，坐等分配工作，却被通知要一年以后，只能待业。百无聊赖之际，居委会孙主任找上门来。孙主任以前是位家庭妇女，因为热心居委会事务，渐渐被提拔为主任。她工作做得好，但不识字，区里、街道要她介绍经验，她写不出来，知我高中毕业，便要我去帮忙。需要时写写稿子，并陪她去发言，平时在居委会做做“穿心莲”（一种治心脏病的胶囊），工资14元一个月。很开心啊！别人或待业或插队，我开始拿钱了。于是，写稿子、发言、晒草药、磨药粉、灌胶囊，日子一天天过。孙主任很高兴，我原来小学的校长找到她商量，希望让我去做代课老师，她也一口回绝了。

这样的日子没过多久，平地一声春雷，1977年恢复高考的通知下来了。什么准备都没有啊！一边庆幸自己幸运赶上了好时候，一边手忙脚乱，报名、考试，还要预考。出了考场，料想没戏，继续灌胶囊。谁知通过了，统考通知单到手，离考试还有一星期，我不知喜忧，一脸懵。孙主任坐在办公桌后，点支烟，看着我，悠悠地说：“看来我们小何将来是要坐办公室的。”还坐办公室，我拿什么考呢？不用说，落榜了，题目都看错了。不过这倒也给了我1978年再考的信心。

第二年，再次报名，我的母校鲁迅中学（现在的南师附中）为我们这些已经离校的学生办高考补习班，历史、地理都有。因为不能影响正常的教学秩序，补习班放在平日不用的大教室里，找了一些旧桌子，没有凳子，只能让我们从家里自带。回家一说，父亲指着我常用的一张方凳说：“就用这张吧！”这张方凳厚墩墩的，非常结实，是母亲当年嫁妆里的一件。母亲的嫁妆包括一张雕花大床、一个大橱、一个五斗橱、一张八仙桌、四把靠背椅、四张方凳。我的外公曾在常州有名的木匠街上开了一家家具店，据说生意不错，所以母亲的嫁妆也是用料扎实、做工讲究，全套家具没有钉子，全部靠榫头，桌凳面板也比一般家具要宽大厚重些。我上学时图清静，其中一张方凳就成了我的御用书桌，做作业时，将方凳加一张小板凳拖到角落，便不再有人打扰。父亲找来一点黄油漆，在凳的内面写上我的名字“何云”，这张方凳从此伴随我高考，伴随我成长，成了我的“幸运凳”。

印象中，这是我第二次自带板凳上学了。第一次是在常州武进乡下村里小学堂上一年级。我从小在乡下跟爷爷奶奶长大，到上学年龄时，父母要接我回南京，但我的生日是9月16日，上学报名生日截至8月31日，差了半月，只能回乡下等一年。爷爷看我一晃疯玩半年，心下着急，觉得无论如何需要启启蒙，于是开春便把我送到小学堂去插班。小学堂设在以前一户大户人家的屋子里，屋子虽大，桌子却都是石条垒起来的，没有凳子，学生都是自带凳子。我每天自带小板凳坐在最后一排，没有课本，也听不太懂，基本上是做做小动作。过了两月，回南京上学，老师说："上过一年级了？那就二年级吧。"我一句南京话不会讲，一个拼音没学过，进了二年级。母亲心忧：跟不上怎么办？好在小孩子有天生的语言能力，加上学校也经常停课，学学也就跟上了。没想到十多年后我又要带板凳上学了。

补习的日子是紧张的，坐着那张宽厚的方凳上课，心里特别踏实安静。历史、地理第一次听老师讲，觉得要背的东西好多。下课回家，我抓紧一切时间看书、做习题，甚至走在路上也在背书。时值6月，天气炎热，我与奶奶住一屋，为不影响老人家休息，我不能挑灯夜战，晚上10点前必须睡觉。我拿了一张单人草席，在父母房里墙角靠窗的地板上睡下，黑暗中默默背书，早上5点多，天刚亮，我就悄悄坐起，原地不动看书。家人起床后，洗漱、做早餐，来回走动，我心无旁骛，浑然不觉。奶奶见我每日窗下盘腿入定，完全无视身边人事，急得对母亲说：你快管管，这孩子有病了，要得神经病的。终于到了考试日，考完全部科目，算算应该差不多，默默祈祷：老天保佑！

刚刚考完，工作通知书到了，红卫硫酸厂。这是一家生产强腐蚀性工业用硫酸的区属大集体企业，地址就在著名的鬼脸城下。当时的鬼脸城下，是真正的荒郊野外，秦淮河西面是大片大片的农田。厂里设备老旧，生产中常出故障，造成二氧化硫气体泄露，刺鼻的气味随着风向飘。飘向西北方向，大片庄稼倒伏，厂里要赔偿；飘向东北方向，省政府领导闻到气味，立刻电话过来，停产检修。我的大学梦尚未实现，先做了工厂的青年女工。我被安排在控制室，任务是抄仪表，每隔一小时，将一排排仪表盘上的数据抄下来。领学徒工资，也是14元。工作不累，就是要三班倒。二班夜班对我来说有点困难，夜里11点上班或下班，从家到鬼脸城下，窄窄的小马路望不到头，伸手不见五指，拣一块石头扔出去，听见声音看不见落点，我一人不敢走，父亲和弟弟只能每天轮着接送，为防不测，自行车车篓里还放个榔头。每每坐在父亲自行车后座上，就心心念念：能不能考上啊？什么时候有消息啊？怕厂里领导觉得我不安心工作，焦虑也不敢显露。我的师傅姓曹，是南京大学一个教授的女儿，温文尔雅，初中毕业就进了厂。知我高考结束等成绩，对我特别照顾。夜班不准睡觉，她悄悄找个地方给我睡，到点叫我。常常看我睡着了，也不叫我，自己去抄表。我不好意思，再不敢睡。

等待的日子总显得那么漫长，三个月后，十月初的一天，终于等来了录取通知书，我兴奋得怎么也睡不着，终于成为大学生了！就这样，我走进了南师，走进了78级（2）班这个温暖的集体。至于我的“幸运凳”，经过多次搬家，母亲的一房嫁妆早已不存，唯有这张方凳一直留在我身边，直到今天，60多岁的“幸运凳”依然在我的床头，享受着床头柜的待遇。

作者小传

何云，1959年9月生于江苏常州。1977年毕业于南京鲁迅中学（现南师附中），1978年10月考入南京师范大学中文系。1982年毕业分配至南京铁路职工子弟学校（后并入南京市第十二中学）任教。1993年调入南京市第二教育局，1996年机构改革后进入南京市教育局工作至今，历任主任科员、副处长、处长。（文首肖像摄于1982年6月）

从蒙童到高考：一个农村娃的命运转折

傅亚斌

从我入学接受启蒙教育到高中毕业，刚好跨越整个“文革”时期。我从来也没有想过，有一天，我会成为一名大学生。

我出生于三年困难时期最严重的1960年，娘胎里就挨饿。虽然我对这场灾难毫无记忆，但它给我留下了终身的硬伤：发育不良的骨骼，动辄伤食的毛病，喜静怕动的性格，自卑，没有安全感等。童年最强烈的记忆就是饿，最热切的愿望就是吃饱饭，尽管后来的生活实际上并没有那么夸张地饿了。

由于体质羸弱，小时候的我一点也不顽皮，怕牛，怕狗，不会游泳，爬树也慢。偷桃摘瓜之类的“坏事”都是其他小朋友干的，我只坐享其成。我最多爬到自家桑树上摘点桑葚而已。

离家最近的学校在公社石甸，虽只三里地，但隔着如泰河，交通不便，所以我们生产队孩子很少有上过学的。1966年，大队请来个女教师，姓谢，十六七岁的样子。没教室，在大队副书记孙锦林家堂屋里教。每天下午来上半天课，叫“半耕半读”。学生只有五六个，年龄却要差到八九岁。我跟堂姑一起去（其实是堂姑照看我，没处放，带我去玩的）。没有黑板，也没有课桌，只一张门板搁条凳上。师生围在一起，老师写，学生念。说白了，就是个扫盲识字班罢了。大家见我是小孩，好玩，拿粉笔给我玩。我拿起笔就写下“毛主席万岁”五个字，大家啧啧称奇。原来这时“文革”已开始，我父亲是队干部，家里放有许多供大批判用的笔墨纸张，红红绿绿的。我就拿着毛笔到处涂抹，墙上，橱柜上，桌子底部，都涂满了。写的字，画的画儿，都是从大批判报栏、宣传标语上看来的，没人教过，也没人阻止过。我就是这样野生疯长的。

谢老师因此而特别喜欢我。堂姑等几个大孩子上了几天就辍学了，却新添了几个跟我一般大的小孩。谢老师家住如泰河北边，每天中午过了河先接了我一起去上学，放学时先送我到家再过河。冬天下雪了，她来接我时我还赖在床上没起来呢；放学时她牵着我从灌溉渠底下走，避风又暖和。社员们也喜欢她，常拦着让她唱歌。她会唱好多歌，声音很好听。但她不喜欢热闹，不参加游行，也不带我去看“戴高帽”。

1968 年，大队办起了小学，我才正式入学了。校舍建在十四队牛棚地界，一长排的土墙草顶。虽然是“新苫的房，洁白的墙，墙上（还）挂着毛主席的像”，但里里外外都泛着刺鼻的牛粪味。老师都是新面孔，对我似乎并不看重。同学也多是不认识的，大多比我大。我心里颇有抵触情绪，成绩也平平。过了两年，学校翻成了“洋瓦屋”，还有玻璃窗，离原来的牛棚也远了，我心里才又敞亮起来。其时我上四年级，开始写作文了。班主任金连璧老师特欣赏我，经常把我的作文用毛笔抄下来张贴在教室；学校开批判会，出批判栏，我都是积极分子。我是“红小兵”营长，也是“伢儿头”。低年级的小伙伴像尾巴似的盯着我。我给他们讲故事，领着他们钻棉花田，翻渠沟，做抓特务的游戏。这样“疯”了两年半（秋季入学改春季入学，多上了半年），直到“林彪摔死在温都尔汗”后，我该上初中了。

但我却差点没考上初中。当时正是“资产阶级思想回潮”，考试还是很正式的。中考作文题是《记一次深刻的路线斗争教育》，我写了一个老贫农忆苦思甜的事，偏题了。这还小可。问题是他所忆的苦是“三年困难”时期挨饿的事，这可犯忌了。好在阅卷老师看我写得“文采斐然”，不忍判为零分，勉强给了个及格。这是金连璧老师多年以后偷偷告诉我的。世上还是好人多呀！

我中学四年半（又折回秋季入学）都是在石甸上的。那时石甸大桥已建成，不用摆渡了。初中班主任缪则明老师抗战时就已教书，还做过新四军地下交通员。她教我们数学。虽然我的数学成绩平平，但我“从来不作弊，都是自己思考”——她这样表扬我。这使我很惊喜：原来还可以这样评价学生的呀？这件事对我后来的从教生涯产生了深刻的影响。

初中时最露脸的事是给“批林批孔”专栏画林彪、孔子的漫画。这本来只是高中生的事，他们赶不及，找我“帮忙”。谁知一画就不可收，以后所有的漫画都被我包圆了。我因此而名噪全校。

上高中没经过考试，“贫下中农推荐”，家庭成分好就行。第一篇作文《贫下中农推荐我上高中》跟某个杂志上的文章撞脸了，老师虽然给了个高分，但把我的作文与那篇文章刻印在一张纸上发给全班同学看，用意不言自明。第二次作文我当堂完成当堂交上，老师给了98分，印发全班。

但很快风向又“左”转了。电影《决裂》上映了，县里也办起所谓的“农业大学”。校领导紧跟形势，硬是把好好一个全日制中学改成“半工半读”学校，跟十大队挂钩，几乎天天去劳动，一周上不了三节课。又搞“勤工俭学”，学校不收学费而是让学生出去捡废品卖了上缴。同学们倒是很高兴，不愿上课，还把一个患有心脏病的老师绊了一跤，差点出人命。班主任葛老师看不下去，苦口婆心地劝我们：“你们不好好学习，且不说对不起毛主席对不起党，也不说对不起父母，只每天来来回回地走，也对不起自己两条腿呀！”我也不乐意这样，就逃学到自家生产队挣工分；溜到河工工地挖土混几顿饱饭；捡废纸只缴了五分钱，却靠挖树根卖了八角钱买了顶大沿草帽。但做农民也不容易！“割资本主义尾巴”，“宁要社会主义的草，不要资本主义的苗”。有个社员搞副业盖了五间青瓦房被没收人还坐了牢；家庭不许养猪限制养鸡；生产队卖棉花收入不抵买农药的支出以致家家透支……我也说不上什么觉醒，只是开始为家里生计担忧。一次“反击右倾翻案风”的批斗会上，我念批判稿时轻轻叹了口气。随后校革委会主任也是我的语文老师就在课堂上一脸严正地说：“我们班上有两个黑线，一个老黑线，一个小黑线。”“老黑线”当然是指班主任葛老师，“小黑线”指谁大家心知肚明。我有点紧张。但似乎也没有下文，主任仍旧叫我写批判稿，办批判专栏，也仍旧让我带队到附近生产队搞文艺宣传。直到粉碎“四人帮”，华主席宣布结束“文化大革命”，我们在浑浑噩噩中结束了高中生涯，“挥一挥衣袖，不（？没能够！）带走一片云彩”。

早在高中毕业前夕，就隐约风闻要恢复高考了。但我并没有想到这会与我有什么相干。高中压根儿没学到什么知识，家里又困难，我也17岁了，该为家里“挑上八百斤”了。所以我一毕业，就听了大队干部的话，乐颠颠儿地去跑文艺宣传队，做卫生员，当农技员，给批判报栏画“四人帮”漫画。不下农田就能挣到满劳力的工分，于我，已经心满意足了。直到有一天，大队召集我们开会，动员报考，我才确凿地知道：高考，真的恢复了！

来参加动员会的人不少，但都怯怯的，忸怩着。我也有点惶恐，就报了个中专。但有点懊悔，犹犹豫豫地回家。刚到门口，就听到身后有人喊我名字，急吼吼地。我回头一看，是葛书记，跨在自行车上，单腿撑地，上身前倾，脸色通红，汗嘟嘟的，急道："你怎么也报中专？报大学！""哦……好。大学，文科。"葛书记一拎车龙头就掉过去走了，一边挥手："你别去了，我替你改！"说话工夫，已飞出去半节田。

名是报上了，却不知道怎样复习。除了语文、数学，其他都没学过。数学也学得不好，得从头来。听说各中学都有人义务做讲座辅导复习，就到处去蹭课。今天石中，明天双中，还有二农中。每到一处，都是人如潮涌，根本挤不进教室。偶尔挤进去，还可能走错了，又退不出来，干着急。就这样没头苍蝇似的，白白浪费了好多时间。

但也有误打误撞反而有所得的。有一次，大约是去早了（实际上是取消了），只有四五个人坐在那儿等。其中有个"老三届"，有本发黄的《世界历史》，放在课桌上，也不看。我拿起翻了翻，内容太多，看不了，就浏览了一下目录。恰巧高考有填"四大文明古国"，我当时连这概念也没有，想起那目录，填了"埃及、印度"，依稀记得中间还有一个什么，名字生疏，忘了，就拿第二章的"希腊"来凑数。心知不对，也没办法了。至于"中国"，也填上去了。不管咋说，蒙对了三个。

预考考场设在双甸中学。这学校三面环水，没有围墙，隔着河就能清清楚楚地看见考场。考试那天，校园内外挤满了嘈杂的人群。不少人年纪很大了，多是农民模样，分不清是考生还是送考的家长。考场的环境还不错，比我母校石甸中学好多了。监考老师不像后来那么规范，很随便地在考场内踱来踱去，遇到顺眼的，就停下来看。好多知识都不懂，我就瞎蒙。不知道"国联"是什么，因而看不懂《中国人失掉自信力了吗》的时代背景，但看到文末"1934年9月25日"，联系上文"两年以前"，猜测可能与"九一八"事件有关，就大胆写了出来。监考老师站在我身边歪着头一直看，交卷时还主动跟我"拉呱"，非说我是教师子女。我说我是农民，他先是不信，随后比了个赞。后来读到鲁迅这篇文章，才发现文末只署了月日，没署年份。

预考通过了，不久就是高考。考场仍在双中，参加的人却少了很多。那次考试，数学在进考场前抱了下佛脚恰好做对了一条；语文却发挥失常了，主要是作文，自己看了都不满意。

1977年高考后我一直没收到成绩单，更没有录取通知书，落榜了！不过我也释然：确实是基础差！上大学，哪是我这样名义是高中生却连小学水平都不及的乡巴佬所敢企望的！但多年以后却隐约听说我是被别人"顶替"了，不然，应该能上如皋中师的。其时我已大学毕业，感觉这是塞翁之福，心里还暗自庆幸。

1977 年，整个如东县都没一个人考上本科，全军覆没！

转眼到了 1978 年，三四月份，公社把我们几个通过了预考的落榜生召去开会，动员我们再次报考。过了几天，又在八大队大会堂召开动员大会，近千人参加。公社书记做报告，慷慨激昂地鼓励大家做“有志青年”，为公社打翻身仗，为家乡增光添彩。那天我去迟了，却受到礼遇。公社书记示意我坐到最前排，其他人也一脸的敬慕，搞得我很不好意思。

然而我自己很没有自信，不久又应母校郭校长之邀到大队小学代课。才过了二十来天，郭校长又来回我：“你回去吧。位置我空着，考不上再来。”原来是公社书记听到我代课的消息，把他一顿尅：傅亚斌要是考不上，我拿你是问！

但这时离高考只剩一个多月，再到外面蹭课只会白费蜡。再说大忙季节到了，“火麦场”，那叫一个忙。我不下田，至少得给父母做做后勤吧！于是我决定只在家里复习。邻居孙建岗是二农中的老师，帮我带来大量的复习资料，还帮我报名、领准考证等，一切杂务他全包办了。这给我节省了不少时间，尤其是省心，让我能专心一意地复习备考。几年后遇到母校石中的校长，埋怨孙老师不地道，把我挂到二农中名下。我这才知道我不是从石甸中学而是从“二农中”考出去的。但我真心感激孙老师，他任劳任怨默默为我付出了很多。

复习还是靠死记硬背，把不住要领。其间到母校蹭了一课，听一个从外面请来的历史老师做讲座。去迟了，只能在后门口与几个人挤一条长凳，半个屁股搭着，双手撑膝，不能做笔记，只好支棱着耳朵听。老师讲了许多复习方法，怎样捋线索，怎样做时间轴，等等。我豁然开朗，回去后照猫画虎自制了许多资料。后来孙老师说，他看着我走进考场。一开始大家都像鹅似的昂着头，只我一个人埋头写着。等大家低下头来答题时，我已答完复检了。他还说，送考的老师问遍了考生，没听说有考得好的。他听了暗笑，没把我说出来。那年双甸六个公社只考上我一个文科本科生，或许与历史这一科有关吧？真心感谢那个做讲座的老师，可我连他姓甚名谁都不知道。大二时回母校看望老师，提到那堂课，老师很奇怪：“是吗？我以为那堂课很差的，大家都说连道作业题也没出，白听了。”

但地理就没遇到个这么好的老师；政治则纯粹是大意了，因为 1977 年背得太熟了，就没怎么再记。结果这两门都不太理想。数学基础差，做了大量练习，只考了 54 分，可谓事倍功半。

那年我考了 350 分，全公社最高，全双甸区文科最高。公社张贴了大红榜，我的名字也为全公社所知。但这只是矮子里的将军，真到填报志愿时却尴尬了。保险起见，填了个扬师。然后到县城体检。公社派了个干部带队。晚上住在党校宿舍。大家都睡不着，挤在一起聊天。下半夜，我困了，倒下就睡。忽听一声炸雷："傅亚斌！起来！改填南京师范学院！"是带队的公社干部。原来他，还有老师们都没睡，一直在打探消息，分析情况，觉得凭我的分数，可以"赌一把"。我就这样以压线的成绩进入了梦寐以求的南京师范学院，从此开启了我全新的人生。

作者小传

傅亚斌，1960 年出生于如东县石甸公社六大队十一队，江苏如东人。1977 年毕业于如东县石甸中学。1978 年考入南京师范学院中文系。1982 年毕业，任教于高淳县教师进修学校。1988 年调入如东县马塘中学任教，1989 年至今任教于如东县双甸中学。（文首肖像摄于 1982 年 6 月）

琐忆我的学生时代和我的高考

李 鹏

我的求学生涯平淡无奇，6 周岁开始上学，小学 5 年半（升学秋季转春季）、中学 5 年半（升学春季转秋季）、大学 4 年，21 岁大学毕业，一路直升，也算顺利。

我从小生活在苏州地委宣传部宿舍大院。儿时小伙伴很多，他们的家庭结构基本都是父亲是地委宣传部的科长或秘书、母亲是小学老师，也都算是书香门第。所以这样的生活环境对我影响很大。

1967 年秋天，苏州武斗结束，我随母亲在外地避难回到苏州，院里同龄的小伙伴都上学了。由于不到 7 周岁的法定入学年龄，我只能进了一家民办学校——观东民办小学。那时的人很单纯，也很少私心。我的小伙伴田力农，他的母亲是苏州市干将路中心小学（按现在的说法是重点小学）的校长，他与我同龄，也进了观东民办小学。

在那个史无前例的年代，我们上学后，最早会背诵的是毛主席的“老三篇”（《为人民服务》《纪念白求恩》《愚公移山》），最早会唱的歌是《东方红》《大海航行靠舵手》和诸多的“语录歌”。每天上学，挎着“双肩包”——右肩是军绿色的书包，左肩是红宝袋（装毛主席语录的袋子）。我和同龄人的语文启蒙，就是从毛主席的“老三篇”开始的。

“文革”时期，文化生活很贫瘠，除了《地道战》《地雷战》等少得可怜的几部电影，再就是“8 亿人民 8 部样板戏”了。记得小学三年级时，报纸连篇累牍地刊载《红灯记》《智取威虎山》《沙家浜》等样板戏的剧本。我每天放学以后，抱着收音机，对着报纸上的剧本，一遍又一遍地收听样板戏，后来可以脱本几乎一字不落地演和唱这几部样板戏的全剧。也许，在这贫瘠的文化生活中，潜移默化地汲取到了一些文化素养，所以至今我对样板戏的感情还很深厚。

小学三年级开始，我加入了大院里传阅“大毒草”小说的行列（也许这就是最早的“群”）。而那时我的同龄伙伴们还在热衷于传阅“小人书”（连环画）。大院里有几位长我四五岁的“哥哥”（秦建栋，苏州大学外语系教授；田力平，苏州大学医学院教授；赵志凯，南通市检察院检察长），是我当时的传阅“群友”。《钢铁是怎样炼成的》、《家》三部曲、《苦菜花》三部曲、《红岩》等，还有一些杂书，有的字还认不全，就囫囵吞枣地读。母亲是比较宽厚的，只要是看书都支持。而父亲是不允许我看闲书的，更何况是“大毒草”呢，所以那时还要偷偷摸摸地看。刚开始在传阅“群”里，我因年纪小是“编外”的，所以经常传到我手里的时间只有一晚上。那时，家里都是开着 15 瓦的白炽灯或是 8 瓦的日光灯，光线很是昏暗，而且一般 9 点多钟就要熄灯。熄灯以后，我就躲在被窝里，打着手电筒看。我现在“夜猫子”的习惯，也许就是那时养成的。这几位“哥哥”，每天放学以后，会聚在一起，谈所读的书，谈古论今、谈天说地，我从他们那里学到了很多课堂上学不到的知识，尤其是他们的每一篇作文，我几乎都读过。现在想来，这就是“良师益友”吧。

小学四年级开始开作文课。我的第一篇作文，就被老师当作范文在讲评课上宣读、讲评。以后几乎每一篇作文都被老师选为范文，这激发了我对作文的兴趣。五年级时，我的一篇描写参加义务劳动的记叙文，入选区小学生优秀作文并被刊登出来。尽管作文集只是手刻油印的，我还是珍藏了很长一段时间。1978 年高中毕业前夕，经层层考核、筛选，我参加了江苏省中学生作文竞赛，名列第 21 位，获三等奖（三等奖的第一名）。清晰地记得，竞赛的题目是，把一首歌颂扎根山村几十年的女教师的诗歌《老师窗前的灯光》改写成散文。那几年，各级作文考试的命题很流行改写、缩写或扩写。现在想来，当时这一命题竞赛能够得分较高，得益于自己文艺小说阅读量大，在改写时较擅长于煽情的缘故（尽管当时还不懂“煽情”这个词）。

我 1978 年高中毕业，能够较顺利地考入南师中文系，受益于小学到中学的教育环境相对比较稳定。小学只在简陋的观东民办小学念了一年，就合并进了正规的公办颜家巷小学。中学 5 年半，都是在现在是重点学校的苏州市一中上的。尽管受“文革”影响，教育秩序也不很正常，生物课名曰“农基课”、物理课名曰“工基课”，但相对师资水平较高，学习氛围也较好。地理课叶莲真老师，金陵女子大学毕业，“文革”前即为“名师”；历史课刘恩同老师，西南联大毕业，也为“名师”。而且，这两位分别是我初中的地理、历史老师，同时也是我高考“尖子班”的老师，对我一直关爱有加。刘恩同老师个子不高，大鼻子，外貌酷似当时苏联的教育部长凯洛夫。1973 年全国上下掀起了“反击修正主义教育路线复辟”的运动，校园里铺天盖地贴满了大字报，其中不乏画着刘老师的漫画像并上书“打倒凯洛夫”的大字报。刘老师极其幽默诙谐，讲到陈胜吴广起义“反戈一击”时，先扛着教鞭，在教室里昂首阔步，然后突然将扛着的教鞭转换成向前手持状，问同学们：“明白了吗?”那滑稽的腔调，现在每每想起，我仍然会笑出声来。因为有这样好的老师，所以我高考成绩，历史 87 分、地理 89 分。可惜，两位恩师已仙逝很多年。在此，谨借此文深表怀念。

最值得我感激、怀念的是教我小学语文的洪健清老师和教我高中语文的唐文权老师。

洪老师从观东民办小学开始直至小学毕业，大约先后做了我 4 年的班主任和语文老师。洪老师是我作文的启蒙老师，我的语文和作文基础是她帮助奠定的，对语文和写作的兴趣也是她开发出来的。洪老师严格甚至批评人时有点刻薄，当时同学们都很怕她。洪老师对我一直关爱有加，我那时属于学习成绩不错但调皮却不捣蛋的学生，有一次洪老师在班会上，恨铁不成钢地批评我是“捧不起的刘阿斗”。从此我就有了个“阿斗”的绰号，现在小学同学遇到，还有人这么叫我。可惜，进入中学以后，苏州的小学校调整并转，与洪老师失去了联系。算起来，洪老师现在也就 70 多岁，应该还健康、硬朗吧！

唐文权老师对我的人生成长帮助很大，是我的导师。我的大学毕业论文《柳亚子与南社的创立》，即为唐老师帮助选题、指导，因而名列中文系 78 级优秀毕业论文之末。唐老师 60 年代初期毕业于苏州师专中文科，在苏州中教语文界颇有影响，并一直从事辛亥革命历史和章太炎的研究，著作颇丰。1983 年以专科之学历调华中师范大学历史系辛亥革命研究室并获副教授职称。1994 年因肝癌英年早逝。在此，谨借此文，以示对老师的追忆和怀念之情。

我们当时中学的学制是四年制（初中两年、高中两年），应该 1977 年毕业。恢复高考制度出台后，加读了高三，并按文理科分了班。我们中学这一届有 12 个班级 600 多名学生，经过考试，分成理科 2 个加强班、文科 1 个加强班以及普通班若干个。受当时“学好数理化、走遍天下都不怕”观念的影响以及父亲的意见主导，我原来准备报理科班，但又很犹豫。我的理科成绩在班上可以排在前五位，但在全年级却排不上号；文科成绩除了英语，其他各门在全年级都名列前茅。唐老师多次给我分析、谈心，并登门做我父亲的工作，才确定了报文科班。高三的下学期，60 多人的文科加强班，又分成了文科尖子 1 班、文科尖子 2 班。实际文科尖子 2 班，属于学校内定放弃的班级。尽管两个班级的任课老师都是一样的，但在心理上给分出去的这批同学造成了被抛弃的感觉，而且高考后确实大部分名落孙山，少数录取为扩招的中专。这批被分出去的同学，很多年以后，对学校、对唐老师仍然怨言很大。我所在的文科尖子 1 班 20 人，14 个是报考外语专业的、6 个（包括我）是报考纯文科的，所谓“尖子中的尖子”。20 个学生，语文唐老师、英语盛老师二位老师重点看着，严格并呵护有加。英语盛老师脾气很倔，因为我没有报外语专业，对我看不顺眼，唐老师从中协调做了大量的工作。因文科生普遍数学差，所以数学分代数、几何、函数三个老师重点辅导。我的数学成绩一直还不错，几位数学老师都对我寄予厚望。但结果我很不争气，高考发挥失常，只考了 39 分。我近 30 年扔下了专业后专与数字打交道，也算是对当年数学老师对我寄予厚望的弥补吧。

1978 年的 7 月下旬，苏州酷暑难耐，我骑着父亲崭新的凤凰 18 型自行车，戴着我小姨的上海牌手表，在苏州第十中学（现苏州大学附中）考场，参加了高考。没有一个家长送考的，只有学校老师们站在烈日中送考、候场。考场没有电风扇，那时根本不知道空调为何物，我在左手的手腕上绑了一块小毛巾，一边擦汗一边答题。考试成绩出来，语文 81 分、政治 71 分、历史 87 分、地理 89 分、数学 39 分，合计 367 分。唐老师和其他老师无不为我扼腕叹息，“如果数学发挥正常，完全有希望进北大的”。

呵呵，我的北大梦从此破灭了！并且进了南师，也辜负了唐老师的殷切期望，更因为旅游而旷课 3 天受到“行政警告处分”。因为这一处分，毕业分配至无锡市，教育局不要，结果分到了无锡机床厂技校做语文老师，后又调动至苏州医学院附属卫生学校。在专业学校做语文老师 6 年，虽然属于不务正业，但工作还算认真努力，所以 87 年中级职称评定时，能在卫校同年资 23 人（大多为专业课教师）只有 4 个名额的情况下，脱颖而出，获得了讲师职称。1988 年，拟提拔为校办公室以副代正的副主任，接下来就培养入党。已经搬进办公室开始行使副主任的权力，就等医学院红头批文了。结果，医学院史无前例地没有批准，原因还是档案中的那份处分文件。性格决定命运呀，我一气之下就下了海。

下海至今整整 30 年，商海沉浮，几落几起，没被淹死，现在还活着，且“廉颇老矣，尚能食饭”。终点又回到起点，至今无皇粮可食，全凭自食其力。为一日三餐计，也要干到李嘉诚退休的年纪再退休！

进入南师中文系 78 级（2）班，与各位学兄、学姐暨后来的社会贤达、各界精英同窗四载，为我此生中最幸运之事。耳濡目染，潜移默化，使我走上社会后，也能为社会做点有益的事情。所以，对南师，我是怀念的、感恩的！过去的怨言，我已释然，我没有怨某一位领导和某一位老师。那年聚会，我见到当年的班主任老师，颔首恭敬地叫了声“李老师”。

作者小传

李鹏，祖籍山东蓬莱，1961 年 7 月生，江苏苏州人。1978 年 7 月毕业于苏州市第一中学，同年 10 月考入南京师范学院中文系，1982 年 7 月毕业。1982 年 8 月分配至无锡机床厂技校任教师，1985 年调至苏州医学院附属卫生学校任教师。1988 年 6 月下海经商至今。其间，先后创办过苏州金鹰食品有限公司并任法人代表、海利威食品（北海）有限公司并任董事总经理，出任过苏州市金阊区政协第四届委员、江苏省青联委员等职务。现为山东北派金鹰饮品有限公司法人代表。（文首肖像摄于 1982 年 6 月）

高考杂忆

季德华

我1962年出生在江苏省扬中县，现在叫扬中市，一个长江中泥沙冲积而成的小平原。我家住南江边，著名的地标就是一个叫“南码头”的地方，这是我们乘船去丹徒或者镇江的唯一的小渡船码头。江中摆渡的小木船，最多也就能够容纳十多个人。码头除了孤独的不足20平方米的两间小屋子外，别无他物。其与对面丹徒县的大路镇，中间隔着一条宽达600多米的扬子江。据我父亲回忆，他小时候这里的江面也就几十米宽，他们都可以游泳到对岸去，而今这里已经可以行驶万吨轮了。

生活在长江边，可能要比生活在内地的人多一分心忧。在我印象中，每年汛期，大人小孩都显得比较焦躁。为防长江洪水泛滥，人们在江边筑了两道堤坝。即便如此，堤外的江水高度经常超过堤内我们的屋顶。据我父母讲，1954年扬中大洪灾，我们家被水冲得连一根竹筷子也没留下。小时候，我站在江堤上，看着突突鸣叫着的客轮慢慢从眼前消逝，心中都好生羡慕，哪天我能坐船走出去就好了。

1974年夏天，这个愿望真实现了。我小学毕业，放暑假，我哥带我到南京去看望我的小叔公。那是我妈妈的小叔，我外公的亲弟弟。我哥当时跟我说，我就带你来这一次，以后你有本事就自己来。我当时没有多想，就整天盼望着能够去南京，坐客轮。走出去，离开扬中，就成了我这个少年的最大愿望。

1976年9月家乡普及高中，惠及于我，我意外上了高中。之前能够读高中的，都是家庭成分好根正苗红的，我们家不属于这范畴。我父亲在抗战时期被抓过壮丁，参加过一个多月的太平军（伪军）。由于我父亲是三代单传，我曾祖母花了好多钱，找了好多人，总算把我父亲捞了回来。因此，我父亲历史不清白。这也影响到我1978年填高考志愿，凡是政审要求严的学校，我都不可以填报。

我的高中学校是扬中县新坝中学，这是一所1958年“大跃进”时期创办的高级中学。学校在新坝镇上，离我家大约3公里多远。学校当年招收4个班学生，220多人。我们到学校报到后，立刻被安排到公社下面的生产大队教学点。当时叫开门办学，接受贫下中农再教育。我们班去的地方叫立新大队农科所，距离新坝中学约3公里远。农科所也就几间平房，最大的房间是猪圈，养了三五头猪，教室就安排在猪圈里。在猪圈的西面山墙上挂一块黑板，50多名学生各自带一个小板凳，坐在下面听老师讲课。老师一边讲，后面的猪一边哼哼，调皮的男学生还要用脚轻踢前面的女生，引来女同学的不满，坐在教室最后面的我基本听不到老师在讲什么。尤其是在夏秋交替季节，天气闷热，猪场内猪屎的味道、学生身上的汗臭，混合成一种让人窒息的恶臭。我真不知道当年那些老师是怎样把一节节课坚持讲下来的。

一学期结束，我们接受贫下中农再教育的日子也结束了。春节后，我们返回学校，坐到教室里，才有了课桌。高中一年级真正能够坐下来读书的日子也就一学期，到底学了什么，现在已经记不清楚。

1977年夏天，我放暑假在家劳动，突然听到家中广播里传出恢复高考的消息，我特别高兴。以前听说有人被推荐上大学都很是羡慕，觉得大学离自己太遥远。无权无钱，家庭历史不清白，能够安稳修理地球都很难得，哪能再有什么奢望呢？而今能够有一个考的机会，我不能错过。我立刻对父母说，我要上大学，我要好好读书。从那天开始我就不再下地劳动，把自己关在家里认真看书。说是看书，也没有什么书看。我就到街上的新华书店，买了一本《代数》，在家中自学，把书上的例题反复看，自己反复做。

不几天，学校开学了，老师们都在讲高考的事情。学校召集一些学习成绩好的学生开会，给大家提要求，学校组织优秀老师来帮我们攻关。

首先是分文理科，我因为物理成绩较差，就选择文科；其次是参加1977年高考。1977年高考报名的时候，学校决定组织10名在校学生参加高考，主要是熟悉高考流程，体验高考要求，为明年高考打基础做准备。我是10名学生之一。高考结果可想而知，我们这些只读了一学期高中课程的学生，一上考场就被淘汰了，没有一个通过预考。但我还是非常感激学校老师给我们提供这样的机会，做出这样的决策。

高二这一年，我们都是在老师的指导下学习。相较于我们班的学长们，我很幸运。新坝中学安排了最好的教师来教我们，他们当时都 40 多岁，基本是“文革”前的本科生。我的语文老师曹恩尧后来被评为江苏省特级教师，他与曹济平、郁贤皓先生是同学。我刚到南师读书的时候，曹老师还让我持信去拜望过两位先生。

这一年我记忆深刻的有几件事。

1978 年清明节前后，我母亲到离家 20 公里外的雷公嘴去帮别人刮柳条。那时我们家乡的队办厂就是柳器厂，把柳条编织成各种各样的器具，转卖到国外去。刮柳，就是把柳条外面的一层皮撕脱掉。当时刮 100 斤柳条大概能够得到七八毛钱。每年我母亲都要花近两个月的时间到外地去，通过刮柳条获得几十元钱，作为家中一年用度。

母亲不在家，我高中走读，每天都是早出晚归，还要自己做家务、做饭，感到很辛苦，耽误了我的学习。于是我对一个要去雷公嘴刮柳的邻居说，请他告诉我妈，我想让她回家，照顾一下家中。第二天我妈就回来了，我对母亲的感激实在是难以言说。

1978 年高考报名，我正参加江苏省高中作文竞赛，到扬中县中学集训 10 天。我不在学校，无法填表。历史老师朱圣文老师就代我报名，把我的生日填成了 1962 年 4 月 14 日。这个日子就成了我的“官方”生日，跟随了我一辈子。其实我的生日是农历 1962 年 4 月 19 日，查公历是 1962 年 5 月 22 日。在我离家读大学后，过生日时我母亲都要提醒我到外面吃一碗面条。几十年过去了，无论是上面的哪一个生日，我都没有好好庆祝一下。想到这生日，就特别感激我母亲和我的老师。

我自幼身体不是很好，比较瘦弱。高考后体检身高 1.71 米，体重 91 斤。进入高二以后，一门心思要上大学，给自己的压力也大，沉默寡言。临近高考前几日，几乎是寝食俱废，感到自己都是硬撑着，要熬过这艰难时刻。我的班主任曹恩尧老师，一直对我非常照顾。高考那几天，每次午餐后，他都要找到我，不由分说地拉着我到他的宿舍，连连说“躺一下，好好休息”。他宿舍不到 15 平方米，住了三位老师。我躺在他的床上，根本无法入睡。一是占老师床位，心中不安；二是惦记下午的考试，也无法入眠。

好不容易熬到高考成绩公布，居然没有我的成绩，当时大家都觉得奇怪。学校到县招生办公室去查，也没有。老师们都安慰我，说不会出差错的，再等等看。这一等，就是一周。我和家人、老师都郁闷，但毫无办法。这时临近9月开学，村里领导看我没有拿到高考成绩，以为我考不上大学，就来我家谈，希望我去村小学担任代课老师。

一天晚上，我与村里人一起到邻村去看露天电影。晚上10点多到家，我父母告诉我，老师朱圣文和李元忠晚上8点多来了。我的成绩查到了，考了366分。语文81分、数学78分、历史72分、地理67分、政治68分。他们告诉我父母，他们也是晚上得到电话通知，就连夜赶来了。我每每想到两位老师在夜里深一脚浅一脚地在乡间小道上来回走10多里路，告知我这个消息，心中就激动。我当时得到消息的感受，与范进先生类似。后来我才知道，我的成绩不仅是我们新坝中学文科考生的最高分，也是扬中县应届毕业生文科最高分。虽如此，我仍觉得没有考好，愧对老师的期待。

左起前排为洪粹善、李健生、陶洪、谢波，后排为季德华、施国鸣、刘世齐、马树杉，1979年摄于中大楼前

1978年10月17日，我哥第二次带我进南京。能乘坐南码头的渡船离开家乡，我感到非常庆幸。这次我是真的凭高考成绩跃出农门，离开扬中县来到大城市了。第二天到南师食堂办理报名手续，在报名处遇到梁晓虹大姐。她等在我的后面填写报名表，这是我到南师后认识的第一个同学。

我的新生活、新人生从此开始了。

作者小传

季德华，1962年5月生，江苏扬中人。1978年考入南京师范学院中文系就读，1982年毕业，分配至扬中县兴隆中学任教。1988年1月调入南京晓庄师范学校工作。1994年5月进入广东省佛山市顺德市广东碧桂园学校工作，历任学校副校长、校长等。2002年8月起任广东省佛山市顺德区国华纪念中学校长、党支部书记至今。（文首肖像摄于1982年）

附录一

袁璋、朱亮、王富荣、陶洪、季士林等同学简历

（编者按：高考回忆录征稿仓促，袁璋、朱亮、王富荣等同学因事未及撰稿，承撰小传参加。又有同学一时不便，或未及撰作，遂择其事大要编述附后。陶洪、季士林同学已故而无稿，特请徐敏南同学撰传以殿全体之后，亦申纪念之意。）

袁璋，男，无党派。1950年生于江苏镇江丘陵山区，1967年高中毕业，次年插队苏北盐城老区农村。种地之余，参与农村普及读物、院校辅助教材、报刊电台稿件编写，内容涉及科学种田、时政文史、中医中药等。1978年10月考入南京师范学院中文系读书。1982年7月本科毕业，分配至江苏省计划委员会，主要从事科教文卫社会事业计划编制管理工作。1990年前后，参与江苏省政府广州办事处筹建，负责信息处，实际工作范围包括广深珠粤琼等地。1992年9月奉调至国家计划委员会中农信（总）公司，主要从事中国农村经济发展、科教文事业发展过程中金融支持产品的组织设计、协调管理。结合本职工作，长期以来，还参与承担了中央国家机关相关部门组织委托下达的多项调研任务，内容涉及东中西部农村经济发展道路模式比较、政治体制组织人事行政管理体制改革、科技进步促进经济社会发展等诸多方面。成果被内部刊出和公开发表的有200余万字，有的还得到较高的肯定和表彰。此外，率先或较早提出研究思路并独立或为主完成论著发表的，还有《科技经济学（导论）》《我国社会经济大系统运行机制特征分析》等。后因用脑过度，身心疲惫，改习养生，佛道儒医一齐钻研，参访名山，瞻仰圣地，至今未辍。

朱亮，男，1950年生于江苏宜兴和桥镇。1966年初中毕业于宜兴三中（现和桥中学），1968年11月插队于宜兴县南新人民公社西锄生产大队塘西生产队，1975年12月被招工，进入国营宜兴日用精陶厂做工人、仓库保管员，1978年10月考入南京师范学院中文系。1982年7月毕业，分配至江苏教育社（现江苏教育报刊总社）任编辑，2010年8月退休。

王富荣，曾用名王付荣，男，1956年3月19日生于江苏南京，祖籍江苏仪征。1975年4月为南京市红卫林场插场知青。1978年10月考入南京师范学院中文系，1982年7月毕业。1982年8月分配至南京第十中学（现金陵中学）任教。1985年1月任中共南京市委教育卫生部秘书，6月任中共南京市委组织部干部、副科级组织员。1988年9月起任玄武区政府办公室副主任、主任，区委办公室主任。1999年任中共玄武区委常委、区纪委书记。2002年6月任秦淮区委副书记、区纪委书记，2007年1月任秦淮区政协主席。2013年5月任秦淮区（原白下区、原秦淮区合并成立）人大常委会主任。2016年5月退休。

林一峰，男，1958年1月生，江苏启东人。1974年12月，陕西兴平秦岭中学高中毕业。1975年5月回江苏启东新港公社老家插队。1978年考入南京师范学院中文系，1982年毕业分配至南京市江南光学仪器厂工作。1986年8月调入省计经委、省发展计划委工作，先后任科长、处长、副主任等职。2013年11月至省沿海办工作。

（编者撰）

李黎红，女，1958年生。1978年考入南京师范学院中文系，1982年毕业，分配至南京南师附中任教。后调入江苏教育学院学报编辑部、江苏教育报刊社等单位工作，任编辑部主任、杂志主编等。

（编者撰）

吴宁，男，1958年生，江苏苏州人。1978年考入南京师范学院中文系，1982年毕业，分配至南京宁海中学任教。后调入南京市教育局教科所、江苏教育出版社等单位工作，任编辑室主任、副社长等。

（编者撰）

郭欣欣，女，1959年生，江苏南京人。1978年考入南京师范学院中文系，1982年毕业，分配至南京第43中学任教。后调入建设银行南京中山支行等单位工作，任办公室主任等。

（编者撰）

陶洪，男，1953年生，江苏连云港市人。1973年东海县桃林中学高中毕业。1974年起做民办教师。1978年10月考入南京师范学院中文系。1982年7月至1996年在东海县中学任教，兼任教务处副主任。1996年至2004年在东海县教育局工作，任中教科科长。2004年至2012年任新海高级中学党委书记。2012年7月因病去世。

（徐敏南撰）

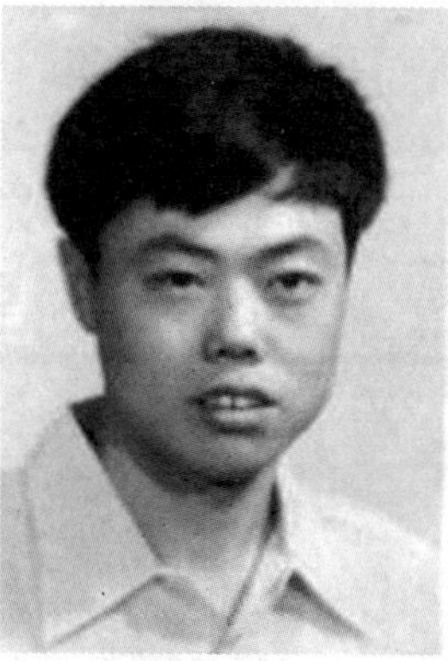

季士林，男，1954年3月生，江苏泰兴宣堡人。小名狮子，故亦作季狮林。1973年1月宣堡中学高中毕业，回乡务农，后任宣堡中学代课教师。1978年考入南京师范学院中文系。1982年毕业分配至常州市武进前黄中学任教。1983年冬结婚，育一女，名经纬。苦于夫妻两地分居，不久便调入长江边的武进小河中学。1987年调至泰兴根思中学，教学业绩突出，1989年擢至江苏省重点中学泰兴中学，担任高中语文老师，为中学高级教师。2014年退休。

季士林聪颖勤奋。大学读书期间，焚膏继晷，挥毫写作，投稿屡屡不中，却义无反顾，愈挫愈勇。大学毕业前夕，终在《北京文学》1982年第6期上发表小说处女作《节日里》，旋赴京参加文坛新星座谈会，载誉而归。

季士林为人真诚，广交朋友，古道热肠。孝敬父母，热爱家庭，慈爱女儿。一辈子耕耘杏坛，桃李天下。2002年至2017年，在家乡创办中泰高考补习学校，任校长。学校颇具规模，成效卓著，惠泽乡里。有几千的复读学生因此跨进了大学之门，改变了一生的命运。

2017年11月30日晨，因突发急性心肌梗死，抢救无效，不幸去世，享年63岁。英年早逝，令人扼腕痛惜。其生前好友、同乡同学、江苏省社科院副院长樊和平拟有挽联，对他一生作了精辟的概括和评价："四十载默为人梯笑傲士林，六十秋赤心尘世甘作叔季。"

（徐敏南撰）

附录二

南京师范学院中文系1978级本科同学名录

（按班级，以姓氏笔画为序）

1 班

丁晓昌、马　龙、马耀祖、王　良、王吉鸣（由77级转入）、仇爱平、卢万福、朱树德、任苏民、刘立均、孙守美、孙和平、孙德和、杜炜尧、李　峻、李裕康、吴　玉、吴庆和、怀　云、沈漫涛、张进云、陆芝峻、陆向洋、陈　宏、陈　杰、陈建生、陈海林、陈敏杰、季俊秋、周　宪、练鸿翔、胡可人、胡秋阳、施曙华、姜　扬、祝寿培、顾大荣、顾天波、顾同彩（1980年以大专文凭提前毕业）、晁　虹、徐乃建、徐光明、徐学宁、郭建平、凌　扬、陶盘兴、崔小萍、笪　进、章　渡、路　业、缪惠民

2 班

马树杉、王安刚、王宝淮、王建萍、王富荣、尤危慈、史双元、吕立言、朱　亮、刘允志、刘世齐、汤才顺、孙国成、杨国强、李　鹏、李健生、李黎红、吴　宁、何　云、沈　进、张年安、张国瑞、林一峰、季士林、季德华、周　彤（入学后不久，为照顾家庭转至盐城师专）、鱼肇泓、郑戈林、禹淑雅、施国鸣、洪粹善、袁　璋、钱立群、徐敏南、郭欣欣、陶　洪、陶思炎、黄月美、黄绍祥、黄晓东、梁晓虹、程　杰、程光熙、傅亚斌、谢　波、谢晓雯、蔡虎明、蔡铁鹰、魏　学、魏忠和

3 班

王　恺、卢惠余、冯　羽、戎东贵、朱　持、刘　骏、刘洪一、刘锡民、

江　明、许建民、阮晓玲、孙　琦、孙应杰、杨宏武、杨茂胜（今作：杨茂盛）、肖　鸣、肖元生、肖经建、邱慎远、何大忠、余　耕、沈新林、沈镜澄、宋晓萍、张永祎、张继斌、张培臣、陆　岩、陆耀文、陈晓明、陈银鸿、陈锦斌、周先民、郑素巧、胡主国、贺蜀霞、夏　玲、钱树军、徐红旗、徐家传、高文军、郭济访、凌苏云、黄卫平、黄正瑶、戚宝剑（今改名：戚敌）、龚修森、葛泽生、潘　戈、戴建华

4 班

丁步洲、丁美大、王　丽、王　强、韦定广、石　践、叶春明、朱　丹、朱　焕、朱友贵、庄小虎、庄正风、庄若江、杨大中、李　健、李卫平、束鹏郧、汪人文、沈　洪、沈国芳、张伟群、张金鑫、张昭华（入学体检有差，休学转79级）、张晓铃、陆小华、陈　飞、陈　帆、陈文兵、陈启直、陈荣根、陈浴会、陈敏莉、邵党生、罗汉静、孟凡璐、赵　明、胡柏衡、姜渭渔、贺　苏、钱兴奇、倪春元、徐　冰、徐乃为、徐国平、龚慧瑛、韩大伟、程培元、谢波夫、管海鹰、魏　清

［编者按：2018年6月为学校征求校友名录而编。78级（1）班名单承徐学宁等同学核定，78级（2）班名单承李黎红等同学核定，78级（3）班名单承刘锡民、肖鸣等同学核定。78级（4）班名单原缺张昭华，承朱丹、韩大伟等同学查补。据中央党校1997年周全华博士学位论文《“文化大革命”中的“教育革命”》第185页提供的数据，1978年高考考生610万，录取40.2万，其中11月后扩招10.7万。原计划录取应为29.5万人，占考生总数的4.8%，中文系78级200名本科生当年10月18日报到入学，属于这部分。］

编后记

2017 年 12 月 2 日晚，收到季士林同学闺女经纬发来噩耗，通知她父亲的遗体告别式第二天凌晨 3 时在泰兴殡仪馆举行。惊愕之余，迅即联系同学，方知士林三天前暴病骤逝，班上同学已组织前往吊唁，因我不用微信，未能及时获悉。于是我匆匆找车从南京赶去，半夜 12 时抵达泰兴县城，在殡仪馆附近一酒店下榻，稍作休息，起身前往。进场前，遇到大学同班同学蔡虎明、徐敏南、魏学、吴宁，邻班同学徐光明，他们前日白天分别从太仓、无锡、宜兴、南京赶来。我在礼厅四周巡视一排排花圈，在致奠者中寻觅着，希望看到熟悉的名字；并刻意在灯光如昼的礼厅中央，面向四个不同方向，多站了一会儿。我记得季士林任教中学的同事中有几位是我们南京师范大学的毕业生，我想他们或许应记得我，认出母校的老师，前来寒暄一二，但未能如愿。初冬的后夜寒意袭人，凌晨 3 时为这短暂的仪式专门起身出席多有不便。我想，前来参加告别仪式的应以家属、至亲密友和沐恩甚深的学生为主。整个仪式基本由徐敏南同学一人主持，介绍逝者生平、号令行礼、安排家属致辞一应独角完成，这多少让我有些意外，若有所失。俯仰痛惜间强烈感受到，在世界诸多人际关系中，同学尤其是大学同学无疑是人生社会关系中最紧密、深厚、牢靠的一种。

回想一个月前，季士林从泰兴带螃蟹去南京宴请我们一众同学，把酒持螯，谈笑风生，如今一缕轻烟，顿归无形。追怀同学当日，英风可尚，意气浩然，一生辗转苏南苏北，教泽渥及无数，如今与世长辞，除至亲密友、我等同学时时念及，终是人去影空，归于寂灭。进而想起 5 年前，我们同学毕业 30 周年聚会不到一月，陶洪同学溘然伏案长逝，我辈数月后方得消息，想其也当是遽然遁空，去留无迹。

世事无常，人命危浅，早是人之常言。当此际，有形如此难执，虚无瞬息现实，令人触目惊心、怆痛不已。自忖这既是生离死别的悲痛，也隐有对生命意义的疑惧。我觉得应该为我们同学做点什么，为死去的，也为活着的。我希望找到一种能在世道空漠中让大家有效抱团取暖，在历史苍茫中经久驻足留迹，也让他人多为驻足寓目的方式。于是我想到了趁全班入学40周年纪念之机编写班志，即借鉴传统方志、专史的形式，为我们大学所在班级编写一部专志，就当年作为学校在籍管理单位，也包括此后作为一个紧密群体的所有行事活动和相关心迹，分门别类进行全面、系统的记载。为此我构思、起草了一份8000多字的《〈南京师范学院中文系78级（2）班班志〉编纂纲要》。我们大学入学正当新时期改革开放之始，个人命运与整个时代息息相关；1977、1978两级是新中国大学教育和高校生活中的一个特殊群体，广为社会各界关注。因为其体现着改革开放之初丰富的时代信息，也展现着这一时期大学生活丰富而复杂的样态，当然更直接地展现了这一群体独特的生活风貌和社会文化价值，对这一群体的研究无疑有着广泛的社会、文化意义。倘若我们以班志这样独特的形式进行全面、系统的整理、记录，完成一个严谨可靠的微观历史文本，或可引起更多的关注或重视。

我对此充满信心，于是，将这一设想以口头和书面方式在不同范围征求同学意见，承马树杉、刘允志、黄绍祥、蔡铁鹰、汤才顺等同学热情支持，更多同学则担心体大事繁，难以完成，一时无法定夺。班长谢波照顾各方意愿，折中不同意见，于7月17日提出编撰高考回忆录的主张，同学多表赞成。我也深感此议切实可行，1978年高考使我们相聚南师，考取大学对我们每一位同学来说都是人生最为光荣和幸运的一页，言之莫不兴高采烈，情满意得，想必定是人人乐于相从。于是舍难求易，竭力支持这一主张。8月底，商得班长谢波与聚会活动筹备组负责人何云同学同意，由他们出面正式向全班同学发出撰写高考回忆录，作为入学40周年一大纪念活动的倡议，具体编辑工作由我负责。

倡议一经发布，同学额手称赞，纷纷响应，踊跃献稿。成稿最早者为张国瑞同学，不仅交稿早，而且十易其稿，态度之认真可敬可佩。我大学同宿舍魏学同学，不日即将初稿直接贴在班级微信群中，幽默活泼之文风激起大家浓厚的兴趣，一时热议鹊起。陶思炎、张年安、孙国成等年长同学，克服各自困难，带头赐稿。王安刚、谢波、鱼肇泓、黄晓东、杨国强、施国鸣、沈进、郑戈林、尤危慈、徐敏南、魏忠和、王建萍、程光熙、刘允志、钱立群、蔡虎明、洪粹善、黄绍祥、汤才顺、李健生、傅亚斌、李鹏、何云等同学相继而起，身处海外的禹淑雅、史双元、梁晓虹、刘世齐等同学也积极响应，网上献稿，至9月底共收到稿件30多份。黄月美、王宝淮、蔡铁鹰、季德华、吕立言、谢晓雯等同学虽一时因工作、家务、健康困扰，也都心向集体，勉力相从，拨冗率书，一叙往迹。马树杉同学更是就当年高考政策的演变过程考源稽始，精心结撰，求为信史。朱亮、王富荣、袁璋等同学先后赐下自撰小传。至10月8日，共得高考回忆文章41篇、同学小传3篇，另补传5篇，全班49位同学如数尽集。

同学一有来稿，我多略施整饬，揭诸微信群中，与大家先行分享，同学们纷纷跟帖点赞。如此络绎月余，无异连日茶聚座谈。同学间因而进一步增进了解，相知更深，为即将到来的班级聚会活跃了气氛，热络了感情。

除积极献稿外，各位同学自己或由同学相互帮助提供高考和大学前后不少旧照，一一对应插入文字，既与所述可资印证，亦平添不少情趣。王建萍同学提供了精美的全班毕业合影；杨国强同学提供了准考证的图片资料；陶思炎、黄绍祥、张年安、孙国成、张国瑞、马树杉、刘允志、程光熙、蔡铁鹰、汤才顺、徐敏南、魏学等同学不时指导，耐心顾问；徐敏南同学补写了部分缺稿；魏学、魏忠和、何云同学帮助在同学间沟通协调，并分担了不少具体细务。没有全体同学的支持和配合，没有上述这些同学的具体指导和帮助，编辑工作就不会如此顺利进行，最终也不会有此次第秩然、图文并茂的结果，衷心感谢我的同学们！

谢波同学身为班长，数十年来从未卸任，同学在，班级就在，想必他的任期永无止境。这次高考编写回忆录一事由他倡议，自始至终他都一直发挥着领导和核心作用。他不仅带头撰写个人回忆录，还为全书精心撰写了前言。这固然是班长的职责使然，同时也俨然以现任江苏省政协文史委员会主任的身份为全书作序，势必对我们这一多少具有史学意义的编著有所增重。这也是作为全书编者，有必要特别提出感谢的！这一个多月来，李黎红同学创立的班级微信群为我与同学们的联系带来了无上的方便，同样也是要特别提出感谢的！

整个编事今日告结。一个多月来，为编辑来稿我与同学们隔空对语，睹文如晤，重温当年音容，感受久别温情，收获良多，启发至深。如今在电脑上从头阅来，一篇篇深心结撰的精彩回忆、一张张生动活泼的青春笑脸联翩而来，心中有着不尽的感动。因想当年个个风华正茂，意气风发，在那样一个积压十年人才大拼搏中，越过千军万马卓然而出，而如今就夕阳忆朝晖，因落叶知秋晚，徘徊桑榆之间，备感岁月催人。值此入学40周年纪念之际，竭力撮合纂辑这样一部班级文集，意在将大家以这简洁的方式集结一起，将我们人生最精彩、最绚丽的一页，连同我们的生命热诚，化成文字的合影，装进这汗青包裹的漂流瓶中，投进历史的漫漫长河。我相信，即便不是现在，也会在斗转星移的未来，有人无心遇见而欣然捡起，有人着意寻觅而会心展视。谢谢！

程 杰

2018 年 10 月 9 日

至 10 月 12 日入学 40 周年聚会前共征得文稿 41 篇、5 篇个人小传，按同学出生年月编次，另附《班志编纂纲要》等 3 件，打印成册，聚会时人手一份，执为谈，携以归，并赠校图书馆两册。文学院高峰院长、余琼书记、王晓波副院长、刘志权副院长等领导热情关心，慷慨应允由文学院纳入“江苏高校品牌专业建设工程资助项目”资助出版，作为学院精神传统教育的基础读物以及校友活动成果和纪念礼物，备为后用。承校出版社张春女士帮助安排有关事宜并担任执行编辑，为书稿摘纇纠弊，添彩润色。遵其意，删除与高考回忆关系不够紧密的文字 3 篇，使全书主题高度集中，内容更为纯粹。谨此代表全班同学深志谢忱。

程 杰

2018 年 12 月 30 日